貫井徳郎

罪と祈り

実業之日本社

実業之日本社文庫

目次

地下への階段は、得体の知れない異郷に繋《つな》がっているかのようだった。

階段に一歩踏み出してしまえば、もう二度と元の世界に戻れなくなる。そんな無意味な恐れを抱き、自分が普通の精神状態でないことを濱仲亮輔《はまなかりょうすけ》は自覚した。ここで階段を下りることをためらったところで、何も変わりはしない。現実から目を逸《そ》らすわけにはいかないのだ。わずかに固唾《かたず》を呑《の》み、階段に足を下ろした。

ためらう気持ちは、母も同じだったようだ。数歩下りて、足音がついてこないことに気づいた。振り返ってみたら、母は階段の手前で立ち尽くしている。「行こう」と声をかけると、我に返ったかのようにハッとした表情をして、頷《うなず》いた。

母が下りてくるのを待ってから、ふたたび地下を目指した。蛍光灯は点《つ》いているが、その色が白いだけにどうにも寒々しい。なんの変哲もない蛍光灯なのに、不吉だと感じてしまうのはやはり、精神状態が常でないからだろう。いっそ目を瞑《つぶ》り、耳を塞ぎ、頭の中も空っぽにできたらどんなに楽だろうかと思う。しかしそれは、ただの現実逃避でしかなかった。

前を歩くのは、制服警官だった。亮輔たちを待っていたのは、予想した人ではなかった。おそらく今は、別のことに忙殺されているのだろう。管轄内で死体が発見されれば、署内で最も忙しくなる立場である。そのことが、亮輔にはなにやら運命的なものに感じられた。父は、ここに来て死にたかったのだろうか。いや、そんなはずはない。久松署《ひさまつ》の管轄に流れ着いたとき、すでに父は死んでいたのだ。死んだ後の体は、意思の力では動かない。運命か、あるいはただの偶然か。せめて運命であって欲しいと、些細《ささい》な一致に何かの意味を見いだそうとする。そんな自分は、心が弱っていると感じた。

　階段を下りきると、短い廊下と大きなドアがあった。ここもまた、蛍光灯の白い光で照らされている。廊下には誰の姿もなく、静寂に支配されていた。制服警官を含めた三人の足音が、妙に虚《うつ》ろに響いた。

「ここです」

　大きなドアの前で、制服警官は立ち止まった。取っ手に手をかけ、引き戸になっているドアを右側に開く。するとすぐに、広々とした白い部屋の中央に設置されているストレッチャーが目に入った。ストレッチャーの上は、人形《ひとがた》に盛り上がっている。だが、人肌は見えない。白い布で覆われていた。

　中に入ろうと母を手で促したが、首を振って動こうとしなかった。まるで、見なければ父の死が確定しないと考えているかのようだ。気持ちはわかる。できるなら亮輔も、見ないで済ませたい。だが誰かが確認しないことには、父は死んだと認定すらされないのだ。父の死に顔を見てやるのが、家族の務めだと考えた。

　母が動けないなら、自分が確認するしかない。母をその場に残し、制服警官に頷いてから、中に入った。真《ま》っ直《す》ぐストレッチャーに近づいて、顔の部分にかかっている白い布に手をかける。

　一瞬、ためらった。溺死体は悲惨な状況になっていないだろうかと案じたのだ。変わり果てた姿、という表現があるが、溺死体はまさにそうなっているかもしれない。小さく息を吸い、どんな無惨な顔になっていても驚かないと覚悟を固めてから、ゆっくりと布を取り去った。

父の死に顔を見た瞬間の気持ちは、なかなか簡単には言葉にできない。安堵《あんど》、衝撃、驚き、そして悲しみよりも痛み。安堵はまず、父の顔つきがあまり変わっていないことによるものだ。水に浸《つ》かっていた時間が短かったのだろう。寝ているよう、とまでは言えないものの、無惨ではなかった。ただ、一瞥《いちべつ》して生者の顔ではないと理解できた。

つまり、それは死に顔以外の何物でもなかった。父が死んだ。そのことに、ずしんと重い衝撃を受ける。父はまだ死ぬ年ではない。それが、溺死などという予想もしない死に方をしたことに対して驚く。そしてほんの数瞬後に、それらの衝撃や驚きが物理的な痛みとなって胸の中に居坐《いすわ》った。悲しみは、すぐには悲しみとして認知できない。悲しみは痛いのだと、初めて知った。

白い布を握り締め、背後を振り返った。母は依然として、廊下にとどまったまま視線だけをこちらに向けている。そんな母に、亮輔は首を振って語りかけた。

「父さんだったよ」

母は口許《くちもと》を押さえ、目を見開き、すぐに泣き出した。ああ、母は痛みを感じずに済んだのだな、とぼんやり思った。

第一部　亮輔と賢剛

1

　警察署の霊安室を出て一階に戻ると、亮輔たちを待っている人がいた。来てくれたのか、と思う。相手の顔を見た瞬間、父が久松署の管轄内に流れ着いたのはやはり運命だったのだと確信した。世の中にはまれに、こうしたことが起こるのだろう。自分は今、大きな運命の波に呑まれようとしているのかもしれないと予感した。

「このたびは、ご愁傷様です」

　ベンチから立ち上がった男は、亮輔にではなくおそらく母に向かってそう言い、頭を下げた。だが取り乱している母は、「あぁ」と言ったきりまともに答えられない。代わりに亮輔が応じた。

「これは、お前の仕事になるのか」

「うん、変死だからな」

芦原賢剛《あしはらけんごう》は沈鬱な表情で頷いた。警察官は身内が関わる事件からは外されると、聞いたことがある。だが賢剛は、他人だ。たとえ身内同然であろうと、ルールに従えば他人ということになる。だから、父の死について久松署が捜査をするなら、賢剛が除外されることはないのだろう。

「お前は、運命論者か」

つい、そんなことを尋ねた。賢剛は一拍おいてから、答える。

「いや、そんなつもりはないが」

「そうだろうな。つまらないことを訊《き》いた」

母がベンチに坐ってしまったので、亮輔たちも腰を下ろした。賢剛は半身を捻《ひね》って、亮輔に体を向ける。

「言いたいことはわかる。おれも、運命を感じたよ」

賢剛は視線を落とし、呟くように言った。亮輔はそれを、ありがたいと感じた。

「親父《おやじ》も、お前に担当してもらって喜んでいると思うよ。そのために親父は、お前の署の管轄まで行ったんじゃないかとすら考えた」

「おれもショックだったけど、関われないよりは関われた方がよかったと思ってる。特に、亮輔たちにおれの口から報告できるのは、よかった」

「ああ」

父は遺体となって、隅田川《すみだがわ》を流れていたのだった。海まで流れ着いてしまえば発見が相当遅れただろうが、幸いにも新大橋《しんおおはし》の橋脚《きょうきゃく》に引っかかっていた。新大橋は久松署の管轄内であり、すなわち賢剛の勤務先の管轄内であったのだ。おそらくは浅草《あさくさ》から流れていったのだろうが、新大橋で引っかかっていたのは幸運な偶然であり、運命だった。

「親父はなんで、川に落ちたんだ」

電話連絡を受けた際には、まるで事情がわからなかった。父が川に落ちて死んだとだけ告げられ、取るものも取りあえずこの警察署に駆けつけたのである。捜査が進んでいるなら、川に落ちた理由も判明しているかもしれないと考えた。

「うん、それが」

賢剛は亮輔の後方に目をやった。そこには母がいる。母の耳には入れたくないという意味のようだ。頷いて立ち上がり、母から離れたベンチに移動した。俯《うつむ》いている母は、こちらの動きにまったく反応しない。

「あまり、よくないことなのか」

父は単に、川に落ちて溺死したのかと思っていた。亮輔はただ、落ちた原因を知りたかったのだ。だが今の賢剛の態度で、単純な事故ではない可能性があるのだと知った。酔って川に落ちた、程度のことであれば、こんな思わせぶりな態度をとるはずがない。

「おれも信じられない。いや、そんなことを言えば、おじさんがこんな死に方をすること自体が信じられないんだが」

賢剛らしくもなく、すぐに本題に入るのをためらっているかのようだった。亮輔はわずかな恐れを抱えつつ、促した。

「事故じゃ、ないのか」

賢剛は真っ直ぐこちらを見て、瞬《まばた》きもせずに言った。

「おじさんの側頭部には、殴られた痕があった」

「殴られた、痕」

覚悟をしていれば驚かないというものではない。身構えていたのに、胸に重しが落ちてきたかのような鈍い驚きがあった。続けて、それは本当かという疑いがやってくる。事故による怪我《けが》ではないのか。

「川に落ちたときに、頭を打ったんじゃないのか」

「頭を打ったのか、殴られたのかは、検視官が見ればわかる。これから解剖に回されるが、おそらく検視官は間違ってないだろう。おじさんの側頭部の傷は、何者かに鈍器で殴られた痕だったそうだ」

「何者か」

賢剛の説明によって、父の死が単なる不運とは違う色合いを帯びた。父を殴った者がいる。それはまったく想像外のことであり、だからこそ底知れない不気味さを伴っていた。殺人は日々どこかで起こっているのだろうし、フィクションとしてならいくらでも接する機会がある。にもかかわらず、身近に起きてみればとてつもなく怖かった。世界が一変する怖さだった。

「だから、司法解剖の結果待ちではあるが、まず間違いなく殺人事件と見て捜査を開始する。うちに捜査本部が設置される」

「そう……なのか」

殺人事件という単語、捜査本部という単語、いずれにも違和感しか覚えなかった。賢剛が刑事課に所属しているから、まったく無縁の世界だったわけではない。しかしそれはあくまで賢剛を通した世界であって、自分に直接関わってくることとは思わなかった。ましてや事件の被害者が父親とは、最悪の想像の中にすら存在しない状況だった。なぜこんなことになってしまったのか、それがどうしても不思議でならなかった。

「本当に、殺人なのか。誰かが親父を殺したのか」

父の死自体が受け入れがたいが、事故死の方がまだ納得できる。そもそもついさっきまで、父は事故で死んだものとばかり思っていたのだ。それでも受け入れるのに時間がかかるだろうと予想していたのに、誰かに殺されたとなれば気持ちの落ち着けようがない。今からでもいいから、やはり事故死だったとなりはしないかと淡い期待を抱いた。

「側頭部への殴打だからな。事故や自殺の可能性は低い。となるとやはり、殺人だ。おれにとっても信じがたいが」

賢剛は答えるのが苦しそうだった。現実から目を背けようとしているおれの態度が、賢剛を苦しめているのか。ようやくそう悟り、申し訳ない気持ちが湧いてくる。これが普通の精神状態でないということか、と自覚した。

「亮輔はもっと信じられないのは、よくわかる。ただ、事実なんだ。それで……」

賢剛は言い淀《よど》んだ。遠慮などしないで、はっきり言ってくれていい。そういう意味を込めて、頷きかけた。賢剛も理解したかのように、頷き返す。

「このことを、おばさんには亮輔から説明してくれるか。それとも、おれから説明した方がいいか」

「ああ」

そんな現実的なことすら、頭が回らなかった。これ以上、賢剛にいやな役割を押しつけるつもりはない。考えるまでもなく即答した。

「おれが説明する。すまないな」

「いや、いいんだ」

安堵するかと思いきや、賢剛の態度はさほど変わらなかった。亮輔の父の死は、賢剛にとっても重いものなのだ。母への説明をしなくて済んだからといって、気が楽になる類の話ではないのだろう。

「で、訊きたいことがあるんだが」

続けて賢剛は、そう切り出す。まだ何かあるのかと亮輔は反射的に考えたが、それはまだまだ現実を認識していないせいだとすぐに気づかされた。

「おじさんは昨夜、どこに行くと言って家を出た？」

　ああ、質問されるべきことは山ほどあるのだ。当たり前すぎるほど当たり前のことなのに、まったく思い至らなかった。賢剛は気遣いをしているのではなく、捜査をする刑事としてここにいたのだ。世界を捉える自分の認識が、根底から間違っていたのだと悟った。

「あ、いや、後にしよう。亮輔とおばさんには、改めていろいろ訊かせてもらう。おじさんと対面した直後に、いくらなんでも無神経だった。すまない」

　呆然《ぼうぜん》とした亮輔の態度を、賢剛は違う意味に受け取ったようだ。今度こそ気を使って、そんなことを言ってくれる。いや、かまわないんだ、そう口にしたいのに、言葉が出てこなかった。すべてが変容した世界では、言葉を発することすら怖かった。

「これだけは確認させてくれ。話を聞かせてもらうのは、おれがいいか。それとも、別の者の方がいいか」

　これもまた、賢剛の気遣いだ。それは間違いないはずだと、しっかり脳の中で咀嚼《そしゃく》する。そして改めて、賢剛がいてくれる幸運に感謝した。

「お前がいい。知らない刑事さんにあれこれ質問されるのは、お袋も辛《つら》いと思う」

「そうだな。じゃあ、そうする。この後、時間をもらえるか。場所を移して、きちんと話を聞きたい」

「ああ」

ここは一般の人も出入りするロビーである。細かいことについて質問されるには、不向きだ。それに、まずは母に説明をしなければならない。できるならいったん帰宅し、母の気持ちを落ち着かせてやりたかった。

「一度、家に帰ってもいいか。少し気持ちの整理をしてから、話をしたい」

「もちろん、かまわない。じゃあ、そうだな。一時間もしたらお前の家に行こうか」

「そうしてくれるか。ありがたい」

感謝を口にしたが、賢剛は辛いことを言われたかのように顔を歪《ゆが》めた。そして、父の遺体を司法解剖するための同意書にサインをして欲しいと言う。拒否はできないことなのだろうから、承知した。賢剛は立ち上がると、母に近寄って声をかける。母は呆然と賢剛を見上げ、機械的に頷いていた。その様を眺めている亮輔は、まるで見知らぬ世界に立っているような違和を感じた。

2

亮輔たちを送り出したものの、刑事部屋に戻る気にはなれなかった。刑事部屋で時間を潰そうとしても、今すぐ遺族の話を聞いてこいと課長にうるさく言われるだけだからだ。そんなことならこのまま外に出て、亮輔の話を聞いてから帰ってきた方がいい。芦原賢剛は意識せぬままに、大きく息を吐いた。

『ホトケがOBってのは、やりやすいのかやりにくいのか』

遺体の身許を知り、課長はそうぼやいた。通常、溺死体はまず身許の特定で苦労する。だが今回は、事情が違った。死体発見現場に駆けつけた賢剛が、遺体の身許を認定したからだ。

言葉にならない、という状態を初めて経験した。あまりに大きな驚愕《きょうがく》に、脳裏も視野も真っ白になる。自分の網膜が捉えているものが現実とは思えず、呼吸すら忘れてしばし固まった。ようやく我に返ったのは、『おい、どうした』と問いかけられながら肩を摑《つか》まれて揺すぶられたからだった。

『こ、これは知り合いです』

かろうじて声になったが、低く嗄《しわが》れていて自分のものとも思えなかった。地の底から響いてくるような、非現実の声だった。その後のことは、あまりよく憶《おぼ》えていない。捜査に遅滞がなかったところからすると、遺体として引き揚げられたのが誰かをきちんと口にしたようだ。呆然としたまま刑事課の他の同僚たちと行動をともにし、署に戻ってきた。意識が焦点を結んで最初に考えたのは、自分が亮輔たちに説明をしなければならない、ということだった。

課長にもそう命じられた。遺体となった人物が賢剛の知人と聞いた課長は、『そりゃ、都合がいい』と言った。

『じゃあ、お前が遺族に会え。で、しっかり話を聞いてこい』

『——はい』

断るつもりはないし、むしろ自分から希望したいところではあった。それでも、いざ亮輔たちと対面しなければならないとなると、ためらう気持ちはどうしてもあった。よりによってなぜ、賢剛が所属する署の管轄に流れ着いたのか。恨み言めいたことを考えたが、その偶然は賢剛が引き受けるべき役割を明確にしているようにも感じられた。他の人ではなくおれこそが、亮輔たちにこの事実を伝えなければならない。その思いを強くした。

しかし検視官の所見を聞き、また改めて衝撃を受けた。検屍官は、側頭部に殴打痕があると言う。見たところ、川に落ちた際にできた傷ではなく、何者かに殴られた痕のようだとのことだった。それを聞くまで賢剛は、濱仲辰司《たつじ》の死はただの事故だと頭から信じ込んでいた。それ以外の可能性は、微塵《みじん》も思いつかなかった。仕事で他人の死はよく見ていても、知人の死は別物なのだと知った。これが殺人事件であれば、おそらく賢剛が担当することになる。辰司殺しの捜査に自分が加わることをどう受け止めればいいのか、とっさにはわからなかった。

いっそう、亮輔たちに辰司の死を伝えることが憂鬱になった。自分の仕事に誇りを感じてはいるが、このときばかりは因果な稼業だと思わずにはいられなかった。

いざ検視官の所見を伝えたら、亮輔がさほど取り乱さなかったことが救いだった。もちろん、ふだんの亮輔とは違う。悲しむというよりぼんやりした様子で、明らかに事実を受け止めかねていた。賢剛も同じ気持ちなのだが、実の息子である亮輔の方がより信じがたいだろう。辰司は町のお巡《まわ》りさんとして、地域住民に慕われたまま退官した。何者かに殺されるという、悪意を伴う死を迎えるような人ではなかった。単なる物取りの犯行ではないかと考えかけたが、遺体のスラックスのポケットには財布が入っていた。賢剛の証言がなくても、身許は早晩特定できていたのだ。財布が残っていたのだから、物取りの犯行ではない。そもそも、元警察官である辰司が物取りに襲われて命を落とすとは考えづらかった。六十代になっても、辰司はまだ衰えとは無縁だった。

知人としての情、そして職務遂行への使命感の板挟みになりつつも、なんとか亮輔に対して質問を切り出した。だが、このタイミングではいかにも不躾《ぶしつけ》であったと、口に出してすぐに気づいた。予想以上に強烈な自己嫌悪が込み上げ、詫《わ》びてすぐに立ち上がる。亮輔たちを送り出すために署の外に出ると、まるで中が息苦しかったかのように大きく深呼吸をしてしまった。

せめて一時間くらいは、気持ちを落ち着かせる時間を亮輔たちに与えたい。そう考えたからこそ、いったん帰宅することを認めたのだ。それまで、どこかで適当に時間を潰さなければならない。まさか殺人事件発生直後に、時間潰しをしなければならなくなるとは思わなかった。課長に見つかれば大目玉を食らうどころではなく、間違いなくマイナス査定をされるだろうが、署の近くでなければ誰かに見つかる可能性は低い。さすがに帰宅するのは気が咎《とが》めたので、浅草まで行き、国際通り沿いのコーヒーショップに入ることにした。こんなときには本でも読めればいいのだが、あいにくと読書の習慣はない。たまにスマートフォンをいじりつつ、基本的にはコーヒーを飲むことに専念した。

一時間後に、亮輔の携帯電話に直接連絡を入れた。落ち着いたか、と尋ねると、大丈夫との返事だった。すでにコーヒーショップは出ていたので、その足で亮輔の家に向かう。亮輔の家は、賢剛の自宅のすぐそばだった。

この界隈《かいわい》は国際通り沿いこそ店がかなり入れ替わったが、一歩路地に入ると昔とさほど変わらない。道幅が狭く、小さい民家が軒を連ねている風景は、時の流れから取り残されたかのようだ。だからといってそうした風景にホッとするということもなく、物心ついたときから知っている見慣れた眺めだった。寺社が多いのも、あまり時代の変化に影響されない理由のひとつだろう。

高いビルに遮られていないお蔭《かげ》で空が広く見える町を歩き、亮輔の家の前に立った。他の家と同じように、敷地はさほど大きくない。庭がなく、門のすぐ後ろに家の玄関がある造りだ。数えられないほど何度も通った家ではあるが、まさかこんな用件で訪ねる日が来ようとは夢にも思わなかった。

呼び鈴を鳴らすと、亮輔が出てきた。署で会ったときより、憔悴《しょうすい》しているように見える。喪失感は、時間とともに大きくなるのかもしれない。亮輔は頷いて、「入れよ」と言った。

玄関にほとんど直結しているように、居間がある。その奥の台所に、人の姿はない。

亮輔の母は、二階にいるようだ。「おばさんは？」と様子を窺《うかが》うと、「寝込んだ」と亮輔はぶっきらぼうに答える。

「倒れた、と言うべきかな。ともかく、起きていられないようだ」

「話もできないくらいか」

「どうだろうな。後で訊いてみる」

殺人事件の被害者遺族が倒れてしまい、詳しい話を聞けないということはよくある。亮輔がしっかりしているだけ、捜査する側である賢剛にはありがたいと言えた。

出された座布団に、腰を下ろした。亮輔はそのまま台所に行き、コーヒーメーカーを動かし始めた。飲むかどうか訊かずに淹《い》れ始めるのは、いつものことだからだ。亮輔も賢剛も、コーヒー好きという点が共通していた。

スイッチを入れて、亮輔は居間に戻ってきた。座卓を挟んで、向かい合う。先に賢剛が口を開いた。

「いまさらだけど、改めて、今回のことはご愁傷様だった」

親しい仲なので、改まった物言いをすることはなかなかない。本当ならもっと丁寧な言葉を使うべきなのだろうが、これくらいが適切な気がした。亮輔は少し眉を寄せ、「うん」と応じる。

「ありがとう」

その言い方で、亮輔もまたどう答えていいかわからずにいるのだと察した。身内の死は、いずれやってくる。だがこんな形であれば、誰しも戸惑わずにいられない。ここから先は、事務的に質問した方が双方にとっていいと判断した。

「じゃあ、すまないが質問を始める。いいか」

「いいよ。始めてくれ」

そう言ったそばから、コーヒーメーカーが音を発した。コーヒーができたようだ。亮輔は立ち上がりながら、もう一度「始めてくれ」と言う。台所に立った亮輔の背中に質問を向けることになったが、その方が切り出しやすかった。

「亮輔がおじさんを最後に見たのは、何時のことだった？」

感情を殺した。そうでなければ、「最後に」という言葉をつけ加えるのが辛かった。亮輔はカップにコーヒーを注《そそ》ぎながら、答える。こちらに背中を向けているので、表情はわからなかった。

「夜の八時だ。夕食を終えてから、飲みに行くと言って家を出た」

「じゃあそれは、おばさんも同じか」

「そうだ」

辰司が夕食後に外に飲みに行く習慣があったのは、賢剛も知っている。この界隈では、そうした習慣を持つ者は珍しくない。賢剛自身、さほど頻繁というわけではないが、行きつけの店はあった。だから夜に外出したこと自体は、特に奇異ではなかった。

亮輔は両手にコーヒーカップを持ち、戻ってきた。ひとつを賢剛の前に置き、腰を下ろす。亮輔がカップに口をつけるのを見て、質問を重ねた。

「行く先は、《かげろう》か」

「うん」

《かげろう》とは、一杯飲み屋である。賢剛や亮輔のような三十前後の者はあまり行かない、辰司ぐらいの年配の人が集う店だ。女将《おかみ》も、辰司や他の客と同世代らしい。そういうことなら、《かげろう》にも足を運んで話を聞く必要があった。間違いなく辰司は、《かげろう》を出てから襲われたのである。店で何かがあったのかもしれない。

「家を出てから、連絡はなかったか」

「ないな。携帯を持ち歩く人じゃないから」

「ああ」

ある年齢以上の人は、頑《かたく》なに携帯電話を持つことを拒む場合がある。首輪をつけられるように感じるのかもしれない。辰司もそうだったことは、賢剛も知っていた。

「じゃあ、《かげろう》の後にどこに行ったかは知らないな」

「知らない」

亮輔は首を振る。先ほどからずっと、コーヒーカップに視線を落としていてこちらと目を合わせなかった。心なしか、肩も落ちている。こうして質問を向けることは酷かと思ったが、むしろ賢剛と話をしている方が気が紛れるかもしれないと考え直した。

「訊きづらいことだけど、おじさんは最近、トラブルに巻き込まれたりしてなかったか」

「そんなことはまったくない。隠しているわけじゃないぞ」

そう答える際にようやく、亮輔は顔を上げた。そんな断りを入れずとも、隠し事があるなどとは思わない。そもそも、形だけ訊いたに過ぎず、辰司がトラブルに巻き込まれていたとは賢剛も想像しにくかった。

とはいえ、現に辰司は殺されている。やはり何かがあったと考えるしかない。その何かは、家庭内にはないだろうと確信できた。ここで質問を続けるより、《かげろう》の方が収穫がありそうだった。

「じゃあ、誰かに恨まれていたということもないか」

「おれは、知らない。でも、こんな死に方をするってことは恨まれてたんだろうな。親父には、おれの知らない一面があった」

亮輔の返事に、賢剛は驚いた。そんな言葉が飛び出すとは思わなかった。身を乗り出し、確認する。

「それはどういうことだ。おじさんには隠し事があったと言いたいのか」

「正確には、おれがそう感じていた、ということだ」

亮輔は表情を変えずに言う。賢剛の方がむきになった。

「どうしてだ。なんでそう感じてた」

「なんで、と訊かれても答えにくいけど、毎日一緒に暮らしているからこそ感じられることだ、としか言えないな。親父には確かに、家族にも隠していることがあった。それが親父の死の原因かどうかは、ぜんぜんわからないが」

「隠していること……」

訊くべきことを訊いて、さっさと引き揚げるつもりだった。それなのに、思いがけない話が飛び出し、賢剛は腰を上げられなくなった。昔から辰司のことはよく知っているつもりだったが、それはあくまで外から見た辰司に過ぎなかったのか。亮輔から見た辰司は、いったいどんな人物だったのだろう。

「家族にも、ということは、おばさんにもという意味なんだな」

「そうだ。お袋に対しても、親父は秘密を抱えてた。確かめ合ったわけじゃないけど、たぶんお袋も同じように感じていると思うよ」

「その隠し事が何か、見当はつくか」

「いや、まったく。なんとなく、大昔のことじゃないかとは思うが」

「大昔。どうしてだ」

「おれの記憶の中の親父は、ずっと同じだったからだ」

亮輔の顔つきは、険しくなっていた。辰司の隠し事が死の原因かどうかはわからないと言いつつ、そこに因果関係があると亮輔は考えているようだ。辰司の過去に起因する何か。そんなことは知りたくないと、ふと後ろ向きの気持ちが芽生えた。

「親父のことを怖いと思ったことはないか」

唐突に、亮輔の方が質問を繰り出してきた。考えるまでもなく、答えはすぐに出てくる。

「そりゃ、あるよ。おじさんは怒ると怖い人だったからな」

しかし亮輔は、その答えが不満だったように首を振った。

「そうじゃなくて、特に怒っているわけじゃないときにだよ。どう言ったらいいかな。これ以上踏み込んだら怖いものが出てきそう、って一線があったと言うか」

「怖いものが出てくる？　それが、おじさんが隠していたことか」

「そうかもしれないし、もっと抽象的な意味でもだ。親父は見かけどおりの人間じゃない、と感じたことが何度もあるんだよ」

「そうなのか」

それは、結局は他人でしかない賢剛には感じられないことだった。賢剛にとって辰司は、厳しくても優しい人だった。父がいない賢剛の、父代わりの人であったのだ。

「曖昧なこと言ってるな。役に立たなくてごめん」

亮輔は語調から力を抜いた。自分の言葉に、いつの間にか高ぶっていたのかもしれない。「いや、そんなことない」と応じた賢剛は、次に向けるべき質問がなかなか見つけられなかった。

目の前には、まだ口をつけられずにいるコーヒーがあった。

3

家の中には、たくさんの父の所有物がある。これらは遺品ということになってしまうのかと考えると、喪失感とはまた別の寂寥感《せきりょうかん》が込み上げてくる。いずれは遺品を整理しなければならないとしても、果たしてそんなことができるだろうかと懐疑的になった。父の所有物を整理することは、父との思い出をも捨てることになりはしないか。家族を亡くしている人は、この問題にどう向き合っているのだろうかと亮輔は考えた。

賢剛には、大した情報を与えられなかった。父が殺される理由には、まったく心当たりがない。ただそれは、父が誰かに恨まれるような人ではないから、という意味ではなかった。亮輔が父のことを知らないせいだった。

ふだんは、そんなことをまったく意識していなかった。父がどんな人生を送ってきたか、じっくり聞く必要を覚えたこともない。とはいえ、それはどこの家庭でも同じだろうから、うちだけが特別変わっているとは思わなかった。もっと言ってしまえば、亮輔は父の過去や生い立ちに興味がなかった。

父への無関心が、まさかこんな形で弊害《へいがい》になるとは想像もしなかった。父は無口というほどではないが、口数のあまり多くない人だった。それでも長く一緒に暮らしていれば、何かを抱えていそうだという見当くらいはつく。ただ、さほど深刻なこととは思わなかった。言いたくないのなら、別にこちらも訊かない。その程度の認識で、今に至ってしまったのだ。

言葉にしてみて初めて、亮輔の知らない父の一面が今回の事件を引き起こしたのではないかと気づいた。論理的な結論ではない。ほとんど直感のようなものだ。しかし現実に、父は何者かに殺されている。強盗でないなら、恨みだろう。父は誰かに恨まれていたのだ。

亮輔の知る父は、言わば地域の名士だった。出世とは無縁だったとはいえ、警察官として長く公務に励み、退官したのである。尊敬を集めこそすれ、誰かから恨まれる人生ではなかった。

ならば、亮輔の知らない一面が殺人事件にまで発展したと考えるしかない。最初はただの直感だったが、理詰めで考えてもそういう結論になる。父が裏表のある人物だったとは思わないものの、見えなかった部分が殺人などという犯罪と結びついたのであれば、なにやら急に暗闇を覗《のぞ》いた気分になる。父は本当は、どんな人だったのか。

母の意見を聞いてみたかった。付き合いの長さで言えば、母の方が父をよく知っているはずなのだ。父が母に対しても隠し事をしていたのだとしても、母ならそれが何か見当がついていたかもしれない。寝込んでしまったのは、そのせいとも考えられた。

賢剛は遠慮して、母には話を聞かずに帰った。これが知り合いでなければ、刑事は強引にでも母から情報を引き出そうとしたのだろうか。こちらは被害者家族なのだから、そんな横暴な真似《まね》をするとは思えないが、実際のところはわからない。やはり賢剛が担当でよかったと、改めて感じた。

階段を上がり、閉まっている襖《ふすま》の手前で立ち止まった。「母さん」と声をかけると、「ん」と応じる声がする。眠っているわけではないようだ。入るよ、と断り、襖を開けた。六畳間の真ん中に敷いた布団に、母は横たわっている。

「具合はどう。落ち着いた?」

「ああ、まあなんとか。賢剛君が来てたの?」

声が聞こえたようだ。小さい家だから、眠っていなければやり取りは聞こえただろう。

「来てた。母さんの話は、また改めて聞きに来るって」

「あら、そうなの。賢剛君でよかったわ」

母も同じ感想を抱いたらしい。頭を上げないまま、目を閉じる。亮輔はその横に胡座《あぐら》をかき、顔を覗き込んだ。眠いわけではないようだと見て取った。

「ちょっと、いいかな」

そう前置きすると、母は目を開けないまま応じる。

「何?」

「父さんのことだよ」

「うん」

なぜか不意に、亮輔がこれから口にすることを母は予想しているのではと思えた。いや、そこまで鋭い人ではない。自分の方が過敏になって、必要以上に裏読みをしているのだ。ためらいを理屈で押し切り、続けた。

「父さんってさぁ、あまり喋《しゃべ》らない人だったでしょ。あれは昔から？」

まずは当たり障りのないところから始めた。そのお蔭か、母はまた目を開ける。

「あなたの前では、あまり喋らなかったかもね。でも、あれでけっこう喋る人なのよ」

「そうなの？　母さんに対しては喋ってた？」

「あなたに対してよりはね。それに、お友達とはよく楽しそうに喋ってたわよ」

「ああ」

父が夕食後に晩酌代わりに一杯飲み屋に行くのは、何も女将目当てではない。友人たちとそこに集って喋るのが楽しみだったからだ。ならば、《かげろう》では父も喋っていたのか。何度か行ったことはあるが、亮輔がいると父は喋らなかった。父が友人と交わしていた会話を、亮輔はどうしても聞くことができずに終わってしまった。

「じゃあ、おれが見ていた父さんは、本当の父さんじゃなかったのかな」

興味がなかったという自覚があるのに、いざ口にしてみると寂しさを覚えた。勝手なものだと、自分でも思う。やはり父への無関心は、罪だったように感じられてきた。

「どうなのかしらね。あなたが見ていたお父さんも、それはそれで本当のお父さんだったと思うけど」

母はそう言ってくれる。もし亮輔が第三者なら、母の意見は正しいと判断できただろう。だが当事者としては、慰めに聞こえる。自分は父をよく知らなかった。それは間違いないことだったのだ。

「母さんは、父さんが何か秘密を抱えていると感じたことはない？」

もどかしくなり、単刀直入に質問をぶつけた。母はわずかに目を見開き、驚きを示す。

「どうしてそんなことを言うの？」

「おれは、ずっとそう感じていたから。秘密、と言っては言いすぎかもしれないけど、おれには見せない一面があると思ってた」

今の話で、その感触は実際当たっていたと知った。だがそれは、普通のこととも思える。父としての顔、夫としての顔、男としての顔。いくつも持ち合わせていて、特に矛盾もないのが人間だ。自分は勘ぐりすぎているのだろうか。それとも、感じていたことを普遍的な理解に落とし込もうとしているだけなのか。母は果たしてなんと言うか、返事を待った。

母は亮輔から視線を逸らし、天井をじっと見つめた。そしてひとつ大きくため息をつくと、また目を閉じた。そのまま黙っているので、答えたくないのかと亮輔は考えた。

だがやがて、母は声を発した。

「人は、ずっと同じでいるわけじゃないと思うのよ。人格が変わるくらい、大変な出来事が起きることもあるでしょ。お父さんはあなたが小さい頃、もっと朗らかだったわ。誰にでもにこにこ笑いかける、優しい人だった。そんなお父さんが変わったきっかけがあるとしたら、それはひとつだけよ」

　母は目を閉じたまま、訥々《とつとつ》と言う。目を閉じているから、表情は変わらない。感情を顔に出さないようにするために、目を瞑っているのかもしれなかった。

「ひとつだけ、って？」

　亮輔が幼い頃のことなら、見当がつくわけがない。だから、ろくに考えもせずに訊き返した。母は目を開け、こちらを真っ直ぐに見た。

「もちろん、賢剛君のお父さんの死よ」

「――ああ」

　なぜ気づかなかったかと、己の頭の回転の鈍さに呆《あき》れた。父と賢剛の父親は、親友同士だった。親友の死が、性格に影響を与えないわけがない。父はそれ以来、朗らかさを失ったと母は言いたいのだろうか。

「そりゃあ、そうか。親友に自殺されたら、性格も変わるよな」

　賢剛の父親の死をきっかけに口数が少なくなったなら、それはショックに起因することであり、隠し事ではないのかもしれない。父が息子にすら踏み込ませなかった一線の向こうには、親友の死による悲しみがあったのか。

「じゃあ、父さんは秘密を抱えていたわけじゃないのかな。単に、賢剛の親父さんの死を引きずってただけなの？」

「さあ。それはあたしにもわからない。自分の気持ちを語る人じゃなかったから」

母は寂しそうに首を振った。もう父の真意を知ることはできないのだと、改めて感じたのかもしれない。残酷なことを訊いてしまった、と亮輔は悔いた。身内の死は、いろいろな形で痛みを与えてくれる。今後もこのようなことは何度もあるのだろうなと予想した。

4

亮輔の家を出たときは、まだ午後二時過ぎだった。さすがに一杯飲み屋に行って話を聞くには早い。一度、署に戻ろうと賢剛は判断した。亮輔から聞いた話を、課長に報告する必要もあった。

浅草駅から都営地下鉄浅草線に乗り、東日本橋《ひがしにほんばし》駅で降りた。いつもの通勤コースである。この近さが賢剛にとっては楽だったが、まさか電車と並行して流れる川がこんな運命を運んでくるとは思わなかった。まだ犯行地点が特定されたわけではないが、まず間違いなく辰司は浅草近辺で隅田川に落ちたものと思われた。

久松警察署は、東日本橋駅から歩いて数分のところに位置する。この辺りは駅が多く、都営新宿《しんじゅく》線の馬喰横山《ばくろよこやま》駅や浜町《はまちょう》駅も近い。位置的には人形町《にんぎょうちょう》の外れになるので、東京メトロ日比谷《ひびや》線の人形町駅や、半蔵門《はんぞうもん》線の水天宮《すいてんぐう》前駅も使える。都心部は駅と駅の間が短いのでどこでも同じと言えるが、やはり便利な立地ではあった。

刑事課に戻ると、課長はすぐにこちらを見つけて「おっ」と声を上げた。手招くので、少し早足になって課長席の前に行く。課長は坐ったままこちらを見上げ、「どうだった」と尋ねた。

「何か、耳寄りなことはわかったか」

「被害者《ガイシャ》は昨夜、一杯飲み屋に行っていました。遺族がガイシャを最後に見たのは、家を出たときでした」

「飲み屋か」

課長は応じて、壁時計に目をやる。飲み屋に聞き込みに行くには、まだ早い時刻だと判断したのだろう。続けて、「で？」と訊いてくる。

「トラブルは？」

「特になかったようです。私もガイシャをよく知っていますが、それは嘘《うそ》ではないと思います」

「元交番勤務だったんだろ。査定表を回してもらえば人となりはわかるだろうが、それは一課の皆さんがいらしてからだな」

「やはり、捜査本部《チョウバ》が立つのですか」

「そりゃ、そうだ。ＯＢとはいえ、身内殺しだからな」

警察官の結束は固く、たとえ退官後であっても身内だと考える意識がある。被害者の職業によって捜査の重要度が変わるわけではないが、どうしても意気込みが違ってくるのはやむを得なかった。

「故人は、真面目《まじめ》な人でしたよ」

辰司のことを語る際には、警察官同士の隠語で呼ぶのは抵抗があった。殺されるような人ではない、とつけ加えたかったが、実際に殺されているのだから無意味な情報である。そのことが、悔しかった。なぜあんな真面目な人が殺されたのかと、その理不尽さに苛立《いらだ》ちを覚えた。

「お前は子供の頃から知ってるんだって?」

課長はすでに、賢剛と辰司の関係を耳にしたようだった。隠すことではないので、「はい」と認める。

「父がいない私にとっては、父親代わりのような人でした」

「まさか、お前が警察官《サツカン》になったのはその人の影響だ、なんて言うんじゃないだろうな」

「そのとおりですよ」

素直に認めると、課長は眉を吊《つ》り上げて「へえっ」と言った。

「今どき珍しいな。その姿を見て近所の子供がサツカンを目指すなんて、よっぽど立派な人だったんだな」

その口振りに皮肉の色は感じられない。本気で感心しているようだ。だから賢剛も、特によけいなことはつけ加えずに「はい」と肯定した。辰司は立派な警察官だった。それは、間違いないことと胸を張って言えた。

「じゃあ、敵《かたき》を取らないとな」

　視線を無意味に横の方に向け、課長はぽつりと言った。基本的に部下を徹底的にこき使うタイプの上司だが、たまにこうして人情味のあることを口にする。だから顎で使われても我慢できるのだよなと、改めて実感した。もう一度、「はい」と返事をした。

　午後五時過ぎに、刑事部屋を出発した。また都営浅草線で浅草に戻り、六区を目指す。浅草は一般的に、昔からの雰囲気を保っているように思われがちだが、実はそうでもない。特に六区は、昔と大きく様変わりした。賢剛くらいの年齢の者ならさほど悪いイメージを持っていないが、もう少し上の世代にとって六区は柄が悪い地域だったという。子供には、六区に行ってはいけないと言い聞かせていたそうだ。ストリップ劇場や場外馬券場があったり、客筋のよくない飲み屋が多かったせいだろう。

　だが今は、見方にもよるが、六区はおしゃれな街にすらなったと賢剛は思う。しゃれた雰囲気の喫茶店やレストランもできたので、デートの場所にも選べるのではないだろうか。実際、浅草寺《せんそうじ》を詣でた足で六区まで来たらしきカップルは多い。そうした変化を惜しむ者も地元にはいるが、賢剛は好ましい傾向と思っていた。

《かげろう》は、六区の中にある。もちろん今どきのしゃれた店ではなく、六十過ぎの女将が営む昔ながらの一杯飲み屋だ。六区は変わったと言われるが、こうした店がまだいくつも残っている。いくらおしゃれな店が増え、若い人が来るようになっても、原宿《はらじゅく》や渋谷《しぶや》のようにはならないだろうと賢剛は考えていた。

《かげろう》の場所は知っているので、真っ直ぐに目指した。そこで呑んだことはないが、行ったことはある。こんな説明で、この辺りの横の繋がりが外部の人にもなんとなく理解してもらえるのではないだろうか。二十年以上続いている店であれば、そこの主《あるじ》とはまず間違いなく顔見知りなのだった。

入り口の暖簾《のれん》はしまわれていた。だが、中に人のいる気配はする。確かここは、女将がひと回りくらい年下の女性を雇ってふたりで切り盛りしていたはずだ。今はちょうど、開店の準備をしている頃合いであった。

「すみません」

入り口の引き戸には鍵がかかっていなかったので、声をかけて開けた。カウンターだけの、奥に長い店構えである。入って右手がカウンターの中で、そこに年配の女性がふたりいた。手前にいる方が、女将だった。

「あら、ええと、お巡りさんよね」

女将もこちらの顔を知っているので、そんな言い方をする。名前までは憶えていないのだろう。「芦原です」と名乗り、店の中に入った。

「開店前でお忙しいところでしょうが、手は休めなくていいので、少しお話を伺わせてもらえませんか」

「濱仲さんのことよね」

女将はすぐに察する。横の繫がりが強いということは、情報が伝わるのも早いということだ。

「そうです。辰司の訃報《ふほう》は、当然耳に入っているものと思っていた。

「えっ、そうなの？」

「隅田川を流れて、私が所属する署の管轄に来ました」

　この情報は伝わっていなかったらしく、女将は手を止めて目を見開く。まだ知られていなかったこととしても、明日にはもう知れ渡っているのだろうと賢剛は予想した。女将は立ったままの賢剛に対して、「坐って」と促す。言われるままに、カウンター席に腰を下ろした。

「お仕事中なら、お茶でいいかしら」

「いえ、おかまいなく。準備でお忙しいでしょうから」

　気を使う女将を制して、本題を続けることにした。仕事でこの辺りに来たのは初めてだが、いつもの調子で付き合っていたら、かなり時間がかかってしまうだろうことはわかる。

　結局女将は、「粗茶だから」と言って湯飲み茶碗《ぢゃわん》を賢剛の前に置いた。ただ、もてなしはそれだけで、開店の準備に戻る。立ち働いているその横顔に、賢剛は語りかけた。

「昨日、濱仲さんはこちらにいらしたんですよね。何時にいらして、何時に帰りましたか」

「来たのは八時過ぎ。帰ったのは十時過ぎ。だいたいいつも、それくらいよ」

店に来る際の時刻が一定だからか、死んだと聞いて昨夜の記憶を新しくしていたからか、女将は即答した。夕食は自宅で食べてから来るらしいから、それくらいだろうと賢剛も予想していた。メモを取りつつ、次の質問を繰り出す。

「ここにいるとき、変わった様子はありましたか」

この問いかけに、女将は手を止めた。そして何か奇妙なものを見るかのような顔で、こちらに目を向ける。

「変わった様子、って？　濱仲さんは事故で亡くなったんじゃないの？」

「遺体の状況から、単なる事故ではないと私たちは考えています」

「単なる事故ではないって、じゃあなんなのよ」

女将は目を大きく見開いて、抗議をする口調で言った。自分はあちこちでいやな話を吹聴《ふいちょう》して回ることになるのだろう、と賢剛は予想する。損な役割ではあるが、逃げるつもりはない。辰司の無念を自分の手で晴らすことができる状況を、今は幸運と考えたかった。

「殺人の可能性がある、というのが私たちの判断です」

噂《うわさ》がすぐに広まることを覚悟の上で、言い切った。隠すことに意味がないなら、早く知れ渡った方がいい。いちいち説明をする必要がなくなる。

「そんな……」

女将は絶句した。殺人かもしれないとは、まったく思っていなかったようだ。賢剛は再度尋ねる。

「どうですか。殺人と聞いて、何か思い当たることはありませんか。昨夜だけ、特に様子がおかしかったとか」

「何もなかったわよ」

目を見開いたまま、女将は答える。呆然とした表情からは、何かを思い出した気配は感じられない。特に印象的な出来事はなかったようだ。

「本当にいつもどおりだった。常連さん同士で静かに話して、たまに笑って、それで酔っぱらう前に帰っていったわ。あれが最後の姿だったなんて、未《いま》だに信じられない。今夜、また来そうな気がするくらいよ。それなのに、殺人なんて……」

賢剛はじっと女将の表情を見ていたが、嘘をついている気振《けぶ》りはなかった。そもそも、嘘をつく理由があるようにも思えない。ならば、この店でなんらかのトラブルに巻き込まれ、帰り道で襲われたというわけではないのか。速断は禁物だが、ここ以外の場所で何かが起きたと考えた方が妥当そうだった。

「濱仲さんは、この店に通うようになって長かったですか」

常連と言うからには、昨日今日の付き合いではなかろう。ならば、辰司の人となりについてもそれなりに把握しているはずだ。もちろん賢剛もよく知っているが、この女将から見た辰司の姿を聞いてみたかった。

「長いわよ。もうかれこれ十年、いや、もっとかしら」

十年とは、確かに長い。筋金入りの常連だ。もっとも、浅草界隈では珍しい話でもないが。

「でしたら、濱仲さんのこともよくご存じですよね。女将さんから見た濱仲さんは、どんな人でしたか」

この問いに対し女将は、「そうねぇ」と言ったきりなかなか続けなかった。開店の準備のために手は動かしているから、まるで無視されているかのようだ。だがそうではなく、なんと答えるべきか考えていることが窺えたので、賢剛はお茶を飲みながらそのまま待った。やがて、女将は口を開いた。

「ひと言で言うと、正義の人かしら。曲がったことが大嫌いな、正義の味方。あなたもお巡りさんなら、わかるでしょう」

「わかります」

即答した。同じ職業に就いているからわかるのではなく、辰司を知っているからわかるのだ。女将の言葉どおり、辰司は正義の人だった。

「でも、杓子定規《しゃくしじょうぎ》の正義ではなかった。清濁併《あわ》せ呑む、なんて言ったら誤解されるかしら。必要悪に手を染めるとか、そういうことじゃないのよ。柔軟性がある正義感だった、と言えば伝わるかな」

「なるほど」

確かに辰司は、堅いばかりの男ではなかった。人情味のあるお巡りさん。そういう表現で、ほぼ間違いはなかった。賢剛自身が下町に生まれ育っているので、辰司のような人をいかにも下町らしいと言い表すのが正しいのかどうかわからないが、他の地域の人からはそう見えてもおかしくはなかったはずと思う。他の地域の出身者ではあまりいないかもしれない、地元密着型の交番警官だった。

「じゃあ、誰かに殺されるほど憎まれていたとか、そんな話はないですか」

ないわよ、と即座の否定が返ってくるものと予想していた。だが案に相違して、女将は答えなかった。今度は手も止め、俯いている。思いがけない反応に、賢剛は興味を惹《ひ》かれた。

「――お巡りさんなんてやってたら、誰かに逆恨みされることだってあるんじゃないの」

言葉を吟味するようにして、女将は言った。それはそうかもしれないが、しかし女将が本当に言いたいことはそういうことではないのではないかと直感した。辰司には、殺されても不思議ではない一面があったのか。それは、子供の頃から見ている賢剛にはわかりづらいことだった。賢剛から見た辰司の印象は、昔から変わっていなかったからだ。

「逆恨みは、あるかもしれません。濱仲さんは逆恨みで殺されたと、女将さんは考えるんですか」

「そうではないけど」

女将は首を振り、また思い出したように手許の作業を再開した。賢剛は先を促す。

「では、どういうことだと？」

女将は迷っているように見えた。だが、迷っているなら必ず話す。賢剛はそう予想して、心の中で「話してくれ」と念じた。その願いが通じたかのように、女将は呟きに似た声で答える。

「正義って、一種類じゃないと思うのよ。たぶん、人それぞれの正義があるんじゃないかしら。濱仲さんは、自分の正義を持っている人だった。でもそれが、濱仲さんを苦しめていた気がする。濱仲さんが死ななければならなかったのは、正義を貫いたせいかもしれない」

「正義を」

わかるようなわからないような話だった。ならばそれはやはり、逆恨みではないのか。逆恨みとは違う、正義にこだわったが故に殺されることなどあるのか。女将もまだ、自分の思いをうまく言葉にできないのかもしれないと賢剛は考えた。

「ごめんなさいね、抽象的な話で」

女将は顔を上げ、こちらに向けて眉を顰《ひそ》めて見せた。賢剛はわずかに苦笑し、「いえ」と応じる。また来よう、と心の中で決めた。

5

母は静かに、父のことを偲んでいたいように見えた。だから亮輔は、ひと言断ってから外に出た。行ってみたい場所があったのだ。

父は隅田川を流れて、久松署の管轄に行き着いた。どこから川に落ちたのかはまだ判明していないが、浅草であることはまず間違いない。父にしろ亮輔にしろ、浅草の外にはなかなか出ないからだ。まして昨夜は六区で飲んでいたのだから、離れた場所から川に落ちるわけがなかった。

亮輔は隅田川沿いを歩いてみたかったのだった。素人《しろうと》の自分に、何ができるわけでもない。父が川に落ちた地点を、特定できるとは思っていなかった。それでも、父が歩いたであろう場所を同じように歩くことで、最後の思いを追体験できるかもしれないと期待した。父のことをろくに知らなかった自分を、亮輔はわずかに責めていた。

亮輔が住む西浅草から六区までなら近いが、浅草寺を越えて隅田川までとなるとけっこうな距離である。だが地下鉄を使ってもたったひと駅なので、電車移動する気にはなれない。無職の今はただでさえ金が惜しいが、そうでなくてもひと駅のために電車に乗る習慣はなかった。隅田川はあくまで、地元の川だった。

国際通りを越え、六区を突っ切り、隅田公園に着いた。川縁《かわべり》を歩けるのは、西岸ではこの公園になる。公園には北側に野球場やテニスコート、スポーツセンターなどがあり、南側が主に散策エリアだ。夕方になる少し前の今は、ここから隅田川の眺めを楽しむ人たちの姿も多い。

公園だから、川との間には柵がある。だが柵はそれほど高くなく、せいぜい腰くらいまでしかない。この高さなら、誤って川に落ちる人もいそうだ。つまり、人を川に突き落とすのも不可能ではないのだった。

川から右手に目を転じると、東武伊勢崎《とうぶいせさき》線の高架線がある。公園はその下をくぐっている形になり、なぜかここだけは柵が二重になっていた。ふたつの柵の間にはスペースがあり、黄色く枯れた雑草が生えている。子供の頃から見慣れている光景だが、この構造の意味はわからない。

なんの気なしに足許に目をやり、動きを止めた。柵のそばに、血痕のようなものがあったのだ。赤黒いので血というよりただの汚れにも見えるが、液体が落ちた痕であることは間違いない。まさかとは思いつつも、写真を撮って賢剛に送ることにした。東武伊勢崎線の高架線の下で見つけた、と文章も添えておく。

ここで、父は殴られたのだろうか。しかし、だとしたらおかしい。この場所で殴られても、柵は二重だから川には落ちないのだ。まずここで殴られ、なんとか逃げようとしたが追いつかれ、柵が一重のところで突き落とされたのか。だが、アスファルトの路面をじっくり観察してみても、ここ以外に血痕はない。血は少ししか出なかったのか。

そもそもこれが血とは限らないし、血であったとしても父が流したものではないかもしれない。素人があれこれ考えても、意味はないだろう。賢剛がきちんと調べてくれるはずだから、その結果が出るのを待つしかなかった。

隅田公園は長細い形状なので、随所にベンチがある。ここまで歩いてきて疲れた亮輔は、空いているベンチを見つけて腰を下ろした。隅田川の水面《みなも》と、対岸のビル、そしてその向こうに聳《そび》える東京スカイツリーがよく見える。天気がいい今日は風が心地《ここち》よく、建物に遮られていないから空が広く、今まで気づかなかった地元のよさを発見した思いだった。この界隈に住んでいると、こんなふうにベンチに坐って隅田川を眺める機会などなかった。父の死によって世界の見え方が変わるとしても、それは悪い方向ばかりではないかもしれないと思えた。

父は、最期にこの景色を見ることができたのだろうか。改めて、ぼんやりと考える。最期に景色を目に焼きつけることもできなかったなら悲しいが、それは確かめようもないから、きっと見たに違いないと決めつけておくことにした。そしてそんな思考を頭の中で転がしていたら、不意に大きい感情に突き上げられた。

父はこんな最期を迎える人ではなかった。その理不尽さが、どうにも耐えられなくなった。受け入れることができる死とできない死があるなら、父の死は典型的な後者だ。受け入れることなど、できるわけがない。なぜ父が死ななければならなかったのか、今こそ痛切に知りたくてならなかった。

父は立派な人だった。いなくなられてみれば、尊敬していたと素直に言える。だが父の立派さが、亮輔には疎ましかった。自分はといえば、三十を過ぎても無職の、まるで社会に貢献できていない情けない人間なのだ。その引け目が、自らを父から遠ざけた。これまでは決して認めなかった本心を言葉にすれば、そうなる。

亮輔が勤めていた会社は、去年倒産してしまった。さほど小さくはない会社で、微増ではあっても右肩上がりの業績を残していたはずなのに、一度歯車が狂えば崩壊はあっという間だった。一社員にはどうすることもできず、さっさと見切りをつけて転職する器用さもなく、終わってみれば無職になった自分に呆然としているだけであった。

勤めていたのは、食品輸入会社だった。主に東南アジアの国からの加工食品を輸入していたのだが、その製造元で不祥事があった。日本では禁止されている成長促進剤を意図的に食用の鶏に与え、それを隠蔽《いんぺい》していたのだ。そのことが発覚し、会社は大打撃を受けた。全商品回収だけでも負担は大きかったのに、加えて社会の批判が凄《すさ》まじかった。子供の口にも入る鶏肉に、違法な薬品が使われていた。そのイメージはあまりに悪く、会社は活動を停止せざるを得なかった。損失補塡《ほてん》ばかりで収益を上げることができず、最終的には倒産となった。要領が悪い亮輔は、社の清算に最後まで奔走してしまった。

『お前は運がない』

父はそう言った。そんなことはわかっているのに、なぜことさらに言葉にするのか。亮輔は反発を覚えたが、実は父がそう言うのは初めてではなかった。亮輔のこれまでの人生は、お世辞にも順風満帆とは言いがたかった。大病をし、受験に失敗し、婚約寸前までいった女性にも逃げられた。その都度父は、『お前は運が悪い』と言った。自分でもそうだと、つくづく思う。

ただ、すべてを運のせいにしたくはなかった。それは逃避のように思えたからだ。やはり自分の努力や能力が足りなかったから、今の体《てい》たらくになったのである。そう考えれば、気持ちが楽になる面もあった。運が人生を左右するなら、自力ではどうにもならない。その方が、むしろ怖かった。

だから、運が悪いという父の言葉に、耳を塞ぎたかったのだった。運なんて言葉で片づけないでくれ。能力不足のせいで人生がうまくいかないなら、もっとがんばればいいだけの話だ。おれは、がんばる。その意欲を否定しないで欲しい。

しかし、今こうして己の本心に直面してみれば、別の解釈もあり得ることに気づいた。父が亮輔の運のなさを指摘したのは、もしかしたら息子を認めていたからかもしれない。運にさえ恵まれていれば、もっと充実した人生を送れていたはずだ。父はそう言いたかったのではないか。都合のいい解釈だという自覚はある。ただ、それでもいいだろうと開き直る。父が隅田川の景色を最期に見たと決めつけたように、父の発言の意図も息子である自分は自由に受け取っていいのである。父が認めてくれていたという理解は、たわいもないほど亮輔に力を与えてくれた。

父の死の真相が知りたい。改めて、強く思った。父は殺されていい人ではなかった。

父を殺した者に、なぜなのか問い質《ただ》したかった。加えて、父が抱えていた何かが関係しているなら、それも知りたい。立派な警官であった父が、家族にも秘密にしなければならなかったこと。もしかしたらその秘密は、知らない方がいいことかもしれない。だとしても、何もしないでいるのはいやだった。息子を認めてくれていたかもしれない父に、少しでも近づくことこそ供養だとこじつける。

幸か不幸か、今は時間だけはたっぷりある。もちろん、就職先を探す努力はしなければならないが、たとえ勤めていても忌引《きび》きはあるのだ。

一週間。その間だけ、父の死の真相を知るために足掻《あが》いてみる。きっと何もわからないのだろう。素人が動き回って犯人が見つかるなら、警察はいらない。それでも、父についての新たな発見がまったくないとは思えなかった。見えていなかった父の姿を少しでも知ることができるなら、充分な成果だ。意味がないことではないはずだった。

やるべきことを決めると、予想外に心が軽くなった。悲しみを紛らわすとは、こういうことなのか。いや、そもそも素直に悲しむことに、後ろめたい思いがあったのだ。自ら行動を起こし、その結果に納得してこそ、初めて父の死を悲しめる気がする。だから、心が軽くなったのだろう。人はそう簡単に悲しみを受け入れることはできない。これが、亮輔なりの悲しみの受け入れ方だった。

まず、何をするべきか。そう考えると、真っ先に母の示唆が思い出された。賢剛の父親の死が、父を変えた。母はそう言った。ならば、賢剛の父親がなぜ自殺したのかを知らなければならない。父の死とはまったく無関係かもしれない可能性も当然あるが、調べてみなければ何もわからなかった。

いきなり賢剛当人に、父親の死について教えてくれと頼むのは非礼が過ぎるだろう。最終的には訊かなければならないかもしれないが、他にも尋ねるべき相手はいる。父や賢剛の父親と共通の友人。一杯飲み屋で毎晩のように会っていた友人にこそ、話を聞くべきだった。

ベンチから立ち上がり、隅田川と公園を隔てる柵に近寄った。川の水面をじっと眺める。水面は、まるで流れが止まっているかのように穏やかだった。

6

亮輔から送られてきた写真を見て、驚いた。隅田公園で血痕らしきものを見つけたという。賢剛は久松署に戻るのをやめ、その足で隅田公園に向かった。東武伊勢崎線の高架線の下に行くと、確かに血痕に見える痕があった。ここが、辰司が殴られた場所なのか。課長に電話をかけ、鑑識を送ってくれるよう要請した。鑑識課の者が来るまで、この場の保存のために残った。

高架線の下、とメッセージで読んだときから奇妙に感じていた。ここは川との間の柵が二重になっているから、殴られても川には落ちないはずなのだ。だが正確に言えば、ふたつの柵は平行に設置されているわけではなかった。手前の柵は途中で折れ曲がっていて、その角の部分は川側の柵と近接している。血痕らしきものがあるのは、ちょうどここだった。ここならばあるいは、角の部分に乗り上げてしまって倒れたら、体が川側の柵に届き、川に落ちることもあるかもしれない。しかしそれは、常識的に考えて起きる可能性がほとんどないだろう。川側の柵にしがみつけば、落ちずに済むからだ。

辰司はここから逃げようとしたが追いつかれて、柵が一重のところで川に突き落とされたのか。だとしたら、ここ以外にも血痕が残っているかもしれない。見た限りでは見つからないが、鑑識が丁寧に探してくれるはずだ。検証結果が出るまで、犯行状況を想像しても仕方なかった。

二十分ほどで、鑑識はやってきた。鑑識は血痕だけでなく、二重の柵の間のスペースも検分した。内側の柵はもちろんのこと、川側の柵の指紋も採る徹底ぶりだ。その結果、柵の間のスペースに生えている雑草にも、血液が付着していることが判明した。血が飛び散ったのだろうか。

逆に、路面には他に血痕は見つからなかった。ということは、辰司は柵が一重のところまで逃げたのではなく、ここから川に落ちたのか。ならば、先ほどは可能性が低いと考えた、手前側の柵の角に乗り上げてしまった状況が正解なのかもしれない。川に落ちるはずのない場所で落ちてしまったのなら、辰司はあまりにも不運だったとしか言いようがなかった。

鑑識の仕事が終わるまで見届け、一緒に撤収した。署までは、鑑識の車に同乗させてもらった。辰司の不運がどうしても理不尽に思えて、賢剛はずっと沈思し続けた。

久松署に着くと、捜査本部設営の準備が待っていた。捜査本部が置かれることが決まると、所轄署は捜査の主導権を失う。本庁捜査一課の刑事たちが乗り込んでくるので、そのサポート役に回るのだ。下働きは決して楽しいとは言えないが、警察は階級社会なので甘んじて受け入れるしかない。それが悔しければ、出世すればいいのである。

捜査本部設営の準備とは、単なる言い回しの問題ではない。文字どおり、あれこれ揃《そろ》えるために奔走することになるのだ。例えば講堂にパイプ椅子と机を並べ、ファクス機を置くくらいは当然として、家に帰らず捜査に打ち込む刑事のために柔剣道場に泊まれるようにしなければならない。それも単に布団を用意すればいいのではなく、寝酒を嗜《たしな》む人のためにビールや日本酒を買っておく必要がある。もちろん、事件についての資料作りも欠かせない。下働き、という表現が決して誇張ではないことが、経験してみるとよくわかる。

賢剛は夜中の二時までかけて同僚たちとともに準備を整え、そしてそのまま柔剣道場に泊まった。タクシーを使えば帰れたが、そんな贅沢《ぜいたく》をする気にはなれない。他の者たちもそれは同じで、男たちが畳の上で雑魚寝《ざこね》をした。朝になっても熟睡した感触がなく、重い頭を振って無理矢理活動を開始した。

本庁から捜査一課の面々がやってきて、捜査会議が始まった。司会は一課の係長が務め、死体の発見状況、死体に残された痕跡、司法解剖の結果、被害者の個人データなどが読み上げられる。そして、犯行現場が隅田公園であることも、鑑定の結果断定された。路面に残っていたのはやはり血痕で、ＤＮＡが辰司のものと一致したのだ。しかも、川側の柵には辰司の指紋も残っていた。川に落ちまいと、なんとか抵抗したのだろう。しかしそれも空《むな》しく、辰司の体は隅田川に落ちた。もしかしたら、犯人に押されたのかもしれない。

鑑定結果を受けて、怨恨《えんこん》と物取りの両面での捜査が方針として定められた。それに応じて、各人の役割分担も決められた。基本的に捜査は、「地取り」「鑑《かん》」「ブツ」の三つに焦点を絞って進められる。地取りとは殺害現場周辺の聞き込み、鑑とは被害者についての調査、ブツは物証である。今回は死体が川を流れていたこともあって物証が少ないため、主に地取りと鑑に人員が配分された。賢剛は鑑担当だった。

故人を知る賢剛は鑑担当になるはずと予想していたが、いざ実際に分担が発表されると安堵の息が漏れた。むろん、地取りであっても手を抜く気はないものの、今回はぜひとも鑑に回して欲しかった。辰司を知る自分こそ、最もうまく鑑捜査ができるはずという自負があった。

コンビを組む捜査一課の刑事と挨拶をした。岸野《きしの》という名の、四十代前半くらいの男である。背はそれほど高くないががっちりとした体格で、「よろしくな」と握手を求めてきたところなどは鷹揚な性格を窺わせた。部活の先輩、といった雰囲気だ。中には気難しい人もいるから、そうではなさそうなことにひとまず安心する。

「初めまして。芦原といいます。どうぞよろしくお願いします」

階級が上であり、年上でもあるので、丁寧に挨拶をした。警察は言葉遣いからしてきちんとしていることを求められるため、どうしても挨拶は堅苦しくなる。一人称も「おれ」や「ぼく」はもってのほかであり、刑事ドラマでよく使われる「自分」も叱責《しっせき》の対象だ。己を語る際は、「私」でなければならない。

「ああ、よろしくな。ところで芦原、君は濱仲さんをよく知っていたそうだな」

いきなり岸野は、そう尋ねてきた。面食らって即答できなかったが、一拍おいてから「はい」と応じる。

「家が近所だったので、小さい頃から知っていました。岸野さんも、濱仲さんをご存じだったんですか」

「おれにとっては、交番勤務時代の先輩だ」

そうなのか。奇縁、と考えそうになるが、決して偶然ではないとすぐに理解した。なんと言っても辰司は、警察官だったのだ。捜査本部に知人がいても、不思議ではない。生前の被害者と関係のあった人は捜査から外されるのが通例だが、そんなことを言っていたら捜査に当たれる人が限られてしまう。だから賢剛も捜査本部に加われたのであり、岸野もそれは同じなのだろう。

「若い頃のことで、それ以後は付き合いもなかったが、世話になったことに変わりはない。まさかこんな形でまた濱仲さんと縁ができるとは、想像もしなかったよ。おれにとっては弔い合戦だが、君にとってもそうだろ」

「はい」

少し熱血気味な岸野の言葉だが、弔い合戦という表現には賢剛も同意した。辰司の無念は、自分が晴らす。面《おもて》には出していないものの、熱い気持ちなら岸野にも負けないつもりだった。

「濱仲さんの話は、後でゆっくり聞かせてくれ。取りあえず、出発しよう。君みたいな人が相棒とは、やりやすくて助かるよ」

「光栄です」

おだてではなかろう。辰司の知り合いになら、いくらでも引き合わせることができる。この捜査本部の中で一番楽ができる人は、間違いなく岸野のはずだった。

すでに昨日の段階で、《かげろう》の女将から辰司が親しかった人の名前を聞き出してある。名前は三名分挙がり、賢剛は三人とも知っていた。この三人の名は、先ほどまでの捜査会議では明かさなかった。すべて岸野に教え、他の刑事に先んじてもらうためだった。本庁捜査一課の刑事に手柄を立てさせ、引き立ててもらおうという計算ではない。警察内の人間関係は複雑なので、味方は多い方がいいという判断からだ。こうして恩を売っておけば、岸野は賢剛を気に入ってくれるだろう。

電車での移動中に、辰司が親しかった人を把握していると告げると、岸野は目を輝かせて「そうか」と言った。

「さすがだな。三人とも知り合いなのか」

「年が違うので、単なる顔見知りレベルですが」

「だとしても、見ず知らずの刑事《デカ》が訪ねていくよりずっと腹を割って話してくれるだろうよ。ガイシャの知り合いが捜査本部にいるなんて、こんな便利なことはないな」

「はい」

便利、と表現されて、苦笑するしかなかった。しょせん、所轄の人間はその程度の認識のされ方しかしないのだろう。だったら、便利な道具になるまでだ。こんな表現ひとつにいちいち引っかかり、腹を立てても自分の損になるだけである。すべて損得勘定で考えれば、たいていのことはやり過ごせる。

浅草駅から、西に向けて歩き出した。観光客で賑《にぎ》わう雷門《かみなりもん》前から六区を突っ切るコースは、いつもの帰宅ルートだ。この道を捜査一課の刑事とともに歩くことになるとは、つい二日前まで思いもしなかった。見慣れた町が、今はどこか違って見える。

辰司の友人たちが住む西浅草までは、歩いて十分ほどだ。南北に走る国際通りを越えると、とたんに住宅街になる。正確には路地裏にも面白い店が点在し、西浅草を楽しむならかっぱ橋道具街だけではもったいないのだが、あまりそれは知られていない。岸野も「かっぱ橋は見てて飽きるんだよな」などと言った。

「同じような店ばっかり並んでるだろ。よくテレビで紹介されるから行ってみたくなるけど、あれはいいところだけ放送してるんだって実際に行ってみるとわかるよな」

「まあ、道具街はそうかもしれませんね」

地元の人間としては反論すべきなのだろうが、無難に受け流しておく。岸野が抱くイメージが悪くても、賢剛にとっては特に損ではないのだ。このエリアを歩くうちに、岸野も本当の西浅草を知ることになるだろう。

ありがたいことに、《かげろう》の女将は常連客の住所まで把握していた。他の地域の人からすると奇異に思えるかもしれないが、賢剛にも連絡先を教えてある行きつけの店がある。誰もがそういう店を持っているわけではないものの、少なくとも賢剛にとっては変な話ではなかった。

ただ、先方が全員在宅しているとは限らない。皆、退職している年齢ではあるが、再就職しているかもしれないし、そうでなくてもどこかに出かけている可能性もある。だから夜に出直す覚悟でまずひとり目の家を訪問したところ、運よく摑まえることができた。玄関先に出てきた夫人は、「あら」と驚いた声を発してから夫を呼んだ。

「あれ、賢剛君か。まさか、君が辰司の事件の捜査をするのか」

相手は目を見開いて、こちらをまじまじと見た。辰司の死が殺人、あるいは傷害致死であることは司法解剖によって確定し、すでに発表済みなので、相手も事故ではなく〝事件〟と言っている。それは承知していても、賢剛が担当するとは思わなかったようだ。おそらく今後も、同じような反応を何度もされることになるのだろう。

「そういうことになりました。弔い合戦です。お話を聞かせてください」

頭を下げ、頼んだ。すると予想どおり、「わかった、じゃあ上がれ」と簡単に受け入れてくれる。これもまた、今後も同じような遇され方をするはずだ。この捜査が、常の事件とはまったく違うということを再認識した心地だった。

辰司の友人の名は瀬戸《せと》といった。年齢は六十代前半だろう。老人と呼ぶには早い。髪の色こそ半分白くなっているが、老いを感じさせるのはそこだけであった。

辰司もそうだった。小さい頃から見ていた賢剛も、辰司が老いたと感じたことはなかった。顔に皺《しわ》はなく、声に張りがあり、挙措《きょそ》は鈍重さと無縁だった。だからこそ、死はまだまだ先だと思っていた。辰司の死が早すぎたことを、こうして同世代の人と会うと改めて実感する。

瀬戸の家は小さいが、玄関脇に応接間があった。そこに通され、座卓を挟んで向かい合う。瀬戸は前置きもなく、「辰司は殺されたんだって?」と切り出した。

「事故じゃなくて、本当に殺されたのか。殺されたのは間違いないのか」

その口振りからすると、未だに信じられずにいるようだ。気持ちはわかるので、言葉を選んで答える。

「残念ながら、事故の可能性は低いと思います。何者かが、辰司さんの頭を殴ったのです」

「そうなのか――」

瀬戸は絶句したように口の動きを止め、それきり言葉を発さなかった。そこに夫人が茶を運んできた。礼を言いつつ、質問役を岸野に譲る。目で合図をすると、岸野は心得たとばかりに頷いた。

「おとといの夜、濱仲さんと会っていたと聞きました。それは本当ですか」

「はい、本当です」

「場所は、浅草六区にある一杯飲み屋の《かげろう》で間違いないですか」

「間違いないです」

「正確には、何時から何時まで辰司さんと一緒にいたか、憶えていますか」

「おれが《かげろう》に行くのは、だいたい八時から八時半くらいの間なんです。辰司もたいていそうでした。で、十時にはお開きになるので、だからまあ、二時間くらい一緒にいましたかな」

それは《かげろう》の女将から聞いた話と一致する。そのことを、小さく頷いて岸野に伝えた。岸野もまた、承知したことを目配せで賢剛に知らせる。

「店を出た後、どこかに行く予定があると濱仲さんは言っていませんでしたか」

質問が核心に触れた。辰司に予定があったかどうかで、行動の理由は大きく変わる。約束があったなら、誰との約束なのか話さなかったのか。話していないとしても、それを言わなかったことに意味があるとも解釈できる。果たして辰司は、予定があったのか。

「いや、予定があるようじゃなかったな。あったら態度でわかると思う。辰司はいつもと変わりなかったよ」

「そうですか」

ならば、店を出た後に何かがあったことになる。むろん、瀬戸の観察が正しいとは限らないが、《かげろう》の女将も同じことを言っていた。他のふたりの友人も同様の証言をするなら、予定はなかったと見做《みな》してかまわないかもしれない。

「ずばり伺います。濱仲さんが殺されたことに、何か心当たりはありますか」

これが岸野のやり方なのか、あるいは瀬戸には腹を割って接した方が話してもらえると判断したのか、ずいぶんと直截《ちょくせつ》な訊き方をした。瀬戸は難しい顔をして、腕を組む。

「心当たりはない。ただ――」

そう言っただけで、瀬戸はその後を続けようとしなかった。岸野が焦《じ》れたように促す。

「ただ？」

「おれは、辰司を本当に知っている自信はないんです。あいつとの付き合いも、そんなに深いわけではないので」

「えっ」

思わず賢剛は声を発してしまった。付き合いが深くないとは、どういう意味か。少なくとも、昨日今日の付き合いではないはずだ。辰司には他に親しい人がいるということなのだろうか。

「瀬戸さんは辰司さんにとって、一番親しい人ではなかったのですか」

毎晩ではないにしても、週に何度か一杯飲み屋で落ち合って飲む付き合いなら、相当近い関係とは言えないか。そんな人物が、辰司を本当に知っている自信がないと言う。それは何かの謙遜なのか、あるいはこちらに対して身構えているのか。

「知らないのか。一番親しい人といったら、お前の親父さんじゃないか」

賢剛の問いに、瀬戸は意外な返答をした。いや、意外ではない。そのこと自体は知っている。父と辰司は、親友と言っていい仲だったらしい。しかしその父も、今はいない。いまさらそんなことを言っても、意味のないことではないかと思った。

「知ってますけど、それは昔の話でしょう。今、一番親しいのは瀬戸さんではないんですか」

「まあ、そういうことになるかもしれないが、昔から親しかったわけじゃないんだよ。せいぜい、ここ十年くらいかな。いや、もっと短いかもしれない。よく会うようになったのは、お互いにリタイアして、暇を持て余すようになってからだしな。だから、辰司のことをなんでも知ってるなんてことは、とても言えない。そういう意味さ」

そうなのか。子供の頃からこの地域に住んでいる者同士なら、親しい付き合いも数十年に亘《わた》っているものだと思っていた。現に賢剛自身も、亮輔や他の友人とは三十年来の付き合いになる。この先、その関係が変わるとも思えなかった。

「私の父なら、辰司さんのことをなんでも知っていた、とおっしゃるのですか」

「それはわからん。ただ、お前の親父さんになら辰司も本音で接していたんじゃないかと思うぞ。辰司はおれだけじゃなく誰に対しても、薄い壁一枚を隔てて接しているようなところがあった。その壁は、お前の親父さんが死んでから辰司が自分の周りに作ったような気がするんだよ」

　辰司の周りの壁。辰司とは年齢差があったせいか、賢剛はそんなものを感じたことはなかった。ただ、日常的に接していた瀬戸がそう言うのなら、そんな気配はあったのだろう。それは長く警察官をやっていたが故の警戒心なのか。あるいは別の理由によるものか。気にはなったが、殺人事件に直接関係することではなさそうだった。岸野も同じように判断したらしく、話を戻そうとする。

「では、濱仲さんを恨んでいる人なども、ご存じないんですね」

「知らないですね。辰司は他人に恨まれるような奴《やつ》ではなかったですよ」

　しかし、誰かが殺した。それは事実だ。ならば、恨みではない理由だったのだろうか。恨み以外で、どんな事情があれば頭を殴られるかを考えてみる。例えば、酔っぱらい同士の喧嘩《けんか》の仲裁に入り、弾みで殴られてしまったとか。辰司が元警察官だからそのような目に遭う可能性は低いと見做していたが、誰にでも油断はある。案外、そんな理由が正解なのかもしれないと思えてきた。

　辰司の死は、未だに受け入れがたい。いっそ行きずりの殺人の方が、よほど納得がいった。辰司を恨む者など見つからなければいいという後ろ向きの思いが自分の中にあることを、賢剛は自覚した。

7

夕食を母と一緒に摂《と》ってから、外出した。母を置いて家を離れるのは心配だったが、大丈夫だから出かけてくれと言われた。特に決意を母に語ったわけではないのだが、表情から何かを察したのかもしれない。母も父の死にとうてい納得がいかず、その理由を明らかにしたいと望んでいるのだと、亮輔は受け取った。

訪ねる先には、すでに電話で了承を得ていた。特に親しい付き合いがあるわけではないが、知らない仲ではない。お邪魔したいと言えば、不都合がない限りは受け入れてもらえる。目指す家は、徒歩で八分ほどのところにあった。

「突然、すみません」

玄関に出迎えに出てきてくれた当人に、そう詫びた。相手は「いいんだ」と首を振ってから、こちらを気遣ってくれた。

「それより、大変だったな。ご愁傷様。こんなことになるとは、信じられないよ」

「ありがとうございます」

相手の名は佐島《さじま》といった。亮輔の父と同年代だ。正確には、ひとつ下になるらしい。賢剛の父親とは、中学時代に野球部で先輩後輩関係にあったと聞いている。そんなイメージがあるからか、年を経ても細身の体は俊敏そうに見える。父もそうだったが、今の六十代の人に〝老い〟という言葉は似合わない。

家に上げてもらい、居間で座卓を挟んで向かい合った。佐島の妻が、茶を運んでくれる。だがそれだけで、奥へと引っ込んだ。自分は話に加わらない方がいいと判断してくれたようだ。その気遣いには、心の中で感謝した。

「親父は殺されたのだという話は、もう聞いてますか」

亮輔の方から切り出した。第三者にしてみれば、触れづらい話題だろうと思ったからだ。佐島は顔を顰《しか》め、頷く。

「聞いた。どういうことなのか、さっぱりわからない。どこのどいつがやったことなのか、一日も早くはっきりさせて欲しいよ」

「事件の捜査本部には、賢剛が加わったみたいですよ」

「えっ、そうなのか。それは警察の配慮か？」

「いいえ、たまたまのようです。たまたま、親父が賢剛の管轄に流れ着いたんです」

「そんなことがあるのか」

佐島も運命を感じたのか、瞬きもせずにしばし絶句していた。ちょうど賢剛の名が出たので、そこから話を繋ぐ。

「おれは何も、親父を殺した奴を自力で見つけようと言うんじゃないんです。犯人捜しは、賢剛に任せます。こんなふうになってみて、おれは親父のことを何も知らなかったって、いまさら気づいたんですよ。だから、親父が殺された理由に心当たりがまるでない。それで、何が変わるわけでもないんですが、遅まきながら親父のことを聞いて回ろうかと思ったんです」

「そうだったのか。ただ、それなら他に話を聞くべき人はいるんじゃないか。おれはそんなに、お前の親父さんとは親しく付き合ってなかったぞ」

佐島は怪訝《けげん》そうに小首を傾《かし》げる。そのことは、亮輔もよくわかっていた。

「おれにとって親父は、寡黙な人でした。でもお袋に言わせれば、昔はもっとよく喋ったそうです。親父が変わったきっかけは、賢剛の親父さんの死だったとお袋は言いました」

「ああ……」

佐島は亮輔の訪問の理由を理解したようだった。佐島は亮輔の父とはさほど行き来がなかったが、賢剛の父親とは親しかったのだ。家が近いこともあり、中学時代からの付き合いが継続していたという。賢剛の父親を最もよく知る人のひとりだった。

「そうかもしれないな。お前の親父さんは、智士《さとし》さんと仲が良かったから。おれも確かによくしてもらってたけど、智士さんの本当の親友はお前の親父さんだったよ。だからたぶん、智士さんが死んで一番ショックを受けていたんだろうな」

智士というのが、賢剛の父親の名だった。誰に聞いても、賢剛の父親と最も親しかったのは亮輔の父だという答えが返ってくる。親友の自殺は、父の心にどんな傷を残したのか。同じ経験をしたことがない亮輔には、想像するのも難しい。

「佐島さんは、賢剛の親父さんがなぜ死んだか、ご存じですか」

持って回った言い方をしている余裕はなかった。こんなデリケートな件について正面から尋ねるのは、ふだんであれば不躾すぎるだろう。だが今ならば許されるのではないか、という計算があった。誰もが同情してくれている今でなければ、こんなことは訊けないと思った。

しかし佐島は、首を左右に振るだけだった。

「それが、わからないんだ。隠してるんじゃないぞ。おれだけじゃなく、誰も本当の理由は知らないんじゃないかな。奥さんですらわからなかったんだから、智士さんの自殺の理由は謎のままなんだよ」

賢剛の父親が自殺したのは、亮輔が子供の頃のことである。だからその当時の混乱は、漠然としか憶えていない。いや、どれだけの騒ぎになったかは憶えているのだが、その意味を真に理解していたとは言えないのだ。自殺の理由を知らないのは自分が子供だったから、とこれまでは考えていた。しかし実際は、自分だけでなく誰も知らないのか。そんなことがあるのだろうか。

「奥さんが秘密にしているだけ、なんてことはないですか」

遺書は残していたが、賢剛の母親がそれを公開しなかったのではないかと疑った。少なくとも、一緒に暮らしていた妻であれば、自殺の兆候には気づいていたはずである。その理由に見当がついたのではないか。

「いや、ないと思う。もちろん、本当のところはわからないよ。もし疑うなら、若菜《わかな》さんに訊いてみればいい」

若菜というのが、賢剛の母親である。だが、賢剛の母親に訊けるものなら、ここには来ていない。さすがに憚《はばか》られるから、一番親交があった人に尋ねているのである。ただ、それも無駄足だったのかもしれない。

とはいえ、このやり取りで思いつくこともあった。妻が自殺の理由に見当がついたなら、亮輔の父も同じだったかもしれないと気づいたのだ。むしろ父の方が、当人から何かを聞いていた可能性もある。だからこそ、性格が変わるほどの衝撃を受けたのではないか。証明する手段はないので、あくまで推測でしかないが。

「憶えてるかな。あの頃はちょうどバブルで、何もかもが変わってしまう時期だったよ。死んだのは智士さんだけじゃない。金のせいで人生を狂わせ、子供を死なせちまった人もいた。そうだ、その事件が起きたときは、お前の親父さんがものすごく怒ってたぞ。辰司さんは正義感溢《あふ》れる人だったからな。時代のせいで子供が死ななければならなかったことが、どうにも許せなかったみたいだ。まったく、うんざりするほど慌ただしい時代だったよ」

佐島は述懐するように言うと、大儀そうに立ち上がった。そして窓辺に寄って、閉めてあったカーテンを開く。外には、星明かりではないたくさんの光が見えた。

「あれが、あの頃の象徴だよ。あんな高いビル、バブルの前にはこの辺りに一本もなかったからな。あれが建つ前と後で、すべてががらりと変わっちまった。その変化に呑まれて、この地域からいなくなった人も多かった。そんな人の中に、智士さんも含まれていたということだ。おれは、そう理解している」

窓の外に見えるのは、地上四十階建てのビルだった。地下と地上三階までにテナントが入り、その上は分譲マンションになっている。あのビルが建ったことによって、地域住民の顔触れも大きく変わった。下町の気質を有さない人が増え、祭りなどの際にはちょっとした諍《いさか》いがあったそうだ。この窓からは、ほとんどビルの明かりしか見えない。こんなにも視界を遮られているとは思わなかった。

「智士さんは、自殺するような人じゃなかった。いつも陽気で、馬鹿ばっかり言ってて、自殺とは一番縁遠い性格の人だったんだ。そんな智士さんが自分から死ぬなんて、よっぽどのことがあったに違いない。それなのに、誰も理由を知らないんだ。おれは智士さんが自殺したと聞いて、悲しいより腹が立ったよ。どうしておれになんの相談もなく、そんな勝手なことをするんだ、ってな。親しいと思ってたのは、おれだけかよ、って」

人の死によって残された悲しみは、時間の経過に伴って癒える場合とそうでない場合があるのかもしれない。悲しみが薄まったのではなく、単に心の奥深くに隠れていただけならば、亮輔はそれを呼び覚ましてしまったようだ。佐島は窓際に立ったまま、こちらに顔を向けない。

「でも、お前に訪ねてこられて今頃気づいた。智士さんの自殺の理由を知っている人がいたとしたら、それはお前の親父さんだ。お前の親父さんなら、何も知らないなんてことはなかったはずだ。その辰司さんも、もう死んじまった。これで、智士さんが死んだ理由は永遠に謎になっちゃったな」

佐島も亮輔と同じ推測に達したようだ。結局、父の心の中の問題になってしまう。亮輔が父を理解しようとしなかったことが、すべてを謎のまま葬ることに繋がったのだ。取り返しがつかないことがこんなにも悔しいとは、この年になるまで知らなかった。

佐島の心を波立たせるだけなので、頃合いを見て辞去した。佐島の家を出て、ふと背後を振り返る。高層ビルには、依然としてたくさんの明かりが灯《とも》っていた。

バブル時代の象徴。この辺りはさほど荒らされなかったらしいが、それでも地上げによって札束で頰を叩《たた》かれるような目に遭い、人が変わってしまった者もいたという。地上げが遠因で、命を落とした人までいたそうだ。このビルが建っている土地の元の持ち主たちは、いったいどこに消えたのか。浅草を出て、二度とここには戻ってこなかった人もいるのだろう。慣れ親しんだ土地に住む人を追い出すとは、罪深い所業に思える。だが当時は、罪が罪ではなかったのだ。

ある年代より上の者には、あの高層ビル内の店には絶対に行かないと頑なに決めている人がいる。もっと頑固な者は、マンション住人とは目も合わせようとしない。そういう態度は地域の分断を産むだけだと、亮輔はどちらかといえば否定的な目で見ていたが、改めて考えてみれば気持ちはわからないでもなかった。高層ビルを嫌う者は、バブル時代を憎んでいるのだ。

　時代のせいで死ななければならなかった子供がいたことに、父は憤っていたと佐島は言った。では賢剛の父親の死は、時代と関わっていたのか。もっと個人的な理由だったのか。疑問を並べたところで、答えは見つからない。亮輔は頭をひと振りし、高層ビルに背を向けて歩き出した。

8

「ほう、浅草にもこんな高い建物があったのか」

　道を歩きながら、岸野が高層ビルを見上げて言った。かっぱ橋を腐《くさ》すくらいだから何度か足を運んだことがあるのかと思っていたが、いまさら気づくということはそれほどでもなかったのか。もしかしたら、一、二回かっぱ橋に来ただけで、つまらない町と結論したのかもしれない。賢剛は内心でそう推測したが、むろん自分の思いを口に出すような愚は犯さなかった。

「ええ、あるんですよ。地元の人間にしてみれば、いろいろ複雑な思いを抱かせてくれるビルですけどね」

　単なる相槌《あいづち》だけで済ますこともできるのに、さらなる情報をつけ加えるのは、本庁の刑事に媚《こ》びているからか。自嘲気味に考えるが、これもまた所轄刑事の仕事だと言い訳することもできた。自ら進んで、鬱屈を深くする必要はない。何事も、単純に割り切る方が楽だった。

「複雑な思い。この辺も地上げに遭ったってことか」

岸野は賢剛より年上なので、バブル時代の記憶が鮮明なのかもしれない。賢剛の年代の者では、これほどすぐにはピンと来ないだろう。

「そうらしいです。私はまだ小さかったので、具体的に何があったのか知らないのですが」

「おれもバブルなんて中学の頃だったから、なんの恩恵にも与《あずか》ってないよ。もう少し早く生まれてりゃ、と思うこともあるが、どうせサツカンならバブルだって特にいいことはなかったろうな」

はっはっは、とさほど面白そうでもなく乾いた笑い声を発する。バブルと聞くと今では過度なイメージばかりが頭に浮かぶが、実際はいい思いをした人もごく一部なのだろう。賢剛も岸野と同じく、たとえその時代に居合わせたとしても小器用に金を稼ぐことなどとうていできそうになかった。

「バブルといやぁ、あれだな、有名な誘拐事件。知ってるか？」

岸野はいかにも警察官らしい連想をしたようだった。賢剛はすぐに頷く。

「話では聞いています。具体的には、ほとんど知識がないですが」

「なんだ、サツカンのくせに情けないな。いいか、警視庁ができてこの方、身代金目的の誘拐で身代金を受け取ったまま逃げおおせたホシはひとりもいなかったんだ。あの誘拐事件まではな」

「おっしゃる事件で、ホシが捕まらなかったことは記憶しています」

「今でも警視庁の恥辱として、上の世代からよく聞かされるよ。あんなことは二度とあってはならん、ってな」

　賢剛も警察官であるからには、本当は詳細を知っていた。ただ、賢《さか》しげに答えてもいいことはないと、経験上わかっているだけだ。誘拐された子供は、不幸にも生きて帰ってこなかった。人質を殺され、身代金を奪われ、挙げ句の果てに犯人逮捕もできなかったなら、警視庁の面子《メンツ》は丸潰れだっただろう。本来、警視庁はそこまで無能の集団ではない。しかし、あの事件はやむを得なかった。犯人たちの知恵が上回っていたと、悔しいながらも認めるしかない事件だった。

「誘拐された子供の父親は、不動産会社に勤めてたんだ。あの時代の不動産屋だから、相当儲《もう》けてたんだろう。でも、そこに目をつけられて子供を攫《さら》われちまったんだから、いくら金を稼いでも幸せにはなれないってことだよな。庶民はおれたちくらいの稼ぎでちょうどいいってわけか」

　また岸野は、乾いた自嘲の声を立てる。それはそのとおりかもしれないが、父親がいないせいで金銭的に苦労をして育った賢剛としては、やはり金はあった方がいいと考えてしまう。

「ところで、あのビルのデベロッパーはどこだ?」

ふと思いついたかのように、岸野は顎をしゃくって高層ビルを指した。地元の人間ならよく知っていることなので、賢剛は即答する。

「東芳《とうほう》不動産ですよ」

「はっ、東芳か」

岸野は皮肉の籠《こも》った物言いをした。その意味を賢剛は理解しているが、あえて相槌は打たずにおく。岸野は賢剛が無知を装っているのにも気づかず、説明をした。

「攫われた子供の父親の勤め先が、東芳不動産だったんだよ。あっちこっちにビル建てて、がっぱがっぱ儲けてりゃ、悪い奴も目をつけるってもんだな。死んじまった子供が、一番気の毒だ」

「そうですね」

夜空に聳える高層ビルは、明らかに西浅草の雰囲気から浮いていた。住人の数からして、そこだけでひとつの町のようである。狭いエリアに存在する、混じり合わないふたつの町。とっくに弾《はじ》けたはずのバブルは、未だにこのような形で名残《なごり》をとどめているのだった。

賢剛はこのビルを見るのが好きではなかった。父が自ら命を断ったのは、ちょうどこのビルの建設が始まる少し前だった。両者に因果関係は何もないが、ビルを見ればどうしても父の死を連想してしまう。目を背けていたいのに、無視できないほどの存在感があるのが苛立たしかった。

賢剛は視線を、地面に向けた。自分が常に俯き気味に生きているのは、このビルのせいだったかと卒然と気づいた。

胸の底に、黒い怒りの塊が生まれた。

第二部　辰司と智士

1

　仕事帰りに食パンを買ってきてくれと、妻に頼まれていた。食パンを買う店は決まっている。スーパーマーケットでも買えるのだが、焼き立てを売るその店の方が断然おいしいのだ。しかし残念ながら、店は自宅から近くない。そこで、仕事帰りに寄って買うのが濱仲辰司の務めとなっていた。

　合羽橋《かっぱばし》本通りに面するパン屋の、自動ドアをくぐった。「いらっしゃい」という中年女性の声が迎えてくれる。続けて、「ああ、辰《たっ》ちゃん」という言葉が出てくるのは、地元の店ならではだ。

「お疲れ様。今日も忙しかったかい」

「まあ、普通です。特に大事件はなかったので」

「それはよかった。世の中、平和が一番だ」

いつも同じような会話をしているのだが、互いにやめようとは思っていない。買い物の際のちょっとしたやり取りは、欠かすことのできないものだからだ。こうした小さな交流の中に、知人の動向などが混じる場合もある。それによって、地域で何が起きているかを把握できる。横の繋《つな》がりは、そうして維持されているのだった。

「あ、お巡《まわ》りさん。お帰りなさい」

店の奥から顔を覗《のぞ》かせた小学生の娘が、頭を下げて挨拶した。今日は日曜日だから、家にいたようだ。今は当番明けで私服だが、この辺りでは辰司は常に〝お巡りさん〟だ。気が抜けない、などとは思わない。警察官は常住坐臥《じょうじゅうざが》警察官であるべきだと考えているので、周りからそう認識されるのはむしろ本望であった。

「ただいま」

微笑《ほほえ》んで応じると、女の子も笑ってくれた。辰司の子供は男の子なので、女の子もかわいいなと思う。赤ん坊の頃から知っているだけに、「お巡りさん」と声をかけてくれる女の子はひときわ好もしかった。食パンをレジで差し出し、代金を払ったら、「ありがとうございました」と一人前の商売人のように礼を口にする。軽く手を上げ、「またね」と言って店を出た。

自宅に向かう途中で、停《と》まっている中型トラックを見かけた。引っ越し業者のロゴが入っている。そうか、今日だったか。そのロゴを見て、辰司は思い出した。正面にトラックが停まっている家の住人は、今日引っ越すのだった。

近くまで行くと、家の中から男性が出てきた。相手はこちらに気づき、「ああ、辰司さん」と声をかけてくる。辰司も、「今日、引っ越しなんだな」と応じた。

「寂しくなるな。亮輔がべそをかく顔が、もう目に浮かぶよ」

「うちの奴《やつ》も同じですよ。引っ越しの意味がわかったら、大泣きでした」

男は眉を寄せ、困り顔を作る。男の息子と辰司の息子は、同じ保育園に通っていた。いつも一緒に遊んでいる、というほど仲がいいわけではないようだが、会えなくなれば互いに泣く程度には親しい。息子の亮輔にとって、保育園の友達が引っ越していなくなるのはこれで二度目だった。

「たまには遊びに来いよ。引っ越し先も都内なんだろ」

儀礼ではなく、本気でそう言った。相手にとっても、生まれ育った町は離れがたいに違いない。特に辰司が誘わなくても、必ずまた浅草に遊びに来るだろうと思った。

男の名は小泉《こいずみ》といい、辰司とは小学校以来の先輩後輩関係になる。引っ越しの日を忘れている程度の距離感ではあるが、会えば挨拶だけでは済まさない付き合いだった。

「はい、そうします。ただ、東京都内とは言っても都下ですから、この辺りとはずいぶん違いますけどね」

「そんなに違うか」

「違いますよ。びっくりするくらい、田舎《いなか》です」

「でもその分、豪邸を建てたんだろ」

皮肉にならないよう、口調に気をつけた。幸い、小泉は気を悪くしたりしなかった。

「いやぁ、確かにこの家よりは断然大きいですけど、豪邸なんてもんじゃないですよ」

「そうなのか?」

わざと疑うように言ってみた。小泉はこの家が建つ土地を売り、大枚を手にしたと聞いている。一億円以上だというのが、噂《うわさ》で口に上る額だった。

「そうですよ。みんな、妄想を逞《たくま》しくしすぎです」

小泉は笑って否定するが、多少はうんざりしているかもしれない。手にする額が一億円以上ともなるとやっかむ者はいるし、そうでなくても快く思わない者もいる。付き合いが濃い下町であっても、皆が皆いい人というわけではない。嫉妬や逆恨み、謂《い》われのない憎悪が生まれるのはどこでも避けられないことだった。辰司はそんな感情を抱いていないと小泉も知っているから、笑って応対しているのである。

「ま、ともかく元気でな。奥さんにもよろしく」

手を上げ、立ち話を打ち切った。引っ越し作業の途中に、時間を取らせてしまった。詫《わ》びの意味を込めて、その場から早足で立ち去る。自宅までは、まだもう少し距離があった。

百メートルほど歩くと、濡《ぬ》れ縁《えん》に腰を下ろして麦茶を飲んでいる老人がいた。目が合ったので、「こんにちは」と挨拶をする。老人も「ああ」と声を返した。

「夜勤明けか。精が出るな」

「今日はこの後ずっと家にいられるので、たっぷり寝ますよ」

交番警察官は当番の場合十六時間労働だが、拘束時間は二十四時間になる。朝八時半から勤務を開始し、休憩や仮眠の時間を取りながら、翌日の八時半に交替する。交代後は終日非番となるが、これは休日には含まれない。さらに次の日が、丸一日休みとなる。感覚としては、一日働いて二日休み、といったペースだ。年を取ってからだと辛《つら》くなりそうなリズムではあるが、今のところはまだ平気だった。むしろ、もう体が交番勤務のリズムに慣れきった感がある。

「今、何を話してたんだ」

老人は辰司の背後に向けて、顎をしゃくった。振り返らずとも、その先に引っ越しの風景が見えるのはわかっている。老人に声をかければ、この話題になることもわかっていた。ただ、無視して通りすぎるわけにはいかなかったのだ。

「また遊びに来いとか、そういうことですよ」

隠すことでもないので、素直に答えた。老人は鼻から「ふん」と息を漏らす。

「二度と来るなと言ってやれよ。今どきの若い者は、地元への愛情もへったくれもなく冷たいもんだよな」

まったく予想どおりのことを、老人は言った。同じようなことは、この老人からも他の人からもさんざん聞かされているからだ。引っ越すことにするとこんな言われ方をしてしまう下町は、いささか息苦しいと辰司は思う。小泉は金のためだけでなく、こうした雰囲気を嫌って出ていくのかもしれないと気づいた。ただ、多少の息苦しさは問題にならないほどに、ここに住む喜びは大きい。辰司は何があろうと、浅草を出ていく気はなかった。

「冷たいってわけじゃなく、時代の流れですよ。特に最近の流れには、なかなか逆らえないんじゃないですか」

無難なことを言ったつもりだったが、そうではなかった。老人は鋭い目つきで、こちらを睨《にら》みつけてくる。

「おれは時代の流れなんかにゃ乗らないぞ。おれだけじゃない、この辺の奴らはみんなそうだ。みんなでがんばって、流されないようにしてるんじゃないか」

老人は顎で、周囲をぐるりと指し示した。この辺りには小さな家が密集するように建っている。小泉の家も、そのひとつだった。

「おれも、あんまり流されたくないと思う口ですよ。古い人間なんでしょうね」

老人に話の調子を合わせたわけではなかった。生まれた場所のせいか、それともそんなことは関係のない気質なのか、変化より安定を望む性格である。だからこそ、警察官になったのだとも言えた。人々の生活に安定をもたらすことこそ、辰司の一番の喜びだった。

「古くて何が悪い。ここに住んでりゃ、古いものを守るのは当たり前じゃないか。誰が浅草寺や本願寺《ほんがんじ》の建て直しを望む？　むしろおれたちは、変わってくれるなと日本じゅうの人から思われてるんじゃないか」

「確かに、そうですね」

苦笑気味に応じた。しかし実際には、この辺りにも時代の変化は押し寄せている。かつては道具街通りと並行して、飴《あめ》工場が建ち並ぶ一角があった。浅草で売っている飴は、西浅草が供給していたのだ。そんな飴工場も、最後のひとつが先頃閉鎖した。西浅草も時代に呑《の》まれようとしている。小泉の引っ越しは、その象徴とも言えた。だから老人は、ことさらに小泉に腹を立てるのだった。

老人が飲む麦茶のグラスの横には、皿に盛られた塩が見える。塩を当てに麦茶を飲んでいるわけではない。招かれざる客が来たら、塩をぶつけるために置いてあるのだ。招かれざる客は、不動産業者だった。

このエリアを再開発する計画が持ち上がっていることは、西浅草に住む者なら誰もが知っていた。そして老人が言うほど、地域の者たちが一丸となっているわけでもなかった。現に、不動産業者に高額で土地を引き取ってもらい、引っ越していく者は小泉が初めてではない。櫛《くし》の歯が欠けるようにという表現がぴったりなほど、ひとりまたひとりとここの住人は減っているのだった。

一億という金額は、庶民にとっては抗しがたい魅力がある。大金を手にできるならと、長く住んだ土地を手放す決心をしたとしても咎《とが》められない。しかし、是が非でもここを動くまいと決意している人たちからすると、裏切り者に思えるのだろう。不動産業者が足繁《あししげ》く通うようになってから、住民たちがふたつに分断されてしまった。つい最近まで親しく近所付き合いをしていた者のことを、今は罵らなければならない。そのこと自体に、老人は憤っているのかもしれなかった。

「では」

断って、その場を離れた。老人の話に付き合っていたら、おそらく際限がない。心情的に辰司は老人に同調したいが、警察官である身としてはどちらかに肩入れするわけにはいかないのだった。ある程度でやり取りを打ち切り、深入りしないことが肝要だった。

「ああ。引き留めてすまなかったな」

老人はくぐもった声で言い、また麦茶のグラスに口をつけた。痩《や》せた喉に、喉仏が浮いていた。

2

何やってんだ、という怒声が厨房《ちゅうぼう》内に響くと、自分のことだと考えて首を竦《すく》めてしまう。実際には他の人が怒られている場合もあるのだが、他人事《ひとごと》として安穏と構えていることなどとてもできない。何しろ、怒られる回数では圧倒的に多いのだ。首を竦めたまま声のする方角に顔を向けると、案の定板長はこちらを睨んでいた。芦原智士は覚悟を固め、手にしていたキャベツを置いてうなだれた。

「お前、何年おひたし作ってるんだよ。しょっぺえじゃねえか。こんなにしょっぱきゃ、客に出せないだろうが。なんでお前はそうなんだよ」

ああ、駄目だったか。味つけで何度も怒られていると、何が正解かわからなくなってしまう。結局自分の舌を信じるしかないので、これでよしと思う量の醤油《しょうゆ》を使ったが、多すぎたようだ。どうしたら板長を満足させられるのか、まるで見当がつかない。もはや味つけで合格点をもらう日など、永遠に来ないように思える。

「はあ、すみません」

怒られたら謝るしかないので、そう答えた。だが板長は、そんな謝罪では満足しない。

「何が『はあ』だ。お前はいつもそうだな。進歩ってものがねえ。せめておひたしくらい、そろそろまともに作れるようになれよ。誰よりもおひたし作ってるんだからさぁ」

板長の言葉に、周囲がどっと沸いた。板長の言うとおり、おひたし作りは智士の役割だった。本来ならとっくに卒業し、他の仕事を任されていなければおかしいのだが、そのステップを上れずにいる。智士より後から店に入ってきた者が、今は別の仕事をしているにもかかわらず、だ。

おひたしはランチ客全員につける小鉢だった。客は小鉢に期待なんてしていない。メインのおかずや白飯、あるいはせいぜい副菜の味しか気にしないだろう。つまり智士は、誰にも喜ばれないものを作り続けているのだ。突き詰めて考えると空《むな》しくなるから、考えないようにしているが。

「おい、田中《たなか》。ゴマを振って味を調整しろ」

「はい」

板長は智士の後輩に当たる者に、そう命じた。田中はこちらをちらりと見て、口許《くちもと》をわずかに歪《ゆが》める。あざ笑ったようだ。田中が内心で智士を馬鹿にしていることは、テレパシー能力がなくても察せられた。

他の同僚たちも、おそらく智士を見てニヤニヤしているのだろう。和気《わき》藹々《あいあい》とした楽しい職場、とはお世辞にも言えない。智士を軽んじる周囲の目は、常に感じていることだった。

智士の勤め先は、都内に数軒の店舗を展開している居酒屋だった。少し高い価格帯を狙っているせいか、雇われの板長はもちろんのこと、従業員たちのプライドは高い。なかなか仕事ができるようにならない智士は、どうしても軽んじられる傾向があった。智士は正社員だが、なぜ入社できたのかと思われているのだろう。

空前とも言われる好景気であっても、智士のような高卒の者が勤め先を自由に選べるほど世間の空気が甘くなったわけではない。周囲に見くびられているからといって簡単に辞めては、きっと次の就職先に困ることになる。今は智士も、妻子がある身だ。家族のためにも、石に齧《かじ》りついてでもここで働き続ける必要があるのだった。

いつかいっぱしの料理人になりたい、という夢が智士にはあった。いっこうに腕は上がらないが、料理をすること自体は好きだった。自分の作ったものを食べた人が、笑顔とともに「おいしい」と言ってくれる。それに勝る喜びはないと、智士は考えていた。妻の若菜も息子の賢剛も、智士の料理を喜んでくれる。もっと他の人にも食べさせたいと、それだけを願って面白くもない日々の仕事に打ち込んでいる。

一日の仕事を終え、厨房の片づけを済ませると、深夜零時を回る。従業員は電車で通っている者ばかりで、地元の人間は智士を含めてふたりだけだ。だから歩いて帰れる智士が一番最後まで残ってもいいのだが、店の鍵を任せられるほど信用されてはいない。他の従業員たちと一緒に店を出て、ひとりだけ駅とは逆の方角に足を向けた。もうひとりの地元の者は、今日は休みだった。

昼間は賑《にぎ》わっている六区も、深夜になるとめっきり寂しくなる。繁華街とはいえ、歌《か》舞《ぶ》伎《き》町《ちょう》辺りとは違う。不夜城のような趣《おもむき》はなく、道は閑散としていた。飲食店はすでにシャッターを下ろし、開いているのは二十四時間営業の牛丼屋やコンビニエンスストアくらいだ。女性が席に着く飲み屋も、新たな客は入れなくなっている。

前方の雑居ビルから、ふらりと人影が現れた。シルエットだけで、知人であるとわかった。向こうもこちらに気づいたらしく、その場を動こうとせずに待っている。近づいていって、声をかけた。

「今、終わりか」

「うん、そう」

相手の返事は短かったが、どこか舌足らずな感じがするのは、性格を知っているからだろうか。幼い頃から知っている人のことは、いつまでも子供に思えてしまう。実際、相手はまだ未成年なのだ。智士からすれば、子供も同然だった。

「智《さと》ちゃんも、今終わり？」

相手は智士を〝智ちゃん〟と呼ぶ。物心ついたときから知っているのだから、いまさら「さん」づけにはできないのだろう。智士の方も、呼び方を変えて欲しいとは思っていなかった。一度できあがった付き合いは、いくつになっても変わらないものだ。

「そうだよ。うちは十一時までだからな。そっちは早いじゃないか」

「なんか、今日は暇だった」

「空前の好景気だっていうのに、しけてるな」

「好景気だから、客はみんな銀座《ぎんざ》に行っちゃうんだよ」

相手は鼻の頭に皺《しわ》を寄せた。愛らしい顔が歪むが、それもまたかわいげがある。店では人気があると、噂で聞いていた。

相手の名は田村《たむら》夏恋《かれん》といった。馬鹿親が勢いでつけた名前、と当人は嫌っている。実際、ひと夏の恋でできた子供が夏恋だそうだ。わかりやすくて、つい笑ってしまう。

だから夏恋自身は、自分の名を文字で書かなければならないときは「カレン」とカタカナで書いているらしい。母親がハーフだから、カレンはクォーターである。カタカナ表記は、いかにも似合っていた。とはいえ、カレンの顔立ちは純日本風で、外国の血が入っているようには見えない。唯一のクォータ－らしい点は、左右の眸《ひとみ》の色が違うところだった。虹彩《こうさい》異色症《いしょくしょう》、いわゆるオッドアイなのだ。もっとも、智士は照れ臭くてカレンの顔を正面から見たことがないので、色がどの程度違うのか知らないのだが。

「お前も銀座で働けばいいじゃないか」

前にも言ったことだが、もう一度繰り返した。そのときの答えは憶《おぼ》えている。今もまた、カレンは同じ返答をした。

「あたしは地元が好きなの」

カレンの容姿なら、銀座でも六本木《ろっぽんぎ》でも充分通用するだろう。それなのに、ランクが落ちる浅草の六区で働いている。その分、カレン目当てで通う客は多いのだろうが、好景気にふさわしい稼ぎにはなっていないのではないか。欲がない女だった。

「そのうち結婚したら、出ていくことになるだろうに」

まだ十九歳では、結婚は遠い未来のこととしか思えないのかもしれない。だが、そんなことはないはずだ。あと数年もすれば、カレンも結婚して浅草を出ていく。地元の人間と結婚した女の子もいるが、大半は他の土地に移っていった。その点、男は動かないから付き合いがいつまでも続く。男はいいな、と思う。

「あたしは地元の人間としか結婚しないもん」

鼻をツンと反らして、カレンは言い切った。昔から言っていることなので、カレンを狙っている男は多い。だがカレンは身持ちが堅く、不用意に男と付き合ったりしない。元彼氏が近くにうじゃうじゃ住んでいる、などという修羅場を創り出さないところは立派だった。

「いい男が見つかるといいな」

「そう！　それが問題なのよ」

カレンはからからと笑った。こんな言葉を聞けば、落胆する男は大勢いるだろう。カレンはどんな男と結婚するのか、智士も少し楽しみだった。

「このまま帰るのか」

「うん」

「じゃあ、一緒に帰るか」

「うん！」

カレンは嬉《うれ》しそうに頷《うなず》いた。合羽橋本通りを歩いていけば危ないこともないが、一度逸《そ》れると夜道は暗い。家まで送っていってやるか、と智士は考えた。

「智ちゃん、今日も怒られた？」

並んで歩き出すと、カレンは遠慮などまるでないことを訊《き》いてきた。自分が情けなくなるのであまり尋ねて欲しくないのだが、無邪気なカレンが相手だと苦笑するしかない。

「怒られたよ。味つけがしょっぱいって」

カレンが生まれたときのことを、智士は憶えている。十九年来の付き合いの相手では、気取る必要もなかった。

「江戸っ子はしょっぱいものが好きなんだって、言い返してやりなよ。どうせその人は、江戸っ子じゃないんでしょ」

カレンは怒っているように、ツンツンとした口振りだった。実際、怒ってくれているのだろう。確かに、味つけにはそういう傾向がある。味の好みの差で、智士はいつまでも怒られているのかもしれない。

「そんなふうに言い返せたら、苦労はないんだけどな」

カレン相手なら、本音が言えた。天真爛漫《てんしんらんまん》なカレンには、どんな傍若無人なことを言おうとつい許してしまいたくなるところがある。それは智士だけの感覚ではないだろう。だからカレンは、どこでも直截《ちょくせつ》な物言いをしているはずだ。言いたいことが言えない智士の状況は、あまり想像できないに違いない。

「智ちゃんは優しいからねぇ。優しい人が損をする世の中になっちゃって、あたしはいやだな」

怒った口振りのまま、カレンはそう続ける。智士は意外に思い、横に並ぶカレンの顔を見た。カレンがこの好景気の世を嫌っているとは知らなかった。

「そうなのか？　カレンみたいな子にとっては、すごく生きやすい時代だと思うんだけどな」

「関係ないよ。二十年もしたら、みんないやな時代だったと思うよ」

それはどうだろうか。好景気を悪い思い出として記憶する人がいるとは思えない。そもそも、二十年後も日本の景気はいいかもしれないではないか。好景気が続けば、そのうち自分も波に乗れるかもしれないという淡い期待もある。

「おれは不器用で、好景気だっていうのにぜんぜん儲《もう》けてないけど、カレンも同じだよな。お前も不器用だよ」

「別に、ディスコで毎晩踊り狂いたいなんて思わないもん。あたし、こう見えて地味なんだよ」

「知ってるけどさ」

そんなことはわかっている。見た目が派手だから誤解されるのだろうが、カレンがディスコ通いをして夜な夜な遊び呆《ほう》けるような性格でないことは地元の人なら皆知っていた。カレンが地元の人と結婚したいと考えるのは、それもあってなのかもしれなかった。

「お互い、時代に合わない人間だね」

カレンは面白がるように言ったが、少し寂しげに聞こえたのは、智士自身の思いが混入しているからかもしれない。「そうだな」と相槌《あいづち》を打つと、いったん会話は途切れた。

道の前後を歩く人はおらず、車も通りかからず、西浅草は静かだった。

3

妻が仕事に、息子が保育園に行ってしまうと、非番の日はひとりだった。家でゴロゴロする習慣はないので、非番の日は必ず外出する。行く先はその都度違うが、今日は六区の書店に行こうと考えた。かなり久しぶりだから、出たことに気づいていない新刊が並んでいるだろう。軽装に着替えて、辰司は家を出た。

少し歩いただけで知り合いに会うのは、いつものことだ。だが今日は、少し様子が違った。知人の中年女性は、辰司を認めるなり小走りに近づいてきた。

「ああ、お巡りさん。ちょっと聞いてよ」

警察官であることが知れ渡っていると、トラブルについて相談を持ちかけられることもたびたびある。この女性も、何か訴えたいことがあるのだなとすぐに悟った。

「どうしました？」

辰司はこの地域の担当ではないし、まして今日は非番だ。本来ならトラブルの相談など聞く義務はないのだが、面倒とは感じなかった。頼られることは誇りでもある。むしろ、己の力足らずを痛感することの方が多く、忸怩《じくじ》たる思いを抱くのだった。

「うちの前に、ゴミが捨ててあったのよ」

「ゴミ？」

すぐに、何が起きているか察した。ここ最近、何度も聞く話だ。この女性も、同じことをされたのだろう。辰司の腹の底で、怒りが静かに育ち始める。

「そう。見て、ほら。あんなに大きいゴミ袋が三つも」

女性は自分の背後を指差した。なるほど、家の前に黒いゴミ袋が三つ、積み上がっている。以前にも同じような状況を見た。だから、中に何が入っているかも予想できた。

「中身、見ました？」

「うん。腐りかけの生ゴミ。もう、臭くてたまらないわよ」

やはり、同じだ。嫌がらせ以外の何物でもない。そして悔しいことに、これまでの同様の事態でもゴミを捨てた人物は特定できていないのだった。

「口をしっかりガムテープで閉じて、臭いが漏れないようにしておくしかないですよね。ゴミの日はあさってですか」

「そうよ。冗談じゃない。こんな大きいゴミをあさってまであたしんちが保管しておかなきゃならないなんて、本当に頭来るわ」

「いつからあるんですか」

「今朝、見つけたのよ。たぶん、夜中に運んできたんでしょ」

女性も同じような話を聞いているのだ。だから、なぜ自分の家の前にゴミが置かれたかもわかっているのだろう。今はまだ腹を立てている段階だが、やがてそれが恐怖に変わる日が来るかもしれない。何か自分にできることはないのかと、辰司の裡《うち》で焦りが膨らむ。

「ねえ、警察がどうにかできないの？　浅草署に相談しても、駄目なのかしら」

当然の疑問だった。警察になんとかして欲しいと願う気持ちは、よくわかる。だからこそ、辰司には答えにくかった。

「一応、届け出てください。ただ、何ができるかはお約束できないのですが……」

「この程度の被害じゃ、何もする気はないってことでしょ。わかってるわよ。だからあなたに相談したんじゃない」

過去の例から、警察が何もしないことは女性もわかっているのだろう。だから辰司に相談したと言われると、辛い。辰司とて、何もできないことには変わりないからだった。

「怪しい人間がうろついているという話も聞きます。非番でも、そういう人を見かけたら注意することにします」

それしか言えなかった。実際、そうしているのだ。辰司は自分の生まれ育った町を愛しているし、そこの平和を乱す者がいるなら、自分が警察官でなかったとしても立ち向かう。その気持ちは嘘《うそ》ではなかった。

「うーん、お願いするわね。こんなことする人がいるかと思うと、気持ち悪くて。うちの人が先祖代々住んできた土地なのに、どうしてこんな目に遭わなきゃならないのか」

女性も辰司の辛い立場は理解してくれたようだ。渋々ながら納得した様子で、「ごめんね」と言い残して家に入っていく。ゴミの始末には、まだ手を着ける気になれないようだ。玄関先には、黒い三つのゴミ袋が放置されていた。

再開発などという言葉が似合わない西浅草に、なぜ大手不動産会社が目をつけたのかわからない。もしかしたら、地価が他の地域より安いのかもしれない。しかし、ここの地域住民の地元に対する愛着は特別だ。相場の倍の金を出したとしても、動きたくない者が多いだろう。目のつけ所が悪いと、不動産会社の人間に言ってやりたかった。

噂では、再開発を検討しているのは東芳不動産と言われている。日本屈指の有名企業だ。そんな大手でなければ大規模再開発などできないのだろうが、驚くのはその手法だった。世間に名の通った一流企業のはずなのに、いかがわしい人間を使って地上げをしている。最初その話を聞いたとき、辰司は単なるデマだと思った。大企業とヤクザが公然と連動して動くことなど、この日本ではあり得ない。日本社会はそこまで腐ってはいないはずだと、信じていた。

辰司の信頼は裏切られた。いつの間にか、日本社会は腐っていたのだ。金が、人間の品性を狂わせた。モラルを保たなければならない一流企業が、闇社会と結託している。ひと昔前なら出来の悪いフィクションの中にしか存在しなかった冗談のような世界が、今はここにある。その悪夢を、辰司は未《いま》だ受け入れかねていた。

腐った社会の警察官は、悪や不正の前で無力だ。大きい悪は、小さい正義を押し潰す。現に辰司は、玄関先にゴミを捨てるという嫌がらせを受けている住人に対して、何もしてやれない。警察官とはなんなのか。最近はそれをよく自問している。

合羽橋本通りに出る手前でのことだった。突然、ガタンという大きい音がして、辰司の足を止めさせた。音は左斜め前方から聞こえた気がした。そこには曲がり角がある。足早に目指して、路地を覗き込んだ。

ふたりの男がいた。一方がもう一方の胸倉を摑《つか》んでいる。一見して、ただの話し合いなどでないことは明らかだった。辰司は声を上げた。

「何をしている」

同時にふたりがこちらに顔を向けた。相手の胸倉を摑んでいる男は、顔見知りだった。摑まれている方は知らない。辰司は知人の名を呼ぼうとし、とっさの判断でそれをやめた。この状況が辰司の推察どおりなら、知人の名前を教えてしまうのはよくない。

「何があったんだ」

名を呼ぶ代わりに、どちらに向けてともなく状況を尋ねた。知人は辰司から相手の顔へと視線を戻し、双方がしばし睨み合った。辰司はさらに声を荒らげなければならなかった。

「何をしていると訊いてるんだ！　喧嘩《けんか》か。喧嘩なら交番に連れていくぞ」

「手を離せよ。おれは何もしてないだろ」

摑まれている方が、ようやく声を発した。嗄《しわが》れ気味の、状況によっては威圧的にも響く声だ。顔つきも、穏やかな性格にはとても見えない悪相である。眉毛がないのは生来《せいらい》か、剃《そ》っているのか。本来眉毛がある部分が隆起し、男の顔を険しくさせていた。

「離してやれ」

辰司は知人に対して言った。知人はそれでもしばらく相手を睨んでいたが、何も言わずに手を離した。男は「フン」と鼻から息を吐くと、服の乱れを整え、悠然と歩き出した。辰司の横を通り抜け、去っていく。すれ違う際、辰司は相手の顔を記憶に刻んだ。

「何があったんだ」

知人に近づいていって、今度は小声で尋ねた。知人は男が消えた方を見やって、顔を歪めた。

「たぶん、あいつがゴミを捨てた」

相変わらず、単語を最低限の数しか使わないような喋《しゃべ》り方だった。無口な性格はよく知っている。知人の名は、小室翔《おむろしょう》といった。

「ゴミ？　この辺の家の前に捨てられているゴミのことか」

今、この地域でゴミといえばそれ以外にない。わかってはいたが、確認せずにはいられなかった。翔は頷いたものの、さらに説明をつけ加えようとはしない。翔が相手だと、こちらが言葉数を増やす必要がある。

「どうしてそれがわかった？」

夜中に捨てられたなら、捨てた人物がこんな時刻までこの地域に残っているとは思えない。あの男がゴミを捨てる現場を、翔が目撃したはずはなかった。

「あんな目つきの悪い男が、意味もなくこの辺りをぶらぶら歩いているんだから、地上げ屋の手先に決まってる」

言葉をちぎって捨てるように、翔は訥々《とつとつ》と言った。おいおい、と窘《たしな》めたくなる。たったそれだけのことで、あの男がゴミを捨てたと決めつけたのか。それでは、目つきが悪いからと因縁をつけたも同然である。どちらがヤクザか、わかったものではない。

「お前な、そんなことでいちいち相手の胸倉を掴んでいたら、いつか逮捕されるぞ。わかってるのか」

「別に、殴ってない」

「殴らなくたって、暴行罪には問えるよ。たとえ向こうが悪くても、お前が犯罪者になっちゃうんだ。そんな馬鹿なことはないだろう」

「警察は、いつも強い者の味方だ」

ぼそりと吐き出された翔の言い種《ぐさ》に、辰司は言葉を失った。そんなことはない、という反論がすぐには出てこない。知らない人から言われたのならまだしも、昔からよく知る翔に言われると胸に刺さった。

「あの男がゴミを捨てたという証拠はないんだろ。だったら、どっちの味方という話じゃなく、お前が悪者ってことになる。それは馬鹿馬鹿しいと言ってるんだ」

かろうじて、諭す言葉を掻《か》き集めた。きちんと言い含めないことには、翔自身の損になる。

翔は何も言い返さなかった。表情が乏しいので、ふて腐れているのか納得したのか、どちらなのか判然としない。やむを得ず、確認をした。

「わかったのか」

　すると翔は、よく見ていなければわからない程度に頷き、それきり路地を出ていった。残された辰司の胸には、敗北感めいたものが漂っていた。

4

　智士が勤める居酒屋は、交替で十五分の休憩が取れる。智士の順番が巡ってきたので、周りに断って休憩に入ろうとしたときだった。

「あー、すみません、芦原さん。休憩に入る前に、やっておいて欲しいことがあるんですけど」

　智士を呼び止めたのは、田中だった。田中はニヤニヤしながら、台の上に置いてあるキャベツを指差す。

「これ、切っておいてもらえませんかね。ちょっと開店までに間に合いそうにないんで」

　キャベツの千切りは、働き始めたばかりの者が担当する仕事だ。むろん新人任せではなく、手が空いている者はやるべきである。だが智士は、今から休憩に入ろうとしているところだった。他の人に頼んでくれればいいのに、と思わずにはいられなかった。

「おれ、休憩なんだけど」

一応、主張した。田中はニヤニヤ顔のまま、答える。

「わかってますけど、そこをなんとか。芦原さん、キャベツ切りうまいじゃないですか」

田中の言葉に、周囲で笑いが起きた。智士が他の者よりキャベツ切りをやらされている期間が長かったことを、田中は揶揄《やゆ》しているのだ。言葉の裏の意味は理解しても、腹を立てる気にはなれない。事実だからだ。

他に手が空いている者がいないとは思えない。たった十五分の休憩が取れないほど、猛烈に忙しい職場ではなかった。田中を窘めて欲しくて、板長に目をやる。だが板長は、苦笑めいた表情を浮かべて顎をしゃくった。

「まあ、今日は休憩を諦めろ。日頃、周りに迷惑をかけてるんだから、こういうときに貢献しろよ」

板長にそう言われては、拒否できなかった。はい、と応じて引き返し、手を洗い直す。

「頼みましたよー」という田中の軽い物言いの声を、背中で聞いた。

キャベツの量は多く、手早く片づけて休憩に入るというわけにはいきそうになかった。どんなに急ごうと、十五分以上はかかるだろう。板長に言われた瞬間に諦めてはいたのだが、休憩なしで働き続けなければならないのは確定のようだった。肚《はら》を決め、千切りに取りかかった。

すっと、智士の横に現れた者がいた。後輩の小室翔だった。翔はぼそりと「手伝いますよ」と言うと、自分もキャベツを手にした。職場いじめに近い状況を見て、義侠心《ぎきょうしん》を発してくれたらしい。「助かる」とだけ応じて、以後はふたりで黙々とキャベツを切った。

次の休憩のチャンスは、夕食時のピークを過ぎた後だった。八時半頃に、賄《まかな》い飯を食べるために厨房を後にした。このときは、さすがに誰も声をかけてこなかった。職場いじめとはいっても、耐えられないほどではない。いっときの屈辱を甘受《かんじゅ》すれば済む話なら、智士はいくらでも我慢できた。

「智っさん、お人好《ひとよ》しすぎますよ」

一緒に休憩に入ったのは、翔だった。偶然ではなく、翔が望んだことだ。言いたいことがあるのだろうと、察しがついた。その内容にも、見当がついていた。

「職場に貢献しろと言われたら、断れないだろ」

今日の賄い飯は中華丼だった。智士も翔も、丼を口許に運んでかき込んでいる。上品に食べていられるような、優雅な休憩時間は与えられていなかった。

「田中が自分で切ればよかったんですよ」

翔よりも田中の方が先輩なのだが、呼び捨てにする。翔は、職場でただひとりの味方だった。翔の兄と同級生なので、子供の頃から一緒に遊んだ。翔は長じるにつれて無口になったが、智士を慕う気持ちに変わりはないようだった。

「おれが黙ってキャベツを切ることで諍《いさか》いが避けられるなら、それでいいんだよ。お前も手伝ってくれたし、おれは別に辛くない」

「智っさんはお人好しすぎなんですよ」

翔は同じことを繰り返した。これまでに何度も言われていることだった。

どちらかといえば翔は血の気が多く、腕力で解決しようと考えるタイプだった。そんな翔からしてみれば、文句も言わずに嫌がらせを受け入れてしまう智士は歯痒《はがゆ》いのだろう。翔の気持ちはわかるが、だからといって好戦的にはなれない。争い事を避けられるなら、それが一番と本気で考えている。

「智っさんが怒って見せないと、いつまでも雰囲気は変わらないですよ」

翔は今後のことまで考えて、忠告してくれているようだ。ありがたいことだと思う。そうして心配してくれる翔がいるからこそ、今のままでかまわないと考えるのだが、それを翔当人には言えなかった。

「うん、言われっぱなしにはならないように、気をつけるよ」

一応のところ、そう答えておいた。翔は智士の本気を疑うようにちらりとこちらを見たが、言葉を重ねようとはしなかった。本来、翔は無口なたちである。智士のために腹を立てているからこそ、今は口数が多くなっているのだ。

一日の仕事を終えて帰宅すると、息子の賢剛は当然寝ている。妻の若菜は起きて待っていてくれたので、食卓で一緒に温かい緑茶を飲んだ。職場で苛《いじ》められているなどという話はしたくないが、翔を話題にしたくて、今日の出来事を語ってきかせた。若菜はそれを聞き、苦笑と悲しみを混ぜ合わせたような複雑な表情を浮かべた。

「智ちゃんは人がいいから。自分ひとりが死ねば地球が救われるなんて事態になったら、喜んで死ぬでしょ」

「それは別におれじゃなくても、死ぬ奴は多いんじゃないか。若菜ちゃんだって、死ぬだろ」

「さあ、どうだろう。人間なんて勝手だから、そう簡単に犠牲にはなれないよ」

若菜は湯飲み茶碗《ぢゃわん》を両手で包み、その温《ぬく》もりを味わうように視線を落とした。自分のような性格の男を、女性が少しもどかしく感じることはわかっている。だが若菜は、こんな智士を受け入れてくれた。その結果、賢剛という息子に恵まれ、三人で暮らす幸せを味わっている。やはり、職場の些細《ささい》ないじめくらいで不平を言っていてはいけないと思う。

「そうかな。少なくとも若菜ちゃんは、きっと犠牲になる方を選ぶでしょ。何しろおれと結婚したくらいだから」

「何それ？　智ちゃんと結婚したあたしは、何かの犠牲になってるの？」

面白がるように、若菜は訊き返す。智士も笑って首を振った。

「違うよ。似た者同士だから結婚したって意味」

「ああ、そうか」

智士は周囲から少し度が過ぎていると思われるほどのお人好しだが、若菜だって同じようなものだと思っていた。自ら進んで損な役割を引き受けるタイプであり、だからこそ智士も一緒にいて安心できるのである。

「いや、おれが言いたかったのはさ、翔があんまり落ち込んでなくてよかったってこと。おれのことで腹を立てているくらいだから、そんなに引きずってないんじゃないかな」

翔には最近、ショックなことがあったのだ。慰めてやるわけにもいかず、密《ひそ》かに様子を見ていたのだが、塞ぎ込んでいなくてよかったと感じている。そのことを、若菜に話したかったのだった。

「えーっ、そうかな。そんなふうに思うのは、ちょっと単純かもよ」

しかし、若菜の意見は違うようだった。単純と言われ、首を傾《かし》げる。自分が単純だという自覚はあるが、単純だからこそ若菜がなぜそう言うのかわからない。

「えっ、どういうこと？」

「引きずってるから、よけいにいろいろなことに腹が立つんじゃないの」

「ああ、そうか。そうなのかな」

「だって、もう二十年来の思いだったんでしょ。そんなに簡単に吹っ切れるわけないよ」

「なるほどねぇ」

こういうことは女性の方が鋭いものだと、智士は理解している。おそらく、若菜の解釈で正しいのだろう。単純という指摘が今になって腑《ふ》に落ちてきて、つい苦笑してしまった。

翔には、子供の頃からずっと慕っていた人がいた。翔より三歳年上なので、向こうはまるで恋愛感情がなかった。それが証拠に、他の人と結婚してしまった。その時点で吹っ切ればいいものを、翔はなおも一途《いちず》に思っていたのである。子供の頃からの思慕だから、その恋が叶《かな》うことなど求めていなかったのかもしれない。相手が近くにいてくれることが、翔の満足だったのだろう。

その人が先頃、引っ越してしまったのだ。引っ越しの理由は、地上げだった。大金を目の前に積まれれば、心が動くのも無理はない。翔の思い人ではなく夫の方が決断したのかもしれないが、引っ越すと決まれば妻だけがこの土地に残る選択などあり得なかった。そうしてようやく、翔の二十余年の恋慕《れんぼ》は破れたのだった。

「でも、これで翔くんも解放されたのよ。彼にとってはよかったと思うわ。もちろん、翔くん当人には言えないけど」

若菜はいかにも女性らしい、前向きなことを言う。確かにそうだと、智士も同意した。翔の恋は見ていて辛いものではなく、むしろ微笑ましかったが、それも若いうちだけのことだ。翔ももう大人なのだから、子供時代の思いからは解放されるべきである。若菜の洞察どおりなら、しばらく荒れるかもしれないが、やがて治まるだろう。自暴自棄になるような男ではなかった。

「翔にも彼女ができるといいな」

口に出してはみたものの、そんな日は当分先になる気がした。何しろ、ひとりの女性を二十年以上も思い続けてきたのである。純情さでは、翔は誰にも負けない。

若菜も同じことを考えたらしく、目が合うとふたりとも同時に複雑な表情になった。それがおかしくて、次の瞬間には噴き出した。

5

共働きの濱仲家では、息子の亮輔は保育園に通っている。だが辰司が非番の日は、少し早く迎えに行ってやることにしていた。辰司もひとりでゆっくりしたい気持ちはあるが、息子と遊べる期間など短いことは自分と父親との関係を振り返れば明らかだ。貴重な時間をみすみす逃したくないので、できるだけ亮輔と遊ぶことにしている。

午後三時半過ぎに迎えに行くと、亮輔は辰司を見つけてぱっと顔を明るくさせた。一緒に遊んでいた友達を置き去りにして、一目散にこちらに駆け寄ってくる。辰司は先生に挨拶し、亮輔にはちゃんと友達にバイバイしなさいと命じてから、荷物を手にして保育園を後にした。辰司の手を握った亮輔は、ぴょんぴょんとジャンプをした。

おやつは保育園で食べているので、家ではお茶を飲ませるだけにしておいた。その後しばらく、家の中で遊んだ。最近亮輔は、ヨーヨーに凝っている。まだ手首のスナップが利かないので勢いをつけられずにいるが、一応手許に戻ってくるようにはなった。それが面白く、辰司に何度もやってみせるのだった。

　四時半を回った頃に、近所のスーパーマーケットに買い物に行った。亮輔は買い物が好きなので退屈もせずについてくるが、お菓子をねだったりはしない。たとえ叱られるようなことをしても、きちんと言い聞かせれば次から同じことはしないから、できた息子だと思っている。それが嬉《うれ》しく、ふたりだけの買い物の際にはついお菓子を買ってやることもあった。

　その帰り道のことだった。近所の幼稚園の前を通りかかると、ちょうど玄関からエプロン姿の先生が出てきた。手提げバッグを持っているところからすると、買い物に行こうとしているのだろう。こちらに気づいて、「あら」と声を発した。

「やあ」

　辰司は軽く手を上げ、応じた。会えばふた言三言言葉を交わす仲なので、足を止める。先生も特に急ぎではないらしく、嬉しそうな表情を浮かべた。

「今日は非番なのね」

　先生は弾むような口調で言った。先生の名は生島《いくしま》彩織《さおり》といい、辰司の幼馴染《おさなじ》みでもある。年は五歳離れているが、一時期までは兄と妹のように接していた。さすがに年頃になって以後はそんな付き合い方はできなくなったものの、今でも彩織が辰司を特別な相手と見ているのは明らかだった。辰司の方も彩織に親しみを覚えてはいるが、同時に少しの居心地《いごこち》悪さも感じている。

「うん、そうなんだ。だから亮輔と一緒に、買い物に行ってきた」

手に提げているレジ袋を、少し持ち上げて見せた。彩織は視線を下げ、身を屈《かが》めて亮輔に話しかける。

「こんにちは、亮輔くん」

「こんにちは。パパにこれ買ってもらった」

人見知りの気味がある亮輔だが、彩織は顔馴染みなので、怖《お》じ気《け》づいたりしない。スーパーを出たときから大事に持っているおまけ付きキャラメルの箱を、自慢げに彩織に示した。

「あら、よかったね。パパにちゃんとお礼を言わないとね」

「言ったよ」

亮輔は不満そうに言い返した。彩織は苦笑して、「偉いね」と褒めた。

「ねえ、また久しぶりに飲み会やろうよ」

姿勢を戻し、彩織は辰司に訴えた。年に一度程度のペースで、数人で集まって飲む。参加者は地元の者たちだけだから、付き合いは長く、気兼ねがいらない。彩織はそれをやろうと言っているのだった。

「忘年会には早いぞ」

年に一度の飲み会は、たいてい忘年会か新年会だった。それぞれが社会人になり、休みが合うのは年末年始くらいになってしまったからだ。皆が皆、会社勤めというわけではない。家業を継いだ者もいるので、土日休みとは限らなかった。その事情をわかった上で、彩織は言っているようだった。

「でも、たまにはいいじゃない」

「だったら、お前が幹事をやってくれよ。誰かが動かないと、集まらないぞ」

「わかった。じゃあ辰ちゃんは出席ね」

彩織は勝手に決めつける。彩織は決して我儘《わがまま》な性格ではなく、こんな態度に出るのは辰司に対してだけなので、きっと甘えているつもりなのだろう。そうまで言われたら、頷くしかなかった。

「じゃあ、おれの非番の日に設定してくれよ。夜ならいつでも空いてるってわけじゃないんだから」

「わかってるって。辰ちゃんの都合優先で決める」

彩織は微笑むと、亮輔に「バイバイ」と手を振って辰司たちが来た方角へと歩き出した。大人同士の会話を理解していないだろう亮輔は、最後の挨拶にだけ反応して手を振り返していた。

それから数分も歩かないうちのことだった。前方で、なにやら慌ただしい気配があった。怒号めいた大声すら聞こえる。何かがあったのだと、すぐに察した。

そちらに向かうかどうか、ためらう気持ちがあった。ひとりならば迷わず向かうのだが、今は亮輔がいる。もし暴力沙汰が起きているなら、警察官にはあるまじき発想ではあるが、近寄りたくない。自分が警察官であるという意識は四六時中持ち続けているつもりではあるものの、子供が一緒にいるときは例外だった。

それでも、自宅方向に歩いているうちに人の声が大きくなってきた。警戒しながら歩を進めていると、騒ぎの方に向かう人がちらほらと現れ始める。やむを得ず、知人を摑まえて訊いてみた。

「何が起きたんです?」

「ああ、お巡りさん。あたしもよくわからないんだけど、例の嫌がらせじゃないの」

小走りの中年女性は、答えながら眉間に皺を寄せた。辰司もそんな予感がしていたので、驚きはない。やがて、騒ぎのする方に向かうなら曲がるべき四つ角に差しかかった。女性に声をかけてしまった手前、知らぬ顔はできなくなった。

女性の後に続くようにして先を急ぐと、人だかりが見えてきた。同時に、なにやら異臭を嗅いだようにも思った。生臭い、非日常の臭い。異常事態が発生したことを、そのかすかな異臭から感じ取った。

「なんか、臭い」

亮輔も嗅ぎ取ったらしく、一人前に眉を顰《ひそ》める。なんだろうな、と応じつつ、目は前方に据え続けた。だが、異常事態が起きているらしき場所は人垣に囲まれていて見えない。近づくほどに、異臭は強くなっていく。血の臭いだと、はっきり認識できた。これほど強く臭うなら、よほどの大怪我《おおけが》に違いない。何があったのかと、緊張に体が強張《こわば》る。亮輔の手を握る右手に、力が籠った。

少し早足になって、人垣の後尾《こうび》に辿《たど》り着いた。人々の頭の間から覗き込み、息を呑む。家の玄関先が、真っ赤になっていた。

しかし同時に、安堵《あんど》の気持ちも湧いてきた。玄関先が真っ赤になっている異常な眺めなのに安堵したのは、そこに置いてある物も目に入ったからだ。玄関扉の前には、豚の頭が置かれていた。

玄関先にぶちまけられたのは、血で間違いない。だがそれは人血《じんけつ》ではなく、どうやら動物の血のようだ。まだ確定的なことは言えないが、人血だとしたらむしろ量が多すぎる。こんなにも出血したら、怪我人の命は危ういだろう。ここにいる人たちは顔を顰《しか》めてはいても、ただ傍観しているだけだ。負傷者が出たのならば、この態度はおかしい。刃傷沙汰《にんじょうざた》があったわけではないのだと判断した。

「あ、お巡りさん」

人垣の中のひとりが辰司に気づき、声を上げた。人々の視線が、いっせいに集まる。人垣の内側にいた女性が、険しい顔のままこちらを見た。

「ああ、お巡りさん。見てよ、これ。ひどいでしょ」

この家の住人だった。知人と言えるほど交流があるわけではないが、面識はある。全体にふくよかな人で、今は太い腕を組んで顔を歪めていた。

「誰も怪我してませんか」

一応、確認した。その点が最も大事だった。

「大丈夫。でも、たまったもんじゃないわ。これ、水で洗って落ちるのかしら」

女性は腕を組んだまま、玄関の方に顎をしゃくる。確かなことは言えないのでその疑問には答えず、別のことを尋ねた。

「誰がやったのか、わかってますか」

「わからないわよ。買い物から帰ってきたら、この有様。ただ、誰の仕業か見当はつくけどね。この土地を売って、出ていけって言いたいんでしょ」

別の家ではまだ生ゴミを置かれる程度の嫌がらせだったが、こちらではエスカレートしたようだ。悪辣《あくらつ》な手口に、怒りを覚える。しかし一方で、よしと拳を握りたい思いもあった。これはれっきとした器物損壊の被害である。ならば、警察が動ける。

今までは犯罪に問えないレベルの嫌がらせだったから、警察も捜査ができなかった。だがここまで来れば、刑事事件だ。警察も黙ってはいないだろう。きちんと捜査が始まるのであれば、辰司の無力感も解消される。この家の住人には悪いが、ようやくという思いがあった。

「警察には通報しましたか」

「したわよ。犯人を捕まえてくれなきゃ、気が済まないわ」

女性が憤りを示すと、「そうだそうだ」と賛同する声がいくつも上がった。これまでであればそれを、自分を責める言葉のように聞いていたが、今はもう肩身の狭い思いはしなかった。

それまで黙っていた亮輔が、ぽつりと「怖い」と呟《つぶや》いた。そうだな、と辰司は応じた。

6

翔が憤りを肚に溜《た》めているのは、見ればわかる。雑な仕事をするわけではないが、幾分繊細さに欠ける。食器を重ねる際に、もう少し力が強ければ割れてしまうのではないかと心配になるほどの音を立てるのだ。だが翔が何に腹を立てているかは、智士には見当がつかない。

翔は無口なので、怒りをひたすら自分の中に溜め込んでしまう。それが限界に達して爆発することを、智士は恐れる。だから、後で声をかけてやろうと思った。翔が内心を吐露する相手は、職場では智士しかいなかった。

「どうした。今度は何に怒ってるんだ」

休憩時間を合わせ、従業員休憩室で話しかけた。幸い、他に休憩を取っている人はいない。たとえあまり他人に知られたくない類の話でも、今ならば言えるはずだった。

「聞いてますか、豚の血の事件」

ぼそりと翔は言葉を吐き出した。智士は「ああ」と声を発する。

「聞いた。ひどい話だな」

「ひどいなんてもんじゃないですよ。絶対に許せない。あのとき、ぶん殴ってやるべきだった」

思いがけないことを、翔は言った。智士は驚いて、身を乗り出した。

「えっ？　お前、やった奴を見たのか」

「血をぶちまけてるところを見たわけじゃないですけど、たぶんあいつですよ。間違いない」

翔は自信たっぷりに言い切るが、智士としてはその言葉を鵜呑《うの》みにはできなかった。おそらく翔は、証拠もなしにそう決めつけているのだろう。翔には少し、思慮に欠ける面がある。智士はいつも、そこが気がかりだった。

「あいつって？　地元の人間じゃないよな」

「もちろん。あれはヤクザですよ。目つきでわかる」

「ヤクザか。だったら、殴ったりしなくてよかったぞ。そんなことしたら、お前がどんな目に遭うかわからないからな」

「止められなければ、ぶん殴ってましたよ。そうすれば、こんなことにはならなかったんだ」

翔は残念そうだった。だが智士は、その止めてくれた人に感謝したい思いだった。

「誰が止めたんだ」

「辰司さんですよ」

翔は顔を歪める。気のせいか、そこには嫌悪が混じっているようにも見えた。

「辰司が。なんだ、辰司らしいな」

辰司ならば、誰かが殴り合おうとしている場面に出くわしたら、絶対に割って入るだろう。翔は辰司を恨むような口振りだが、逆に恩に着るべきだぞと言ってやりたい。

「あの人は警察官のくせに、ヤクザの味方だ」

忌々《いまいま》しげに、翔は言う。智士にとって、それは聞き捨てならない台詞《せりふ》だった。

「おい、翔。それは言い過ぎだぞ。辰司がどういう人間かは、お前もわかってるだろう」

我に返ったかのように、翔は顔を上げて目を見開いた。自分が誰に向かって話をしているのか、いまさら気づいたかのようだった。すぐに、ばつが悪そうな顔になる。

「……すみません、言い過ぎました」

「わかればいいんだ。辰司はそんな奴じゃない。辰司はお前のためを思って、止めてくれたんだからな」

「――そうですかね」

翔は謝ったものの、納得はしていないようだった。直情径行《ちょくじょうけいこう》な翔には、辰司の公平な態度が敵を利するものと見えるのだろう。どう言えば伝わるのか、智士は言葉を探した。

「お前が殴ろうとしたのがヤクザなら、相手はそいつひとりじゃないんだぞ。暴力団を相手に、お前は自分だけで闘えるつもりか」

さすがにこの指摘には、翔は何も言い返さなかった。だが表情は、ふて腐れているように見える。智士はさらに言い聞かせなければならなかった。

「警察官はスーパーマンじゃない。どんなことでも簡単に解決できるはずなんて考えるのは、いくらなんでも幼稚だぞ」

「わかってますよ、それくらい」

翔は言うが、本当にわかっているのかどうか怪しいものだった。智士は冷静に、現状を指摘した。

「豚の血をぶちまけるような真似《まね》をすれば、今度こそ警察が動くはずだ。やった奴は、そのうち逮捕されるよ」

「どうでしょうね。警察が無能じゃないなら、どうしてあちこちで地上げなんて起きてるんですか。地上げのせいで死んだ人だっているんですよ」

翔の反駁《はんばく》には、うまく答えられなかった。確かに、そのとおりだ。なぜ無法が罷《まか》り通るのか、智士にもわからない。

地上げのせいで死んだとはいっても、不動産会社はもちろん、ヤクザも直接手を下してはいない。刑事責任にも問えない。それでも、地元の人間は地上げ屋に殺されたと思っている。地上げさえなければ、死なずに済んだ命だったからだ。

地上げのせいで死んだ人は、ふたりいた。ひとり目は、去年の夏のことだった。それはひとり暮らしの老女であった。老女の許に、不動産会社の用地買収担当者は足繁く通った。しかし生まれたときから西浅草に住んでいる老女は、この土地から動きたくなかった。どんな条件を提示されようと、いくら金を積まれても、首を縦に振らなかった。痺《しび》れを切らした不動産会社は、交渉役をヤクザに任せた。

ヤクザも物腰は柔らかかった。今どきのヤクザは、怒鳴りつけたりする愚は犯さない。それでも、ひとり暮らしの老女にとっては大変な脅威だった。顔つきだけでも怖い男たちが、連日訪ねてくるのである。縮み上がってしまうのも当然であり、堂々としていろと言う方が無理だった。

老女は家に閉じ籠るようになった。昼間でも雨戸を閉め、訪問者にいっさい応じなかったのである。ヤクザは飽かずに何度も足を運んだが、あるときピタッと現れなくなった。それと同時に、周囲に不快な異臭が漂うようになった。ヤクザたちは異臭に気づき、何が起きたか察したのだろう。関わり合いにはなるまいと、いち早く手を引いたのだった。

老女は、熱射病で倒れていた。真夏に家を閉め切り、籠っていたのだから必然の結果だった。心配した近所の人が警察に通報し、玄関がこじ開けられて見つかった。発見されたときにはもう事切れていて、腐敗が進行していた。冷房が使われた様子はなかった。老女はおそらく、冷房の人工的な冷気が嫌いだったのだろう。老人には珍しくないことだった。

老女の死は、夏によくあることとして片づけられた。ヤクザに殺されたも同然ではあるが、それでも法を犯してはいない。ヤクザはただ単に老女の家を訪ね、呼び鈴を押していただけである。ヤクザの罪はもちろん、不動産会社の罪も問われなかった。

ふたり目は、新聞記事にすらならなかった。それは一般的な概念で言う、人の死とは違ったからだ。だが悲しみの量では、人ひとりが死んだときと何も変わらない。人の死と思われない分、よりいっそう理不尽であり、やり場のない悲しみだった。

経緯は、老女の場合と大同小異だった。不動産会社に用地買収を持ちかけられ、断る。するとヤクザがやってきて、圧力をかける。違っていたのは、その土地に住んでいたのが若い夫婦という点だった。妻は妊娠中であった。

夫は日中、会社に行っているから、ヤクザの相手をするのは主に妻だった。もちろんヤクザは夜にもやってきたが、夫にプレッシャーをかけるためにも妻がひとりでいるところを狙っていた節がある。妻はストレスに曝《さら》された。ただでさえ不安定な時期に、妻は心の平安を得られなかった。結果、お腹《なか》の中の子供はこの世に生を得ることができなかった。妻は流産してしまったのである。

夫婦の悲しみようは、並大抵のものではなかった。近隣の者たちは、皆それを知っていた。生まれることが叶わなかった胎児もまた、不動産会社とヤクザに殺されたのだと思った。警察が捜査してくれない、理不尽としか言いようのないふたつの死だった。

智士は小さくため息をついてから、諄々《じゅんじゅん》と言い聞かせるように応えた。

「今度、辰司と話をしてみる。お前もむやみに辰司を責めるな」

「――はい」

渋々といった体《てい》で、翔は頷いた。辰司のことは庇《かば》ってやりたいが、今はここまでが精一杯だった。

ここ最近、辰司とは会っていなかった。他意はなく、たまたま互いの予定が合わなかっただけである。用がなければ会わない、という関係ではないが、翔のことを口実に連絡をとってみるのもいいかと思った。

辰司の生活ペースはわかっている。一日夜勤をしたら、次の日の午前中からその翌日まで休みだ。夜勤明けは予定を入れられないとしても、翌日の終日休みの日なら会えるだろう。智士も出勤前なら時間を作れる。電話をして、午前中が空いている日を訊くことにした。

「ああ、智士ちゃん。久しぶりじゃないか」

三十代になっても、幼馴染みはいつまでもちゃんづけである。それを照れ臭いと思っていたのも、ずいぶん昔のことだ。

「うん、久しぶりだなぁ。同じ町に住んでいても、会わないもんだな」

「おれの時間が変則的だからね。みんな、元気？」

辰司の言うみんなとは、智士の家族のことだ。辰司はこういう気遣いをする男だった。

るか？」

「そのつもりで電話したんだ。夜でもいいんだけど、取りあえず空いている午前中はあるか？」


「うん、こっちもお蔭様《かげさま》で元気だ。どう、久しぶりに会わない？」

誘う前に、誘われてしまった。辰司とは、言葉にしなくても通じ合う部分がある。それは幼い頃からそうで、だからこそ長い付き合いの友人たちの中でも特別なのだった。

「そのつもりで電話したんだ。夜でもいいんだけど、取りあえず空いている午前中はあるか？」

「なんだ、急ぎ？　だったら明日は？」

「明日は非番か。それはよかった。じゃあ、明日にしよう」

智士の家庭と同じく、辰司夫婦も共働きである。午前中は、辰司の妻も仕事に行っている。そこで、辰司の家で会うことにした。互いの家を訪問するのは、智士たちにとってごく普通のことだった。

翌日、歩いて五分ほどの辰司の家を訪ねた。辰司は結婚して独立したので、ここが生まれ育った家ではない。警察官官舎もあるらしいが、家賃補助が出るとかで地元に賃貸の一軒家を見つけて結婚生活を始めた。公務員は好景気などあまり関係がなさそうだが、こうした点ではやはり景気の影響があるのだろう。呼び鈴を押すと、部屋着の辰司が出てきた。

「いらっしゃい。上がって」

久しぶりとはいっても、挨拶に多くの言葉は不必要だった。智士も「よう」とだけ言って、中に入る。辰司が並べてくれたスリッパに、遠慮せず足を突っ込んだ。

居間に通された。子供のおもちゃが隅に積み上がっているのは、智士の家と同じだ。ただ、雑然とした気配は皆無だった。六畳間は、小綺麗《こぎれい》に片づいている。

「コーヒーでいいよな」

辰司は腰を下ろさず、そのままキッチンに立つ。智士は勝手に座布団に坐《すわ》り、「うん」と応じた。智士と辰司は、互いにコーヒー好きだった。

「子供同士は毎日会ってるのに、大人になるとそうもいかないな」

辰司の背中に話しかけた。智士の息子と辰司の息子は同じ年で、同じ保育園に通っている。もともと仲が良かったから、保育園に入ってからも昼休みはいつも一緒に遊んでいるらしい。息子同士が親しくしているのは微笑ましく、まるで自分たちの昔を見ているかのような気になる。

「おれたちだって、毎日遊んでたじゃないか」

辰司も同じ気持ちだったようだ。コーヒーを淹《い》れる手を休めず、顔だけをこちらに向けて言う。智士は笑って頷いた。

「確かに。あいつらも、大人になっても付き合いが続いているといいけど」

「続いてるだろ。どっちかが引っ越さない限り」

辰司は軽く答える。引っ越すことなど、まるで考えていない口振りだった。

「そうだといいけどな」

応じて、そのまま本題に入ることにする。話がうまく繋がった。

「引っ越すといえば、この前の嫌がらせの話、聞いたよ」

「ああ、豚の首か」

両手にマグカップを持ちながら、辰司は戻ってきた。それを互いの前に置き、畳に腰を下ろす。カップに口をつけると、ぽつりと言った。

「いやな世の中になったもんだな」

「翔も怒ってたよ。あいつはいつも腹を立ててるんだけどな」

言葉がきつくならないよう、つい冗談めかしたひと言をつけ加えてしまう。それは辰司が相手であっても変わらない。他人が少しでも不愉快な思いをすることが、智士は嫌いだった。

「なるほど、わかった。それで来たのか」

辰司は翔の名を出しただけで、用件を察したようだ。少し困惑したように、眉根を寄せる。話が早くてありがたいが、しかし今は順を追って確かめたかった。

「翔は、豚の血をぶちまけた奴を知ってると言うんだ。怪しいヤクザを見かけた、と。辰司もそいつを見たんだろ？　翔の言ってることは本当だと思うか」

「翔が人相の悪い男と睨み合っているのは見た。この辺では見かけない顔だった。ただ、ヤクザかどうかはわからない。もちろん、あいつが豚の血をぶちまけた犯人なのかは、証拠はないし目撃した人もいないんだから断定はできないよ」

「そうだよな。そんなことじゃないかと思った」

辰司の立場としては、そのように言うしかないことは理解していた。ただその一方、翔が辰司の態度をもどかしく感じる気持ちもわかってしまうのだった。

「これで警察は動くんだろ」

「うん、さすがにこれは刑事事件だからね。いくらなんでも、民事不介入ってことにはならないよ」

智士が考えたとおりのことを、辰司は答える。しかし翔は、さらに反論をしたのだ。

「おれもそう翔に言ったんだ。そうしたら、じゃあなんであちこちで地上げが起きてるんだって言い返された。おれは答えられなかったよ」

辰司なら答えてくれると思って、口にした言葉だった。だが予想に反して、辰司もまた黙り込んでしまった。

「……翔は、警察はヤクザの味方だとか言ってた？」

辰司は鋭敏だった。本当は「警察は」ではなく「辰司は」だったのだが、そこまで伝える気はない。できるなら、翔には辰司に対する敵対意識を捨てて欲しいのだった。

「うん。まあ、あいつは子供だからな」

ひとまずそう応じたのだが、辰司は苦笑する。

「いつまでも子供扱いしてたら、あいつも臍《へそ》を曲げるだろう。それに、体はでかくなったから、ヤクザに殴りかかることもできる。おれはあいつが心配だよ」

「だから、地上げ屋をこの土地から追い出したいんだ。今度こそ、できるよな」

できると言って欲しくて、今日は訪ねてきたのだ。だが辰司の返事には、あまり力がなかった。

「おれも、そう願ってる。そうじゃなきゃ、警察の存在意義なんて――」

最後は語尾を呑み込んだ。辰司の立ち位置はよくわかっている。地元の声と、警察という組織の間の板挟みになっているのだ。辰司は一介の制服警官に過ぎず、組織を動かす力などない。警察が地上げ屋を見過ごしにしていることには、おそらく辰司が一番心を痛めているのだ。

「いつまでこんな時代が続くんだろうな」

辰司を責める気はなかった。その思いは言葉にせずとも伝わっているのだろう、「まったくだ」と応じて辰司は顔を歪めた。

7

智士に訊かれたからというわけではなく、豚の血をぶちまけた者が判明したのかどうかは気になっていた。だが管轄違いの辰司は、所轄署に捜査状況を尋ねたりはできない。つてを辿って探れればいいが、あいにくと浅草署に訊ける人はいなかった。だから状況を把握するために、被害者に直接尋ねることにした。

被害に遭った家は、まだ痕跡をとどめていた。血の色は薄れているが、壁やドアは依然として赤みがかっている。水洗いをしたくらいでは、色は完全には落ちなかったのだろう。まさに器物損壊と言うにふさわしい被害だった。

呼び鈴に応じて出てきた女性は、辰司の顔を見て「ああ」と言った。どういう意味の「ああ」なのかわからないが、歓迎の意でないことは明らかだった。辰司はそれに気づかなかった振りをして、口を開いた。

「ちょっと心配で寄ってみました。その後、捜査はどうなってますか」

本当はついでではなく、ここを訪ねることが主目的だったのだが、恩着せがましいと思われることを避けた。女性は顔を歪め、「さあ」と言う。

「こっちが訊きたいわよ。どうなってるか、知らない？」

「所轄が違うので、わからないんです。進捗状況は、ぜんぜん報告がないですか」

「ないわよ。ホントに捜査してるのかしら」

女性は疑うように、目を細めた。辰司も実際のところはわからない。だが、警察を代表して答えるしかなかった。

「もちろん、捜査しているはずです。まだ報告がないということは、時間がかかっているのでしょう。もう少しお待ちください」

「いたずら電話もかかってくるのよ。真夜中にかけてきて、何も言わずに切るの。怖くてしょうがないわ」

「えっ、そうなんですか」

それはたちが悪い。絶対に警察がなんとかしなければならない事態だった。

「そのことも、警察には言いましたか」

「言ったわよ。でも、どれくらい真剣に受け取ったんだか」

聞き捨てにするわけはないと思うが、女性がそんなことを言うからには、話を聞いた警官の態度があまりよくなかったのかもしれない。残念なことではあるが、警察官全員が紳士というわけではないのだ。

ともあれ、さほど捜査が進展していないことはわかった。目撃者が見つからなければ、難しい捜査なのだろう。だが、犯人の目的は明らかなのだから、動機面から手繰《たぐ》れそうなものだと辰司は思う。なぜ捜査が停滞しているのか、納得できなかった。

「担当している刑事の連絡先は聞いてますか」

被害者には担当刑事が名刺を渡しているのではないかと思う。その点を確かめると、女性は「聞いてるけど」と認めた。

「それが何か?」

「捜査がどうなってるか、訊いてみるのもいいと思います。犯人の目星はついていて証拠固めの段階だ、とか教えてもらえるかもしれません」

「本当に？　まあ、あたしも訊いてみたいとは思っていたところだけど」

「ぜひ、訊いてみてください」

強く勧めて、辞去した。気分はまるですっきりしなかった。なぜあちこちで地上げが起きているのか、という智士の問いかけが脳裏に甦《よみがえ》った。

数日後にもう一度訪ねてみると、女性は仏頂面だった。その顔を見ただけで、捜査がはかばかしくないのだと理解できた。

「どうでした？　担当刑事に訊いてみましたか」

それでも確かめないわけにはいかなかった。女性はまるで辰司を恨むかのように、鋭い目つきをする。

「どうもこうもないわよ。訊いたってのらりくらり返事するだけで、本気で捜査してるのかどうかも怪しいわ、あれは」

「そうなんですか」

のらりくらりとは、具体的にどんな返答だったのだろう。捜査上の秘密は言えない、というだけのことではないのか。

「何も教えてもらえなかったんですか」

「そうよ。今捜査中です、目星がついているかどうかも言えません、って、ただそれだけよ。訊けば教えてくれるなんて、嘘じゃないの」

「そうでしたか。それは失礼しました」

交番勤務でしかない辰司は、刑事課の捜査を理解していなかったのかもしれない。かえって女性を怒らせるだけの助言をしてしまったかと、反省した。

「いたずら電話は、まだかかってきますか？」

「かかってくるわ。もう本当に怖くて。この土地を売れって言ってる不動産屋の手先なんでしょ。それがわかってて、どうして犯人を逮捕できないの？」

女性は当然の疑問を口にする。それは辰司の疑問でもあった。

「まだ実行犯を特定できていないとか、事情があるのでしょう。怖い気持ちはよくわかりますが、もう少し我慢していただけますか」

前回も、もう少し待てと言ったことを記憶している。いつまで待たせるのかと、辰司自身も思わずにはいられなかった。

「うちの人は、こんな目に遭うならいっそここを売っちゃおうかって弱気になってるのよ。売ればすごい金額になるでしょ。意地を通して怖い思いをするくらいなら、大金をもらった方が賢いじゃない。先祖代々の土地とはいえ、命には替えられないからね」

女性は視線を下に向けると、力なくそう言った。弱気になっている。地上げ屋の工作は、確実にこの家の住人たちの心を蝕《むしば》んでいるのだった。

「そうですか。もし売ると決めたなら止められませんが、不正義は必ず正されると信じてください」

「どうだかね」

女性は辰司の言葉を信じてくれなかった。辰司も己の言葉を信じているのではなく、信じたいと思っているだけなのだから、信じてもらえるわけがなかった。

それからさらに数日後のことだった。勤務明けで家で寝ていたら、玄関の呼び鈴が鳴った。眠りを妨げられるのはやむを得ないことと思っているので、特に不快にも思わずに起き出して玄関ドアを開けると、近所の女性が青い顔をして立っていた。

「濱仲さん、ちょっと大変よ」

「えっ、何があったんですか」

こんなふうに近所の人が急を報《しら》せにきたのは、初めてだ。そのことだけで、異常事態の出来《しゅったい》を察した。

「玄関を壊されて、豚の首が投げ込まれたって」

豚の首と聞けば、どこの家に起きたことか確かめる必要はなかった。「わかりました」と応じ、そのまま靴を引っかけて家を飛び出す。真っ直《ます》ぐに、嫌がらせを受けていた家に向かった。

家の前には、前回と同様に人垣ができていた。だが前と違うのは、辰司の到着を知った人たちの目だった。以前は辰司の姿を見て安堵の色を浮かべていた人たちは今、こちらに冷ややかな視線を向けている。その視線の意味は、痛いほどよくわかった。

「すみません、空けてください」

人垣を掻き分け、前に出た。そして、惨状を目の当たりにした。

家の玄関は、ガラスが嵌《はま》った格子戸だった。それが二枚とも、完全に壊されていた。破片は内側に飛び散り、三和土《たたき》には豚の首が落ちていた。豚の首は、呆然《ぼうぜん》とする辰司をあざ笑うかのように、こちらに正対していた。

「なんで警察は何もしてくれないの？」

辰司の背中に、非難の声が向けられた。びくりと反応して振り向くと、怒りに満ちた目に囲まれていた。最初の声が呼び水になったかのように、次々に詰問の言葉が発せられる。

「これでも犯人を捕まえられないなんて、どういうことなんだよ」

「警察はヤクザには手も足も出ないのか」

「不動産屋と癒着してるから、何もしないいんだろ」

そんなことはない、と反論したいのにできなかった。捜査がなぜ進展しないのか、辰司にもわからない。もしかしたら、この非難の声はすべて正しいのかもしれない。警察の捜査は滞っているのではなく、単に何もしていないだけなのかもしれない。

視界の隅に、啜《すす》り泣いている女性を見つけた。同年配の女性に抱かれ、その肩に顔を埋《うず》めて泣いている。この家に住む女性だった。

声をかけたくても、言葉がなかった。こんな惨状を前にして、もう少し待てとはもはや言えなかった。不正義が罷り通っている。なぜだと、辰司自身が大きな声で問いたかった。

しかし辰司には、誰に問えばいいのかすらわからなかった。ほんの二、三年前まで、警察は正義を守る仕事だと無条件に信じていられた。それなのにいつの間にか、警察は機能しなくなっていた。国土開発が国策だからか。国の方針で新しいビルを次々に建てているから、弱者の声は押し潰されるのか。国の方針に従うから、警察は不正義を見逃すのか。これが生まれ育った日本の姿だとは、辰司にはどうしても信じられなかった。気づいてみれば、同じ言語を話す別の国にさまよい込んでいたかのように感じられた。

「何もできないなら、こんなところに来るなよ。目障りだ」

さらに厳しい声が浴びせられた。さすがにそれには「ちょっと」と窘める声が続いたが、辰司の胸には深く突き刺さった。そうだ、何もできない警察官など、存在している意味がない。顔を上げられないまま前に進み出ると、人垣が左右にさっと割れた。

辰司はそこを通り抜けて、被害に遭った家から離れた。自分が警察官であることを、これほど恥じたことはなかった。

8

出勤途中に幼稚園の横を通ったら、園庭で子供たちが遊んでいた。それを見守っている先生の中に、顔見知りの生島彩織がいた。目が合ったので軽く手を上げて通り過ぎようとしたら、なにやら呼び止めたそうな顔をする。左の手を軽く握って耳許に当てているのは、電話をしたいという意味か。わかった、と智士が頷きかけると、彩織は通じたことを喜ぶように微笑んだ。

しかし実際には、なかなか電話はできなかった。お互いの時間が合わないのである。急ぎならどうにかして接触してくるだろうと考えて放置していたら、日曜日の午前中にようやく電話がかかってきた。日曜日も智士は出勤だが、彩織は普通に休みだ。「はあ、やっと話せた」と彩織は大袈裟《おおげさ》に言った。

「深夜零時を過ぎないと家に帰らない人を摑まえるのは、難しいね。友達減ってない？」

ずけずけと彩織は言う。彩織とは六歳も年が離れているのだが、向こうは対等の関係と思っているのかもしれない。

「大きなお世話だ。減ってないよ。そんな憎まれ口を叩《たた》くために、電話をしてきたのか」

苦笑しつつ応じると、彩織は「友達といえばね」と続けた。

「この前辰ちゃんに、久しぶりに飲み会をやろうよって言ったの。あたしが幹事をやるならいいよって、辰ちゃんは言ってた。智ちゃんも来るでしょ」

「飲み会か。行きたいけど、予定が合うかなぁ」

彩織の指摘どおり、今の店で働き出してから友達と会う機会はめっきり減った。年末の飲み会も、忙しくて参加できていない。だからこそむしろ、繁忙期ではない今なら参加できるのではと彩織は言いたいようだった。

「合わせるよ。休みなしに働いてるわけじゃないでしょ」

「まあね。じゃあ、おれの予定を教えておくか。メモして」

手帳を見ながら、今月のシフトを告げた。うんうん、と相槌を打ちながら彩織は聞く。

「わかった。じゃあ、この日程のどこかで予定を組むよ。みんな休みが不規則な仕事してるから、スケジュールを組むのが大変だよ」

彩織はそんなことを言うが、声は楽しげだった。彩織の言うとおり、大人になるとなかなか集まって遊ぶこともできないから、飲み会を企画するのが嬉しいのだろう。

「じゃあ、日程が決まったらまた教えてくれ。幹事、ありがとうな」

「いいえ、どういたしまして。実はそれとは別に、ちょっと聞いて欲しいこともあるんだけど、今時間あるかな」

彩織はつけ加える。ひょっとしたら、本題はその別件だったのかもしれない。智士は壁掛け時計にちらりと目をやって、素早く時間を計算した。

「そろそろ出勤するけど、三十分だけならいいよ。長くなる話か」

「そうなのよ。じゃあ、三十分でいいからどこかで会えないかな」

彩織は平日に仕事があるのだから、今日しかチャンスがないと考えているのだろう。口調の割には強引に予定を決めているよなと内心で肩を竦めつつ、時間を作ってやることにした。六歳も離れている相手だと、多少の我が儘は聞いてあげる気になる。

国際通り沿いのコーヒーショップで落ち合うことにして、電話を切った。傍らで若菜がやり取りを聞いていたが、まったく気にした様子もない。この地域の付き合いに若菜もすっかり慣れてくれたので、智士は楽になった。

約束のコーヒーショップに行くと、すでに彩織は来ていた。手を上げて、こちらの注意を惹《ひ》く。コーヒーを買ってから、彩織の前に腰を下ろした。

「さて、用件はなんだ」

三十分しかないので、前置きは抜きにして本題を促した。笑顔だった彩織は、「それがね」ととたんに表情を曇らせる。

「最近、比奈子《ひなこ》ちゃんの様子がなんだか変なの」

比奈子というのは、今年この地域から引っ越していった人だ。この地域出身ではあるものの、智士はあまり付き合いがない。だが人なつっこい彩織は、未だに続く付き合いを構築していたようだ。彩織らしい、と思った。

「比奈子ちゃんと会ったのか」

「ううん、電話。しょっちゅうじゃないけど、月に一回くらいかな、比奈子ちゃんが引っ越してからも電話してるのよ。で、この前話したら、言ってることが変だったの」

「変って、どんなふうに」

「うん」

彩織は頷いたものの、少し考え込んだ。説明しづらいことなのかもしれない。

「例えばね、人はなんのために生きてるんだろう、なんて言うのよ」

「難しい質問だな」

顔では笑ったが、おそらく笑い事ではないだろうとわかっていた。そうでなければ、彩織は相談してこない。

「変なんだよ。だってね、和俊《かずとし》くんは会社辞めちゃったんだって。それで、なんのために生きてるんだろうなんて、すごい心配だよ」

「和俊、会社辞めたのか」

夫の和俊もまた地元の人間なので、人柄は知っている。どちらかといえば堅実なタイプだから、会社を辞めたとは驚きだった。

「どうして辞めたんだ」

思わず反射的に訊いてしまったが、そこまで彩織が知っているとは限らなかった。だが彩織は、想像以上に比奈子の事情に通じていた。

「大金を手にしたからよ」

「ああ」

和俊は土地を売って引っ越していったのだった。噂では、一億円くらい手にしたと言われている。金に目が眩《くら》んで先祖伝来の土地を手放した、と和俊を悪く言う者もいた。

「一億円で土地を売ったって噂は、本当だったのかな。それくらいの額にならないと、会社を辞める気にはならないだろ」

「一億でも会社を辞めるのは大胆だと思うけどね。だって、そのお金で家を建てたんでしょ。残りはそんなに多くなかったはずだよ」

遠く離れた場所に豪邸を建てた、とも噂では言われていた。豪邸かどうかはともかく、それなりの大きさの家を建てたなら、残る金はさほどではなかっただろう。その金を当てにして会社を辞めてしまったとは、和俊はいったいどうしたのか。

「もともと、会社を辞めたかったのかな。金を手にして転職する余裕ができたから、今は職探しをしているとか？」

思いつくことを口にしたが、彩織は首を傾げた。

「そんな感じじゃないのよね。だって、和俊くんは会社に行かないで毎日何をしてるのかって言うと、パチンコなんだってよ」

「パチンコ」

智士の知っている和俊とは、かけ離れたイメージだった。なるほど、それは心配になる。比奈子よりも、和俊の方が案じられた。

「なんなんだ。和俊に何があったんだろう」

「和俊くんが変わったきっかけは、やっぱりお金なのよ。お金を手にして、働く意欲がなくなっちゃったみたい。そんな人だとは思わなかったんだけど、人は見かけによらないというか、まああたしもそこまで和俊くんのことをよく知ってたわけじゃないし」

「それを言うなら、おれもそうだな」

堅実なタイプ、というひと言で和俊を理解していたことに、今気づいた。昔からの知人だからといって、相手のことをよく知っているわけではないのだ。単にわかった気になっているだけだった。

「もちろん比奈子ちゃんは、ちゃんと再就職してくれって頼んでるんだって。それなのに、毎日パチンコをして暮らしてるらしいのよ。そりゃあ、不安にもなるでしょ。そういう状況での、『なんのために生きてるんだろう』だから、もう心配で心配で」

「そうか」

大金を手にして人が変わる、ということが世の中にはあると知ってはいたが、実際に知人の身に起きると愕然《がくぜん》とする。今は日本じゅうのあちこちで、札束が飛び交うような大きいビジネスが行われているそうだ。ならば、人が変わってしまう人も少なくないのだろう。

怖い話だ、と智士は思った。

「誰か、和俊に説教してやればいいんだけどな」

第三者の説教でどうにかなる段階なのかわからないが、今はそれくらいしか思いつくことがなかった。彩織は「そうなのよね」と眉を寄せる。

「和俊くんに説教できる人、知らない？　智ちゃんが無理なのはわかってるけど」

「うん、おれは無理だ」

彩織は智士の性格をよくわかっている。できるだけ争い事を避けたいと考える智士は、他人に説教をする柄ではなかった。

「辰ちゃんはどうかなぁ」

予想どおり、彩織は辰司の名を出した。最初からそれが言いたかったのだろう。そういうことなら直接辰司に相談すればいいものを、そうしないところに彩織の複雑な思いが見て取れた。

「辰司も、和俊と特別親しかったわけじゃないからなぁ。他にいないかな」

辰司は今、地上げに関する別の悩みを抱えている。他の厄介事を背負わせたくはなかった。

「駄目かぁ。和俊くんと親しかったのって、誰だろう。というか、友達に説教されても変わらないかな。お父さんとかお母さんがいいのかな」

「親なら、もうとっくに説教してるんじゃないのか」

「だよねぇ」

彩織は俯《うつむ》いて、紅茶についてきたスプーンを無意味にいじる。せっかく相談されてもなんの力にもなれないのがもどかしいが、おそらく彩織は辰司を担ぎ出したかっただけなのだ。辰司は駄目だと言われてしまえば、他に打つ手は思いつかないのだろう。

「和俊のことは、親しかった人を見つけて手を貸してくれるように頼もう。それより、心配なのは比奈子ちゃんの方なんだろ。他に何か、ヤバそうなことを言ってた？」

「ヤバいことを言うというより、そもそも声がすごく暗いのよ。比奈子ちゃんって、明るい人だったでしょ。あんな声を出すなんて、それだけでびっくりよ」

さほど親しくなかったとはいえ、性格はわかる。確かに、明るい人という印象だった。

だがパチンコに嵌ってしまった和俊を意外に思うように、比奈子のこともよく知らないから暗い声がそぐわないと感じるのだろう。どんな明るい人でも、気持ちが落ち込むことはある。そういうことではないのか。

「まあそりゃあ、旦那が働かずにパチンコ三昧《ざんまい》なら、声も暗くなるよな。いずれそのうち和俊も目を覚ます、って励ましてやりなよ」

しょせん部外者には、他にできることもない。ただ、それだけで終わりにできないのはもともとの性分もあるが、もうひとつの要因のためだった。彩織が智士に相談を持ちかけたのも、それがあるからだろう。

「あと、このことは翔の耳には入れないようにしてくれよ」

「やっぱり、駄目かな。翔くんなら真剣に心配してくれるんじゃないかと思ったんだけど」

「駄目だ。あいつがそんなこと聞いたら、和俊のことを殴りに行きかねない」

「そうかぁ。やりそう」

彩織は苦笑気味の表情を浮かべて、肩を竦めた。翔の気性は、彩織もよくわかっている。翔がこのことを知ったら激昂《げっこう》する理由も。

「翔くんって、まだ比奈子ちゃんのことが好きなの？」

「たぶんな。本人に確かめたわけじゃないけど」

比奈子こそ、二十年来の翔の思い人なのである。こんな話は、とても聞かせられなかった。

「相手は結婚して子供までいるのに、翔くんも純情よねぇ。純愛は美しいけど、度が過ぎると困りものね」

いささか辛辣ではあるものの、誰もが思うことを彩織は口にした。だがそんな物言いをする彩織も、人のことは言えないのではないか。お前はどうなんだよ、と内心で問うた。もう辰司のことはなんとも思っていないのか。

翔のことを完全に他人事のように言えるのは、気持ちを吹っ切ることができたからだ。そう解釈しておくことにした。言葉が自分に返ってくることなどまるで考えていないように、彩織は呆《あき》れ気味の顔をしている。それでいい、と智士は思った。

人間関係が濃密なのは下町のいいところだが、そこに恋愛感情が絡むとたんにややこしくなる。自分がそこに巻き込まれず、若菜と賢剛のことだけを考えていればいい現状を、智士は幸せに感じた。

9

真新しい引き戸の向こうに、人の気配はなかった。住人はすでに引っ越していったのだ。壊された引き戸を直したばかりなのに、それをろくに使わないうちに逃げるように立ち退《の》いてしまった。恐怖に追い立てられたのは明らかだった。引き戸の新しさが、自分を責めているように辰司には感じられた。

結局、豚の首を投げ込まれた家の住人は土地を売ったのだった。命の危険に耐えてまでこの土地に残り続けるのと、大金を手にして安全な場所に身を置くのとでは、誰でも後者を選ぶに決まっている。問題は、住人をその状況に追い込んだ者が未だに特定されないことだった。

なぜなのか、辰司にはまったくわからなかった。昼日中にあれほど派手なことをしておき、目撃者がいないわけがない。目撃者がいて、かつ動機が明らかなら、犯人逮捕は難しくないはずだ。それなのに未だに犯人特定に至らないのは、この地域の人々が疑うように、警察がわざと捜査を怠っているからではないかと思えてくる。今や辰司は、自分が属する警察という組織に不信感を抱いていた。

これが、時代の流れというものなのか。責任を転嫁するわけではなく、どうしようもない大きな力めいたものを感じて、辰司はそう考える。時代の流れには、たとえ警察といえども抗することができないのだ。時代は今、土地開発こそが至上という価値観になっている。土地開発という名目の前には、あらゆる事象が後回しにされる。個人の都合も、情も、正義さえも顧みられない。時代が新しい価値観を生み出したという現実が、時代についていけない者すら呑み込もうとしているのだった。

悔しさと憤りと、そして敗北感があった。何もできなかった自分を、生涯忘れないだろうと思った。住人がいなくなった家の前で、辰司は俯いている。顔を上げられないまま、出勤するために歩き出した。

　会いたくないときにこそ会いたくない人に会ってしまうもので、翌日の夜勤明けに、ばったり翔と出くわしてしまった。ばつの悪さを感じたが、逃げるわけにはいかない。向こうは辰司を見つけると、顔を険しくして近づいてきた。

「聞いたか」

　翔は辰司の肘を摑み、路地に引っ張り込む。何についてかは問い返さずともわかったので、「ああ」と頷いた。

「聞いた」

「なんとか言ってみろよ。なんで警察は、犯人を捕まえないんだよ」

　翔は細身だが、握力が強かった。辰司の肘を、手加減なく強く摑む。痛みに耐えられず、腕を振って逃れた。すると翔は、一歩詰め寄ってきた。距離が近くなった相手に向かって、答える。

「おれにもわからない」

　こんな返事では翔が満足しないのはわかっていたが、他に答えようがなかった。今や、誰よりも辰司自身が答えを知りたかった。

「じゃあ、おれが答えてやるよ。警察がヤクザとグルだからだろ」

　頰が削《そ》げ気味の翔が目つきを険しくすると、ヤクザ並みに怖い顔になる。その顔に気《け》圧《お》されたわけではなかったが、辰司は目を逸らした。翔の顔を直視できなかった。

グルなんてことはない、と否定はしなかった。もう否定できなかった。誰も逆らえない大きな力が存在しているなら、警察とヤクザが手を組むこともありうるかもしれない。自分が警察官であることを恥じるときが来るとは、想像もしなかった。

「違うとは言わないのかよ。警察とヤクザがグルだと、ようやく認める気になったのかよ」

辰司の反応を意外に思ったのか、翔の追及は少し弛《ゆる》んだ。辰司ははっきりと頷いた。

「そうだよ」

翔は大きく目を見開いた。唖然《あぜん》としたようだ。その隙に、辰司は路地から出た。翔は追ってこなかった。

沈んだ顔をしているつもりはなかったが、その夜、妻の佳澄《かすみ》に気づかれた。佳澄は「どうしたの」と問いかけながらも、ずばり核心を衝《つ》いてきた。

「地上げのこと？」

「ああ、まあ、そうだ」

佳澄はそれほど勘が鋭い方だとは思わないが、人の気持ちの浮き沈みには敏感だと感じるときがある。特に辰司の感情の動きには、テレパシーで読み取っているのかと思えるほどの洞察力を示す。そんなとき辰司は、嘘でごまかしたりはしなかった。

「警察はヤクザとグルだと、翔に責められた」

「ああ、翔くん」

佳澄はこの地域で生まれ育ったわけではないから、翔のことは数年前に知ったに過ぎない。それでも、「ああ」と頷くほどには翔の性格をわかっていた。無力な警察官である辰司に翔が腹を立てていることも、そのまま伝えてある。

「おれは、違うとは言えなかった。むしろ、翔の言っていることは正しいんじゃないかと思えてきた。おれ自身がもう、警察のことが信じられなくなっているんだよ」

「まさか、辰ちゃんがそんなことを言い出す日が来るなんて」

佳澄は目を丸くしてから、一瞬後には悲しげに眉を顰めた。これまで辰司が自分の仕事を誇りに思っていたように、佳澄も夫の仕事を誇らしく感じてくれていた。おれはもう、佳澄が誇れる夫ではなくなった。そんなふうに考えてしまった。

「きっと、何か事情があるんだよ。警察とヤクザがグルなんて、そんなことあるわけないでしょ。あたしの夫は、ヤクザの仲間なんかじゃないよ」

佳澄はあえて声を大きくして、能天気な解釈を口にした。佳澄の励ましを無にしたくないので、辰司は微笑む。その裏で、そうだなと頷けたらどんなにいいかと考えた。

「ねー、亮ちゃん。パパはかっこいい、正義の味方のお巡りさんだよねー」

斜め前に坐る息子に向かって、佳澄は語りかけた。事情がわからない亮輔は、「うん！」と大きい声で応じる。

「パパは正義の味方のお巡りさん」

亮輔は嬉しげに、佳澄の言葉を繰り返した。辰司はそんな息子の頭を撫《な》でてやったが、

「正義の味方」という呼称が今は重かった。

正義の味方なんて、この新しい価値観に支配された時代に存在するのだろうか、と考えた。

第三部　亮輔と賢剛

1

　父の死後は、ぽっかり空いた無為の時間と怒濤《どとう》の慌ただしさとが交互にやってきていた。

　父の死を告げられた後は、司法解剖から遺体が帰ってくるまで何もできなかった。正確には、葬儀の手配などやるべきことはたくさんあったのだが、ほとんど人任せにして受け身でいたので、主観としては何もしていないに等しかった。ただ単に、落ち込みが激しい母を慰めていただけ、と亮輔には感じられた。

　そして通夜の日になると、打って変わって忙しくなった。葬儀屋に一任しているとはいえ、ひとつひとつの事柄を決定するのは遺族である。母がほとんど動けなかったため、すべての対応は亮輔が引き受けた。公的な手続きもしなければならず、その煩雑さそのものが人ひとりがいなくなることの重大さを物語っているようだった。

だが、その忙しさのお蔭《かげ》で気が紛れているという側面も、確かにあった。父を思い出して悲しんでいる暇はなかったのだ。葬式というそれなりに大きい儀式は、悲しみを紛らわせるために有効なのだと知った。ならばもっと母を関わらせるべきだった、とすべてが終わってから気づいたが、もう遅かった。母は葬儀が終わると、すべての活力を使い果たしたかのように床《とこ》に就いてしまった。

葬儀がただ悲しみを紛らわせるためのものでしかなかったかというと、そんなこともなかった。弔問客の多さで生前の父の人望が偲《しの》べたし、受付などを買って出てくれた友人たちの存在をありがたくも感じた。近所に住んでいるので頻繁に顔を合わせている仲ではあるが、改めて礼をしなければならないと考えた。怒濤の忙しさが一段落すれば、また空虚な悲しみがやってきてしまう。それを避けたいという意図もあり、葬儀を手伝ってくれた友人たちを酒の席に誘った。

呼んだのは三人だった。男ひとりに女ふたりで、ここに賢剛を加えた五人が昔から親しくしているグループである。だが今回は、殺人事件の捜査真《ま》っ直中《ただなか》の賢剛を呼ぶわけにはいかなかった。そうでなくても、賢剛は刑事になってからなかなか飲み会にも参加できなくなっていた。最近は賢剛抜きの、四人で集まるのが普通になっている。

予約してあった居酒屋に、十分前に着いた。皆、歩いてこられる距離だから、十分も早く来る者はいない。一番に来て他の人を出迎えようと亮輔は考えたのだが、十分前で充分だった。

「よお」

約束の時刻五分前になって、軽く手を上げて男が座敷に上がってきた。勝俣《かつまた》といい、小学校以来の付き合いである。今は家業を継いでいるので、未《いま》だに西浅草に住んでいた。口調や物腰が軽いお調子者だが、その裏できちんと気遣いができる奴《やつ》なので、付き合っていて心地《ここち》いい。

「改めてだけど、今回はご愁傷様だったなぁ」

テーブルを挟んで亮輔の正面に坐《すわ》ると、勝俣は眉を八の字に寄せて言った。亮輔は首を振って、笑顔を作る。

「いや、こちらこそ、葬儀のときは助かった。ありがとう」

「まあ、昔から知るおじさんだからな。手伝うのは当然だよ。恩に着てくれるなら、おれの親が死んだときは受付やってくれ」

「縁起でもないことを言うな」

いきなり不謹慎なことを言う勝俣に、つい苦笑した。普通なら、親を失ったばかりの相手に言うべきことではないが、これまでの関係がそれを許している。ここで亮輔を苦笑させるようなことを言うのが、勝俣なりの気遣いだと理解できた。

そんな勝俣とは対照的に、約束の時刻ぎりぎりにやってきた女性ふたりはおずおずとした態度だった。少し上目遣いになって、「こんばんはぁ」と言いながらこちらの顔色を窺《うかが》う。どんな態度をとっていいか、測りかねているようだ。勝俣に笑いかけたときとは違う意味で、亮輔は明るい表情を浮かべた。

「なんだなんだ。葬式の続きみたいな顔をしないでくれよ。もう終わって、ひと区切りついてるんだから」

「ホントに？　もう大丈夫？」

前に立っている女性の方が、そう訊《き》いてくる。亮輔の言葉を疑うように、こちらを斜《はす》に見た。

「別に慰めて欲しくて呼んだわけじゃないよ」

さあ坐って、と促してふたりを座敷に招いた。「失礼しまーす」と言いながら、ふたりの女性はそれぞれ亮輔と勝俣の隣に腰を下ろす。ふたりが揃《そろ》って悔やみの言葉を述べるので、亮輔の方も葬儀の手助けの礼を言った。

ふたりは姉妹だった。姉の方が亮輔や勝俣と同学年になる。もともと姉と付き合いがあり、そこに妹が加わった、と言いたいところだが、いつから妹も一緒に遊ぶようになったかはっきり憶《おぼ》えていない。遥《はる》か昔から、この姉妹は常に一緒に行動していた。

姉の名は英玲奈《えれな》で、妹は優美《ゆうみ》という。名前の傾向がまるで違うのは、姉は母親が勝手につけ、妹は父親が考えたからだそうだ。英玲奈は妹の名の普通さを羨み、優美は姉のように派手な名前がよかったと考えている。しかし名前が対照的な一方、顔はよく似ていた。年子だが、双子に間違えられることもよくあるらしい。実際ふたりは、双子のように仲が良かった。

「英玲奈に聞いたんだけど、おじさんの事件の捜査は賢剛が担当なんだって？」

注文を終えて乾杯をすると、まず勝俣がそう切り出した。隠すことではないし、すぐに知れ渡ると思っていたので、認める。

「うん、そうなんだよ。隅田川に落ちて、賢剛の署の管轄まで流れていったんだ」

「おじさん、賢ちゃんに捜査してもらいたかったのかね」

そう言ったのは英玲奈だ。この話を聞けば、誰もが同じように考える。それが非科学的な思考だとしても、人はどうしても死者の意思を想定してしまうのだろう。

「たぶん、そうだ。賢剛なら、きっと事件を解決してくれるよ」

亮輔は応じた。実のところ、賢剛が刑事として優秀かどうかは知らない。だがやはり、友人としてはそう信じる。信じたい、ではなく、必ず賢剛が解決すると心底から信じていた。

「あたしもそう思うよ」

英玲奈は頷《うなず》いた。顔が曇っている。基本的に英玲奈も優美も明るい性格なので、こんな表情は珍しかった。父の死が英玲奈姉妹から笑顔を奪っているかと思うと、申し訳ない気持ちになる。

加えて英玲奈には、顔を曇らせるもうひとつの理由があった。複雑になった状況に、不安を覚えているのだろう。英玲奈が不安に思うのは、賢剛が置かれた立場である。英玲奈は賢剛と、恋人として付き合っているのだった。

美人というほどではないが、快活で人好きのする英玲奈が今に至るも独身なのは、賢剛がなかなか結婚に踏み切らないせいだった。刑事としてまだ駆け出しだから、結婚する気になれないのだそうだ。姉が大好きな優美は、英玲奈が嫁に行くまで自分は行かないと公言している。もっとも、今は付き合っている相手もいないようだが。

英玲奈と優美は、ともに薬剤師だった。同じ薬科大学を出て、勤務地こそ違うものの同じ会社に就職している。安定した職に就いているからこそ、三十を過ぎた今もまだ結婚に焦っていないのだろう。もともとふたりとも、世間の目など気にしないタイプだった。

「賢ちゃん、お葬式のときも鋭い目つきで周りを見回してたよ。あれって、犯人が来てるかもと思ってたのかな」

挨拶しか口にしていなかった優美が、ようやく話に加わった。年がひとつしか違わないし、昔からの仲だから、姉の恋人でも「ちゃん」づけである。賢剛だけでなく、亮輔も勝俣も同輩扱いされていた。この年になれば、一歳差などあまり意味はない。

「ああ、そうだったのか。気づかなかった。きっとそうなんだろうな」

遺族の席に坐っていた亮輔は、焼香をする際にしか賢剛の姿を見ていない。おそらく賢剛は葬儀場の入り口近くに立ち、弔問客に目をやっていたのだろう。

「そんなふうに見張ったたって、犯人が葬式に来るのかな」

勝俣が首を捻《ひね》った。もっともな意見だが、亮輔には違う見解がある。

「もし犯人が親父《おやじ》を殺したくて殺したんじゃなく、何かの間違いで殺してしまったんなら、罪の意識から葬式に来るかもしれないぞ」

「そうか。まあ、そうだよな。おじさんが恨まれて殺されるなんて、ちょっと考えられないもんなぁ」

勝俣は同意してくれた。英玲奈と優美も頷いている。話がその方向に向かっているので、亮輔は懸案を口にすることにした。

「実はさ、死なれてわかったけど、おれは親父のことを何も知らなかったんだ。親父は口数が少ない人だと思ってたのに、昔は割と朗らかだったんだって」

亮輔の言葉に、三人は「へーっ」と驚いている。朗らかな父など、想像しづらいのだろう。おそらく、いつも眉間に皺《しわ》を寄せている姿しか記憶にないのではないか。三人とも子供の頃から父を知っているので、話が早い。

「だからさ、おれは今からでも親父のことをもっと知らなきゃいけないと考えてるんだ。それが、親不孝だったおれの供養かなってね」

内容が重かったか、すぐに口を開く者はいなかった。しばし沈黙が続いた後、出てきた料理を箸でつつきながら勝俣が発言する。

「まあ、亮輔が親不孝とは思わないけど、そうすることで気が済むんならなぁ」

「でも、もっと知るってどういうこと？　どうするつもり？」

勝俣の隣に坐っている英玲奈が訊いてくる。亮輔はそちらに顔を向けた。

「うん、お袋が言うには、賢剛のお父さんが死んでから親父は変わったそうなんだ。だから、どうして賢剛のお父さんが死んだのか、調べてみようかと思ってる」

「えっ」

亮輔の言葉に、三人が揃って驚いた。なぜそんな反応が返ってくるか、亮輔も理解できる。賢剛の父親の死は、この界隈《かいわい》では触れてはならないことと見做《みな》されているのだ。自殺の理由など、普通はなかなか訊きづらい。

「そんなことして、大丈夫なのか」

当然の質問を、勝俣がしてきた。お調子者の勝俣が、さすがに心配そうな顔をしている。

「賢剛には言えないけどな。最終的には賢剛に訊くしかないかもしれないけど、できる限りあいつには黙って調べようと考えてるよ。だから、しばらく内緒にしておいてくれ」

最後は英玲奈に対しての頼みだった。英玲奈は困惑を顔に浮かべたが、少し口を尖《とが》らせて頷く。

「いいけどさぁ。どうやって調べるのよ」

「まずは、賢剛のお父さんと親しかった人の話を聞こうと思ってるよ」

「親しかった人ねぇ。訊いたってわからないんじゃないの？」

自殺の理由は賢剛の母親ですら知らないということになっているのだから、英玲奈がそう言うのも当然だ。しかし亮輔は、簡単には納得できない。

「誰かは知ってるんじゃないかと思う。誰も知らないなんてこと、あるかな」

「まあ、そうかもしれないけど、仮に知っている人がいるとしても、言わずにいるのはそれなりのわけがあるからじゃないかな。今になってほじくり返していいとも思えないけど」

「おれは、親父の死には昔のことが関係していると考えている」

「えっ」

ふたたび、三人が声を揃えた。先ほどの驚きより、今度の方が衝撃が大きかったようだ。三人とも目を見開いて、なかなか言葉を発さない。

「ど、どうして？」

かろうじてそれだけを口にしたのは、優美だ。亮輔は優美だけにではなく、三人に対して答える。

「おれは昔から、親父には家族にも立ち入らせない壁があると感じてたんだ。その壁は、賢剛のお父さんが死んでからできたらしい。つまり、賢剛のお父さんの死に絡んで、何か言えないことがあったんだよ。それが今、親父に追いついたんじゃないかという気がするんだ」

すぐには誰も応じなかった。亮輔の考えを受け止めかねたように、勝俣が「うーん」と唸《うな》る。そして、単語をひとつひとつ拾うようにして言った。

「結局、亮輔はおじさんの死に納得いかないいんだな」

そのとおりだ。納得いっていない。納得することに意味があるのかと問われると答えられないが、それでも亮輔は納得したいのだった。

「そうなんだろうな。もしかしたら、賢剛のお父さんの死が関係しているという推測は、的外れかもしれない。ただ、やるだけやってみたいんだよ」

「それで、傷つく人がいるかもしれないよ」

英玲奈が慎重な意見を挟んだ。大人だな、と思う。それに引き替え、自分は子供だ。その自覚はあった。

「もし誰かを傷つけそうなら、やめる。そもそも、そんなに長くやるつもりはないんだ。おれも就職先を探さなきゃいけないからな」

最後はおどけて見せた。英玲奈はまた口を尖らせ、「ふうん」と声を発する。一応今は引き下がっておく、という内心の声が聞こえるかのようだった。

「じゃあさ、あの人に話を聞くべきじゃないか」

勝俣が不意に言った。あの人とは誰のことか。察しかねて、勝俣の顔を見た。

「小室さんだよ。賢剛のお父さんは、仲が良かったんじゃなかったっけ」

「小室さんか」

忘れていた名前ではなかった。当然、念頭にはあった。だが小室は気難しい人なので、できれば会いに行きたくなかったのだ。ただ、やはり避けては通れない相手かもしれなかった。

歯切れの悪い返事で、皆が亮輔の内心を読み取ったようだ。隣に坐る優美が、こちらの肩をぽんぽんと叩《たた》いて「まあ、がんばって」と言った。亮輔としては、頷くしかなかった。

2

自分も遺族に会っておきたい、と岸野が言い出した。当然の要求なので、賢剛は聞き入れる。賢剛もまだ亮輔の母親には話を聞いていないから、改めて訪問しなければならないと思っていた。

亮輔に電話して、時間を作ってもらった。母親も同席できると言う。そっとしておいてやりたいという気持ちを抑え、訪問時刻を決めた。岸野とともに久松署を出発し、西浅草に向かった。

出迎えてくれた亮輔は、思いの外《ほか》に普通の顔色だった。もっと窶《やつ》れているかと予想していたのだが、早くも立ち直ったようだ。そのことに、賢剛は密《ひそ》かに安心する。落ち込んでいても、死んだ人は戻ってこない。辰司もきっと、いつまでも悲しんでいて欲しくはないはずだった。

「悪いな」

断って、玄関をくぐった。亮輔の背後には、母親が立っている。こちらは、見るからに憔悴《しょうすい》していた。名刺を差し出す岸野とともに、悔やみの言葉を述べた。

居間に上がり、座卓を挟んで向かい合った。所轄の刑事は、ただの案内役である。ここまで岸野を連れてきたら、後はおとなしくしていなければならない。質問は岸野に任せた。

「実は私は、交番勤務時代に濱仲さんにお世話になっていました。今回のことは、私も悔しく思っています」

岸野はまず、そう切り出した。岸野と辰司の関係は亮輔にも伝えていなかったので、意外そうな顔をする。

「そうでしたか。いろいろご縁があるものですね」

「ですからよけいに、なんとしても犯人を捕まえたいという気持ちでいます。ご協力ください」

「もちろんです」

亮輔が応じる。坐ってからは、すべて亮輔が応答していた。母親は俯《うつむ》いたまま、顔を上げない。まだ話を聞くには早かったかもしれない、と賢剛は反省した。

「まず、亡くなられた当日のことを聞かせてください」

すでに賢剛が訊いていることだが、岸野はまた尋ねた。自分で確かめておきたいのか、あるいは所轄刑事の仕事など認めないのか。岸野は前者だと思うが、仮に後者であったとしても腹は立たなかった。世の中にはいろいろな人がいる。腹を立てるだけ損ということが多かった。

当然、亮輔の返答も同じだった。辰司に変わった様子はなく、誰かと約束しているようでもなかった。母親もそれを認めた。

「では、何かトラブルを抱えているといったことはなかったですか。喧嘩《けんか》している相手がいるとか、あるいは警察官時代に誰かに逆恨みされていたとか」

「喧嘩はしていなかったと思います。それと、逆恨みで悩まされているということもなかったです」

亮輔はきっぱり答える。それでも岸野は食い下がった。

「最近のことでなくてもけっこうです。濱仲さんが現役時代の話でもかまいません。昔の恨みが、不意に甦《よみがえ》るということもあるのです」

岸野の言葉に、亮輔は母親と顔を見合わせた。亮輔は首を傾《かし》げて、母親に話しかける。

「おれは心当たりないけど、母さんは知らないか」

「お母さんも知らないわ。お父さんはそういう話をしない人だったし、そもそも別に隠しているようでもなかったし」

ふたりの言葉は嘘《うそ》ではなかろう、と横で聞いていて思った。もし逆恨みされていたなら、被害は家族にも及ぶかもしれない。その可能性があるのに、辰司が内緒にしていたとは考えられないのだ。

だが賢剛は、口を挟まなかった。所轄刑事は、求められるまでよけいなことを言うべきではない。たとえ地元で起きた事件であっても、その鉄則を枉《ま》げるつもりはなかった。

「ではどうして、濱仲さんは襲われたと思いますか」

手応えがないことに痺《しび》れを切らしたか、岸野はいきなり本質的な質問をした。この問いには、亮輔も母親も即答しなかった。内心の戸惑いを示す沈黙が、しばし居間に満ちる。

「むしろ私は、岸野さんに伺いたいです。岸野さんは昔から父のことをご存じだったのですよね」

亮輔が意外な切り返しをした。岸野も驚いたのか、眉を吊《つ》り上げる。

「私は濱仲さんを知っていたとはいえ、それはずいぶん昔の話で、ずっと付き合いが続いていたわけでもないんですよ」

「その昔のことを訊きたいんです。父はどんな人でしたか」

賢剛にとっても、亮輔の反問は思いがけなかった。昔の辰司の話を聞いて、なんの意味があるのか。亮輔の意図がわからなかった。

「どんなって、真面目《まじめ》で職務に忠実で、警察官の見本のような人でしたよ」

いささか上っ面の評価のようなことを、岸野は言った。だがそれが遺族に対する社交辞令でないことは、賢剛が知っている。亮輔だってわかっているはずではないのか。

「岸野さんが父と一緒に働いていたのは、いつ頃のことですか」

それでもまだ亮輔は引き下がらず、質問を重ねる。岸野は中空を見て、頭の中で計算をする顔をした。

「ええと、私が交番勤務の頃だから、かれこれ二十年、いや二十一年前のことかな」

「二十一年前」

その答えをどう受け取ったのか、亮輔はようやく黙った。何が知りたかったのかわからず、賢剛は強い引っかかりを覚えた。

ふたたび、岸野が質問する側に回った。辰司がなんらかのトラブルに巻き込まれていなかったか、誰かの恨みを買っていなかったか、いろいろな角度から亮輔たちに質問を向ける。だがいくら尋ねても新しい事実は出てこず、ある程度のところで諦めざるを得なかった。賢剛の感触としても、家族から動機に繫《つな》がる何かを引き出せるとは思えなかった。

「家族に内緒の裏の顔があった、とは思いたくないな」

亮輔の家を出て、岸野はぼそりと言った。賢剛も同感ではあるが、先ほどの亮輔の態度がどうしても気になった。

「すみません、ちょっと電話してもいいでしょうか」

「なんだ、急ぎか？」

岸野は怪訝《けげん》な顔をする。聞き込みの途中なのだから、それも当然だろう。賢剛は正直に答えた。

「さっきの亮輔の態度、少し変だなと感じたので、どういうことか訊いてみようかと思います」

「濱仲さんはどんな人だったか、って訊いてきたことか。そうだな、おれもどういう意味かと思った。電話すれば話してくれそうか」

「それはわかりません。また日を改める必要があるかもしれませんが」

電話で言えることではないだろうとは思った。それでも、こちらが奇妙に感じたことだけは伝えておいてもいい。亮輔に心構えができて、いずれ話してくれるかもしれない。

「わかった。かけてみてくれ」

岸野が許可してくれたので、少し離れた場所でスマートフォンを取り出した。亮輔の携帯電話にかけると、すぐに繋がる。

「かかってくると思ってたよ」

苦笑気味の声が聞こえた。何か隠しておきたいことがあるわけではないようだ。

「それなら話は早い。さっきの質問はなんだ？」

「うん、おれは、親父の死は昔あったことが原因じゃないかと考えてるんだよ」

「昔あったこと？　どうしてだ」

やはり何か隠していたことがあったのか。なぜ先ほど言わなかったのかと、眉を顰《ひそ》めた。

「いや、特に根拠はなくて、ただの勘なんだ。本当だぞ。だからさっきは、手がかりになるようなことは何も言えなかったんだ」

亮輔は平然と答える。嘘をついているようではない、と長い付き合いの賢剛にはわかった。

「そうなのか。勘とはいっても、何か気になることがあるからじゃないのか」

勘というのは、単に思考の過程をうまく言葉にできないだけで、いろいろな事象が導き出す結論だと賢剛は捉えている。無根拠な勘など、超能力でもない限りあり得ない。

「まあ、なくはない。ただ、本当に手がかりにもならないことだから、今は言えないよ。そのうち話すことになると思うけど」

「この前、おじさんには怖いところがあったとか言ってたよな。それに関係することか」

「そうだ。おれは親父の別の顔が見たいんだよ」

「別の顔」

それはかなり、勇気を要することではないかと思った。親の別の顔など、知らない方が幸せだろう。亮輔がよほどの覚悟で決意したのだと、この電話でのやり取りだけで感じ取れた。

「改めて、話を聞かせてくれ。それと、もし何か行動するつもりなら、無茶はするなよ」

亮輔の決意に、不安を覚えた。辰司の死からすでに立ち直ったと見て取ったのは、大きな間違いだったかもしれない。辰司の死が、亮輔の心の中にあるスイッチを押してしまったのではないかと思えてならなかった。

「わかってる」

亮輔はそう答えたものの、賢剛の不安は消えなかった。電話を切り、待たせたことを岸野に詫《わ》びる。今のやり取りを、そのまま話した。

「昔のこと、ねぇ」

岸野は特に感じることもないようだった。遺族の勘など、参考にならないと考えているのだろう。賢剛も、留意すべきだとは言わなかった。

これは自分と亮輔の問題だ、と心の中で呟《つぶや》いた。

3

何もしないでいるのが辛《つら》いのだろう、母は父の遺品整理に着手した。いや、着手しようとした。まだ処分などできないから、実のところ整理ではなく整頓なのだろう。しかも、片づける段階にも達していない。単に物を出し、広げているに過ぎなかった。家の中が散らかってしまったが、母の気持ちはよくわかるので、亮輔は何も言わなかった。

父専用の部屋はないから、物は両親の寝室から居間に至るまで散乱してしまっている。居間で亮輔が坐る場所は確保されているが、座布団を囲むように物が置かれている始末だった。いったい何をこんなに広げているのかと、苦笑する思いで見渡す。すると、ファイルが目に入った。

ファイルの表紙には、「1989年」と書いてあった。

一九八九年といえば、賢剛の父親が死んだ年ではないか。思わず飛びつき、ファイルを手にした。

表紙を捲《めく》るのが怖かった。このファイルに何が入っているのか、見たい気持ちと見たくない気持ちが拮抗《きっこう》する。ファイルを開いたが最後、もう二度と後戻りできないところに踏み入っていくことになる気がした。ここにこそ、求めている答えがあるのではないかと考えた。

ためらいはしたが、しかしファイルを見ないという選択はあり得なかった。怖がる自分を叱咤《しった》し、思考を停止して表紙を開く。中身を見る前から、考えすぎて立ち止まっている場合ではなかった。

ファイルの中身は、新聞の切り抜きだった。大きい活字の見出しが、目に飛び込んでくる。それは誘拐事件を報道する記事だった。

そのまま、記事を読んだ。記事は人質となった子供の死を報じるものだった。それまでは報道協定により、事件そのものの存在が伏せられていたらしい。人質が帰らなかったことによって、誘拐事件が発生していたことがようやく報道されたようだった。

あの事件か、とすぐに思い出した。事件発生当時、亮輔はまだ四歳だったから、リアルタイムで記憶していたわけではない。長じてから、かつてそういう事件があったと知ったのだ。

なぜ自分と無関係の事件を憶えていたかというと、それが日本の犯罪史上特筆すべき誘拐だったからだ。三十年近く経《た》った今なお、テレビ番組などでたまに取り上げられる。日本人なら知らない人がいないのではないかと思えるほど、有名な事件だった。

聞きかじりの知識によると、日本では身代金目的の誘拐で、身代金を受け取って逃げおおせた犯人はいなかったらしい。しかし一九八九年のこの誘拐で、警察は初めて犯人を逃がした。身代金を奪われ、人質を遺体で返されるという屈辱を味わわされながら、犯人逮捕に失敗したのである。日本の犯罪史上に残る、警察の大失態だった。

それは誘拐に対するイメージを大きく変える事件であったとも言われる。かつては黒《くろ》澤明《さわあきら》監督の映画『天国と地獄』に代表されるように、誘拐はどこか遊戯性が伴う事件だった。犯人側と捜査陣の知恵比べといった様相があったからだろう。人質が無傷で帰ってくる場合はなおさら、凶悪性が低くゲーム的と見られた。ミステリー小説でも、作例が多い題材だったという。

今では考えられないが、流血を伴わない犯罪である誘拐は、かつて頻繁に起きていたらしい。殺人や強盗などとは違い、実行への精神的ハードルが低かったようなのだ。しかし、一九八九年の事件以降、誘拐はゲームとは思われなくなった。身代金を奪いながらも子供を死体で返して寄越した犯人を、世間は憎んだ。以後はしばらく、フィクションでさえも誘拐を描かなくなったそうだ。加えて、防犯カメラの普及やGPSの登場などの要因もあり、身代金目的の誘拐はめったに起きなくなった。

それほど日本の犯罪シーンを変えた大事件だから、おそらくリアルタイムでも誘拐は大きく報じられていたのだろう。父は警察官として興味を持ち、新聞記事をスクラップしていたのか。それとも、実際に捜査に関わっていたのだろうか。

大規模な捜査網を展開したはずだから、交番警官でしかない父も動員されたのかもしれない。ならば、記事を保存してあることは特に不思議でもなかった。重い決意とともにファイルを開いたつもりなのに、それが大袈裟《おおげさ》だったとわかってつい苦笑する。表紙に書かれていた年が賢剛の父親が死んだ年なのは、単なる偶然だったようだ。

ページを捲っても、当然のことながら事件解決の記事は出てこない。解決編のないミステリー小説を読まされたような、未消化感を味わった。事件そのものは、その後あらゆる角度から検証されている。だからリアルタイムの報道はむしろ、情報量が少ないほどだった。最後までざっと目を通したが、得るものはなかった。

軽く失望してファイルを畳に置こうとして、別のファイルが目に入った。それも手に取り、なんの気なしに表紙を開く。そのファイルの表紙には、何も書かれていなかった。

こちらもまた、新聞記事のスクラップだった。だが誘拐事件とは違い、有名な事件ではない。まったく知らないことなので、記事を精読した。

それは痛ましい事件だった。両親による、育児放棄についてなのだ。父親は家を空け、母親は赤ん坊の面倒を見ず、ついには死なせた。母親は鬱病の疑いがあると記事には書いてある。そのせいか、と亮輔も読んでいて顔を歪《ゆが》めた。

スクラップは、続報も丁寧に拾ってあった。だがそもそも大々的に報じられる類の事件ではないので、その後母親が精神鑑定の結果不起訴となったという記事を最後に終わっている。誘拐事件に比べれば、ほんの数ページ分でしかなかった。

気になる点があった。この事件は、誘拐事件の前年の一九八八年に起きているのだ。誘拐事件とは無関係と思うが、父がわざわざ新聞記事を切り抜いていた理由には関わるのかもしれない。なぜ父は、この事件に注目していたのか。

手がかりがないので、母に訊くことにした。ファイルを手にして母の寝室に行き、声をかける。床から出た母は、押し入れの中の物をひっくり返していた。

「母さん、ちょっといいかな」

「ん？　いいわよ。何？」

振り返りながら、母は応える。寝室は、布団を敷くスペースもないくらいに散らかっていた。一時的なことではあろうが、もしこのままの状態が長く続くようなら、母も精神疾患を疑った方がいいのではないかという不安をわずかに覚えた。

「こんなのがあったんだけど」

畳に直接坐り、育児放棄事件の方のファイルを母に示した。母は一ページ目の記事を見ただけで、「ああ」と声を上げる。

「この事件ねぇ」

「知ってるの？」

母も知ってるなら、やはり父と関わりがあることだったのか。その一家が住んでいる場所は、父が一度も勤めたことがない地域のはずだが。

「これはねぇ、知り合いだったのよ」

「知り合い」

思いがけないことだった。知り合いが起こした事件なら、気になるのも当然である。ならば、誘拐事件の前年に起きているのもただの偶然なのか。しかし、賢剛の父親が死んだのは誘拐事件と同じ年であることを思うと、事件が立て続いている気がする。不安が徐々に頭をもたげてきた。

「このご夫婦、もともとは近所に住んでいたの。引っ越していった先で、こんな事件を起こしてしまったのよ」

「そうなのか」

夫婦にいったい、何があったのだろう。父が関与していたはずはないが、賢剛の父親はどうだったのか。もし賢剛の父親が育児放棄になんらかの責任があるなら、それを苦にして自殺したという構図が描ける。果たして賢剛の父親は、問題の夫婦と付き合いがあったのだろうか。

「賢剛の親父さんは、その夫婦と親しかったの？」

さりげなく問いかけたつもりだったが、心臓は大きく鼓動を打っていた。賢剛の父親が自殺した理由に、あっさり辿《たど》り着けるのではないかと期待した。

「さあ。もちろん面識くらいはあったろうけど、そんなに親しかった記憶はないわね」

母の返事に落胆した。二十数年間謎のままだった自殺の理由が、そう簡単にわかるわけがないかと自分の楽観に苦笑する。しかし、この育児放棄事件はやはり心に引っかかった。もう少し、調べてみる価値はあるかもしれない。

「その夫婦は、今どうしてるのか知ってる？」

そこまでは知らないだろうと思いつつ、一応訊いてみた。すると母は、軽く眉を寄せた。

「かわいそうだったわ。奥さんは自殺しちゃったのよ」

「自殺」

ここでもまた、「自殺」という単語が出てきたことに驚いた。もはや、偶然なのかそうでないのか見当がつかない。ふたつの自殺はもっと大きなことの一部なのではないかという気がするが、その大きなことが何かはまったく思い描けなかった。

「そう。鬱病の人は、自殺の危険性があるのよね。だからただの自殺じゃなく、病死よ」

「夫の方は？」

「行方《ゆくえ》知れず」

母の口調が、微妙に変わった。妻の自殺を語る際とは違い、少し突き放したような物言いに聞こえた。

「自分が家庭をほったらかしにしてたせいで妻子が死んじゃったんだから、人生を立て直すこともできないでしょ。その後、まったく消息は聞こえてこなかったわ。誰も知らないんじゃないかしら」

おそらく母は、育児放棄をしてしまった妻に同情的だったのだろう。要約した話を聞くだけでも、責任は夫にあると思える。つまり、賢剛の父親が責任を感じて自殺する必要などどこにもなさそうだった。

「じゃあ、この事件と賢剛の親父さんは、ぜんぜん関係ないんだね」

落胆したせいで、ほとんど独り言のように確認を口にした。それを受けて、母が意外なことを言う。

「賢剛君のお父さんは関係ないけど、まあ関係なくはない人が他にいたわよ」

「えっ、誰？」

「小室さん。言っちゃっていいのかしら。時効だから、もういいわよね。小室さんは子供の頃から、亡くなった奥さんのことが好きだったらしいのよ」

すぐには相槌《あいづち》を打てないほど、驚いた。無口で偏屈な小室に、そんな純情な過去があったとは。小室は独身だが、まさかその人を思い続けて独り身でいるわけではあるまい。だが、少し小室に対する見方が変わる話ではあった。

やはり、小室には会いに行くべきなのか。できるなら避けたいと思っていたが、亮輔の肚《はら》は固まりつつあった。

4

夜の捜査会議で、耳寄りな情報があった。隅田公園の防犯カメラに、逃げるように出ていく男の姿が映っていたのだ。捜査本部は沸き立ったが、報告を聞いた賢剛は手放しで喜ぶ気分ではなかった。万が一、それが知人であったらという恐れが真っ先に浮かんだのだった。

「芦原といったか、こいつの顔に見憶えはないか」

司会を務める本庁の係長に、直々に指名された。この情報を拾ってきた刑事は、ビデオ映像のプリントアウトを持って帰ってきたのだ。立ち上がり、前に出る。係長が突き出すプリントを受け取った。

夜の映像だから、不鮮明だった。しかも街灯に設置されているカメラなのか、被写体を斜め上から捉えている。通常の角度ではないので顔を識別しづらかったが、しかしそうした悪条件を抜きにしても知った人ではなさそうだった。もし知人であれば、この角度であってもそれとわかるはずである。知らない男であったことに、密かに安堵《あんど》した。

「見憶えはありません。少なくとも、うちの近所に住んでいる人ではなさそうです」

答えると、係長はいかにも残念そうに「そうか」と言った。

「そうそう簡単にホシには辿り着けないか。とはいえ、少なくともこの男が芦原の行動範囲に住んでいないことは判明した。まあ、一歩前進かな」

一歩前進どころか大きな前進ではないかと思ったが、まだこの男が犯人と決まったわけではないのである。喜ぶのは早かった。

この情報を持ってきた刑事によると、防犯カメラに映っていた人物はキョロキョロと周囲を見回すようにして、小走りに公園を出ていったのだそうだ。話で聞いただけでも、明らかに怪しい。令状なしに映像を借りることはできなかったので、明日には裁判所に正式に捜査令状を発行してもらい、映像を持ち帰ってくるとのことだった。

「このプリントの複製を作る。地取りにはそれを持たせるから、聞き込みの際に使ってくれ」

現状では、この怪しい男が犯人であると断定はできない。地取り担当が追加情報を持ってきてくれることを、賢剛は願った。

鑑《かん》担当である賢剛たちは、引き続き辰司の知人に話を聞いて回らなければならなかった。《かげろう》で名前を挙げてもらった三人のうち、ふたり目の人物には今日会えた。だが聞けた話に新しい情報はなく、単に女将《おかみ》や瀬戸の証言に嘘や間違いがないことを裏づける役にしか立たなかった。どうやら《かげろう》では、事件に繋がるトラブルは何もなかったと見做してよさそうだった。

とはいえ、三人目の人物に会わずに済ませるわけにはいかなかった。翌日、岸野とともに会いに行った。

その人物は勤めていた会社を定年した後に再就職していたので、夜でないと摑《つか》まらなかったのだった。しかもなかなか忙しい仕事らしく、結局今日になってしまった。もっとも、優先順位が低いのでこちらも急がなかったせいなのだが。

「お休みのところ、すみません」

小林《こばやし》というその人物とは、ほとんど付き合いがなかった。一応顔は知っている、というたレベルである。話をするのもほぼ初めてなので、地元の利はなかった。小林の側も、賢剛をただの刑事としか思っていないだろう。

家に上げてもらい、座敷で座卓を挟んで向かい合った。小林は瘦《や》せているせいか、辰司に比べれば少し年齢を感じさせた。顔や首、手の甲などに皺が寄っている。それでも口調は、今もなお働いているだけあって年寄りじみたところはなかった。

「濱仲さんのことには驚きました。事故かと思ったら、そうではないと聞いてショックでした」

沈鬱な表情で、小林は小さく首を振る。岸野はさっそく切り出した。

「濱仲さんとは、どういうお付き合いでしたか」

「《かげろう》で名前を聞いてきたんですよね。飲み屋で名前が出るくらいですから、飲み仲間です。ただ、《かげろう》以外でも会うほど親しかったわけではないんですよ」

その点は瀬戸やもうひとりとも同じらしい。辰司が一番親しかったのは賢剛の父親、という瀬戸の言葉を思い出した。父亡き後、辰司は誰とも親しく交わろうとはしなかったのだろうか。

「互いの家を行き来するとか、共通の趣味があるとか、そういう付き合いではなかったんですね」

「はい。もちろん、道ですれ違えば話はしましたが」

「ふだん、濱仲さんはどんな話をしていましたか。警察官時代の話はしましたか」

岸野のこの質問は、逆恨みされていたことを想定してのものだろう。小林は少し考えるように首を傾げたが、特筆すべき記憶はなかったようだ。

「濱仲さんは無口でしたからね。こちらから訊けば警察官だった頃のことを教えてくれましたが、自分からは何も言おうとはしませんでしたねぇ、思い出してみると」

「例えば、世の中にはひどい人間がいるとか、かわいそうな人の話とか、そういうエピソードを披露することはなかったですか」

「酒の席ですから、重い話はしなかったですよ。どちらかというと濱仲さんは、人の話を黙って聞いている印象ですね。話を聞くために《かげろう》に来ていたんだと、私は思いますよ」

あくまで岸野は、恨みの線にこだわっているようだ。だが辰司をよく知る賢剛に言わせれば、それは的外れに思える。たとえ逆恨みされていたとしても、その報復が定年後の今というのは筋が通らない。逆恨みなら、もっと早く辰司は襲われていてしかるべきではないのか。

内心でそんなふうに岸野に異を唱えたが、もちろん口には出せない。聞き込みの最中だからではなく、ふたりきりになっても言う気はなかった。相棒の本庁刑事に楯突《たてつ》くのは、愚かしい振る舞いでしかないからだ。そんなことをしようものなら、もうこの先本庁勤務に抜擢《ばってき》されることはなくなるだろう。そのような事態は、絶対に避けなければならなかった。沈黙は金、という格言を賢剛はよく思い浮かべる。

岸野は熱心に、根掘り葉掘り質問をした。行きずりの犯行の可能性は、まるで考えていないようだ。賢剛は逆に、行きずり説に傾いている。だから、岸野の熱意が空《むな》しいものに感じられてきた。岸野は単に、与えられた仕事を全《まっと》うしようとしているのか。それとも、動機が怨恨によるものと本気で考えているのだろうか。

「最後に濱仲さんと飲んだとき、何か気になることはありませんでしたか。どんな些細《ささい》なことでもけっこうです」

なおも岸野は、ほとんど定型文の質問を繰り出した。そうした質問で、突破口を見いだしたことがあるのだろうかと疑問に思う。刑事の仕事は無駄足の積み重ねだとわかってはいるが、これは本当に無駄な聞き込みだと辟易《へきえき》した。

「ああ、そういえば」

だが、賢剛の冷めた考えを否定するように、小林が何かを思い出した顔をした。驚いて、居住まいを正す。自分の白けた気分を見破られたかに思えて、賢剛は恥じた。

「濱仲さんは私より先に店を出たんです。その様子をなんの気なしに見送ったんですが、考えてみればあれはおかしかったな」

「何がおかしかったんですか」

岸野は身を乗り出した。小林は眉を寄せて、続ける。

「濱仲さんは店を出て、左に行ったんですよ。左とはつまり、西浅草方面です。でも濱仲さんは、隅田川に落ちたんですよね。だったら逆方向なんですよ」

小林の言葉に、とっさに《かげろう》の位置関係を思い浮かべた。《かげろう》の中から見て、隅田川は確かに右手に当たる。左方面に向かって辰司が歩き出したなら、どこかで引き返したことになるはずだった。

「それは間違いないですか。すぐ隅田川の方に向きを変えたりはしていなかったですか」

岸野が念を押す。小林は一瞬考えてから、小さく首を振った。

「私が見ている間は、向きを変えたりしてなかったですね。もっとも、戸口の方からはすぐに目を離したので、その後で引き返したかもしれませんが」

この情報は、どう受け取ればいいのか。辰司は《かげろう》を出た時点では、いつもどおり帰宅しようとしていたのだろう。だがその途中で、隅田川に足を向ける用ができた。そう解釈すべきだろうか。

「濱仲さんが隅田川に向かう理由は、何か考えられますか」

岸野が小林に意見を求める。小林は首を捻るだけだった。

「いやぁ、何も思いつかないですけどねぇ。隅田川に行くとも言ってなかったし」

もし辰司がそんなことを言っていたら、これまでの聞き込みで誰かが口にしているはずである。やはり、帰路に何か事情が発生したと見るべきではないか。

岸野も手応えを感じたようだった。最初に渡した名刺を指差し、語気を強める。

「ありがとうございます。大変参考になりました。もし他に何か思い出したことがあったら、こちらの携帯電話の番号に遠慮なくかけてください。どんなことでもけっこうですから」

それもまた、去り際の定型文ではあったが、賢剛はもう空しいとは思わなかった。これが本庁捜査一課刑事の熱意か、と密かに感嘆した。

5

小室との付き合いは、ほとんどないと言ってよかった。亮輔だけでなく、そもそも親しい人などいないのではないか。孤独、という単語を聞くと小室を思い出すほど、人付き合いをしない。人間嫌いなのだろうと、亮輔は常々考えていた。

小室は五十代後半だが独身で、両親も死んでいるためひとり暮らしをしている。就職しても長続きしないのか定職には就いておらず、アルバイトで日々のたつきを得ている状態だ。あまりの孤高ぶりに世捨て人と形容したくなるが、西浅草は決して寂れた地域ではない。ここに住んでいて世捨て人というのもおかしく、結局どこにも所属することができない人なのだと亮輔は理解していた。

そんな男なので地域で嫌われていても不思議ではないのに、必ずしも鼻つまみ者というわけではなかった。昔はそれなりに人付き合いをしていたらしい。他でもない、賢剛の父親を慕っていたと聞く。もし小室の性格が変わったのであれば、そのきっかけはもしかしたら賢剛の父親の自殺なのかもしれず、つまり亮輔の父の変貌と同根である可能性もある。それを思えば、やはり本来なら真っ先に会いに行くべき人であった。

ただ、気軽に会いに行ける相手ではないのが問題だった。どういう対応をされるかは、だいたい予想がつく。ならば行くだけ無駄とも思えて、足が向かなかった。せめて執《と》りなしてくれる人でもいれば希望が持てるが、そんな人物は存在しない。ただ会いに行き、けんもほろろの扱いを受けるしかないのだから、どうにも気が進まなかった。

とはいえ、今は父が殺されたという異常事態下である。小室も思うところがあり、口を開いてくれるかもしれないと、ほんのわずかばかりの甘い期待を抱いていた。いや、正確に言えば、そんな期待でも見つけないことには小室を訪問する気になれなかったのだった。

飲みに行く習慣がない小室は、夜には家にいるはずである。午後八時過ぎに出発して、小室の家を目指した。気持ちは依然として重かったが、決めたからにはきびきびと歩く。あっという間に小室の家に着き、呼び鈴を押した。

門構えもない小さい一軒家の呼び鈴は、インターホンではなかった。応じるなら、小室が玄関先に出てくるしかない。待っていると、中で人の気配がした。内部に照明が灯《とも》り、解錠の音とともに引き戸が開く。

「夜分にすみません。濱仲です。少し、よろしいでしょうか」

亮輔はそう挨拶をしたが、出てきた小室は誰彼かまわず喧嘩を売りそうな険しい顔つきをしていた。目が切れ長で髪は五分刈りなので、よけいに迫力がある。睨《にら》まれるとたじろいでしまうが、いきなり殴りかかっては来ないと自分に言い聞かせて、相手の視線に耐えた。小室はこちらを認識したのかどうか、特に表情を変えなかった。

「なんの用だ」

取りあえず、口を開いてくれた。そのことに安堵し、話を切り出す。

「ご存じかとは思いますが、私の父が死にました」

いったん言葉を切り、反応を見る。だが小室は、感情がないのかと思えるほど無表情だった。少し失望しつつ、続けた。

「殺されたんです。信じられません。父は誰かに殺されるような人ではありませんでした」

亮輔がそう言ったときだけ、小室はわずかに眉を動かした。その反応はどういう意味なのか。推し量ろうとしたが、微妙すぎて手がかりがない。さらに言葉を重ねた。

「父に死なれて、私は父のことを何も知らなかったと気づいたんです。殺されるような人ではなかったといっても、実際に殺されたのだから何か理由があるはずです。だから私は、父について知りたいのですよ。それで、昔から父をよく知る人を訪ねているところなんです」

「だったら、どうしておれのところに来る?」

自分でもうまくない説明をしていると考えていたら、案の定小室は問い返してきた。むしろ小室と父は没交渉だった。今の説明では、訪問対象にまったく該当しない。そもそも、小室が誰かのことをよく知っているとは思えなかった。

「いえ、あの、小室さんの場合は違います。父は賢剛のお父さん、芦原さんが亡くなってから人が変わったと聞きました。小室さんは、芦原さんと親しかったのですよね。つまり私は、父のことというより芦原さんの話を伺いたかったんです」

小室は目を細めた。こちらの真意を透かし見ようとするかのように、じっと凝視してくる。亮輔は息苦しく感じた。

「意味がわからない。芦原さんのことと、濱仲さんの事件がどう関係するんだ」

「私は、父が殺されたのは過去に理由があると考えています」

語調に力を込めた。こちらが興味本位で訊いているのではないと、わからせたかった。最近の父ではなく、過去の父なら小室も語ることがあるはずだと考える。訪ねてくるまでは漠然とした予想でしかなかったが、こうしてやり取りしている間にその思いは確信に変わった。

「どうして、そう考えるんだ」

ふたたび小室は問うてきた。亮輔は思いを正直に口にした。

「私が知る父は、今も言ったように殺されるような人ではなかったからです。でも過去の父は、どうやら私が知る父とは違ったみたいです。私は過去の父を知りたいんですよ」

「馬鹿な考えだ」

すぐさま小室は応じた。言下《げんか》に否定され、亮輔は少しむきになった。

「なぜですか。何が馬鹿なんですか」

「お前が馬鹿なことをしているから、馬鹿と言ったんだ。自分の父親の過去を調べるなんて、とっととやめろ」

小室の言葉は、一般論としては正しいのかもしれない。父親の過去など知っても、ろくなことはないだろう。だが、小室は一般論で言っているのではないと思えてならなかった。小室は何かを知っていて、それは亮輔が知るべきことではないと考えているのだ。

「やめません。私には父の死の理由を知る権利があります」

引いたら終わり、という気になっていた。予想以上にやり取りが続いていることで、強気になっている面もある。それに、これは自分の中に確固として存在している思いだった。自分には、父がなぜ殺されたのか知る権利と、そして義務があるのだ。

「やめておけ。これは忠告だ」

しかし小室は、心を動かされた様子もなかった。押せば開きそうで、結局はがっちりとロックされている扉の前にいるかのようだった。ロックを解く鍵を捜さなければならない。鍵かもしれないものは、手の中にあった。

「今日、父の遺品を整理していたら、新聞の切り抜きをファイルしたものが見つかりました。ひとつは、有名な未解決の誘拐事件について。それからもうひとつは、鬱病になった女性が育児放棄をして子供を死なせてしまった事件についてでした。その女性のことは、父も小室さんもご存じだったんですよね」

一か八かの賭けのつもりで、育児放棄事件に言及した。するとすぐに、賭けの結果が出た。

「帰れ！　お前に話すようなことは何もない！　とっとと帰れ！」

小室は怒声を張り上げると、亮輔の胸をいきなり突いた。まさか突然乱暴されるとは思わなかったので、亮輔は踏ん張れずに後ろによろける。その隙に、引き戸が目の前でぴしゃりと閉ざされてしまった。小室の反応の激烈さに唖然《あぜん》として、その一拍後に痛みがやってきた。胸を押さえ、身を折る。小室はほとんど手加減せず、掌底《しょうてい》でこちらの胸を突いてきたようだった。

しかしこの反応は、予想外ではなかった。死んだ女性のことを小室が慕っていたなら、そんな悲惨な事件は思い出したくないだろうと想像がついたからだ。だからこそ賭けだったのだが、亮輔は見事にその賭けに負けた。結局これは、小室の心を開かせる鍵ではなかった。

小室、小室が慕っていた女性の事件、小室が親しかった賢剛の父親の自殺、そして父の死。小室を中心として繋がっているようで、父の死だけが浮いている。過去に何かがあったのだとしても、果たして父の死は関係しているのかと疑問に思えてきた。

肋骨《ろっこつ》に罅《ひび》が入るほど強く突かれたわけではないが、それでも痛みはすぐには消えなかった。やはり無駄骨だったという徒労感を抱えつつ、亮輔は小室の家の前から離れた。

6

《かげろう》を出た辰司が隅田川とは逆方向に向かっていったという情報は、重視すべきだった。店を出たときには自宅に帰ろうとしていたようだから、その後に何かがあって行き先を変えたことになる。その何かとはなんだったのか。誰かに出くわしたのか。賢剛はこの証言に手応えを感じていた。

「ガイシャが誰かと歩いているところでも、防犯カメラに映っていればいいいんだがな」

　小林の家を後にして、すぐに岸野が言った。この地域の防犯カメラは、地取り担当の者たちがチェックしていた。辰司が誰かと歩いていて、映像でその人物が特定できたら、事件は大きく前進する。賢剛は解決にまったく寄与できないことになってしまうが、それでも早期の解決の方が望ましかった。

「でも、おれたちがやるべきことはガイシャの足取りを辿ることだな。隅田公園に向かうガイシャを見た人がいないか、訊いて回ろう」

「はい」

　岸野の方針に、賢剛は短く頷いた。六区の店を順番に訪ね歩くことになる。地元の人間とはいえ、さすがにすべての店と顔見知りというわけではない。特にチェーン店は、馴染《なじ》みにはなりにくい。六区で聞き込みをする限り、地元の利は生かしにくかった。

　すでに夜遅かったので、聞き込み先は飲み屋やレストランになった。ほとんどの店の店員が、通行人など気にしていなかった。予想どおりとはいえ、徒労感はある。そろそろ切り上げないと夜の捜査会議に間に合わなくなるため、聞き込みに見切りをつけることにした。

「署に帰る前に、軽く腹ごしらえをするか」

　牛丼のチェーン店が目についたので、岸野はそちらに顎をしゃくってそう言った。賢剛も腹が空《す》いている。賛成して、一緒に店に入った。カウンターに並んで坐り、それぞれに注文をする。店内には他に客がいたが、賢剛たちの両隣は空いていた。

「あのう、私の考えを申してもよろしいでしょうか」

出されたお茶を飲みながら、切り出した。所轄刑事としては、差し出た真似《まね》である。一課刑事の中には、怒る人もいるだろう。だからおずおずと尋ねたのだが、岸野は鷹揚《おうよう》だった。

「なんだ、聞こうじゃないか」

賢剛が被害者と知り合いだからか、それとももともと度量が広いのか。ありがたいと思いつつ、話し始める。

「動機ですが、辰司さんの過去にあるんじゃないでしょうか」

辰司をどう呼ぶか、迷った。濱仲さん、と呼んだことはない。いつも「おじさん」だった。だが今はそんなふうに辰司を呼ぶわけにはいかないし、ガイシャという隠語も使いたくない。濱仲さんではよそよそしいので、結局辰司さんと呼ぶことにした。故人との距離を思えば、岸野も理解してくれるだろう。

「過去に。なぜそう思うんだ」

当然、岸野は訊き返してくる。賢剛は上半身を捻り、顔を岸野に向けてから答えた。

「これまで聞き込みをした限りでは、辰司さんは殺されるような人ではなかったとみんなが口を揃えて言っていましたよね。私もそう思うし、岸野さんも同感ではないですか」

「そうだな」

岸野は頷く。岸野が生前の辰司を知っていなければ、こう簡単には同意してくれないだろう。相手が岸野でよかったと思った。

「となると、動機は逆恨みではないかと考えたのです。ならば、最近のことよりも警察官時代の方が恨みを買いやすい。そこで、動機は過去に起因するのではないかと思いました。あくまで可能性の話でしかないですが」

「まあ、理解はできるよ」

岸野は認めてくれた。そこに牛丼が運ばれてきたので、いったんやり取りを打ち切る。互いに箸を取り、食べ始めてから話を続けた。

「憶測に憶測を重ねた話でしかないけどな。可能性を言えば、どんな可能性だってある」

口許《くちもと》に運ぼうとしていた箸が止まった。改めて、岸野の顔を見る。岸野は丼の中身を口にかき込んでいた。

賢剛の考えに一理あると認めてくれたわけではないのか。確かに憶測ではあるが、蓋《がい》然《ぜん》性《せい》の高い憶測だと自分では思っていた。岸野の考えは違うのだろうか。

「岸野さんは、逆恨みの線はないと思いますか」

つい、直截《ちょくせつ》に尋ね返してしまった。これまた相手次第では気分を損ねることではあるが、岸野は気にしなかった。

「いや、あると思うよ。ただ、おれが知っている濱仲さんも、昔の濱仲さんだってことだよ。だから、今の濱仲さんと昔の濱仲さんの違いを言われても、よくわからん」

「あ」

言われてみれば、そうだった。岸野は交番勤務で辰司と一緒になったことがあるだけで、その後は特に付き合いがなかったのである。現在との比較を語っても腑《ふ》に落ちないのは、当然であった。

「そりゃあ、一般企業に勤めている人とサツカンを比べたら、サツカンの方が恨みを買いやすいだろうな。でも、一般人だって逆恨みくらいはされるだろ。動機が昔にあると決め打ちするのは、勘に頼りすぎってもんだ」

「そうですね。おっしゃるとおりです」

恥じ入って、箸を置いた。勘に頼りすぎ、という指摘は正鵠《せいこく》を射ている。なまじ被害者を知っているだけに、論理的ではない決めつけをしていた。

「それもまた、可能性の話さ。おれだって、逆恨みならサツカン時代だろうなと思うよ。そういう仕事だからな。でもおれは、最近の濱仲さんについて知りたい。おれが知る濱仲さんとそんなに違わないいんじゃないかと思うが、お前から見てどんな人だったか、話してくれないか」

岸野はそう言うと、また丼に取りかかった。賢剛は手をつける気になれず、少し考えてから言葉を連ねた。

「私の父親は、私が子供の頃に死んでるんです。当時、私は四歳でした。記憶は朧《おぼろ》げにしかありません。そんな私にとって、辰司さんは父親みたいなものでした。辰司さんと父は親友だったので、父が死んだ後は何かと面倒を見てくれたんです」

「そうか。そりゃ、知らなかったよ」

飄々《ひょうひょう》と、岸野は合いの手を入れる。簡単に応じてくれたお蔭で、気が楽になった。

「私は辰司さんの息子の亮輔と仲が良かったので、よく家に遊びに行きました。辰司さんは非番で家にいることも多かったですから、しょっちゅう顔を合わせてました。かまってもらいましたよ。一緒に遊んでくれたし、私のいたずらが過ぎたときは叱ってもくれました」

今とは違い、叱ってくれる大人は近所に何人もいた。だが、叱られる回数で言えば辰司が圧倒的に多かった。むしろ、亮輔より叱られていたかもしれない。亮輔は子供の頃からいい子で、一方賢剛は加減を知らなかった。怒られて初めて、何をしてはいけないかを学んだ。これまであまり意識していなかったが、つまり物事の善悪は辰司が教えてくれたようなものだ。思い返してみて、ようやく自覚した。

「牛丼、食べろよ。食べながら話せ。時間がなくなるぞ」

岸野がこちらの手許に向けて、顎をしゃくった。捜査会議に遅れるわけにはいかない。言われたとおり、丼を手にする。ひと口食べて、また続けた。

「ただ、父親代わりとはいっても、本当の父親ではなかったのだなと、最近になって思うことがありました。他でもない、亮輔と話していてそう感じたのです。私が見ている辰司さんと、亮輔にとっての辰司さんは、どうやら違うようでした」

「そりゃまあ、仕方ないな」

岸野の相槌は、こちらを慰めているかのようだった。亮輔ほどに辰司を知らなかったことに、自分で意識するよりも僻《ひが》みめいた感情を抱いていたのかもしれない。それが語調に表れてしまったのだろうかと思った。

「私にとって辰司さんは、昔も今も立派なお巡《まわ》りさんでした。退官した後も、辰司さんはこの地域ではお巡りさんだったんですよ。だからたぶん、私の知る辰司さんと岸野さんが知る辰司さんは、違わないと思います。ただひとり、亮輔だけが何かを感じているようですが」

「そういえば息子さんも、濱仲さんの過去に殺された理由があるんじゃないかと考えているんだったな」

「ええ」

電話で亮輔と話したときは意図が摑めなかったが、その後聞き込みをしながら反芻《はんすう》するうちに理解できてきたのだ。亮輔の意見をもう一度きちんと聞いてみたい。そうしてから、岸野には自分の意見を伝えるべきだった。

「過去ね」

岸野は短く繰り返した。亮輔と電話を終えた直後に話したときは特に気に留める様子もなかったが、今は受け止めてくれたように感じる。それに手応えを覚え、賢剛は牛丼に取りかかった。

岸野の丼は空になりかけていた。

7

翌朝のことだった。

郵便受けから新聞を抜き取ると、他にも封筒が入っていた。宛先や差出人の名前を書いていない、単に封をしてあるだけの封筒である。何かの宣伝でも入っているのだろうかと思いつつ、亮輔は家の中に戻った。鋏《はさみ》を使わず、無造作に封を破った。

中には、便箋が入っていた。広げてみて、戸惑う。便箋には新聞の活字を切り貼りしたらしき文章が、たった一行記されていた。

〈これ以上、かぎ回るな〉

何を示唆しているのか、考えずとも理解できた。亮輔が父の死について調べていることを、面白く思わない人物がいるのだ。果たしてこれは、誰が投函《とうかん》したのか。特に恐怖は感じず、紙面を睨んで考え始めた。

犯人だろうか。ごく自然に、一番に思いつくのがそれだった。だが亮輔は、その考えには飛びつかなかった。もし犯人ならば、あまりに短絡的だからだ。人ひとりを殺して怯《おび》えているのだとしても、警戒すべきは亮輔ではなく警察の捜査だろう。こんな真似をしたら、自ら証拠品を増やすことになり、かえって藪蛇《やぶへび》というものだ。犯人がそこまで愚かだろうかと、疑問に思った。

　ならば、これまでに会った誰かかもしれない。その中で真っ先に思い浮かんだのは、小室の顔だった。小室は明らかに、亮輔が首を突っ込むことを煙たがっていた。調べるのをやめろと警告しても、おかしくはない。

　だとしても、やはりそれも短絡的ではないか。昨日の今日でこんな手紙を投函すれば、名前を書いていなくても差出人は小室だと署名しているようなものである。小室の人となりはよく知らないが、そんな馬鹿ではないだろうとも思えた。

　となると、差出人に見当はつかなかった。亮輔としては、犯人当人が投函したものではなくても、なんらかの犯人に至る手がかりになって欲しいという気持ちがある。やはりこれは、いたずらと見做して捨てたりせず、重視すべきだろう。そう結論して、迷いなくスマートフォンを手に取った。こんなものが来たことを、賢剛に知らせるためだった。

　驚いたことに、すぐに返信が来た。亮輔からのメッセージは、何を措《お》いても見ることにしているのかもしれない。メッセージは短く、〈午前中にそっちに行く。いいか？〉と書かれていた。亮輔は〈待ってる〉と返事を書いた。

　賢剛は十時半過ぎに、相棒の本庁刑事とともにやってきた。先日と同じように、友人としてではなく刑事の顔である。事件が解決するまで、賢剛はこの顔でしかこちらとは接さないのだろうと思った。

「見せてくれ」

挨拶もそこそこに、賢剛は本題に入った。母は台所に立ち、お茶を淹《い》れている。亮輔は卓袱台《ちゃぶだい》の上に、届いた便箋を広げた。

賢剛も相棒の刑事も、便箋に触れようとはしなかった。指紋がつかないように、気をつけているようだ。亮輔は何も考えず、ベタベタ触ってしまった。おそらくこのまま持ち帰り、鑑識で指紋検出をするのだろう。そのために、亮輔も指紋を採取されるのだ。やむを得ないこととはいえ、あまりいい気がしなかった。

「かぎ回るとは、どういう意味だ」

文面を見てから一拍おき、賢剛が問うてきた。亮輔は自分がやっていることを、まだ賢剛に説明していない。いつか説明するつもりだったが、まさかこんな外的要因によってその瞬間が来るとは思わなかった。

「おれは、親父の死に納得がいってない」

小さく息を吸ってから、答えた。賢剛も相棒も、表情を変えない。

「まあ、それはそうだろうな」

賢剛は頷いた。そのときだけは、友人の返事に聞こえた。それに少し安心し、続けた。

「前にも言ったように、親父の死に理由があるなら、それは過去に関係している気がした。だから、昔から親父を知る人に話を聞いて回っていたんだ」

「お前は、自分で犯人を見つけるつもりなのか」

賢剛の目つきが鋭くなった。亮輔は首を振る。

「いや、そういうわけじゃない。ただ、納得したいだけだ。おれは親父をよく知らなかった。それは、親不孝だったと気づいたんだ」

「親不孝……」

賢剛は繰り返した。父親がいない賢剛にこんなことを言うのは、もしかしたら配慮不足だったかもしれない。しかし今は、亮輔も父がいない身である。言葉の意味を理解してくれるはず、と信頼することにした。

「じゃあ、誰に会ったか教えてくれ」

刑事の口調に戻り、賢剛は言った。この質問は予想していたので、すぐに会った人全員の名前を挙げる。賢剛は手帳にメモを取った。

「最後に会ったのが、小室さんか」

呟くように言う賢剛の口振りには、小室を知っているが故の意味が籠《こも》っているように響いた。小室なら、こんな警告文を投函しかねないと考えているのかもしれない。続けて賢剛は、小室と会った際の詳しい様子を知りたがった。求めに応じ、できるだけ細かく昨日のやり取りを再現した。

「育児放棄？」

そのこと自体が初耳だったらしく、賢剛は眉を顰めた。詳しい説明の要《よう》を感じ、父が新聞記事をスクラップしていたこと、自殺した女性を小室が子供の頃から慕っていたことなどを話す。横で聞いていた相棒が、なにやら満足げな息を吐き出した。

「面白い情報ですね」

初めて口を開いた。確か、岸野といったか。捜査一課の刑事なのだから単純な人ではないはずだが、どうやら小室にかなりの興味を抱いたようだった。

「これから会いに行ってみましょう」

賢剛は小声で、岸野と相談する。当然そういうことになるだろうとは予想していたが、これでは亮輔が小室を怪しい人と密告したかのようで、少し後ろめたさを感じた。

むろん、この警告文を書いたのが小室である可能性もある。ただその場合、小室が父を殺した犯人ということにはならないだろう。自殺した女性に言及した亮輔のことを、不愉快に感じただけに違いない。賢剛ならば理解しているはずと思いつつ、その点は強調しておいた。賢剛は数回頷いたが、わかっているとは言わなかった。

「それともうひとつ。この前の電話で言ってたことについて、詳しく聞かせてくれ」

いきなり話題を変えた。そうか、それを聞くための訪問でもあったのだなと、今になって理解する。いずれ賢剛には、きちんと話をするつもりだった。思いの外に、その機会が早く来たようだ。

「親父の死は、昔あったことが理由なんじゃないかと考えていることか」

「そうだ。勘だけではない、何か気になることがあると言っていたよな」

「気になるというほどのことじゃないんだが」

改めて説明しようとすると、自分の思いがうまく言葉になりそうになかった。やはり勘ではないかと言われればそれまでだし、単なるこだわりに過ぎない気もする。加えて、賢剛の父親の死に言及していいものか迷う気持ちもあった。ためらいながらも、口を開いた。

「親父が無口になったのは、お前のお父さんの死が原因だったみたいなんだ。親父に別の顔があったなら、もうひとつの顔を隠すことにしたきっかけはお前のお父さんの死なんじゃないかと考えたんだよ」

「おれの父親の死――」

まったく思いがけないことだったのか、賢剛は目を見開いて呆然《ぼうぜん》とした顔になった。悪く思わないでくれよと祈りながら、亮輔は先を続けた。

「だから、親父をよく知る人というより、お前のお父さんをよく知っていた人に会いに行っていたんだよ」

「おれの父親の死が、お前の親父さん殺しに関係していると考えてるのか」

理解できないとばかりに、賢剛は語調を強めた。やはり納得してもらうのは難しいか、と思いつつ、なんとか説明を試みる。

「いや、直接の理由になったと考えているわけじゃないよ。犯人捜しなら、警察に任せておけばいいだろ。おれは前にも言ったとおり、親父を知りたいだけなんだ。親友に死なれたときの親父の気持ちを、おれは理解したいんだよ」

だからお前のお父さんが自殺した理由を調べている、とまではさすがに言えなかった。そこまで言えば亮輔の行動の真意を理解してもらえるとしても、それはあくまで警察官としての理解だ。友人として、賢剛がどう受け取るかはわからない。もどかしくても、言葉足らずの説明を受け入れてもらうしかなかった。

「……わかってるだろうが、おれは父親が自殺した理由を知らない」

ぼそりと、賢剛が言葉を吐き出した。自殺という単語に、横で聞いていた岸野が驚きを示す。相棒にも話していなかったことを言わせてしまった、と心が痛んだ。

「おれの父親のことは、もはや個人的な話だな。おれに訊きたいことがあるなら、改めて訊いてくれ」

「わかった。ごめん」

思わず、謝ってしまった。賢剛は「いや」とだけ応じて、他に訊くことはないかと岸野に確認をした。岸野は首を振り、それを最後にふたりは立ち上がる。母が淹れたお茶には、ふたりとも手をつけなかった。

また来る、と言い残した賢剛の声は、友人のものか刑事のものか、亮輔には判断がつかなかった。

8

「小室という人は、どんな人物だ」

　亮輔の家を出るとすぐ、岸野が尋ねてきた。どう答えるか一瞬考えてから、賢剛は答える。

「取っつきが悪い人です。気難しくて、ほとんど人付き合いをしていないんですよ。もっとも、私の父とは親しかったようですが」

「じゃあ、君が行けば何か喋《しゃべ》ってくれるかな」

　岸野はそう言うが、本当に期待しているかどうかはわからない。聞き込みがそんな簡単なものでないことは、おそらく岸野の方がよく承知しているだろう。

「私も、小室さんとはほとんど話をしたことがありません。ただ、私が相手をした方がまだ喋ってくれる可能性はあるかと思います」

　あまり自信はなかったが、そう言わざるを得なかった。岸野は満足そうに、「じゃあ、任せる」と言った。

　定職に就いていない小室が、今どんな仕事をしているのか賢剛は知らない。平日の午前中だから、在宅していなくても当然である。だが、もしかしたら夜間の仕事をしていてこの時間帯は家にいるかもしれない。何より、すぐそばなのだから訪ねずに済ます理由はなかった。

十分も歩かずに、小室の家に着いた。中に人がいるかどうかはわからない。質問の仕方を考えてもあまり意味がなさそうなので、ともかく呼び鈴を押した。おそらくいないだろうから、夜に出直すつもりだった。

ところが案に相違して、内部で人の動く気配がした。引き戸が細めに開けられ、目つきがいいとは言えない小室の顔が隙間からこちらを睨む。賢剛の顔を認識したかどうかは、反応がないのでわからなかった。

「こんにちは、小室さん。ぼくです。わかりますか。芦原です」

話しかけると、小室は賢剛をじっと睨んでから、傍らの岸野に視線を移した。それで納得したように、言葉を発する。

「近所付き合いで来たわけではなさそうだな」

低くくぐもっていて、注意していないと聞き取りにくい声だった。賢剛はわずかに右耳を小室の方に向けて、応じた。

「はい。お察しのとおり、刑事としてやってきました」

賢剛が警察官になったことは、さすがに知っているようだ。辰司がお巡りさんとしてこの地域で認識されていたように、賢剛もまたここでは刑事さんである。人との関わりを断ち切ったように生きている小室も、かつて親しかった人物の息子の動向は気にかけていたのかもしれない。

「刑事がなんの用だ」

小室の口調は、親しみなどまるで感じさせなかった。相手が賢剛だからといって、ガードを緩める気はさらさらないらしい。予想していたことなので、特に面食らいはしなかった。通常の聞き込みと同じような手順を踏んでいくことにする。

「ちょっと、ここではなんですから、中に入れていただけませんか。玄関で立ち話でけっこうですから」

これは小室のためを思っての申し出である。刑事が訪ねてきていることを、近所の人に知られたくはないだろうと配慮したのだ。

「だから、なんの用かと訊いている」

あくまで小室の口調はぶっきらぼうだった。警戒しているのか、人嫌いだからか、どちらともわからない。ともかく、ここで押し問答をするのは小室にとっていいことではない。生前の父と親しかった人と思えばなおさら、小室に不利なことはしたくなかった。

「もちろん、辰司さんの件です」

わかっていて訊いているはずだから、用件がなんであろうとまずは突っぱねずにはいられないのだろう。長年、人嫌いの生活を続けていると、素直に相手の申し出を受け入れることができなくなるようだ。

ようやく諦めがついたらしく、小室は引き戸を広く開けて賢剛たちを中に入れてくれた。小室の家に入った人は、ここ二十年以内で賢剛が初めてなのではないだろうか。そいなのことを少し愉快に思いながら、三和土《たたき》に立つ。三和土は狭かったが、靴を置いていないので岸野と並んで立つスペースはあった。

　この辺りの他の家と同じく、上がり框《がまち》と居間がほとんど直結している構造だった。だから、三和土に立てば中の様子を見渡すことができる。六畳ほどの広さの居間には、中央に座卓、奥の角にテレビ台、その横に食器棚があり、棚の下方には本が並んでいた。本棚を買うほどの冊数ではないから、食器棚に入れているようだ。

「近所に住む者として、単刀直入に訊きます。辰司さんが亡くなったことを、どう思いますか？」

　これは他の刑事にはできない、賢剛の立場ならではの質問だった。辰司と小室は付き合いがなかったようだが、面識はあったはずである。子供の頃から知る人が殺されれば、何かを感じずにはいられないだろう。そのことを、まず訊いてみたかったのだ。

「人は誰でも、生きていればいろいろなものを背負う。辰司さんも背負っていたものが多かったってことだろう」

　小室の返事は、多少意外だった。もっと木で鼻を括ったような返答になるか、あるいは通り一遍のことを言うと予想していたのだ。小室の言うことは正論だが、何か具体的な事実を知っているのだろうか。

「辰司さんが何を背負っていたのか、ご存じですか」

「おれは、辰司さんと付き合いはない」

小室は言い切る。つまり、単なる一般論だと言いたいようだ。しかし、額面どおりには受け取れない。さっさと切り札を出すことにした。

「昨日、亮輔が訪ねてきたそうですね。亮輔は辰司さんの遺品を整理していて、育児放棄事件の記事をスクラップしたファイルを見つけたそうです。その育児放棄した女性は昔、西浅草に住んでいたらしいじゃないですか」

「それがなんだって言うんだ」

小室の口調に、怒気が交じった。この話を出したとたんに、亮輔は追い返されたと言っていた。怒鳴らずにいるのは、賢剛が刑事だからだろう。たとえ怒鳴られても、訊くべきことを訊くまで帰るつもりはなかったが。

「小室さんはその女性と親しかったと聞きました。本当ですか」

この質問には、小室は答えなかった。怒りの籠った眼差《まなざ》しで、賢剛を睨み据えるだけである。なるほど、こんな顔をするくらいなら警告文を書いても不思議ではない。小室にとって女性の死は、触れられたくないことなのだろう。

「親しかったわけじゃない。ただ、昔から知っていたというだけだ」

亮輔の母親によれば、小室はその女性が好きだったという。しかも一方的な憧れだとのことだから、この説明は正確なのかもしれない。憧れの人の話を蒸し返されたら、腹も立とう。単にそういうことだったのだろうか。

「今朝、亮輔の家の郵便受けに、差出人不明の警告文が入っていました。かぎ回るな、と書いてある警告文です。それは小室さんが書いたんですか」

辰司殺しと警告文が無関係ならば、早くそれを明確にする必要があった。だから持って回った言い方をせず直截に尋ねたのだが、小室の反応は予想外だった。

小室は目を剝《む》き、驚きを顔に浮かべていたのだ。

これは演技ではない、と直感した。小室の性格をよく知るわけではないが、こんなときに白を切るために演技をする人ではない気がする。小室は本当に驚いているのだ。それは単に警告文という語句の響きに驚いたのか、あるいは心当たりがあるからか。

「書いたのは小室さんではないんですね」

念を押すと、小室は素直に頷いた。だが声を発さないので、続けて確認する。

「では、誰が書いたかわかりますか」

「……知らん」

小室はぼそりと答えた。それが本当かどうかを判別する能力は、賢剛にはなかった。

「本当にご存じないですか」

「知るわけがない。しつこいぞ」

不快そうに、小室は顔を歪めた。頑《かたく》なになってしまった小室は、もうどんな言葉でも動かせそうになかった。

「では、辰司さんを昔から知る人としてお答えください。辰司さんが殺された事件と、二十数年前の育児放棄事件は、関係があると思いますか」

「関係なんてあるかよ。どう関係するって言うんだ」

小室は吐き捨てた。どう、と訊き返されても、賢剛には見当がつかなかった。

「最後に、辰司さんが殺された夜のことについて伺わせてください。小室さんはあの夜、どちらにいらっしゃいましたか」

「仕事だよ。夜警だった」

小室は警備員をやっているのか。知らなかった。仕事だったなら、れっきとしたアリバイがあることになる。確認するために勤め先を訊き、それで質問を打ち切った。お忙しい中ありがとうございました、と礼を言ったが、小室は無反応だった。

小室の家を出ると、岸野は物珍しそうに振り返った。何か目についたものでもあったのだろうか。

「どうしました」

「いや、なに、食器棚に本を並べていただろ。そのタイトルが偏ってたから、ちょっと記憶に残った」

岸野はそんなことを言う。食器棚に本を並べていたことには気づいていたが、そのタイトルにまでは注意を払わなかった。小室はいったい、どんな本を読んでいたのか。

「この前話した、バブル当時の誘拐事件についての本ばっかりだったよ。ノンフィクションのルポから、その事件をモデルにして書かれた小説まで、あるのはそれだけだった。そんなに興味があるのかね」

賢剛は小室の人となりを知らないから、なぜその誘拐事件に興味を持つのかも推測できない。誘拐事件に関する本だけ、という点は気になったが、小室が何に興味を持とうと知ったことではないという気分だった。

9

警告文に恐怖は感じなかったが、近所の人間がこんなものを投函したかと思うと気持ち悪さはあった。できることなら、誰がしたことか特定したい。果たして警察は、そんなことまで調べてくれるのだろうか。殺人事件と関係ありと見做されれば徹底捜査をするだろうが、現時点ではなんとも言えない。警察に対する信頼はあるものの、いざ被害者になるともどかしさを覚えるものだと、亮輔は初めて知った。

しかし亮輔には、ある種の特権があった。捜査の担当である刑事に、個人的に質問できるという点だった。賢剛はこの家を出た足で、小室に会いに行ったのだろう。その結果を知る権利が自分にはあると、亮輔は考えた。

〈小室さんと会った結果を教えてくれ〉

そう、メッセージを送っておいた。今朝ほど早く反応してくれるとは思えないが、教えてもかまわない範囲で話してくれるだろう。気長に返事を待つことにした。

まだ午前中なので、父の死の理由を調べて歩くには早い。そこで、父がファイルしていた育児放棄事件の記事を熟読することにした。父の事件と関係があるかどうかはわからない。まず、無関係であろうとは思う。ただ、賢剛に対して小室の名を出してしまったからには、育児放棄事件を詳しく知っておくべきだろうと考えたのだ。手許に資料が揃っているのだから、手間を惜しんでいる場合ではない。

家で読んでもいいのだが、行きつけの喫茶店に行くことにした。旨《うま》いコーヒーにもご無沙汰している。母に断ってから家を出て、徒歩で十分ほどのその店に向かった。

だが残念ながら、店は休みだった。定休日ではないはずなのに、どうしたのだろう。気になって、その場でスマートフォンからメッセージを送った。相手は勝俣である。仕事中のはずだが、昼休みには返事をくれるだろう。

やむを得ず、浅草方面に歩き出した。西浅草は喫茶店の類が極端に少ない。落ち着いた店でコーヒーを飲みたければ、浅草にまで足を伸ばす必要があった。だからこそこの店の常連になったのだが、休みでは仕方ない。定休日以外でこの店が休むのは、珍しいことだった。

国際通り沿いのチェーン店のコーヒーショップに入り、ファイルを開いた。社会を揺るがす大事件というわけではないので、記事のひとつひとつは小さい。育児放棄の末に子供を死なせたと聞けば痛ましいが、残念ながらそれは決して珍しいことではないのだ。子供を死なせてしまった女性が知人でなければ、父も注目はしなかっただろう。

事件直後の記事は、情報が少なかった。大都会の東京に住んでいる子供が餓死したという、その痛ましさだけを取り上げているような内容だった。続報でようやく、子供を放棄した母親の逮捕を報じている。だがこの時点ではまだ、父親の影すら見られなかった。現在もその傾向は根強く残っているが、当時はやはり育児は母親がするべきことという大前提が社会に存在したのだろう。

そこまで読んだところで、メッセージが着信した。賢剛かと期待して開いてみたら、送り主は勝俣だった。こちらが先に送ったのだからがっかりするのは失礼だが、失望したのは事実だった。その自分勝手さに苦笑しながら、文章を目で追った。

〈さくらちゃん、体調悪いんだって。かわいそ〜〉

最後に泣き顔の絵文字もついていて、三十過ぎの男とは思えぬ文面だった。だがそこが勝俣らしいので、亮輔は再度苦笑する。文章だけでなく、本当に悲しがっている様が目に浮かぶようだった。

さくらちゃん、というのが喫茶店のオーナー兼店主だった。もともと西浅草の生まれだが、結婚して出ていき、夫と死別してまた戻ってきたという悲しい経歴の持ち主である。喫茶店は、夫の生命保険金を元手に始めたらしい。この未亡人に、勝俣は岡惚《おかぼ》れしている。亮輔が喫茶店の常連になったのは、勝俣に連れていかれたからだった。

今のところ相手にされているとはとても言えないが、さくらと一番近い男を自任しているだけあって、勝俣は動向を把握していたようだ。店が臨時休業になっていたら勝俣が事情を知らないわけがないと睨んで訊いてみたのだが、正解だった。亮輔自身もさくらとは親しく付き合っているので、同じく心配になる。風邪《かぜ》程度ならいいのだがと思った。

　勝俣への返事を書いてから、ファイルに戻ろうとした。するとまた、別のメッセージが届いた。勝俣の再返信かと思ったら、賢剛だった。慌ててメッセージを開いた。

〈小室さんに会ってきた。どんな感じだったか、今から直接説明しようか？〉

　まだ近くにいるらしい。文字のやり取りではなくじかに会って教えてくれるなら、それに越したことはない。今いるコーヒーショップを教えて、ここで会おうと提案した。すぐに来るとのことだった。

　言葉に違《たが》わず、五分もせずに賢剛はやってきた。亮輔を見つけて軽く手を上げてから、レジでコーヒーを買う。空いている奥の席を指差し、そちらに移動しようと言った。亮輔もコーヒーの載ったトレイを手にして、賢剛についていった。

「連れの刑事さんは？」

　席に落ち着いてから、賢剛がひとりで来た事情を尋ねた。賢剛はコーヒーの他に、サンドウィッチも買っていた。これで昼食にするつもりらしい。

「食事に行った。おれはその間、別行動させてもらうことにしたんだ」

「ああ、すまないな。サンドウィッチでいいのか」

「食べられるだけ、ましさ。食べるタイミングを逃すこともあるからな」

　賢剛は笑って答える。知ってはいたが、やはりタフな仕事のようだ。

「亮輔に警告文が届いたと聞いて、小室さんは驚いてたよ。あれは演技じゃないと思う」

賢剛はいきなり本題に入った。のんびり世間話をしている暇はないのだろう。亮輔はそれを聞いて、やはりそうかと思った。

「つまり、あれを書いたのは小室さんではないってことだな」

小室の仕業とは考えていなかった。そうであって欲しくないとも望んでいた。できるなら、あんなものを書いた人は知らない人物であって欲しい。そんな思いがあった。

「そういうことになる。ただ、書いた人物に心当たりがあるのかもしれない。あの驚き方は、思い当たることがある驚きだった気がする」

「そうなのか」

そのことが、亮輔にとっては驚きだった。小室は誰とも付き合わずに生きているのではないのか。それなのになぜ、警告文の書き手に心当たりがあるのだろう。

そういった疑問を口に出すと、賢剛は頷いた。少し渋い顔をする。

「そうなんだよ。おれもそこが不思議だ。だから、判断に迷っている」

「無愛想なだけで、親父の死を気にかけてくれてるんじゃないか。だから、おれに警告文が届いたなんて聞いたら驚いたんだろ」

好意的に解釈した。幼い頃からずっとひとりの女性を慕っていたなどと聞けば、やはり印象は変わる。小室が父の死に関わりがあるとは考えたくなかった。

「まあ、そうかもしれないな。あの人のことはよくわからないから」

刑事らしくもなく、匙《さじ》を投げたようなことを賢剛は言う。むろん、亮輔相手だからだろう。あの相棒刑事には、絶対に言わないことに違いない。

「家の中に入れてもらったんだぜ。小室さんの家の中を見たのは、おれが初めてなんじゃないかな」

賢剛は面白がるような口調だった。人付き合いを嫌う小室を知っているからこそ、亮輔もその気持ちはわかる。だから、特に興味があるわけではないが訊き返した。

「どんなだった？」

「けっこう綺麗《きれい》にしてたぜ。食器棚に本を並べていたのは、まあ狭い家ならではの工夫だろうが」

「食器棚に？　食器棚兼本棚なのか」

「そんなに冊数がなかったからな。おれは気にしなかったんだが、連れの岸野さんはちゃんとタイトルを読んでた。さすが、一課刑事は違うと思ったよ」

「へえ。そんなところまで見てるんだ」

ならば亮輔の家の中も、しっかり観察されたのだろう。見られて困る物などないが。

「うん。なぜか置いてある本は全部、誘拐事件に関してのものだったらしいぜ。ほら、バブル時代に起きた、未解決の誘拐事件があっただろ。それについての本だけだったと、岸野さんが言ってたよ」

「えっ」

驚いて、瞬《まばた》きを忘れた。賢剛の顔を呆然と見つめたまま、反応できずにいる。こちらのその態度に、賢剛の方が面食らっていた。

「おいおい、どうしたんだ。何か変なことを言ったか」

「いや、どういうことなんだろう……」

父だけでなく、小室もまたあの有名な誘拐事件に興味を持っていた。それは単なる偶然なのか。偶然だとしても、なにやら少し暗示的に思えた。

「どういうことって、何が？」

説明しろと言いたげに、賢剛は身を乗り出してくる。亮輔は自分の考えから浮上し、告げた。

「親父がスクラップしていた事件の記事は、育児放棄の件だけじゃなかったんだ。実は、その誘拐事件の記事をスクラップしたファイルもあった」

「えっ」

今度は賢剛が絶句して、言葉を失った。ふたりでしばし、互いの顔を凝視する格好になった。

なにやら、見るべきではない深淵《しんえん》の底を覗《のぞ》き見てしまった気がした。

第四部　辰司と智士

1

仕事を終え、着替えるために従業員控え室に行くと、伝言メモが残されていた。誰からの電話があったらしい。おそらく若菜だろうと思いながら手に取ると、相手は意外な人物だった。メモには〈生島《へんじ》〉と書かれている。彩織が職場に電話をしてきたことなど一度もないので、何か変事が起きたことを智士は予感した。

何時でもいいから折り返しの電話が欲しい、との伝言内容だった。素早く着替え、店を後にする。国際通りに出たところに電話ボックスがあったので、中に入って手帳を開く。彩織の電話番号を探し、テレホンカードを差し込んだ。

「ああ、智ちゃん」

すぐに電話は繋《つな》がり、彩織の声が届く。その声は待っていた電話が来て安堵《あんど》したようにも、また心細くて途方に暮れているようにも響いた。何があったらこんな声を出すのかと、智士も不安になった。

「あのね、さっき連絡があったんだけど、裕司《ゆうじ》ちゃんが死んじゃったんだって。比奈子ちゃんの今年生まれた赤ちゃん」

「なんだって」

よくないことが起きたのだろうと覚悟はしていたが、彩織の言葉はそれを大きく超えていた。誰かの死、それも赤ん坊の死など、想像できるわけもない。何かの間違いではないかと、とっさに考えた。

「それは本当なのか」

「本当みたい。咲《さき》ちゃんが連絡してくれたの。ほら、咲ちゃんは比奈子ちゃんと仲が良かったでしょ。咲ちゃんのところに比奈子ちゃんから、裕司ちゃんを死なせちゃったって電話が来たんだって」

「だとしても、本当かどうかはわからないじゃないか。比奈子ちゃんがそう思ってるだけかもしれない」

希望を込めて反論したが、彩織は否定した。

「違うのよ。咲ちゃんも驚いて、比奈子ちゃんの家に駆けつけたの。そうしたら、本当だったんだって。救急車を呼んで病院に運んでもらったけど、もう駄目だったたって」

「そんな……。何があったんだ」

　病死だろうか。それとも事故か。そのふたつしか、智士は思いつかなかった。

「それがね、詳しいことはよくわからないんだけど、咲ちゃんは『比奈子ちゃんが死なせちゃった』って言ってた」

「死なせちゃった？」

　どういう意味なのか。不注意で事故が起きたということか。ともかく、どうであろうと赤ん坊が死んだことに間違いはなさそうだった。

「比奈子ちゃんはショックだろうな。それで、咲ちゃんはまだ比奈子ちゃんについてるのか」

「うん、たぶん――」

　彩織の口調が歯切れ悪くなった。この他に、さらに何かあるのか。

「たぶんって、どういうことだ」

「比奈子ちゃんは、警察に連れていかれちゃったらしいの」

「警察に」

　思いもよらないことだった。つまり、赤ん坊の死には事件性があるのか。まさか、比奈子が殺したのではなかろうかと、最悪の想定までしてしまった。

「なんでだ」

「わからない」

途方に暮れたような声だった。彩織の気持ちを、智士は自分のことのように理解できた。智士自身も、まさに途方に暮れていた。

「辰司には連絡したか」

「したけど、勤務中だった」

そうか。ならば明日の朝までやり取りするのは難しいだろう。それでも、詳細が知りたければ辰司に頼むしかない。つまり今晩は、もう何もできないということだ。

「じゃあ、今は咲ちゃんからの続報待ちか」

「そうなの。でも、どうしたらいいんだろう……」

彩織はそんなことを言う。彩織は今でも比奈子とやり取りをしていたとはいえ、特別に親しかったわけではない。してあげられることには限りがあるし、警察沙汰になっているならよけいに、これ以上関わることはできないだろう。

「明日、おれからも辰司に訊《き》いてみるよ。心配なのはわかるけど、今は次の連絡を待つしかない」

「そうだね。ただ――」

彩織はまだ何か言いたいことがあるようだった。続けることをためらっているようなので、促す。

「ただ、なんだ？」

「うん。そこまで気にする必要はないのかもしれないけど、この前も話したでしょ。翔くんのこと」

「――ああ」

正直、気が回らなかった。むしろ彩織は、自分でも言うようによく翔のことまで心配できるものだ、と感心した。彩織の生来《せいらい》の優しさが感じられた。

「翔には、おれから言うよ。変な噂《うわさ》が耳に入るより、その方がいいだろう」

「そうしてくれる？　うん、あたしもそれがいいと思う。じゃあ、お願いね」

「わかった」

そこでやり取りを終え、電話を切った。吐き出されたテレホンカードを抜き取り、しばし見つめる。成り行き上、翔にこの話を伝える役割を引き受けたが、気が重いことには変わりなかった。しかし、すでに時刻は深夜零時を回ろうとしているから、訪ねるならできるだけ早い方がいい。躊躇《ちゅうちょ》を振り切り、電話ボックスを出た。

足早に、翔の家を目指した。智士は翔より先に店を出たが、彩織と話している間に追い抜かれたはずである。とはいえ、まだ帰宅していないだろうから、電話はしなかったのだ。すでに寝ているかもしれない翔の両親を、起こしてしまうことになる。

急げば追いつけるかと期待したが、翔はのんびり歩くタイプの男ではない。結局その姿を見かけることなく、翔の家に着いてしまった。まだ家の中の明かりは点《つ》いている。考えるより先に、呼び鈴を押した。

相手の戸惑いを示すように少しの間があり、引き戸が開いた。不愉快そうな顔で出てきた翔は、智士を見て驚きを示す。目を大きく見開き、「どうしたんですか」と訊いてきた。

「おれ、忘れ物でもしました？」

何かを届けに来たと解釈したようだ。仕事後に同僚が訪ねてくれば、それが妥当な推測である。智士は首を振り、自分の後方を親指で指し示した。

「少し、出てこられないか」

「えっ、なんです？　何か話があるんですか」

「そうなんだ」

真夜中に家に上がり込むのは、さすがに気が引ける。外での立ち話も近所迷惑になりかねないが、小声で話せば大丈夫だろう。翔も察して、用件は訊かずに「わかりました」と応じた。サンダルをつっかけ、外に出てくる。

「店に、彩織から電話がかかってきた」

翔の家から少し離れたところで立ち止まり、切り出した。夜になっても汗が滴《したた》るほど蒸し暑いが、今はそんなことをかまっている場合ではなかった。

「比奈子ちゃんのことだった。比奈子ちゃんに今、大変なことが起きてるんだ」

「えっ、なんですか」

翔はたちまち顔色を変えた。いつもの無表情が嘘《うそ》のように、驚きを顔に浮かべて一歩近づいてくる。智士は翔と目を合わせていられなかった。

「比奈子ちゃんの下の子の裕司ちゃんが、死んだそうだ」

あえて淡々と告げると、翔は絶句して何も言葉を発さなかった。そこに、つい最前《さいぜん》聞いたばかりの情報を畳みかける。一気に語ってしまわないと、智士も辛《つら》くて続けられそうになかった。

「――今、比奈子ちゃんは警察にいるそうだ。状況はわからない。だから明日、辰司に調べてもらおうと思ってる」

「警察……。なんで比奈子さんが、警察に行かなくちゃならないんですか」

半ば呆然《ぼうぜん》としながら、翔は問い返してきた。智士はまた視線を翔から外して、説明を加えた。

「比奈子ちゃんが赤ん坊を死なせたと言ってたと、咲ちゃんは言ってたらしい」

あえてそこは、くどくても正確に伝えた。比奈子はノイローゼ気味だったというから、何かの思い込みでそう考えただけかもしれない。だとしたところで、なんの救いにもならないのだが。

「おれが彩織さんに電話しても、これ以上のことはわからないんですよね」

翔も同じく、視線が泳いでいて智士を見ていなかった。道の彼方《かなた》を見ているようでいて、おそらく網膜には何も映っていないのだろう。智士は意識せぬままに、翔の肩に手を置いた。励ましなど無意味だとわかっていても、声に力を込めざるを得なかった。

「そうだな。明日、辰司が詳しいことを調べてくれたら、真っ先にお前に知らせる。約束するよ」

「……はい、ありがとうございます」

翔は律儀に頭を下げた。翔は無愛想だが、決して礼儀知らずではない。翔の肩に置いた手で、そのままぽんぽんと二度叩《たた》いた。

「今日は取りあえずの報告だ。詳しいことは明日だな」

「はい」

翔は素直に応じて、智士に促されるままに歩き出した。街灯が照らす夜道は暗くないはずなのに、先に行くほどに暗闇が濃くなっていくかのようで、見慣れた風景を智士は初めて怖いと感じた。

2

家に帰り着いて郵便受けを覗《のぞ》くと、郵便物ではないメモ片が入っていた。半分に折り畳まれているそれを開いてみたら、そこにはペンで文字が書かれていた。〈帰ったら連絡欲しい。智士〉とのメッセージだ。遊びの約束をするために、こんなメッセージを残すわけはない。何かがあったのだと直感して、辰司はすぐに家の中の電話機に飛びついた。

「ああ、朝からすまない。助かる」

電話に出た智士は、そんなふうに詫《わ》びてから驚くことを語った。聞き終えても、驚愕《きょうがく》が収まらない。比奈子と親しかったわけではないが、年が近いので顔を合わせる機会は多かった。知人の身に起きた事件となれば、何もしないでいることなどできなかった。

「わかった。調べてみる。ちょっと待っててくれ」

「頼む。お前だけが頼りなんだ」

智士はまるで自分に関わることのような物言いをした。智士らしい。智士だって、比奈子との付き合いはそれほど深くなかったはずだ。だがこれは付き合いの濃淡の問題ではないと、智士は考えているのだろう。辰司も同感だった。これは、この地域に住む皆にとっての大事件なのだ。

受話器を置いてすぐに、比奈子の住所を捜し出し、管轄する警察署を調べた。東大和《ひがしやまと》署が所轄署になるようだ。辰司はその地域に土地勘がまるでない。同じ都内といっても、おそらくまったく違う雰囲気の町なのだろう。そんな遠くまで引っ越していった比奈子の心細さを、住所から推し量ることができた。

電話で問い合わせることはできない。そのような問い合わせには、たとえ相手が警察官であっても応じないはずだ。だから智士の話を聞いたときから、所轄署に直接行くつもりだった。行って顔を合わせれば、担当者も話してくれるだろう。そう期待して、家を後にした。

電車を何度か乗り継ぎ、そして最寄《もよ》り駅からもかなり歩いて、ようやく東大和署に着いた。受付で身分を名乗り、小泉比奈子という女性の件について、担当している人と会いたいと申し出る。受付の警官は「少々お待ちください」と言ってから内線で電話をし、相手方に比奈子の名を告げた。少しのやり取りの後、警官は送話口を手で塞いで訊く。

「濱仲さんは、小泉という女性をよくご存じなんですか」

そうです、と即答した。実際は、よく知っていると言えるほどの関係ではない。だが、単なる顔見知りと正直に言ってしまっては、詳しい話が聞けなくなってしまう。ここは多少誇張してでも、担当者と会えるようにするべきだと判断した。

警官はまた受話器に向かって説明をし、そして電話を終えた。担当刑事は辰司の話を聞きたがっているという。だが今は取り調べ中なので、しばらく待って欲しいとのことだった。むろんこちらも望むことなので、辰司は承知してロビーのベンチに落ち着いた。担当刑事と会えるまで、ここを動かないつもりだった。

一時間以上待った末に、ようやく担当刑事が現れた。相手は四十代半ばほどの、少し頭の薄い中肉中背の男だった。互いに名を名乗り、応接室に案内される。向き合って坐《すわ》ると、刑事は口を開いた。

「何が訊きたいのかは、まあわかるよ。事件性の有無だろ」

年も階級も上なので、相手はぞんざいな口を利く。辰司にとっては普通のことなので、こちらは丁寧に答えた。

「はい、そのとおりです」

「事件性はありだよ」

刑事はあっさり言い切った。わざわざ取り調べているからにはそうなのだろうと思ってはいたが、それでもショックだった。いったいどんな事件が起きたのか。相手の顔を一心に見つめ、次の言葉を待った。

「赤ん坊は、極度の栄養失調だった。衰弱死だが、要は餓死だよ。かわいそうになぁ。母親に乳をもらえなきゃ、そりゃ赤ん坊は死ぬしかないよ」

刑事は憎々しげに顔を歪《ゆが》めた。比奈子の行状《ぎょうじょう》に、腹を立てているようである。それは人間味のある反応ではあるが、しかしそんなことをしたのが比奈子だというのは違和感しかなかった。何かの間違いではないのか。

「病死ではないんですか」

「解剖結果が出てる。赤ん坊の腹の中は空っぽだったし、平均体重を大きく下回って発育不全だった。上の子も、満足に食べていないようだったらしい。母親が育児放棄していたのは間違いない」

言葉を失うほどの驚きだった。辰司が知る比奈子は明るく朗らかで、いい母親になりそうな女性だった。記憶の中にあるにこにこしている姿と、育児放棄という単語とはあまりに隔たりがあって、頭の中で一致しない。比奈子に何があったのか、不思議でならなかった。

「比奈子は逮捕されたんですか」

捜査がどこまで進んでいるのか、知りたかった。逮捕となれば、証拠が揃《そろ》っていることになる。ならば、いくら辰司が首を捻《ひね》ったところで育児放棄は事実なのだろう。いや、解剖結果が出ているなら疑う余地はないのだが、それでも辰司は納得できずにいるのだった。

「まだ任意だ。ただ、今日じゅうに逮捕するよ。その前にあんたの話も聞いておこうと思ったんだ」

求められたので、知る限りのことを話した。もともとの性格、結婚相手について、土地を売って大金を手にしたこと、最近引っ越したこと。だが語るほどに、自分がさほど比奈子を知らないことを自覚させられた。聞いている刑事も、辰司が自称するほど比奈子と親しかったわけではないようだと気づいただろう。それでも、そう指摘したりはしなかった。駆けつけたこちらの気持ちを、理解してくれたのかもしれない。

「おれの見込みを話そうか」

ひととおり聞き終えると、刑事はそんなことを言い出した。ぜひ、と応じて身構える。刑事は脚を組み、体を斜めにしてから、己のこめかみを指でつついた。

「あの母親、心を病んでるな。言ってることの辻褄《つじつま》が合わないんでおかしいと思ってたが、あんたの話を聞いてなんとなく納得したよ。生まれ育った町を離れて、上の子は幼稚園に行っててても赤ん坊とずっとふたりきりで家の中にいて、ストレスに耐えきれなかったんだろう」

そうなのか。まったくの初耳なので、目を見開いて呆然とした。しかし、それなら夫の和俊は何をしていたのか。妻の変調に気づかなかったのだろうか。

「加えて、あんたは知らないみたいだけど、夫が家に寄りつかなくなっていたようだ。そのことだけは、あの母親がしつこいほどに繰り返してたよ」

「小泉が、家に寄りつかない……？」

「ああ。どういうことなのかわからなかったが、大金を手にしたせいだったんだな。人間、分不相応は不幸の種だな」

刑事はしみじみと言う。的確な言葉ではあるが、そんなひと言に集約されてしまうのはなんとも理不尽に思えた。小泉を摑《つか》まえて、なぜこうなったと問い詰めたかった。

「そういうわけだから、一応逮捕して検察に上げるが、おれの見通しだとありゃあ不起訴の可能性もあるな。責任能力ありとは言えないよ」

「そう、なんですか……」

思いがけないことの連続で、思考がまとまらなかった。ただ機械的に、気持ちの籠《こも》らない相槌《あいづち》を打つ。こんな話を持ち帰っても、智士や彩織は仰天するだけだろう。次に何をするべきかも、すぐには思いつかなかった。

「比奈子と会わせてもらうわけにはいかないですよね」

思考力が減退していたせいで、警察官にあるまじきことを尋ねた。当然ながら、刑事は首を左右に振る。

「無理だよ。あんただってわかってるだろう」

「はい――」

視線を落とし、うなだれた。うなだれることしかできない自分が、情けなかった。

「ただ、旦那とは会えるぞ。これから旦那の話を聞く。それが終わったら、本人と話をすればいい」

「はい、そうします」

刑事は辰司の自失に同情してくれたようだった。経験を積んだベテランらしく、情も解《かい》するらしい。いい人に担当してもらえたのが、比奈子の不幸中の幸いだと思った。

刑事の提案どおり、ここで小泉の事情聴取が終わるのを待たせてもらうことにした。刑事の口振りからすると、すでに小泉はこの警察署内にいるようである。小泉の顔を見たら胸倉を摑み上げてやりたかったが、警察署内では乱暴な真似《まね》もできない。むしろ、それをありがたいと思った。ここにいる限り、自分は警察官として振る舞うことができる。

以後、腕時計を何度も見る時間を過ごすことになった。意識していると、時間は遅々として進まない。完全に昼食を摂《と》りはぐれたので腹が減ったが、何かを買いに行っている間に小泉が出てきたらと思うと、この場を動くことはできなかった。今日は昼飯抜きだと覚悟を固め、ただじっと待ち続ける。

およそ二時間ほどしてだろうか、ついに小泉が刑事に付き添われて姿を見せた。刑事は小泉を伴って、こちらに真《ま》っ直《す》ぐ向かってくる。小泉は辰司を見つけると、か細い声で「辰司さん」と言った。辰司は立ち上がり、頷きかけた。

「待っていてくれたんですね」

怒鳴りつけてやりたいほどの気持ちだったのに、小泉の姿を見たとたん、言葉を失った。小泉は目の下に隈《くま》を作り、頬にも削《そ》げたような翳《かげ》が差し、まるで幽鬼《ゆうき》のようだった。小泉は蹌踉《そうろう》とした足取りで辰司が待つベンチまでやってくると、何かを摑もうとするように両手を上げた。だが摑む物などない中空で手の動きは止まり、曲げられた十本の指が震え始める。小泉の目には見る見る涙が浮かび、こぼれた。小泉の震える唇から、声が漏れた。

「おれが、おれが悪いんです。おれが裕司を死なせてしまったんです――」

そう言うと、小泉は頭を抱えてその場にくずおれた。絶叫とも咆吼《ほうこう》ともつかない、獣のような雄叫《おたけ》びが蹲《うずくま》った小泉から発される。辰司もしゃがみ、その肩に手を置いた。だが今は、かける言葉がどうしても見つからなかった。

3

辰司からの報告をすぐにも聞きたかったが、あいにく智士には仕事があった。半ば気持ちを比奈子のことに占められつつ、日常の仕事をこなす。案の定、集中力を欠いていていつものように板長に怒られたものの、今日ばかりはあまり応えなかった。夜の休憩時間に辰司に電話しようかとも考えたが、短時間で済むことではない。我慢して、終業をひたすら待った。

ようやくすべての仕事を終えて従業員控え室に行くと、昨日と同じく彩織からの伝言が残っていた。何時でもいいから電話をくれ、とのことだった。辰司から聞いた話を伝えようとしてくれているのだろう。すぐにそう察して、手早く着替える。翔もわかっていたのか、私服になると近づいてきた。

「誰からの伝言ですか。辰司さんですか」

「いや、彩織だ。これから電話する。お前も一緒に話を聞くか」

「もちろん」

まるで怒っているかのように、翔は答えた。自宅に帰ってから電話しようと考えていたが、こんな時刻に翔を連れて帰るわけにはいかない。多少電話代がかかっても、公衆電話からかけることにした。ふたりで店を出て、昨日と同じ電話ボックスに入る。

「ああ、仕事お疲れ様」

すぐに電話に出た彩織は、まずそんな挨拶をした。これから話すことが異常なだけに、普通の前置きをしたかったのかもしれない。受話器には、翔も耳を近づけている。狭い電話ボックスの中に男がふたり入り、顔を寄せ合っている図は第三者には相当奇妙に見えるだろうが、幸いにも今は深夜で人通りもなかった。

「辰司から話を聞いたのか」

確かめると、彩織は「うん」と応じる。そして、すっと息を吸う音に続き、硬い声が耳に届いた。

「これ、公衆電話ね。だったら、聞いたことをそのまま伝える。まず、辰ちゃんは和俊くんから直接話を聞いたって。警察の公式発表はまた違うかも、だって」

「わかった」

彩織の言葉が整然としているので、ありがたかった。だからこそ辰司も、彩織に説明を任せたのだろう。よけいな口は挟まず、ただ耳を傾けることにした。

「裕司ちゃんが死んだのは、事故のせいじゃなかった。一応病死なんだろうけど、原因は栄養失調」

「栄養失調？」

予想もしない言葉が出てきて、黙っていようと決めたばかりなのに思わず繰り返してしまった。赤ん坊が栄養失調とは、どういうことか。母乳やミルクを飲まない子だったのか。

「育児放棄、ということになるのかしら。比奈子ちゃんはちゃんと裕司ちゃんの世話をしてなかったのね」

絶句した。世の中には育児放棄をする親がいると報道では耳にしていたが、まさか知人がそのような真似をするとは。智士も子を持つ身なので、よけいに信じがたかった。

親が世話をしなければ、赤ん坊は自力では生きられない。そんな庇護《ひご》を必要とする存在を放置しておけるとは、比奈子の精神状態は相当悪かったに違いない。悪意があったわけでないのだけは、誰に言われずともよくわかっていた。

「もちろん、育児は母親だけの役目じゃない。でも、和俊くんが大金を手にしておかしくなってたのは、この前話したとおり。家に帰らなかったことも多かったみたい。愛人もいたんだって」

「愛人」

次々に、遠い世界のものと思っていた単語が飛び出す。愛人など、政治家や一流会社の重役が囲うものではないのか。和俊は大金を手にしたとはいえ、ごく普通の庶民だ。大金が和俊を舞い上がらせたとしか言えなかった。

ぎりっ、という異音が聞こえた。何事かと受話器から耳を離し、その音源を知る。翔が歯を嚙《か》み鳴らした音だった。翔は憎い敵《かたき》がいるかのように、中空の一点を暗い目で睨《にら》んでいる。その形相を、智士は危険だと感じた。

「比奈子ちゃんは逮捕されたって。だから今は、留置場にいる」

彩織はため息をつくように言った。悲しげな彩織の顔が目に浮かぶようだった。逮捕という単語が、ざらざらとした感覚を残す。連続した非日常の単語の中でも、これは極めつきだ。知り合いが警察に逮捕されることなど、想像したことすらなかった。

「でもね、辰ちゃんが言うには、不起訴になるかもだって。それくらい、比奈子ちゃんの精神状態はよくないらしいのよ」

続く彩織の説明は、喜んでいいのかどうかもわからなかった。起訴されないこと自体はいいが、果たして本人がそれを喜ぶだろうか。むしろ比奈子は、罪を償いたいと考えるのではないか。

ただ、そうはいっても留置場にいる比奈子は憐《あわ》れだった。心を病んでいるなら、なおさらだ。外に出てきたら、みんなで病院に連れていってやろう。全部病気のせいなのだと、比奈子に理解させる必要があると考えた。

「それって、いつ頃はっきりするのかな。不起訴が決定するまでは、比奈子ちゃんは留置場に入れられたままなんだよな」

「わからない。ただ、明日とかあさってに出てこられるわけもないよね」

彩織もそこまでは説明を受けていないようだ。これは辰司に訊くしかないだろう。そういう意味を込めて、翔に頷きかけた。翔は依然として暗い目をしていて、いっさい反応しない。

「そうか、わかった。ありがとう。他に聞いておくことはあるかな」

おおよその状況は理解できたので、話を切り上げることにした。これで全部、と彩織が答えるので、挨拶をして通話を終える。受話器を置いても、翔は身じろぎもしなかった。

「出よう」

促して、電話ボックスの外に出た。翔は顔を伏せたまま、何も言わない。このまま放っておくわけにはいかないと考え、声をかけた。

「不起訴になったら、治療を受けさせよう。もし起訴されても、みんなで金を出し合っていい弁護士を雇おう。おれたちができることは、それぐらいだ」

「いや」

しかし翔は、短く応じて首を振った。翔が何を考えているのか、朧《おぼろ》げながら察しがつく。肩を摑み、揺さぶった。

「馬鹿なことは考えるなよ。和俊を殴ったところで、何も解決しないんだ」

「それでもおれは、殴らずにはいられない」

智士に答えるのではなく、まるで呪いの言葉を吐くように翔はくぐもった声で言った。智士はもう一度、今度は渾身《こんしん》の力を込めて肩を揺さぶった。

「殴るのはいい。止めないよ。でも、そこまでにしておけ。和俊を殴ったって赤ん坊は生き返らないし、比奈子ちゃんの心の病気も治らない。お前の気持ちだって、殴ったくらいじゃ晴れないだろう」

「それはそうだけど……」

智士の言葉は、翔に届いていないわけではないようだった。そのことに安心し、肩から手を放す。智士自身、和俊を殴ってやりたい気持ちはあった。

「帰ろう」

促すと、翔は素直に頷いた。智士が今感じている無力感は、翔も感じているものなのだろうと察した。

翌日、出勤前に辰司の家に立ち寄り、改めて話を聞いた。翔も同席した。辰司によれば、比奈子はおそらく精神鑑定を受けることになるだろうから、勾留期間は長くなるとのことだった。通常であれば勾留期間は最長二十三日だが、起訴前鑑定を受けると数ヵ月に及ぶ。半年くらいは覚悟した方がいいかもしれないと、辰司は言った。

半年とは、予想以上の長さだった。せいぜいひと月くらいだろうと思っていたのだ。膠着《こうちゃく》状態の半年間は、いかにも長い。単に近所の住人でしかなかった智士にとっても長いのだから、家族である和俊や上の息子はもっと辛いだろう。悲劇は幾重にも亘《わた》って襲ってくるものだと、智士は知った。

「待つしかないのか」

「そうだな」

辰司は顔を歪めた。智士ですら無力感に苛《さいな》まれているのだから、警察官である辰司はなおさらのはずだ。互いに続ける言葉もないまま、智士は腰を上げた。勤め先に向かう間、翔はひと言も口を利かなかった。

以後、心の一部に影が落ちているような日々を過ごすことになった。笑うことはあっても、自分が本心から笑っている気がしない。それはおそらく、翔も彩織も辰司も皆同じだっただろう。加えて、世間の雰囲気も暗くなった。天皇が体調不良に陥り、あまり長くないのではないかと言われ始めたためだった。

自粛ムードが、日本社会全体を覆った。天皇の命が尽きようとしている今、国民が楽しく暮らしていてはいけないという暗黙の了解が行き渡った。夜の街ではネオンサインが灯《とも》らなくなり、雰囲気だけでなく物理的に暗くなった。毎日のニュースで天皇の容態が報道され、〝下血《げけつ》〟という非日常的なタームが何度も使われた。国民全員が息を潜めて、いつ天皇が死ぬのかと身構えているような状態だった。

「客は来るか?」

あるとき、ばったり出会ったカレンに尋ねた。カレンは苦笑いを浮かべて、「ううん」と首を振る。

「こういうの、閑古鳥が鳴くって言うんだっけ? まさにカーカー鳴いてるよ」

閑古鳥がカーカー鳴くのかどうか智士は知らないが、言いたいことはわかる。居酒屋ですら客の姿がまばらになったのだから、女の子がつく店はなおさらだろう。今は誰もが、家と勤め先を往復するだけの品行方正な日々を送っている。日本人の行動がこんなにも天皇の動向に左右されるものとは、目新しい驚きだった。おそらく、誰もが同じように感じていることだろう。

沈滞したムードを引きずったまま、年の瀬になった。比奈子は依然として勾留されたままだった。比奈子の処遇が決まらなければ、智士たちもいつまでも宙ぶらりんなまま留め置かれている気がしてしまう。自粛ムードとの相乗効果で、かつて経験したことのない暗い年末を迎えることになった。

4

クリスマスツリーの電飾を、これほど見かけないクリスマスは初めてだった。誰もが皆、浮かれていてはいけないと考えている。年末になっても、天皇の容態は回復しなかった。昭和の終わりが近づいている。ひとつの時代の終焉《しゅうえん》を、日本国民全員が予感していた。

そんな中、辰司はむしろひと区切りを求めていた。むろん、天皇の死を待ち望んでいたわけではない。比奈子を起訴するのかどうか、一日でも早く決定して欲しかったのだった。どうなるのか先が読めない日々は、まさに蛇の生殺しに等しかった。天皇の容態とはまったく無関係だが、笑うことも許されないようなこの重苦しいムードが続く限り、比奈子の処遇もいつまでも未定のままのような気がしてしまった。

当然のことながら、それは辰司の思い違いだった。天皇の下血報道が毎日の行事のようになされる中、東大和署の担当刑事から電話があった。電話番号は教えてあったが、かかってくるとは思わなかった。驚いて応じた辰司に、刑事は「決まったよ」と告げた。

「不起訴だ。よかったな」

それを聞いた瞬間、全身から力が抜けた。とろけるような、という感覚を現実のものとして味わった。不起訴は比奈子本人が望まないかもしれないが、だとしても周りの人間にとっては吉報だ。己の子を見殺しにした罪を背負って収監されるのは、事情を考えればあまりに痛ましすぎる。

「ありがとうございます」

思わず、電話機に向かって頭を下げてしまった。この刑事が不起訴のために尽力してくれたわけではないとわかっていても、礼を言わずにはいられない。何より、わざわざこうして知らせてくれたことには感謝した。電話を終えてすぐ、彩織にも知らせた。

「本当に！」

彩織は声を弾ませた。みんなにも知らせる、と言ってすぐ電話を切ってしまう。苦笑しつつ、連絡は彩織に任せておけばいいだろうと考えた。それ以外に何かできることはあるかと思案する。

この決定が下される前から考え続けていたことではあったが、やはり今この瞬間には特にできることはないのだった。比奈子のためには、静観するのが一番というのが結論であった。親しくしていたならともかく、辰司も智士も顔見知りレベルの付き合いでしかない。そんな男たちが大挙して押しかけたら、かえって心理的負担になるだろう。引っ越し後もやり取りをしていた彩織であっても、今は何もせずにそっとしておいた方がいいと思う。比奈子が治療を必要としているなら、日をおいてから相談に乗るべきだった。

しかし翌日には、それが間違いであったと思い知らされた。ふたたび、東大和署の刑事から連絡があったのだ。単なる事後報告だろうと思って電話に出てみたら、相手の声は沈んでいた。重苦しい声で、刑事は言った。

「後味の悪いことになっちまった」

そのひと言で、楽観気分が吹き飛んだ。何が起きたのかと、身構えて体が強張《こわば》る。刑事は続けて、耳を疑うことを告げた。

「小泉比奈子が、自殺した」

その瞬間は、周囲のざわめきがぴたりと止まったように感じた。不自然な静寂が辰司の周りを支配し、時間を止める。息苦しくなり、辰司は空気を求めて喘《あえ》いだ。喘ぎは、問い返す言葉になった。

「どういう、ことですか」

「自宅の浴室で手首を切った。発見されたときには、もう事切れていた」

刑事の返事を聞いて真っ先に訪れたのは、自責の念だった。どうしてその可能性に思い至らなかったのか。最も警戒すべきは、自殺だったではないか。それをきちんと、小泉に警告しておくべきだった。にもかかわらず、自分には何もしてやれることがないと結論していた。これは辰司の浅慮《せんりょ》が招いたことだった。

「そちらに伺ってもいいですか」

非番だったので、ともかく向かうことにした。電話では埒《らち》が明かない。自分が行ったところで何もできないとわかってはいても、このまま行動せずにいるわけにはいかなかった。

「相手してやる余裕はないかもしれないぞ」

刑事は言ったが、それでもかまわなかった。家を飛び出し、比奈子の家を目指す。電車は遅延《ちえん》していたわけではないのに、辰司にはのろのろ走っているように感じられた。窓の外の眺めは、陰鬱だった。パチンコ店やゲームセンターといった遊興店はもちろんのこと、スーパーマーケット、コンビニエンスストア、個人営業の商店などのネオン看板から、床屋の独特の三色ディスプレイに至るまで、すべての商業活動の明かりが消えている。自粛というより、すでに喪に服しているかのようだ。そんな非日常の風景を見ていると、早くも比奈子の死が現実として感じられてくる。

比奈子の家の場所は、地図を見て頭に叩き込んであった。最寄り駅を出たときに方向だけを確認し、歩き出す。土地勘がないので、番地表示を見ながら住居を探すことになった。とはいえ、日頃から一般市民相手に道案内をしているだけに、家を特定するのは得意な作業であった。しかも今回は、その界隈《かいわい》が騒然としていた。比奈子の引っ越し先を見つけるまでには、さほど時間がかからなかった。

区画全体が丸ごと開発されたらしき、新しい戸建てが並ぶエリアだった。その中の一軒の前に、パトカーや救急車が停《と》められている。規制線が張られ、外側に野次馬たちが群れていた。自粛ムードであっても、人々の好奇心を押さえつけることはできない。近くで変事《へんじ》が起きれば、外に出てきてこうして群がるのだ。そのことに、安堵するような腹が立つような、とてもひと口では言えない複雑な感情を抱いた。

　野次馬たちの後部に張りつき、背伸びをして規制線内の様子を窺《うかが》った。制服警官がこちらを向いて立っている。辰司も経験があることだ。おそらくあの警官に話しかけても、埒は明かないだろう。連絡をくれた刑事を見つけ、詳しいことを聞かなければならない。だが、この状態では向こうが時間を作ってくれるとは思えなかった。

　少しずつ人垣の間に割って入り、じりじりと前の方へと移動した。ようやく、家の中への人の出入りが見えるところまで来る。しばらく観察して、私服刑事が何人かいることはわかった。鑑識も到着している。比奈子の遺体が運び出されたのかどうかは不明だが、鑑識の動きを見るとまだ室内にあるようだった。ならば、捜査員たちの撤収までにはもう少し時間がかかるだろう。

　そのまま十分ばかり、特に動きがない状態が続いた。そしてついに、玄関ドアから担架が運び出されてきた。担架に乗っているのは、おそらく比奈子の遺体だ。ここは都下だから監察医制度がないが、変死なので検視次第では司法解剖を受ける必要がある。解剖となった場合、どこかの大学病院に運ばれていくのだろう。担架を載せた救急車が、サイレンを鳴らさずに走り去っていった。

　続いて、数人の捜査員とともに小泉が外に出てきた。ほぼ五ヵ月ぶりに見る小泉は、面変わりするほどげっそりと痩《や》せていた。ちょうど小泉が引っ越していくときに、挨拶をしたのを思い出す。あのときには、まさか近い将来にこのような悲劇が待ち受けているとは想像もしなかった。引っ越しが小泉一家の人生を変えてしまったように思え、西浅草に居続ければよかったのにと無駄な繰り言を頭の中で転がしてしまった。

　小泉は辰司に気づき、驚いたように目を見開いた。だが声を発さず、一礼するとそのまま刑事に先導されてパトカーに向かった。警察署で事情聴取を受けるのだろう。ならばそれが終わるまで、前回のように警察署で待たせてもらえばいい。刑事から詳しいことも聞けるかもしれない。

　パトカーが去っていくのを見送り、辰司も人垣を抜け出た。そのまま徒歩で、東大和署に向かう。受付警官に声をかけ、小泉の事情聴取が終わるまで待たせてもらうと断った。保育園に亮輔を迎えに行かなければならないのであまり遅くなるわけにはいかないが、今日は夕方まで預かってもらうことになりそうだった。

　玄関ロビーのベンチに坐り、小泉が出てくるのを待った。小泉は今、何を思うのか。自分の愚かさが招いた悲劇のあまりの悲惨さに、呆然としているのだろうか。自責の念は、耐えがたいほどに違いない。小泉の自殺も案じなければならないところだが、子供をひとり残して死にはしないだろう。子供の存在が、今や小泉の命を支えているのではないか。

　無我夢中で駆けつけてきたが、小泉と会って何を言えばいいのかわからなかった。小泉を責めるのは簡単である。だが、辰司はその任にない。小泉のことは、小泉自身が呵《か》責《しゃく》なく責めるだろう。無関係の辰司が口を出すのは、筋違いに思えてきた。

小泉には会わずに帰ろう。今はまだそのときではないと判断した。ただ、できれば刑事には会ってどんな状況なのか知りたい。それらを聞いて、彩織を始めとする地元の者たちに説明するのが自分の務めと思えた。

玄関ロビーの照明は、蛍光灯を数本抜いて間引いてあった。これも自粛の一環ということなのだろう。昼なのに薄暗いロビーは、まるで屋内にまで暗雲が侵入してきたかのようだ。逃げ場がない。辰司は強い閉塞感を覚えた。

5

夕方の混んでいる時間帯に、訪ねてきた人がいると呼び出された。何事だろうと思いつつ厨房《ちゅうぼう》から出てみると、待っていたのは辰司だった。こんなことは初めてだ。瞬時に、何か悪いことが起きたのだと智士は悟った。

「仕事中、ごめん」

レジの横に立っていた辰司は、こちらを見てわずかに首を振った。よほどのことがあったから、わざわざ来たのだろう。覚悟を決めて、近づいた。

「どうした」

「落ち着いて聞いて欲しい。比奈子が自殺した」

「えっ」

全身が強張り、瞬《まばた》きすらできなくなった。真っ直ぐに辰司を見つめたまま、どういうことか尋ねようとするが、脳までも金縛りに遭ったのか言葉が出てこない。口を半開きにしていたら、辰司が続けた。

「詳しいことが知りたければ、今夜うちに来てくれ。何時でもいい」

「あ、ああ。わかった。そうするよ」

かろうじて、声が出た。がくがくと何度も頷く。辰司はちらりと智士の背後に目をやった。その視線の動きの意味は、辰司自身が説明してくれた。

「翔には、智士ちゃんから伝えてくれるか。いやな役回りを押しつけて申し訳ないけど、おれが言うよりいいだろう」

「そうだな。わかった」

「仕事中にごめん」

辰司は同じことをもう一度言い、軽く手を上げて店を出ていった。早く厨房に戻らなければならない。単にそんな義務感だけに急《せ》かされ、その場を動いた。だが、頭の中はまだ混乱状態だった。

自殺の危険性は考えなかった。しかし、心神喪失状態と判断されて不起訴になったほどなのだから、自殺は最も警戒しなければならないことだった。それなのに、智士はもちろんのこと、辰司も翔も彩織も気づかなかった。先が読めない者たちばかりだったから、心に傷を負っている比奈子をみすみす死なせてしまった。真の意味で取り返しがつかない、痛恨の失態だった。

すぐには翔に告げる気になれなかった。翔が絶望し、怒り狂う様がありありと想像できる。翔がこんなことを知れば、以後は仕事が手につかなくなるだろう。だから、閉店まで黙っておくことにした。仕事が手につかないのは、智士も同じなのだが。

いつもより多くミスをし、その分板長にも多く怒られて、ようやく閉店の時刻になった。厨房の後片づけをしながら、翔に近づいて耳打ちをする。

「仕事後に、少し話がしたい」

「えっ。ああ、そうですか」

何も察しがつかないだろうが、翔は簡単に承知した。比奈子が不起訴になったことで、翔はいつもより機嫌がよかった。この気分が一転することを思うと、告げるのが憂鬱になる。辰司の頼みを迷わず引き受けてしまったが、重い役割であることを今になって痛感した。

着替え終わると翔は近づいてきて、「なんですか」と訊く。智士はまだ言う勇気が湧かず、「一緒に帰るか」と誘った。翔は不審そうに、「はあ」と応じる。

店を出て、夜道を歩き始めた。自粛ムードも、真夜中になればふだんと大差ない。だが、それでも冬の景色は例年より寒々しく感じられた。いやな年の瀬だと、改めて思う。

「今から、よくないことを言う。絶対に冷静でいてくれ」

そう、前置きをした。それだけで、翔は何に関することか理解した。

「比奈子さんに、何かあったんですね」

「そうだ」

認めたものの、その先を続ける勇気がない。翔は立ち止まって、智士の肘を摑んだ。

「なんですか。言ってください」

翔の目つきが鋭くなっていた。ほとんど殺気が籠っているようだ。智士は思わず目を逸《そ》らす。視線を逸らしたことで、言いやすくなった。

「比奈子が死んだ。自殺したらしい」

激烈な反応を予想していたが、案に相違して翔は静かだった。衝撃が大きすぎて、動きが止まったのかもしれない。考えてみれば、辰司から告げられたときの智士も同じだった。違うのは、見開かれた翔の目が見る見る充血し始めたことだった。目だけでなく、翔の顔が赤黒くなっていくことが、街灯の白々とした明かりの下でもよくわかる。

「自殺」

食いしばった歯の間から、軋《きし》み音のような声が漏れた。智士は翔にこれ以上何も言わせないよう、説明を被《かぶ》せた。

「辰司が夕方に来て教えてくれたんだ。ただこっちも仕事中だったから、詳しいことは聞いてない。今から辰司の家に行って、一緒に聞こう」

逆に翔の肘を摑み返し、引っ張った。翔はされるがままに歩き出す。以後、辰司の家に着くまで翔の顔が見られなかった。翔はずっと無言を貫いていた。

辰司の家の明かりは点いていた。奥さんや子供はもう寝ているのだろうが、辰司は起きて待っていてくれたようだ。呼び鈴を押すのは気が引けるので、玄関ドアを控え目に叩いた。辰司は気づいて、内側から開けてくれた。

「待ってた」

辰司は翔の姿を見ても、特に驚いてはいなかった。翔もやってくることは予想していたのだろう。連れ立って上がり込み、居間で向かい合った。辰司は魔法瓶のお湯を使い、手早く日本茶を淹れる。

「比奈子は風呂場で手首を切ったらしい。和俊は部屋で息子と昼寝をしていたから、気づかなかったそうだ」

辰司はいきなり説明に入った。ぎりり、と翔が歯を軋らせる。辰司はその音に気づいていないかのように続けた。

「遺書はなかった。だから、前から考えていたのか衝動的だったのか、それはもうわからない。和俊も、自殺の予兆はまるで感じなかったと言っているらしい」

「らしい、って、和俊とは話をしなかったのか」

口を挟んだ。和俊がどう思っているのかを知りたかったのだが。

「しなかった」辰司は痛ましげな顔で、首を振った。「とても会えなかった。会っても、かけてやれる言葉がなかった」

「ああ……」

確かにそのとおりだ。智士も、和俊に何を言えばいいのかわからない。元気づけるのも、責めるのも、ふさわしくない気がした。

「おれたちのせいだよ。自殺の可能性は、当然考えるべきだった。比奈子が自殺なんてしないよう、おれたちが気をつけるべきだったんだ」

智士の悔いと同じことを、辰司も言った。そうだ、おれたちが比奈子を見殺しにしたようなものだ。明るい比奈子の印象が強かったから、自殺の心配などまるでしなかった。和俊ひとりを責めて、それで済む話ではないのだった。

「——違う」

横手から、聞き取りにくい低声《ていせい》が響いた。これまで黙っていた翔が、ようやく言葉を発したのだ。驚いてそちらを向くと、翔は俯《うつむ》いて小さく震えていた。両手は、スラックスの膝の辺りを破けそうなほど摑んでいた。

「悪いのはあいつだ。あの男だ。比奈子さんを幸せにしてやれなかった、あの男が一番悪いんだよ」

あの男とは、もちろん和俊のことだ。翔はもはや、名前も口にしたくないのかもしれない。

「それはそうだが、おれたちにもできることはあったはずなんだ。それなのに、何もしなかった。おれは後悔している」

辰司が言葉をかけた。智士も同意見だが、辰司が言っても翔は聞き入れないだろうと思った。案の定、翔はまるで辰司が敵《かたき》であるかのように睨み据える。翔自身が犯罪者のような、恐ろしい形相だった。

「辰司さん、あんたの言うとおりだよ。おれは比奈子さんのために、何もできなかった。だから、今からでもやる」

「今からでもって、何をするつもりだ。和俊を殴ったって、なんにもならないぞ」

翔が何を考えているのか、不安だった。翔の怒りは、和俊に向いている。馬鹿な真似はやめさせなければならないと思った。

「もちろんですよ。殴るだけじゃ済まない。殺す」

今度は智士を真っ直ぐに見て、翔は言い切った。それは口先だけではないと、智士は受け取った。翔は本気で、和俊を殺すことを考えている。翔が体の中で燃え上がらせている感情は、間違いなく憎しみだった。

翔を殺人者にしてはならない。反射的にそう考えた。だが、単に諭すだけでは翔の殺意は収まらないだろう。何か翔のためにしてやれることはあるか。今考えるべきは、翔を守ることだと心を定めた。

「今からでも何かしたいというお前の気持ちは、おれもよくわかる。でも、頭を冷やせ。和俊を殺しても、比奈子ちゃんは戻ってこないぞ。お前が手を汚したって、それは無意味なだけだ」

「無意味じゃない。復讐《ふくしゅう》は無意味じゃない」

翔は呪詛《じゅそ》のように、食いしばった歯の間から言葉を漏らした。智士は翔の肩を、力いっぱい摑んだ。

「無意味だ。どうせやるなら、意味のあることをしなきゃ駄目だ」

「意味のあることって、なんですか！　復讐以上に意味のあることなんて、あるんですか？」

翔は智士の胸倉に摑みかかってきた。喉元を締めつけられて、苦しい。だが智士は、その手を払いのけようとはしなかった。

「おれに考えさせてくれ——。おれだって、腹は立ってる。比奈子ちゃんと、赤ん坊が、かわいそうでならない。怒っているのは、お前だけじゃないんだぞ」

切れ切れに言い返すと、翔の手の力が緩んだ。まだ、聞く耳を持っていたようだ。智士は翔の手を振り払い、服の乱れを直した。喉元がかなり痛かった。

「お前の怒りは、おれの怒りでもある。お前の怒りを、おれが理解できないと思うか？　おれだけじゃない。辰司もそうだろ。彩織だって、同じように腹が立っているはずだ。だからといって、みんなで和俊を嬲《なぶ》り殺しにすれば、それで一件落着なのか」

詰め寄るようにして問うと、翔は黙り込んだ。智士の言葉を受け止めているのか、あるいは単に言い返せないでいるだけなのか、どちらともわからない。それでも、黙らせたことは一応の成功だった。もし放置していたら、すぐにでも翔は和俊を殺しに行くところだったろう。

「今はまだおれも混乱してて、うまく言えない。でも、和俊ひとりを殺せば済む話じゃない気がするんだ。なあ、そうだろ」

具体的に思い浮かべていることがあるわけではなかった。ほとんど直感みたいなものだった。しかし、自分が間違ったことを口走ってはいない確信があった。翔を止めるための方便ではなく、憎むべき相手は和俊ではないという確固とした思いが胸に存在していた。

「——取りあえず、今日は帰ろう」

声から力を抜いて、そう呼びかけた。翔は素直に頷いたが、その代わりのように拳で畳を強く殴った。

辰司と目を見交わした。驚いたのは、辰司も翔と同じような目つきをしていたからだ。辰司の怒りはどこに向いているのか。自分か、それとも別の何かか。怒りが何かを解決することなどあるのだろうか。

智士はひどく悲しくなった。

6

相談がある、と智士から電話で言われて、辰司は奇異に感じた。比奈子の自殺についいての続報が知りたい、と言うならわかるが、今このときに相談とはなんだろう。どんな用件か考えてみたが、まるで思いつかなかった。

　会って直接話したいとのことだったので、電話口ではその相談内容について聞かなかった。会う場所は互いの家ではなく、浅草の居酒屋を指定してきた。智士と飲むことはあるが、ふたりだけではほとんど記憶にない。そのこともまた、なにやら様子がおかしいと思わせる一因だった。

　約束の日に指定された店に行くと、そこは個室のある居酒屋だった。若い人がわいわい騒いでいる雰囲気ではなく、周囲の目を気にせず個室で静かに飲みたい人が来るような店である。地元で飲むときはたいてい決まった店なので、こんな個室居酒屋があるとは知らなかった。引き戸を開けて中を覗き込むと、先に着いていた智士は「よう」と手を上げる。辰司も頷き返し、椅子に腰を下ろした。

「もしかして、辰司とこうやってふたりで飲むのは初めてか？」

　向かい合うと、智士はそう口を開いた。辰司は首を振る。

「いや、他の人が帰ったりしてふたりだけ残ったことはあったよ。ただ、最初からは初めてかも。なんか、変な感じがするな」

「ああ、そうだな」

　そんなやり取りをしてから、注文をする。智士も初めて来る店らしく、料理の味は知らないと言った。つまり、飲むことではなく個室であることが大事だったようだ。智士の用件は、他の人の耳がないところでないと話せないことらしい。

店員が酒や料理を運んでくる間は、智士は話を始めようとはしなかった。辰司も促さず、タイミングが来るのを待つ。正直、あまりいい予感がしなかった。いっそこのまま話を聞かずに済ませられないものかと、後ろ向きのことまで考えた。

「翔を抑えるのに、苦労している」

唐突に、智士は話題を持ち出した。虚を衝かれたが、結局それも比奈子の件に関わっているのだ。辰司は苦笑いし、「そうだろうな」と頷く。

「あいつがおとなしくしてるんで、不気味に思ってたよ。智士ちゃんが抑えてたのか」

「ああ。止めなければ、本当に和俊を殺しに行きかねないからな、あいつは」

「おれも、本気で心配してた」

翔は子供の頃からずっと一途《いちず》に比奈子を思い続け、結婚して子供ができた後でもそれは変わらなかったのだ。そんな相手が夫のせいでひどい最期を遂げたとなれば、黙っていられるわけがない。智士がどうやって抑えているのか、そのことが不思議だった。

「翔の気持ちは、和俊を殺さなければ収まらないと思う。ただ、そんなことをさせるわけにはいかない」

智士の表情は硬かった。辰司も、楽しく談笑する気分ではない。

「そうだな。でも、じゃあどうしたらいいのか、おれにはわからないよ」

「考えたんだ。本当に悪い奴《やつ》を。比奈子が死ななければならなかった、本当の原因を」

「本当に悪い奴？」

智士が何を言い出したのか、よくわからなかった。和俊以外に、誰が悪いのだろう。和俊の愛人のことを言っているのか。しかし、愛人に復讐するのではなんの解決にもならない。殺す相手が変わるだけでは、意味がなかった。

「なあ、今の世の中、狂ってると思わないか。金さえあればなんでもできるなんて、日本はそんな国じゃなかっただろ。金で人の心は買えないはずだったのに、今は買えてしまう。金の力が、とんでもなく強くなっちゃったんだよ」

智士は軽く身を乗り出し、言葉に力を込めた。智士は居酒屋で真面目《まじめ》に働いている、ごく庶民的な男に過ぎない。金持ちのいやな態度を目の当たりにする機会は、さほどないはずだった。だから智士がこれほど今の時代に嫌悪を覚えているとは、意外だった。世の中の大半の人は、この好景気を好もしいと捉えているというのに。

「うん、そうだよな」

豚の首を投げ込まれ、結局引っ越していった一家を思い浮かべた。あの一家は金で頬をはたかれ、愛着があった土地を離れざるを得なくなった。金が、人に望まないことを強いる。それは犯罪であるはずなのに、警察は動かない。金の力が、倫理観を歪めているのだ。

「でも、世の中が悪い、では漠然としすぎている。翔も納得しないだろう。もう少し、腹を立てるべき対象を絞り込む必要があると思うんだ」

智士がなにやら、剣呑《けんのん》なことを言い出した。智士のことは信頼している。しかし比奈子の異常な最期を前にして、普通の感覚を保っているかどうかはわからなかった。智士が自分を呼び出した意味を、辰司は考えた。

「おれは、和俊から土地を買い上げた不動産会社が悪いと思う」

智士はきっぱりと言った。不動産会社に怒りの矛先を向けることは、話の流れから辰司も予想していた。

「まさか、不動産会社に復讐するなんて言うんじゃないだろうな」

先回りして、諌《いさ》めたつもりだった。大企業を相手に、何ができるというのか。たとえ訴訟を起こしたところで、勝てるとは思えない。蟷螂《とうろう》の斧《おの》、という言葉を思い浮かべた。

「その、まさかだ」

だが智士は、口にして欲しくなかった言葉を言った。表情は硬く引き締められていて、とても冗談や思いつきを口走っているようではない。辰司は改めて、呼び出しに応じたことを悔いた。

「どうやって」

訊き返し、そのこともまた後悔した。訊き返してはならなかった。この先は聞かず、席を立つべきだ。そう頭の中で訴える声があったが、辰司は従わなかった。智士との三十年来の友情が、辰司をこの場に引き留めた。

「一寸の虫にも、五分の魂だよ。おれたちみたいな特別な力のない庶民でも、ずっと踏みつけられてたら怒るってことをわからせてやる。連中は人間の心を蔑《ないがし》ろにしすぎた。当然の報いを受けるべきだ」

「報いって、何をする気なんだ？」

「東芳不動産全社員に、自分たちの振る舞いを反省させたい。そのためには、会社の屋台骨を揺るがすような何かが必要なんだ。辰司には、それを一緒に考えてもらいたい」

智士は漠然とした物言いをするが、非合法な手段を視野に入れているのは明らかだった。復讐のためには手段を選ばないということか。辰司は顔を歪めたくなった。何よりたちが悪いのは、智士が自分のためではなく、翔の暴発を防ぐため、そして比奈子の死に対する憤りのために、決意を固めたという点だ。他人のためならば、智士はいくらでも強くなれる人間だった。

「ちょっと待ってくれ、智士ちゃん。なんでおれにそんな話をする？　智士ちゃんはおれに止めて欲しいのか」

手段を選ばないのであれば、警察官である辰司になぜそのような話をするのか。止めて欲しいと言ってくれ。そう、心の中で辰司は叫んだ。

「違う。辰司の力が必要だからだ」

智士は望まない答えを返してきた。智士ちゃん、あんたは残酷だ。辰司は怨《えん》じざるを得なかった。

「おれは、警察官だぞ」

口に出してみると、まるで自分に言い聞かせているように響いて、辰司は驚いた。警察官だから、智士の話を聞くべきではない。そう考えるのだが、それはまるでマニュアルに書いてある決めごとのように心に届かなかった。なぜだ。おれは警察官の仕事に誇りを抱いていたのではなかったのか。

確かに、誇りを抱いていた。しかしそれは、過去形だ。そんな反応が己の中から湧いてきて、絶句する。おれはもう、警察官であることに誇りを抱いていないのだった。

「警察が、何かをしてくれるのか」

智士の反駁《はんばく》が、不意にきつい口調になった。建前を口にする辰司に、腹を立てたかのようだ。辰司の絶句はまだ続いていて、何も言い返せない。

「これで四人だぞ。あの不動産屋に殺された人は、全部で四人だ」

智士は唸《うな》るように言った。熱射病で死んだ老女、この世に生まれ出ることができなかった胎児、そして比奈子とその子供、この四人を指して、不動産屋に殺されたと智士は言っているのだ。四人は確かに多すぎる。それなのに、その四人に死をもたらした者たちは、なんの罪にも問われていない。

「これ以上、もう我慢できない。このままだと、さらに犠牲者が出るかもしれない。おれは町が荒らされるのも、悲しむ人が出るのも黙って見ていることができない。警察も司法も頼りにならないなら、おれたちが行動を起こすしかないじゃないか」

智士はふたたび、静かな口調に戻った。だがだからこそ、そこに籠る決意がいっそう伝わってくるかのようだった。その決意の強さに、辰司はただ圧倒される。

「別に、正義の復讐だなんて言わないよ。正義の復讐なんて、あり得ないと思う。ただ、じゃあ正義はどこにあるのかと訊きたい。金がすべてを左右するこの世の中に、正義なんてあるのか。あるのは悪だけじゃないのか」

智士の言葉は、強い説得力を持っていた。そのとおりだった。ふだんはおとなしくて、他人との摩擦を極力避けて生きているくせに、いったん肚《はら》を括《くく》るとこうだ。智士を馬鹿にしている奴らに見せてやりたい。智士ほど強くて、揺るがない人は他にいないと辰司は考えている。

「智士ちゃん、あんたは今、おれにひどい選択を迫っているのはわかってるよな。簡単に決められるようなことじゃないって、わかってるよな」

かろうじて、そう言い返した。智士は開きかけた口を閉じ、語勢を落として「ごめん」と言う。いや、謝って欲しいわけじゃない。謝ったって、引き下がる気はないんだろう。だったら簡単に謝るな。そうやってすぐ謝るのに、智士の意思は折れないのだ。まるで柳のようだと思った。

「少し、考える時間が欲しい。とてもこの場では決められない」

「そうだろうな。それでいいよ。でも、そんなに時間はないぞ。翔が暴発しちゃう」

「畜生、結局は翔のせいか」

あえて話を逸らし、翔に面倒をかけられるという体《てい》にした。辰司と智士は揃って笑ったが、その笑い声は乾いていた。

もう今後一生、心の底から笑うことなどできないのではないかと、不吉なことを考えた。

7

天皇の容態が一進一退のまま、年が明けた。しかし昭和六十四年はさほど長くないだろうと、誰もが予想している。そんな中、智士は彩織に呼び出され、出勤前に六区のカラオケボックスに寄った。どこで会うべきか迷った末の、カラオケボックスである。以前のようにコーヒーショップで会っては会話を誰に聞かれるかわからないし、公園や寺社の境内では近所の目がある。彩織と会っていることを、別の意味で変に受け取られるのも困るのだ。人目を気にする必要がなく密談に向いている場所といえば、カラオケボックスしかなかった。

「おはよう」

先に来ていた彩織は、ドアを開けた智士に向かって挨拶をした。まだ冬休み中だから、彩織は休みなのである。客商売の智士は出勤だが、三十分だけ時間を作った。

「ああ、おはよう」

応じて、彩織の斜め向かいに腰を下ろした。四人も入れば窮屈なほど、小さい部屋である。メニューを見て、ジンジャーエールを頼んだ。彩織の前にはオレンジジュースが置かれていた。

「辰ちゃん、まだ返事しないの？」

飲み物が来てから本題に入ろうと思っていたのに、待ちきれないように彩織は訊いてきた。智士は苦笑して、首を振る。

「まだだ。四、五日は待ってやらないと駄目なんじゃないかな」

「そうかぁ。まあ、そうだよね。一大決心が必要だもんね」

彩織は何度も頷きながら、言った。しかし彩織自身は、さほど迷わず決めたのである。その決心の裏には、辰司の存在があるのだろうと智士は見て取っていた。辰司が加わるなら、という希望が彩織の背中を押したのだ。

「辰ちゃんにいやだって言われたら、どうする？　辰ちゃんはお巡《まわ》りさんだよ。あたしたちが行動するのを、見逃してはくれないよね」

彩織は智士に目を向けず、自分の前にあるオレンジジュースのグラスに話しかけているかのようだった。不安なのだろう。辰司が仲間になってくれるかどうかは、五分五分だと考えているのではないか。

「大丈夫だ。辰司は必ず参加する」

智士は言い切った。本当は百パーセントの確信があるわけではないのだが、口に出すことで現実になると信じている。むしろ、辰司こそ一番鬱屈を抱えているのではないかと、智士は考えていた。地上げ屋の悪行を手を拱《こまぬ》いて見ているしかない自分を、辰司は恥じている。比奈子の理不尽な死を前にして、行動しないわけがなかった。

「そうだよね。辰ちゃんなら、味方になってくれるよね」

彩織は顔を上げ、微笑《ほほえ》んだ。屈託のない笑顔で、今の会話が犯罪に関することとは思えないほどだ。こんなことを考え出した智士も悪人だが、笑って応じる彩織も悪人だ。この狂った時代には、悪人しか存在していないのだと智士は考えた。

「相談ってのは、辰司のことか」

それなら電話で済むのではないかと思い、質《ただ》した。ちょうどそこにジンジャーエールが運ばれてきたので、いったん口を噤《つぐ》む。店員が出ていってから、彩織は答えた。

「ううん、それだけじゃなく、他に提案があるんだ」

「提案」

もちろん、まだ計画は思いつきの段階だ。実行するまでには、たくさんの知恵を必要とする。何かを提案してくれるなら、大歓迎だった。

「そう。仲間はあたしたちと辰ちゃん、翔くんで四人だけ？　足りるかな」

「そのつもりだった。辰司が加わってくれれば、百人力だろ」

逆に言えば、辰司が加わることを前提とした計画だった。辰司がいなければ、成功どころか計画を発動することすら難しいだろう。

「うーん、それはそうだけど、辰ちゃんだって万能じゃないよ。もうひとり、仲間に入れた方がいいんじゃないかと思うんだけどな」

具体的に誰かを想定しているような、彩織の物言いだった。智士もこの計画を考えたとき、誰を誘うべきか検討した。だから、彩織が示唆している人物にはすぐ察しがついた。

「もうひとりって？」

「あたしのおじいちゃん」

「道之介《みちのすけ》さんか」

予想どおりの名前だった。彩織が推薦するなら、道之介しかいない。

道之介は彩織の祖父ではあるが、血の繋がりはない。彩織の祖母の再婚相手だからだ。彩織の祖母よりかなり年下だったため、まだ六十そこそこでしかない。彩織の祖父と言うには、少し若い人だった。

彩織の両親は、若くして他界していた。それぞれに病死だった。以後、彩織は祖母の世話になって育った。彩織が成人したのを機に祖母は再婚したが、道之介が彩織たちの家に越してきて、そのまま同居を続けた。道之介も、義理の孫娘を大いにかわいがっているようだった。彩織が道之介を慕っていることもあり、祖母が死んだ今もふたりは同じ屋根の下で暮らしている。

「おじいちゃんは世慣れた人だよ。あたしたちの知らないこともたくさん知ってるから、きっと知恵を貸してくれるよ」

彩織は身を乗り出して力説した。智士は返事をせず、黙考する。

道之介が世慣れているのは知っていた。だからこそ、少し危ぶんでいるのだ。彩織がどこまで見抜いているのか知らないが、おそらく道之介は社会の表と裏を両方見るような人生を送ってきている。計画に引き込めば必ず戦力になってくれるだろうが、同時にそこが不安でもあった。道之介が加わったら、行動理由が義憤ではなく別のものになりそうな気がするのだった。

「まだ、道之介さんには話してないよな」

念のため、確認をした。軽々しく計画を漏らす彩織ではないとわかっていたが、一緒に暮らしている相手となれば別かもしれないと案じたのだ。彩織は心外そうに、ぶんぶんと首を振る。

「言ってないよ。だからこうやって、提案してるんでしょ」

「ごめんごめん。いや、おれも道之介さんのことは考えないでもなかったんだ」

「そうでしょ。おじいちゃんと辰ちゃんが揃ったら、鬼に金棒だよ。もう成功したも同然だよ」

彩織の、ふたりに対する信頼は絶大だった。そんなに簡単なことならいいんだがな、と智士は思ったが、口にすれば皮肉に響くだろうから言わなかった。彩織の無邪気な言葉を聞いてもなお、智士の裡《うち》にはためらいがある。

「えっ、もしかして迷ってる？　なんで？」

智士の反応は意外だったらしく、彩織は不思議そうに訊いてきた。智士がためらう理由には、まったく見当がつかないのだろう。なぜ即断しないのかとばかりに、言葉を重ねた。

「だってさ、何をやるかも決まってないんだよ。おじいちゃんみたいに社会の裏の顔まで知ってる人じゃないと、企業と戦う方法なんて思いつかないよ。智ちゃんは何かアイディアがあるの？」

「いや、まだないよ」

そうなのだ。何もかも、すべてが思いつきの範疇《はんちゅう》にしかない。具体的に考えようとすると、山ほど障害が出てくるだろう。あるのは決意だけという状態だった。

「道之介さんは、誘えば仲間になるかな」

まだ迷いつつも、そう訊き返した。当然だとばかりに、彩織は大きく頷く。

「それは間違いないよ。あたしの頼みを断るおじいちゃんじゃないからね」

彩織は断言する。知らない人が聞けば、血が繋がらない義理の関係とは思わないだろう。それほど、ふたりの絆《きずな》は強固なのだった。

道之介に危ういところがあるにしても、彩織が仲間にいるならば勝手な真似はしないのではないか。そう考え直した。道之介は決して、彩織の不利になるようなことはしない。その点だけは、信頼してもよかった。

「ちょっと考えさせてくれ。おれがいいと言うまで、道之介さんには何も話すなよ」

「わかってるって」

少し睨むように、彩織は眉根を寄せた。智士の慎重さに、呆《あき》れているようだ。彩織は道之介が抱える暗い部分に、まるで気づいていない。この懸念を、彩織に話すわけにはいかなかった。

その日の相談はそこで終えたが、長々と考えている時間はなかった。具体的な利点と、漠然とした不安とを秤《はかり》にかければ、現に存在する利を取らざるを得ない。道之介を仲間に引き込むことを、智士は決断した。この決断が間違いでないことを祈るような気持ちだった。

そのことを電話で彩織に伝えたが、道之介に話すときには同席させて欲しいと釘《くぎ》を刺した。話を聞いた道之介の反応が見たかったのだ。その反応次第では、計画を取りやめにせざるを得なくなるかもしれないとも考えている。道之介を仲間にしないことにすれば、きっと彩織も抜けるだろうからだ。彩織の存在が、智士に勇気を与えているという面が確かにあった。

智士と彩織の休日はなかなか合わないので、智士が休みの日の夜に家を訪ねることにした。若菜には、飲み会だと言っておいた。これまで若菜に対して嘘をついたことがなかったから罪悪感を覚えたが、この件に関してはすべて隠しとおすと決めている。若菜を犯罪に巻き込むことだけはできなかった。

彩織は道之介に、智士が訪ねてくるとだけ伝えてあったようだ。彩織の家に行ったことなどないので、道之介は奇異に思っただろう。現に彩織に請《しょう》じ入れられて挨拶をすると、道之介は目を眇《すが》めた。そんな表情に、特殊な人生を送ってきた人の気配が漂うのだ。道之介を仲間に引き入れると決めて訪ねてきたのに、また迷ってしまった。

「夜分、すみません」

畳に正座して、頭を下げた。道之介は細身で、常に黒い服を着ているから、会うたびにいつも鴉《からす》を連想する。鼻が高いことも、その理由だろう。もう少し肉づきがよければ、いい男に見えるはずである。しかし痩せすぎの今は、頭蓋骨に皮が張りついているような顔だ。道之介は尋常《じんじょう》に、「膝を崩してくれよ」と応じる。

「まさか、彩織を嫁にくれと言うんじゃないだろうな」

にこりともせずに言うので、冗談なのかどうか判別しづらかった。智士が妻子持ちであることは知っているはずだから、もちろん冗談なのだろう。一瞬反応に迷い、「ははは」と乾いた笑い声を発した。

「その方がましかもしれません。実は、道之介さんに頼みがあって来たんですよ」

「おれに？」

道之介は、また目を細めて首を傾《かし》げる。わざわざ訪ねてきたのだから、彩織と話をするためでないのは予想していただろう。だが、用件に見当がつかなかったといったところか。真意が読みにくい人だから、つい内心を推し量ってしまう。

「道之介さんは、今の世の中をどう思いますか？」

迂遠《うえん》なようだが、まずはここから話を始めた。今の景気を好意的に捉えているなら、仲間に引き込むのは難しいだろうからだ。道之介は智士の問いに対して苦笑を浮かべるが、それが打ち解けた笑みとは思えなかった。

「なんだ。そんな世間話をするために来たのか？　それなら、おれは酒を飲んで寝るぞ」

まだ時刻は午後八時過ぎである。寝るには早いから、くだらない前置きはやめろという意味か。あまり歓迎されていない態度に、こちらの意図を伝える自信がなくなる。つい彩織に目をやると、助け船を出してくれた。

「おじいちゃん、智ちゃんの話を聞いてあげて。大事なことなの」

「そうなのか。わかった」

道之介は斜め前に坐る彩織に、素直に頷いた。道之介が素直になるこの世でただひとりの人物が、彩織なのだろう。ふたりの絆を感じたし、彩織がいれば道之介を御《ぎょ》せると改めて確信した。

「どう思いますか？　今の世の中は、好きですか？」

再度尋ねた。道之介は顎を擦って、にやりと笑う。

「おれに元手があれば、今頃は大儲《おおもう》けしてて、この世の中は大好きだと答えてただろうな。ただあいにく、おれには元手なんてなかった。変わらず貧乏暮らしだから、好きとは言えないよ」

「ここから越していった小泉比奈子が、自殺したのはご存じですよね」

「ああ、知ってるよ」

道之介はこともなげに答える。道之介は地元出身の人ではないから、特に比奈子に思い入れもないのだろう。智士たちの義憤を共有しているとは思えなかった。

「おれたちは、比奈子は時代に殺されたんだと思っています」

核心に触れることを言った。そして反応を窺う。道之介は眉を吊《つ》り上げ、「へえ」と言った。

「時代に、ねぇ。難しいことを言うじゃねえか」

「こんな時代じゃなければ、比奈子は引っ越す必要はなかったし、和俊も大金に浮かれて我を忘れたりしなかった。おれたちは、今のこの時代が嫌いなんです」

言葉にして、思いが強くなった。そうだ、おれは今の時代が嫌いだ。金がすべての、浮かれた世界。人の情より金の方が大事とは、あまりに狂っている。人々は今、本気で幸せだと感じているのか。この狂騒の時代を、心から謳歌《おうか》しているのか。

「だったらどうだって言うんだ。ただの庶民が、時代に対して何かもの申せるとでも思ってるのか」

道之介の言葉は挑発的だったが、顔つきは面白がっているかのようだった。これだ。こんなところを、智士は今ひとつ信じかねているのだ。道之介が話に乗ってくるとしたら、それは義憤故ではなく単に「面白そうだから」だろう。だとしても、戦力になるのは間違いない。問題は、目指すところが違う人を智士たちが受け入れられるかどうかだった。

「おれたちは、ささやかながら抵抗しようと考えました」

駆け引きではなく、本心をぶつけるしかないと判断した。こちらの本心を伝えて、気持ちが動かされないようなら仲間にする意味がない。道之介は智士から、彩織に視線を移した。

「抵抗？」

「そうなの。あたし、どうしても納得がいかなくて。どうして比奈子ちゃんが死ななければならなかったのか、ぜんぜん納得できない。悔しいんだよ」

「そうか。わかった」

道之介は簡単に頷いた。何をわかったと言うのか。あまりにも簡単に応じるから、かえって戸惑った。

「おれたちみたいなちっぽけな存在にも、意地があるというところを示します。それを実行するに当たって、道之介さんの力を借りたいんです」

頼む智士と、縋《すが》る目で見る彩織に、道之介は交互に視線を向けた。そして彩織に尋ねる。

「彩織もやるのか」

「やる」

彩織は真剣な表情で顎を引いた。道之介は頷いた。

「それなら、手を貸そう。何をやるつもりなんだ」

後段は、智士に対する問いかけだった。智士は唾を飲み込もうとして、口の中がからからに乾いていることに気づいた。

「地上げをやっている東芳不動産に、損をさせようと思ってます。東芳不動産の悪事の証拠を摑んで公開できれば、それが一番いいのですが」

「悪事の証拠？　どうやってそんなもの摑む」

道之介は当然の質問をしてきた。智士は首を振るしかない。

「まだわかりません。今は仲間を集めて、知恵を結集しようとしているところです」

「で、おれを引きずり込もうってわけか」

それこそが、道之介を仲間に入れる最大のメリットだと考えていた。道之介なら、東芳不動産に一矢報いる方法を何か思いついてくれるかもしれない。その期待がなければ、道之介に気持ちを打ち明けはしなかっただろう。

「何か、案はありますか」

問い返すと、道之介は「さて」と言って顎を擦った。簡単にアイディアが出てくるわけもない。辰司も交え、何日もかけて計画を練るつもりだった。

「悪事の証拠なんて、簡単に見つかるもんじゃないぞ。会社が傾くようなことならなおさら、向こうは絶対に部外秘にしてるはずだからな」

「そうでしょうけど」

どうにかして内部情報を手に入れられないものかと、漠然と思案していた。その手段が非合法であっても、実行する覚悟はある。しかし、社会の裏といっさい関わらずに生きてきた智士には、打つ手がまるで思いつかない。心の底で辰司を頼っていることは、自覚していた。

「社員の子供を誘拐する、ってのはどうだ」

道之介は、まるで明日の天気の話でもするようにさらりと言った。智士は己の耳を疑う。道之介が難しい単語を使ったわけでもないのに、意味をきちんと理解するまでに数秒を要した。

「社員の子供を？」

「ああ。で、身代金は会社に要求するのさ。社員の子供なら、金なんて出しませんとは言えないだろう」

「でも、子供を誘拐するなんて……」

反射的に、抵抗を覚えた。東芳不動産の社員なら、直接的に地上げに加担していなくても責任はあると思う。だが、その子供は別だ。親の罪を子が償わなければならないという考えは、おかしい。

「もちろん、傷ひとつつけずに返すのさ。幸い、彩織がいるだろ。片がつくまで、ここで面倒を見させりゃいいじゃねえか」

あくまで道之介は、涼しい顔で言い張る。思わず彩織に目を向けた。彩織は驚いた表情をしていたが、拒絶の言葉は口にしなかった。

「おれは東芳不動産に反省を促したいだけで、金が欲しいわけじゃないんです」

言ってみたが、道之介は鼻先で嗤《わら》う。

「何を言ってやがる。おれにただ働きさせようってのか。冗談じゃねえぞ。見返りがなきゃ、人は動かねえぜ」

それはそうであろうが、身代金を奪うことが東芳不動産の反省に繋がるのだろうか。むしろ、ただの被害者になるだけでは。そんな疑問を覚えた。

「子供を返すときに、東芳不動産はこんなにあくどいから正義の鉄槌《てっつい》を下したんだ、ってマスコミに声明文を出しゃいいだろ。ほら、いつだったか山形の山林王の息子が誘拐されたとき、世間は拍手喝采だったじゃねえか。金を取られた方が悪い奴なら、世間の反応はそんなもんなんだよ。東芳不動産の悪事を知らしめて、おれたちは金をもらえるんだから、一石二鳥だろ」

道之介が言う誘拐事件は、数年前に起きた。代々受け継がれてきた山林で財を築き、今太閤《いまたいこう》と称する男が被害者だった。山林王が自ら今太閤と名乗るのは、単に裕福だからという理由だけではなかった。妻がいるにもかかわらず、愛人を複数囲っていたからだ。山林王は嬉々《きき》としてマスコミに登場し、それらの愛人を側室と呼んで、己の艶福家ぶりを自慢した。キャラクターが特異だったこともあり、マスコミは面白がってその生活ぶりを伝えた。眉を顰《ひそ》める人も多かったが、金がある男なら仕方ないと受け入れる風潮もあった。山林王自身、「金で男の夢はすべて叶《かな》う」とマスコミに出るたびに言っていた。

そんな山林王の息子が、誘拐された。愛人に産ませたまだ幼い子供で、山林王は猫かわいがりをしていた。犯人はマスコミにも声明を出し、「破廉恥漢に鉄槌を下す」と宣言した。山林王を苦々しく思っていた人々は、密《ひそ》かに溜飲《りゅういん》を下げた。

犯人は威勢のいい声明を出した割には無計画で、あっさりと捕まった。犯人に対する非難の声が上がらなかったのは、誘拐された子供が無事に戻ってきたからだ。かなり大事にされていたらしく、ゲームやり放題、お菓子食べ放題で、本人は楽しく暮らしていたという。その結果、犯人は義賊扱いされた。そこには多分に、山林王に対する反感が含まれていたのは間違いなかった。

「子供を無傷で返し、東芳不動産の悪事を暴露してやりゃ、世間はおれたちを誉《ほ》めるだろうぜ。さしずめ、現代の鼠《ねずみ》小僧ってところか。もっとも、おれは金を庶民にばらまいたりはしないけどな」

そうか、手にした身代金はこの地域の人たちに分ければいいのか。そんなふうに考えて、自分の思考に愕然とする。すでに智士は、誘拐をすることを前提に考えを展開した。完全に、道之介の口車に乗せられていた。

「……子供は、怪我《けが》ひとつさせないんですね。怖い思いすらさせない計画を立てなければ、おれはやりませんよ」

結局、そう答えてしまった。その方法以外に、力のない者が大企業に戦いを挑むすべは思いつかない。おれは頭に血が上っているのか、と自らを省みた。そうかもしれない。しかし、冷静になってみても同じ決断を下す気がした。

「彩織がいるんだ。その点は問題ないだろ」

道之介は自分の義理の孫に向けて、顎をしゃくる。彩織は幼稚園の先生だから、子供の扱いに長《た》けていると言いたいのだろう。確かにそのとおりだ。彩織がいなければ、智士は道之介の提案には乗れなかった。

名を呼ばれた彩織は、硬い表情のまましっかりと頷いた。彩織もまた、気持ちを固めたのだ。もう、後戻りはできないと思った。

8

天皇の容態報道は依然として続いていたが、内容はいつも同じなので、実際の病状はよくわからなかった。入院が報じられ、世間が自粛ムードになってからすでに長い。この自粛が天皇の耳に入っているとは思えないが、もし知ることができたなら天皇はこんな活気がない状態を決して望まないだろうと辰司は思う。天皇の意に反した自粛は、年が改まってもこのままいつまでも継続しそうな気配だった。

だが、物事には必ず終わりがある。昭和六十四年一月七日、ついに天皇の命は尽きた。

そのことを辰司は、交番のテレビに流れた速報テロップで知った。このときが遠からず来るであろうことを予感して、テレビをずっと点《つ》けっぱなしにしていたのだ。

「天皇もついに死んだかぁ」

画面に見入っている先輩警官が、しみじみとした口調で言った。ついに、というのは誰もが思うことであろう。世界恐慌を経てきな臭い時代へと移り変わり、第二次世界大戦勃発、敗戦、そして戦後の復興と、目まぐるしく変化した昭和が、ついに終わった。これは、歴史の一ページに刻まれる瞬間なのだ。歴史が動く瞬間を目の当たりにしたことに、辰司は奇妙な感覚を味わう。歴史とは振り返って俯瞰《ふかん》するものであり、リアルタイムで経験するものではなかったからだ。しかし今、歴史の転回点を経験した。次の時代は、果たしてどんな世の中になるのだろうと考える。こんな浮かれた雰囲気ではなく、もっと堅実な時代になって欲しいと望んだ。

「昭和も長かったけど、自粛も長かったなぁ。もっとも、悪党たちも自粛ムードでおれたちの仕事は楽だったけど」

先輩警官の言うとおりだった。悪事を働く者たちもこの自粛ムードに流されたのか、空き巣や掏摸《すり》といった犯罪はあまり起きなくなっていたのだ。人々は飲み歩かなかったから、交番勤務の警察官の大きな仕事である酔っぱらいの世話もほとんどせずに済んだ。喧嘩《けんか》すらなかったので、警察官になって以来初めてと言ってもいいほど楽な日々だった。象徴としての天皇の存在の大きさを、日々の業務からまざまざと感じた。

「でも、喪に服してまだ自粛は続くんじゃないですか」

辰司は先輩警官の言葉にそう応じた。自粛というなら、本来はこれからが本番である。世間の雰囲気が明るくなるには、もう少し時間がかかりそうだった。

「そうだなぁ。でも、皇太子様が即位して新しい元号が決まれば、ムードも変わるんじゃないか。世間が平和なのはいいけど、やっぱり明るい方がいいから、痛し痒《かゆ》しだな」

「そうですね」

明るい方がいいとは、辰司も思う。ただ、馬鹿みたいに明るいのはもうごめんだ。落ち着いていた当時を懐かしく思い出すことが、最近は多々ある。

もしもっと早く自粛ムードになっていたら、比奈子も死なずに済んだのだろうか。ごく自然に、そう考えていた。どうしても頭の片隅に、比奈子の死が引っかかっている。意識の表層では比奈子のことを考えているつもりはないのだが、いつの間にか関連づけているのだ。これが、知人を不慮の形で喪《うしな》うということなのか。だとしたら、そう簡単には解放されそうになかった。

「新しい元号は、何になるんだろうな」

先輩警官の口振りには、わずかに楽しみにしているかのような気配があった。不謹慎ではあるが、新しい時代の始まりに胸が躍るのはやむを得ない。それは、天皇の死を悼《いた》む気持ちとはまったく別個のことだった。

その日の午後に、新元号が発表された。官房長官が墨書《ぼくしょ》の「平成」という文字を掲げる。その様子を、辰司は自宅のテレビで見た。濁音も拗音《ようおん》もない元号には、そこはかとなく違和感を覚える。だがそのフラットな響きは、穏やかさも感じさせた。いずれ人々はこの響きに慣れ、当たり前のことと思うだろう。穏やかな時代になると期待したかった。

頭の片隅で、ひとつの思考が蠢《うごめ》いていた。もちろん、比奈子の死に関わることである。比奈子の死と天皇の死、そんなまったく関係のないふたつの死を、辰司は頭の中で結びつけようとしていた。ああ、そうか。こんなことが可能なのか。自分の思いついたことに、辰司は驚いた。

智士が考えていることには、朧げながら察しがついた。智士たちは罪を犯そうとしている。しかしその罪は、今や不正義から見た罪に過ぎない。正義が存在するなら、辰司はなんの疑問もなくそこに拠《よ》って立つ。正義の側から、悪を断罪する。だが今は、どこにも正義が存在しない。いくつもの不正義が罷《まか》り通っているだけで、どちらが正しいかは力関係によって決まる。もし智士たちが捕まり、罪を問われるなら、それは弱いからでしかない。弱者が強者に歯向かおうとしたこと、そのことが罪なのだ。

智士たちを罪人にしたくない。その思いだけは、智士から話を持ちかけられたときにすでに抱いていた。智士にも考えはあるだろう。だが、成功するとはとても思えない。おそらく智士は、辰司が加わることを最初から期待している。辰司が参加しないままに強行したなら、絶対に失敗するとわかっているはずだった。

ならば、参加などするべきではない。そう考える一方、失敗するとわかっていても智士たちが突っ走る危険性も感じていた。妻子がいる智士が、そこまで無謀なことをするとは思いたくない。だがあの智士なら、いざとなれば何をするかわからないとも思う。ふだんは周りに遠慮するように生きているくせに、人のためとなるといきなり大胆な行動に出る智士。辰司がいなければ、智士は罪人になってしまうのだ。

それはとても耐えられなかった。智士だけではない。おそらく智士は、翔も仲間に加えるつもりだろう。であれば、翔も罪人にはしたくなかった。そもそもまったく不可能なら、なんとしてでも止めるだけだ。しかし今、辰司は思いついてしまった。千載一遇のチャンスが、もうすぐやってくることに気づいてしまった。それなのに、智士たちを見殺しにするような真似ができるだろうか。

自分が迷っていること自体、不思議だった。ほんの数年前であれば、迷うことなどあり得なかった。確固とした正義が存在していた時代を、辰司は心底懐かしいと思った。

テレビでは、平成という新元号をどう思うかと街頭インタビューで人々に問うていた。答える人は皆、天皇の死を悼みつつも、新時代の幕開けに胸を高鳴らせているかのようだった。

9

狙う相手を決めなきゃいけないな、と道之介に言われた。誘拐をしようと持ちかけられたときから、智士には心当たりがあった。マンションの建設計画が持ち上がった際、地元住民に対する説明会が開かれた。あのときに説明役を務めた社員は、自分も自社の物件に住んでいて非常に快適だと語っていた。小学生の息子も喜んでいる、と。あんな世間話のような説明会の枕が、自分の家族と会社に危険をもたらすとは考えもしなかっただろう。

「その社員は、門前仲町《もんぜんなかちょう》のマンションに住んでいると言ってました」

「お前、あんな説明会に出たのか。暇だな」

揶揄《やゆ》するような、道之介の口調だった。深く付き合ったことがないので知らなかったが、基本的にこういうトーンの話し方をする人らしい。それでも、彩織相手には皮肉も悪態も口にしないのだから、よほど特別な存在に思っているのだろう。微笑ましいと言うべきか、扱いづらいと評するべきか、迷うところだが。

「まあ、狙う相手に心当たりがあるのは上出来だ。そいつの名前はわかるか」

「名刺は捨ててません。わかると思います」

「そうか。じゃあ、そいつについて詳しく調べるのはおれの役目だな」

道之介は請け合った。道之介はかつて、生命保険会社の調査員をやっていた。ある特定の人物について徹底的に調べ上げるのは、お手の物だろう。

後日、彩織から連絡があり、また家に来てくれと言われた。道之介の調査が進んだのだそうだ。夜に訪ねていき、前回と同じように三人で座卓を囲む。道之介は体を斜《はす》に構え、左肘を座卓に乗せてこちらに顔を近づけた。

「身代金は一億じゃ少ねえな。翔の野郎も仲間になるんだろ。四人で分けたら、ひとり二千五百万じゃねえか」

道之介にはまだ、辰司に声をかけていることは話していない。もし辰司が加わったら、ひとり頭二千万円だ。誘拐などという大犯罪の報酬としては、確かに少ない。だが、智士たちは金が目当てではないのだ。手にする額は問題ではないし、二千万円だって常識的には大金である。

「それはそうですけど、そもそも一億だって東芳不動産が出すかどうか。突っぱねられたら、それまでなんですよ」

「それまで、じゃあ済まねえだろ。少しは頭を使えよ」

道之介は鼻を鳴らす。智士の思いつきがまるで具体性を欠いていることに、呆れているようだ。しかし、智士ひとりで考えてもいい知恵は浮かばない。だからこそ、辰司を引き入れたいのだった。

「社員の子供を見殺しにはしないと思いますよ。でも、あんまり大きい金額を要求したら、向こうも交渉には応じないかもしれないじゃないですか」

「だから、考えたんだよ」

智士の反駁に対し、道之介はにやりと笑う。智士に不安を覚えさせる、口の端を歪めるような笑みだった。

「不動産会社の社員には、いい物件を販売する前に自分たちで買っちまえる特権があるんだ。それを数年後に売れば何千万も儲かるんだから、役得もいいところだよな。もちろん、門前仲町なんて好立地のマンションには、何人もの不動産会社の人間が住んでる。お前が教えてくれた奴だけじゃないんだよ」

そういうものなのか。居酒屋の厨房という狭い世界で働いていると、世間の機微に疎くなる。不動産会社の人間がそんな甘い汁を吸っているとは、まったく知らなかった。

「おれが言いたいことに、見当はついたかい？　ひとり攫《さら》うもふたり攫うも、手間は大して変わらないだろうってことだ」

「ふたり？」

思いもかけないことを聞かされ、目を丸くした。先ほどから黙っていた彩織が、ここでようやく口を挟む。

「ね、すごいアイディアでしょ。さすがおじいちゃんよね」

「ちょっと待ってください。子供をふたり攫うつもりですか」

「ふたり別々なら大変だが、いっぺんに攫っちまえば手間は同じだろ」

涼しげに、道之介は言い切った。まったく発想外のことなので戸惑ったが、少し考えてみれば一理あるかもしれないと思えてくる。そもそも、子供がひとりでいる瞬間を狙うのは困難なのだ。ふたりで遊んでいるなら、大人が目を離す隙があるかもしれない。

「子供ひとりだけなら、会社は親の個人的対応に任せるかもしれない。でもふたりも攫われたら、企業として動かざるを得ないだろうよ。子供ふたりだから、身代金も二億。そうすりゃ、おれたちの取り分はひとり頭五千万になる。悪くないだろ」

道之介は得意げだった。道之介に関して言えば、彩織とふたりで一億だ。今後の人生を生きていくには、充分だと考えているのだろう。

「なるほど」

智士はゆっくりと頷いた。智士たちは一個人に復讐するのではない。企業が相手であるからには、複数を狙った方が本来の意図に近いとも言えた。

道之介を仲間に引き入れた効果が、早くも出たと思った。不安はあったが、やはり大変な戦力だ。智士が主導しているだけでは、とてもこんな計画は立てられなかった。蛇《じゃ》の道は蛇《へび》、という表現が思い浮かんだが、むろん言葉にはしなかった。

後は、辰司だ。道之介と辰司がいれば鬼に金棒だと、彩織は以前言った。まったくそのとおりだと、今は思う。世慣れた道之介の発想に、辰司の判断力が加われば、無謀な計画も無謀ではないと感じられる。いや、たとえ道之介がいなくても、辰司さえ力を貸してくれるならどんなことでもできる気がするのだった。

「それはいいと思います。今後はふたりいっぺんに攫う計画でいきましょう。でもそのためには、もうひとり引き込みたい人物がいます。だから、仲間は全部で五人です」

思い切って、考えを打ち明けることにした。いずれどこかで言わなければならなかったのだ。道之介は眉を顰《ひそ》め、「もうひとり？」と訊き返す。

「誰だ、そりゃ」

「辰司です。濱仲辰司。ご存じでしょう」

「辰司って、あいつは警察官じゃないか。何言ってるんだ」

道之介の目つきが鋭くなった。智士は気圧《けお》されたが、むしろ胸を張る。

「だからですよ。警察の情報は必要でしょう。辰司の協力なしに、この計画は成功しませんよ」

「誘って、協力しなかったらどうするつもりだ。おれたちは何もしないうちに捕まるぞ」

「辰ちゃんなら大丈夫。あたしたちを警察に売るような真似はしないわ」

彩織が助け船を出してくれた。だがさすがの彩織の言葉でも、道之介はすぐには納得しなかった。

「危ねえな。あいつは正義感の塊じゃないか。こんな話に乗るわけがねえ」

「必ずしも、そうとは言えません。辰司は揺らいでます」

智士は断言した。他の人にはわからないかもしれないが、智士にはわかる。辰司は今、迷っている。自分の正義を見失っているのだ。

「どうしても誘うって言うのかい」

不満そうに、道之介は言う。智士はきっぱり頷いた。

「ええ。任せてください」

言い切ると、道之介は目を細めた。剣呑な目つきだった。

「じゃあよ、おれの名前は取りあえず出すなよ。辰司が承知してからにしてくれ」

「わかりました」

用心深いことだ。だが、軽率であるよりはいい。道之介の反応に、智士は満足した。

その翌日に、辰司に電話をしてみた。辰司は「もう一度話せないか」と言う。むろん、それは望むところだ。智士が辰司の家に行くことにした。

辰司の妻が仕事に行っていて不在の午前中に訪ねた。居間で、座卓を挟んで向かい合う。辰司は真っ直ぐにこちらを見ると、前置きをせずに切り込んできた。

「智士ちゃん、何を考えてる？」

こちらから電話をしたことで、方針が決まったと悟ったのだろう。肚を括り、打ち明けた。

「東芳不動産の社員の子供を誘拐する。その上で、身代金は会社に要求する」

辰司の反応が怖かった。道之介に対しては任せろと豪語したが、仲間に引き入れる満《まん》腔《こう》の自信があるわけではなかった。他のことならいざ知らず、誘拐であれば頑として反対する可能性もある。その場合、辰司を味方にすることは諦めなければならないと覚悟していた。

「結局、それを思いついちゃったのか」

だが意外にも、辰司はそんな返事をした。どうやら辰司自身、誘拐を視野に入れていたようだ。さすがは警察官だ、と内心で感心する。

「どうしてなんだ。誘拐って、子供を攫うんだろ？　智士ちゃんがそんなことを考えるなんて、不思議だよ。子供がかわいそうだと思わないのか」

辰司は困惑していることを隠さずに、眉根を寄せた。辰司が抵抗を覚えるならそこだろうと、予想していた。智士はうまく答えられるかどうか心許《こころもと》なかった。

「どう説明すればいいのか、わからない。言えるのは、逃げ道を作りたくなかったってことだ」

「逃げ道？」

辰司は首を傾げる。さすがにこの説明だけでは理解できないようだ。智士は背筋を伸ばし、辰司と正対した。

「ああ、逃げ道だ。比奈子の敵《かたき》を取るにしても、合法的手段ではどうにもならない。裁判に持ち込みたくても、おれたちには訴える材料すらないんだ。敵を取るなら、非合法な手段に訴えるしかない」

「それはそうかもしれないけど、でもなんで子供の誘拐なんだ」

「罪は罪だからだ」

智士は淡々と言った。言葉に力を込める必要はないと思った。

「例えば、何かの形で東芳不動産を脅迫するとか、あるいは社員を誘拐するとか、そういう罪を犯したとする。それは、子供を誘拐するより許される罪なのかな。おれはそうは思わないんだ」

「許されたくないのか。ああ、だから逃げ道なのか」

辰司は合点がいったようだ。それでも、智士は説明を続ける。

「行動理由がなんであれ、罪を犯すからには許されないことなんだよ。どんな理屈をつけたって、それは許されないんだ。許される罪なんて、あっちゃいけないだろ。罰されない罪があるから、納得できないいんじゃないか。おれは、自分の罪から逃げる気はないんだ」

「じゃあ、自首するのか」

「いや、しない。自分の身を犠牲にすれば済む話なら、東芳不動産の本社ビルの屋上から飛び降りるよ」

あながち冗談でもなく、智士は言った。もし仮にそんなことをする人がいるとしても、東芳不動産としては単に迷惑に感じるだけで、何も悔い改めないだろうなと思った。

「生きたまま、それから警察にも捕まらないまま、敵を取る。ただ、罪は背負う。盗人にも三分の理《り》と言うけど、おれは一分の理もいらない。絶対に自分の罪から逃げないために、言い訳ができないひどい犯罪に手を染めるんだ。だから、子供を誘拐することにしたんだよ」

言い終えて辰司の様子を窺うと、なにやら打ちのめされたかのように肩を落としていた。翻意させることは無理だと、悟ったのかもしれない。辰司は悄然《しょうぜん》とした口振りで、質した。

「でも、もちろん子供は無傷で返すつもりなんだよな」

「それは、当然だ。ひどい犯罪といっても、そこまで極悪人になる必要はない」

「よかった」

心底、辰司は安堵したようだった。大きく息をついて、自分で淹れたコーヒーをぐいと飲む。喉の渇きも忘れていたのかもしれない。そこに智士は、言葉を被せる。

「だから、彩織も仲間に入れた。彩織がいれば、子供も怖くないんじゃないかと思うんだ」

「彩織もやる気なのか！」

辰司は目を見開いた。まるでその可能性は考えていなかったようだ。なぜ彩織が加わる気になったのか、この調子ではきっとわからないだろうなと見て取った。

「そうだよ。おれたちだけじゃ、どうにもならないだろ」

当たり前のことを指摘するように言うと、辰司はため息をついた。それがどういう意味のため息なのか、智士にはわからなかった。

「智士ちゃん、ずいぶん具体的に計画を練っているようだな。勝算はあるのか」

そう訊いてくる。智士は辰司から目を逸らさなかった。

「辰司が力を貸してくれるなら、うまくいくんじゃないかと思ってる」

「おれが加わらなければ？」

「もう後に引く気はない。失敗するかもな」

それも、すでに覚悟していることだ。彩織も翔も、失敗した場合の覚悟はできていると思う。道之介は知らないが。

「……彩織を罪人にするわけにはいかないな」

ぽつりとこぼすように、辰司が呟《つぶや》いた。智士はそれを聞いた瞬間、嬉しくなって身を乗り出した。

「じゃあ、仲間になってくれるんだな」

「言っておくけど、智士ちゃん。身代金目的の誘拐は、成功しない犯罪なんだぜ。身代金を受け取って、そのまま逃げた犯人は日本の犯罪史上ひとりもいないんだ」

「ああ、そうらしいな」

「重大事件だからな。警察も総力を挙げて、解決を目指すんだ。普通は、誘拐事件解決が警察の最優先事項になる。でも、誘拐事件の捜査どころではなくなる日が、もうすぐ来るんだ。警察官は誰ひとり本音を口にしないだろうけど、誘拐は二の次だときっと考える。そんな、もう二度とない絶好の機会が、あと少ししたら訪れるんだよ」

辰司が何を言っているのか、見当がつかなかった。そんなことがあり得るのか。誘拐事件の捜査より重要なことが、警察にあるとは思えない。疑問符を頭に浮かべたまま、問い返した。

「なんなんだ。何があるって言うんだよ」

「天皇の葬礼だ。葬礼の日の警察は、身動きが取れない」

辰司は声を潜めて言った。

第五部　亮輔と賢剛

1

　桜もとうに散って春本番のはずなのに、夜はまだ肌寒い。気力が充実していれば感じ方も違うのかもしれないが、事件捜査に進展がない今、前向きな気分にはなれなかった。ましで賢剛は、相棒の岸野にも言えない葛藤を抱えてしまった。この鬱々とした気持ちは、外気以上に心を冷えさせる。顔を上げて歩く気にすらならなかった。

　辰司と小室がともにバブル期の誘拐事件に関心を持っていたことは、不可解としか言いようがなかった。小室本人も言っていたとおり、ふたりが親しかったという印象はない。それなのに示し合わせたように同じ事件に興味を持っていたとは、まるで他の人には秘密にして裏で繫《つな》がっていたかのようではないか。そんなことがあり得るだろうか。

もちろん、偶然の可能性も残っている。生前の辰司と小室の間にほとんど行き来がなかったことを思えば、偶然と考えるべきなのだろう。しかし賢剛は同時に、いやなことにも気づいてしまったのだ。偶然のひと言で片づけていいものかどうか、そのせいで迷っていた。

誘拐事件は、昭和が終わって平成に入った直後に起きている。そして父は、ちょうどその頃に死んだのだった。

特に何もなければ、誘拐事件と父の死を結びつけて考えたりはしなかった。だがどういうわけか、亮輔は父の死と辰司の死に関連があるかのような物言いをしていた。そこに、小室と辰司がともに誘拐事件に興味を持っていたという事実が浮上した。これだけ重なれば、無視はできない。もし賢剛が一般人であれば特にこだわらなかったかもしれないが、刑事であるからには単なる偶然で済ませることには抵抗があった。

父は、誘拐事件に関わっていたのか。

浮上したのは、その疑問だった。父の自殺の理由は、母すら知らない。それは、誰にも言えないことだったからではないのか。誰にも言えないことならば、後ろ暗いことに決まっている。人質の子供が死体で帰ってきた誘拐事件は、その条件にぴったり合っているとは言えまいか。

飛躍が過ぎるかもしれない。だが、納得できてしまったのは事実だった。事件は未解決のままである。誰が犯人であってもおかしくない。あの時代を生きていた人であれば、絶対に犯人ではないとは言い切れないのだった。

むろん、証拠があるわけではない。証拠どころか、漠然とした積み重ねの末の思いつきである。悩むのは馬鹿馬鹿しいと、客観的に見る人ならば言ってくれるかもしれない。賢剛自身も、そう考えたかった。

そのためには、父は誘拐事件とは無関係との確信が欲しかった。当時のことは、まるで憶《おぼ》えていない。四歳だったのだから、当然のことだ。自分の記憶が当てにならないなら、憶えている人に訊《き》くしかない。母はすぐに、賢剛の馬鹿な推測を否定してくれるだろう。

そうは思うものの、訊くのが怖かった。訊いた末に、むしろ事件との関連を裏づけるような事実が浮かび上がったらどうすればいいのか。気づかなかった振りをして生きていくか、あるいは自分の父親が未解決事件の犯人でしたと上司に報告するか。どちらも、できそうにない選択だった。

葛藤しながら歩くうちに、自宅に着いた。玄関を開けて帰宅を告げるのがこんなに憂鬱だったことは、かつてなかった。だが、引き返したところで行く当てはない。現実から逃げるわけにはいかなかった。

「ただいま」

自分で解錠して中に入り、声をかけた。母は玄関先まで出てきて、「お帰りなさい」と迎えてくれる。事件が解決するまで家で夕食を摂《と》る余裕はない、と言ってあるから、食事のことは訊いてこない。捜査の進展具合についても尋ねない。母は基本的に陽気な人だが、賢剛の仕事がそんな母を無口にさせてしまっているようなものだった。

「風呂には入るけど、沸くまでちょっと母さんと話がしたいな」

自分に迷う暇を与えず、第一声でそう言った。逃げられないなら、前に進むだけだ。突飛な想像は、めったに当たるものではない。さっさと疑惑を晴らし、安心した方が利口だと己に言い聞かせた。

「あら、そう。いいわよ」

屈託なく、母は応じる。そのあっさりとした態度に救われるような、一方で羨望を覚えるような、複雑な心地《ここち》を味わった。

自室で手早く部屋着に着替え、母がいる居間に向かった。母は急須から湯飲み茶碗《ぢゃわん》に緑茶を注《そそ》いでいる。母ひとり子ひとりなので、こうしてお茶を飲みながら話すことも珍しくない。いつものことだけに、この話題を口にするのはいやだった。言葉を選んで、切り出す。

「あのさ、昭和から平成に切り替わったときって、慌ただしかった？　母さんはその頃、何してた？」

「えっ、話ってそんなこと？　その頃はもちろん、お父さんが亡くなっちゃって大変だったわよ」

何をいまさら、とばかりに母は眉を顰《ひそ》める。賢剛は湯飲み茶碗を受け取りながら、首を振った。

「違う違う。そうじゃなくて、父さんが死ぬ前のことだよ。やっぱり世間は慌ただしかったのかな」

「ああ、そうねぇ。どうだったかしら。その後が大変で、なんか思い出せないわ。慌ただしいっていうより、むしろ静かだったかなぁ」

「静か？」

「そうよ。だって何もかも自粛で、繁華街のネオンすら消えてたんだから」

「そうなの？」

　繁華街のネオンを消すことになんの意味があるのかと思ったが、それが弔意を示すということだったのか。一軒や二軒だけでなく、町ぐるみ日本ぐるみ消灯していたなら、相当異様な眺めだっただろう。確かに、慌ただしさとは対極の雰囲気だったようだ。

「想像つかないな。やっぱり大事件だったんだ」

「そうねぇ。何しろ昭和は長かったからね。敗戦でも終わらなかった昭和が終わったんだから、普通じゃない雰囲気にもなるわよ」

「大喪の礼の頃は？　その頃まで、自粛は続いてたのかな」

　問うと、母は今度は自信なさそうに首を傾《かし》げる。

「どうだったかなぁ。それはもう、ぜんぜん憶えてない」

「大喪の礼の当日は、父さんは普通に仕事に行ってたの？」

そろりと、核心に触れた。これならば、何を疑っているのか母も気づかないだろう。我ながら、うまい質問の仕方だと思った。

「そうね。自粛が続いていたとしても、仕事まで休みになってたわけじゃないから」

母は何も感じず、平然と答える。そうなのか。まだわからないと思いつつも、密《ひそ》かに安堵《あんど》した。

「別に休みを取ったりせず、いつもどおり出勤してたんだね？」

この念押しは不審がられるかと思ったが、重ねて訊かないわけにはいかなかった。母は不思議そうな顔をする。

「そうよ。なんで？　そんなことが辰司さんの事件に関係あるの？」

賢剛の質問を辰司の事件と結びつけるのは、さすがに鋭い。いや、捜査中なのにわざわざ尋ねれば、誰でも関連があると考えるか。とはいえ、賢剛の考えていることにまで辿《たど》り着くのは不可能だ。父が誘拐事件進行中でも仕事を休んでいなかったなら、疑いも消える。母が賢剛の考えを読めるはずもなかった。

「別に、関係はないよ。今日ちょっと、昭和の終わりのことが話題になったから、訊いてみただけ」

「それだけ？　はあ、昭和ももう歴史上のことになっちゃったのねぇ。自分がおばあちゃんになった気分だわ。って、早くあたしをおばあちゃんにして。英玲奈ちゃんがいつまでも待っててくれると思ったら、大間違いよ」

　賢剛が三十を過ぎてから、母はこんなことを言うようになった。冗談めかしてはいるが、きっと本気で心配しているのだろう。賢剛も、英玲奈がのんびりかまえているのをいいことに、決断を先送りにしているという自覚はある。しかし何かきっかけがなければ、なかなか決断できるものでもなかった。

「母さんは隙あらばその話だなぁ。だったらおれは、退散しよう」

　首を竦《すく》めて、腰を上げた。「もう」と不満げな声を発する母を置いて、浴槽の湯の沸き具合を確認に行く。完全に沸ききっていなくても、ある程度熱くなっていれば入ってしまうつもりだった。

　湯はそこそこ温まっていた。早く寝たいので、もう入ることにする。服を脱ぎ、かけ湯をしてから、湯船に浸《つ》かった。ぬるめの湯が、強張《こわば》った体をほぐしてくれる。いや、強張っているのは体だけではなかったと感じた。

　思わず、安堵の吐息が出たのだった。父に関する疑惑は、やはり考えすぎだった。そもそも父と東芳不動産の間には、なんの接点もない。誘拐の動機は明らかになっていないが、もし怨恨が理由だとしたら、接点がない父が恨みを抱くわけがない。金銭が目的だとしても、なぜ東芳不動産に目をつけたのかという問題がある。そもそも、今現在の賢剛の生活を思えば、父が大金を手にしていたはずがなかった。冷静に動機面から考えれば、父が犯人であるという推測には無理があった。

　ひとまず、父に対する疑惑は晴れたと結論した。しかし、辰司と小室が誘拐事件に興味を持っていたことは間違いのない事実だった。あの時代を生きた人なら誰でも興味を持つ、という程度の必然なのか。きっとそうなのだろう。

辰司のことなら、よく知っているつもりだった。実の息子である亮輔が、辰司をわかっていなかったなどと言うのは意外である。実の親子だからこそ、理解できなくなってしまうのだろうか。ならば他人の賢剛の方が、辰司のことはよく見えていたのかもしれない。

例えば、警察官になりたいと辰司に相談したときのことだ。辰司は一瞬、息を呑《の》んだかのように動きを止めた。あのときの辰司の気持ちを、賢剛は正確に理解していると思う。辰司は反射的に、反対しようとしたのだ。だが一拍後には、その気持ちを抑えた。そんな葛藤が、辰司の動きを止めたのだった。

警察官は激務であるから、人には勧めにくい。しかし父親がいない賢剛にとって、公務員である警察官は悪くない職業だった。生活の安定を考えるなら、止めるわけにはいかない。せめて、警察官の現実を教えることが賢剛のためだと瞬時に判断したのだろう。実際、辰司は夢も希望もなくなるほど事細かに警察官の職務実態を語ってくれた。だから賢剛は、警察官になった後で仕事に失望することがなかった。いい面、悪い面は、すべて辰司に聞いたとおりだった。新人警察官が必ず直面するであろう壁を感じずに済んだのは、辰司のお蔭《かげ》である。辰司には感謝していた。

そうだ、辰司は警察官だったのだ。改めて、賢剛は思う。警察官ならば、未解決事件に興味を持っていても不思議ではない。むしろ、当然と言えるだろう。小室がなぜ誘拐事件に関する本ばかり読んでいたのかわからないが、そもそも小室の人となりを知らないのだから、それがおかしいことかどうかも判断できない。辰司と小室が同じ事件に興味を持っていたのは、偶然とも言えない些細《ささい》な一致に過ぎなかったのだ。今はそうとしか思えなかった。

自分の考えすぎが、滑稽に思えてきた。湯船の湯を両方の掌《てのひら》で掬《すく》い、顔をざぶざぶと洗う。馬鹿馬鹿しい妄想は、それですっかり洗い落とせた気がした。

2

父の作ったスクラップファイルを、じっくり読み返してみた。バブル期の誘拐事件について、亮輔はほとんど知識がなかったからである。犯罪史に残る大事件とはいえ、一般の人間にとっては「そんなこともあった」レベルの話でしかない。事件についてよく知らない、という自覚すらなかった。

身代金目的の誘拐で、犯人が身代金を受け取りながらも逃げおおせた例が過去になかったことは、この事件の枕詞《まくらことば》のように語られるので知っていた。それ以前は、検挙率が百パーセントだったのである。だがその神話も、昭和の終焉《しゅうえん》とともに終わった。警察官であれば、さぞや悔しかっただろうと想像する。

しかしこれは、犯人側が巧妙だった。加えて、運が犯人に味方していた。他にも三億円強奪事件やグリコ森永事件など、未解決事件はたいてい、犯人が運に恵まれている。警察が予期しない事態にならない限り、逮捕を免れるのは難しいのだろう。

事件の概要は理解した。だが、この事件に小室が関わっていたと思われる要素はなかった。事件は浅草から離れた場所でだけ展開していたし、小室と被害者の間に接点はなさそうだ。小室がなぜこの事件に興味を持っていたのかは、本人に訊かなければわかりそうになかった。

一方、父が興味を持つのはごく普通のことと思えた。何しろ父は、警察官だったのだ。もしかしたら、事件捜査に関わっていたのかもしれない。ならば、屈辱を忘れないために新聞記事をスクラップしていた可能性もある。亮輔も、小室が誘拐事件に興味を持っていたと聞くまでは、このスクラップファイルに違和感は覚えていなかった。

父は日記をつけていたわけではないから、事件当日に何をしていたのかはわからない。知りたければ、母に尋ねるしかないだろう。母にこの話はしたくなかったが、他に手段がない。おそらく、賢剛も同じことをしているのではないかと思う。いずれ機会を見て、互いの知識を突き合わせてみようと考えた。

「母さん、このスクラップなんだけど」

持って回った言い方はせず、なぜ父がこの事件に関する記事をスクラップしていたのかという疑問をそのまま口にした。父の死からまだ立ち直っていない母は、見るともなくぼんやりとテレビ番組を眺めていた。こちらに顔を向け、「えっ」と応じる。

「なあに？　なんのスクラップ？」

「誘拐事件のスクラップだよ。ほら、バブル期に起きた、有名な事件があったでしょ」

「ああ、はいはい」

母はすぐに頷《うなず》く。リアルタイムで事件の推移を見ていた人には、「あの誘拐事件」で通じるのだろう。まして警察官の妻であれば、一般の人より関心があったかもしれない。

「なんか、たくさん新聞記事をスクラップしてあるんだけど、父さんはこの事件に関わってたの？」

賢剛が自分の母親に尋ねる際には、単なる世間話として話題にできるのだから、特に訊き方に工夫する必要はないはずだ。だがこちらも、それは別の意味で同じである。母も当然、亮輔の質問意図を訝《いぶか》しんだりしない。

「ううん、そっち担当じゃなく、大喪の礼の警備だったわよ」

「そうなのか」

考えてみれば特に意外な返答ではないのだが、それでも亮輔は驚いた。その可能性を想定していなかったのだ。誘拐事件の捜査に携わっていなかったのであれば、ますます事件とは無関係に思える。やはり新聞記事のスクラップは、ただの興味によるものだったのか。

「大喪の礼の警備って、午前中だけとか午後だけとか、そんな短い時間じゃないよね」

一応、念のために確認した。母は呆《あき》れたように、眉を八の字にする。

「警備自体は午前中だけだったみたいだけど、それで勤務が終わりってわけじゃなかったわよ。普通の交番勤務が免除になったんじゃないんだから」

「そうかぁ」

疑っていたわけではないが、これで父が誘拐事件と関わっていた可能性は皆無になった。心がとろけるような安堵を覚える。この誘拐事件が父の死に関係しているのではないかという、最悪の想像も頭の片隅にあったのだ。

つまり、父と小室が同じ事件に興味を持っていたのは単なる偶然だということになる。いや、あの時代を生きた人にとっては、偶然とも言えないのかもしれない。誰もが気にせずにはいられないほどの大事件、それがあの誘拐事件だったのだろう。

とはいえ、小室が誘拐事件に興味を持っていた理由は、わずかながら疑問として亮輔の胸に残った。確かめる機会などないかもしれないが、いつかその疑問を晴らしたいと考える。父に関わるかもしれないことであれば、今はなんでも知りたかった。

母に礼を言って、自分の部屋に戻った。机の前に坐《すわ》り、スクラップファイルを置く。きちんとまとめられたスクラップを見ると、父の真面目《まじめ》な性格が偲《しの》ばれる。父は終生、曲がったことが嫌いな人だった。

父に後ろ暗いところがあったとは思わない。それは息子としての願望ではなく、確信だった。亮輔のこれまでの人生で知り合った人の中で、最も真面目な人は誰かと言えば、それは父である。融通が利かない頑固な真面目さではなく、一本筋が通った、ただひたすらに正義を追求する人だった。

亮輔が思い出せる一番古い記憶は、父の言葉である。今にして思えばあれは、賢剛の父親が死んだ直後のことだった。父は亮輔に対して、こう言ったのだ。

『賢剛と仲良くしろよ』

その言葉自体は、おそらくそれ以前に何度も言われていたはずだ。同じ年である賢剛とは、物心つく前からの付き合いだったからだ。しかし記憶に残ったのは、あのときの父の言葉だった。父は続けて、こうも言った。

『お前たちは、今日からギキョウダイだからな』

義兄弟という言葉の意味が、亮輔はわからなかった。だから問い返すと、血が繋がっていない兄弟だと説明された。血が繋がっていなくてなぜ兄弟なのかと不思議だったが、ともかく賢剛と兄弟になれるなら嬉《うれ》しかった。父は賢剛を目の前にして、そう言った。あれは葬儀の場だったのかもしれない。父の言葉を聞いて、賢剛が嬉しげに笑ったのをはっきりと憶えている。以後、賢剛が亮輔にとって特別な存在になったのは、明らかにあの日の父の言葉があったからだった。

曲がったことが嫌いな父。親友が自ら命を断ち、息子が残された。父の正義感は、賢剛を放っておけなかったのだろう。父の正義感が亮輔と賢剛の間に、特別な絆《きずな》を作ってくれた。だから亮輔は、父の正義感を疑いたくなかったのだった。

改めて、父の死は理不尽だと感じられた。父は誰かに殺されていい人ではなかった。逆恨みか、あるいは何かの間違いか。どちらであっても、理不尽極まりない。父が残してくれたものの大きさを思うと、欠落感がどうしようもなく胸に迫ってきた。

机の上に置いていた手の甲に、水滴が落ちた。驚いて、自分の頬を触った。泣いているのか。死体になった父を見たときにも、葬儀の際にも出なかった涙が、今ようやく出た。遅いよ、とひとり言を呟《つぶや》くと、その滑稽さに笑いたくなった。泣き笑い、という表情を亮輔は初めて経験した。

3

久松署に着き、講堂に設置されている捜査本部に向かう前に、刑事部屋の自分の席に寄った。すると机の上に、書類が一枚置いてあった。賢剛はそれを手に取り、目を通す。そこには予想どおりのことが書かれていた。

書類は鑑定結果だった。亮輔の許《もと》に届いた警告文に、指紋が付着していたかどうかを鑑定した結果である。警告文には、亮輔以外の指紋はいっさい残っていなかったとのことだった。

特に失望はしなかった。今どき、指紋を残したらまずいことくらい誰でも知っている。まして亮輔は、警察官である賢剛と近しい。指紋などつけたらすぐに身許が特定されることは、深く考えなくてもわかることだった。

問題は別にあった。残念な気持ちを抱えたまま、講堂に行く。少し遅れてやってきた岸野に近寄り、挨拶をした。

「おはようございます。ちょっとよろしいですか」

「ああ、おはよう。どうした？」

気さくに応じる岸野に、鑑定結果を見せた。岸野は眉を寄せる。

「やっぱりか。それじゃあ、この事件《ヤマ》と関係しているという証拠がないな」

「そうなりますか」

「うん。君の友達が犯人捜しをしているというならともかく、そうでないからな」

亮輔はむしろ、賢剛の父親の死を調べている節がある。この警告文を送った人は、辰司殺しとは無関係とも見做《みな》せるのだ。いっそ、亮輔は自分の父親を殺した相手を捜していると嘘《うそ》の報告をしてしまいたいところだが、そうもいかない。捜査本部で取り上げてもらえるかどうかは、いささか心許なかった。

「まあ、一応係長には見せる。貸してくれ」

岸野の言葉に応えて、書類を渡した。岸野は前方の雛壇《ひなだん》に近づいていき、そこに坐っている一課の係長と話し始めた。後は岸野に任せ、賢剛は席に着く。あの警告文は必ず事件に関係している、と賢剛自身が確信できればいいのだが、そうでないのがもどかしかった。

捜査会議が始まり、岸野が挙手をして発言した。被害者の息子に警告文が届いた旨を発表すると、講堂内はざわついた。だが、続けて亮輔がしていることを説明すると、すぐに収まった。やはり現状では、事件との関係を断定することはできない。司会をする係長のトーンも低かった。

「まあ、それは保留としておいてくれ。次の動きがあるまで、待ちだな」

警告されたとはいえ、亮輔の身に危険が迫っている気配はない。切迫感がないことに、捜査本部が力を割くわけにはいかないのだ。捜査方針に満足はできなくても、納得はした。これもまた、予想どおりの結果だった。

ただ、どうしても気になることではあった。亮輔の行動の何が、警告文を送った人物の癇《かん》に障ったのか知りたい。辰司殺しに関係していなくても、父の死の謎には関わっているはずだからだ。父のことは、あまり記憶に残っていない。父は存在していないことが、賢剛にとっては当たり前になっている。だからこれまで深く考えることはなかったが、思いがけない形で父の死の秘密に繋がるかもしれない糸口が見えた。興味を持たないでいることは無理だった。

話を聞くなら、小室か。改めて、そう考えた。前回は刑事として訪問したから、向こうも警察に対する態度をとったのかもしれない。ならば、芦原智士の息子として話を聞きに行けば、口を開いてくれないだろうか。楽観的な考えではあるが、試してみる価値はあると思った。何より、小室は警告文の送り主に心当たりがあるように思えてならないのだった。

捜査会議は、防犯カメラに映っていた人物特定に引き続き注力するということで終わった。士気は依然として高い。賢剛だけがひとり別のことに気を取られているようで、申し訳ない気持ちになった。

刑事の仕事は、無駄足を踏むことにあるとも言える。その日一日、聞き込みに歩いてもこれといった収穫はなかった。署での捜査会議でそれを報告し、帰宅の途に着く。だが賢剛は真《ま》っ直《す》ぐ家には帰らず、足を小室の家に向けた。

警備の仕事をしていると言っていたから、今夜は夜勤で不在かもしれないとは思った。その場合は、また出直すだけのことである。幸い、小室の家は自宅から近い。会えるまで、何度でも足を運ぶつもりだった。

前方に小室の家が見えてくる。照明が灯《とも》っていた。どうやら在宅しているようだ。自然と歩みが早くなった。玄関前に到着し、気持ちを落ち着けるために軽く息を吸った。

「ごめんください」

呼び鈴を押して、中に声をかけた。前回同様、一拍おいて人の気配が近づいてくる。引き戸を開けてこちらを確認した小室は、うんざりした顔で「またか」と言った。

「しつこいな。いったい、今度はなんの用だ」

「何度もすみません。今回は刑事としてではなく、芦原智士の息子として来ました」

答えると、小室は賢剛の顔をじっと見つめた。こちらの意図を測っているようだ。そして渋々といった体《てい》で、また「なんの用だ」と繰り返した。

「智士さんの息子であることにかこつけて、結局は辰司さんの事件について訊きたいんじゃないのか」

「話が繋がるなら、そうなります。繋がるんですか？」

少し挑発気味に、訊き返した。小室は顔を歪《ゆが》める。

「繋がるわけない。お前の父親は、三十年も前に死んでるんだぞ」

「だったら、いいじゃないですか。話を聞かせてくださいよ」

「お前は事件の捜査中じゃないのか。世間話をしに来るとは、意外と暇なんだな」

「二十四時間働いているわけじゃないですから」

あからさまな皮肉を受け流し、なおも玄関前に立ち続けた。小室は根負けしたように、「入れよ」と言った。賢剛は心の中でだけ、「よし」とガッツポーズを取る。

居間は、この前と同様に片づいていた。今回は、食器棚の本のタイトルに目を走らせる。なるほど、どれもバブル期の誘拐事件に関するものばかりだ。賢剛だけで訪ねていたら、決して気づいていないことだった。

「お茶でいいか」

前回は言わなかったことを、小室は訊いてきた。おかまいなく、と答えたが、「おれが飲む」とぶっきらぼうに言う。お茶を出してくれるのは、一応のところ近所の者と認めてくれたからだろうか。あるいは、父の名のお蔭か。

「ご存じでしょうが、辰司さんは私の父親代わりの人でした。だから辰司さんに死なれて、私は父親を二度喪《うしな》ったようなものです」

そんなふうに切り出した。急須に湯を注いでいる小室は、特に反応を示さない。かまわず続けた。

「私は辰司さんを見ていたから、警察官になったんですよ。辰司さんみたいな、立派な警官になりたいと思って」

「辰司さんは、自分を立派な警官だなんて思ってなかったよ」

思いがけない言葉が返ってきた。どういう意味かと、一瞬戸惑う。小室は辰司の内心を知る機会があったのだろうか。

「そうなんですか。どうしてそう思うんですか」

訊き返したが、小室の返事はつれなかった。

「あの人が、自分で自分のことを立派だなんて思うわけないだろう」

言われてみれば、確かにそうだった。辰司は人に頼られるに足る人物だったのに、謙虚さを失わなかった。それどころかむしろ、己の限界をわきまえているかのようでもあった。

あれは賢剛が警察官になったばかりのことだった。着任の報告に行った賢剛に、辰司は厳しい顔つきで言った。

『警察官になったからには、自分にできることを精一杯やれ。できないことまでできると、過信するんじゃないぞ』

　あのときの賢剛は、それを先輩の貴重な助言として受け取った。できることを精一杯やれ、という前段だけが心に響いたのである。だが経験を積んだ今は、後段の意味が理解できる。謙虚であれ、と辰司は教えてくれたのだ。

「そうでした」

　素直に小室の言葉を認めた。小室は湯飲み茶碗にお茶を注ぎ、何も言わずにこちらに差し出してくれる。礼を言って受け取り、口をつけた。高い茶葉ではないのだろうが、充分に香りが感じられ、おいしかった。

「辰司さんが殺されたのは、私にはものすごく意外でした。辰司さん自身がどう思っていようと、私にとっては立派な警察官でしたから」

　話を戻したが、今度は反応がない。ならばと、言いたいことを一方的に口にした。

「この前は、辰司さんも背負っていたものが多かったんだろうとおっしゃいましたよね。辰司さんと付き合いはないとのことでしたけど、長くこの地域に住んでいればまったく知らない仲ではなかったでしょ。小室さんは、辰司さんをどう思っていましたか」

　この問いには、ふんと鼻から吐く息で応じられた。

「智士さんの息子として来たんじゃなかったのか。やっぱり、ただの口実か」

「違います。父の話も伺います。父と辰司さんが親友だったから、まず辰司さんについて訊いているだけです」

「辰司さんは立派な警察官なんかじゃなかったよ。あの人は、警察官であることを恥じていた」

「えっ」

ふたたび予想もしない言葉が飛び出し、思わず目を見開いた。小室は何を言っているのか。何かを知っているのか。

「どういうことですか。辰司さん本人から聞いたんですか」

「バブルの頃の地上げの話は知ってるだろう。ヤクザにひどい嫌がらせを受けてここを出ていく人も多かったのに、辰司さんは何もできなかった。それを恥じていたんだよ」

初耳だった。だが、あり得ることだった。バブル期にそうしたことがあったとは、知識として知っている。今となっては信じがたいが、ヤクザによる嫌がらせが公然と行われ、それを警察が黙認していたという。土地開発が国策だったから、地上げは悪いことではないという認識だったのか。現在とは倫理観が違っていたと考えるしかなかった。

一警察官でしかない辰司は、そんな状況に対してなんの手も打てず、無力感を覚えただろうことは想像にかたくない。むしろ辰司ならば、何もできない自分を恥じるのは当然とも言えた。にもかかわらず、賢剛には辰司の苦悩が感じ取れていなかった。辰司を知っている、などと思っていたのは間違いだったのか。

「……やっぱり、辰司さんのことをよくご存じなんですね」

小室の言葉の矛盾を衝《つ》いたのではなく、反省として呟いた。自分などより、小室の方がよほど辰司を理解している。わかったつもりになっていた己を戒めたかった。

「お前よりは知っているのかもな」

単なる売り言葉に買い言葉なのかもしれないが、今の賢剛には応えた。辰司のことをもっと知りたい、といまさらながらに思った。

「では、聞かせてください。父が死んだとき、辰司さんはそれをどう受け止めていましたか」

付き合いがないから知らない、と撥《は》ねつけられることも予想していた。だが小室はそうせず、少し考え込むように視線を下げた。何かを語ってくれるのか。じっと待っていると、やがて小室は口を開いた。

「――悲しんでいないわけがない。お前の親父《おやじ》の死は、辰司さんにとってもおれにとっても、その後の人生が変わる大事件だった」

辰司だけでなく、小室にとってもそうだったのか。小室が父と、そこまでの付き合いがあったとは知らなかった。父はいったい、どんな人だったのだろう。亮輔が辰司を知らなかったと自覚したように、賢剛もまた自分の父をまるで知らないのだと思い知らされた。

「なぜ父は死んだんですか」

直截《ちょくせつ》に疑問をぶつけた。今、最も知りたいことはそれだった。根拠もなく、小室ならば父が自死した理由を知っている気がしてならなかった。

「智士さんは、心が強い人だった。気が優しいから他人に馬鹿にされても受け流していたが、本当は強い人だった」

小室は視線を、賢剛の背後に向けていた。だが、そこに何かがあるわけではないだろう。小室は過去を見つめているのだった。

「強い人が、なぜ自殺するんですか」

小室の言葉に納得できず、反駁《はんばく》した。刑事の言葉ではなく、残された息子としての憤りだった。

「強いからだ。おれは、自殺なんかできない。おれは臆病者だ」

「どういう意味ですか。父は何かに押し潰されたんじゃないんですか」

何かに負ける、あるいは何かから逃げる。自殺の動機は、そういうものではないのか。

小室の説明は、まるで理解できなかった。

「智士さんは、立派だった」

さらに小室は、おかしなことを言った。辰司のことは立派な警察官などではなかったと言い、自殺した父を立派だったと言う。やはり何かを知っていての言葉としか思えなかった。

「小室さんは父が自殺した理由を知ってるんですね。教えてください。どうして父は自殺なんてしたんですか」

真っ向から、小室に視線を据えた。嘘やごまかしは絶対に許さないという決意を込めていた。小室は睨《にら》み返してくる。第三者が今この場を見たら、険悪な雰囲気と思うだろう。互いの視線が交錯し、火花を散らすかのようだった。

「おれは知らない」

「嘘をつかないでください。小室さんは何かを知っている。おれは確信しました」

「知っていたとしても、口が裂けても言わない。智士さんの死の理由は、墓場まで持っていく」

「どうしてですか！」

「お前は知らない方がいいことだからだ」

「えっ――」

　なんだ、その返答は。父の死に後ろ暗い理由があると示唆しているも同然ではないか。小室は何を隠しているのだろう。本当に知らない方がいいことなのか。

「意味がわかりません。おれがショックを受けるということですか。気遣いは無用です。どういうことなのか、教えてください」

「ただの一般論だ。世の中には、知らない方がいいこともある。だからおれも、智士さんが死んだ理由は知ろうとしなかった。お前もそうしろと言ってるんだ」

　小室は視線を下げた。嘘だ、と思った。小室は今、思わず本音を口にしてしまったのだ。それに気づき、一般論だとしてごまかした。父の死には、息子には聞かせられない秘密がある。それは厳然たる事実だと、賢剛は確信した。

「父は何かをしたんですか？　そのとき、小室さんも仲間だったんですか」

当てずっぽうだが、正鵠《せいこく》を射ている気がした。そうでなければ、母も知らない父の死の理由を小室が知っているわけがない。さらに賢剛は、思いついてしまった。

「辰司さんも、その仲間だったんですね」

それが真相だと悟った。同時に、背筋が寒くなる思いを味わった。父の死に辰司も関係しているなら、やはり辰司はそのことが理由で殺されたのではないか。二十八年前の父の死は、未《いま》だに尾を引いていたことになる。

「勝手に妄想を膨らませて、勝手に断定するな」

小室は片頬を歪めるようにして笑った。だがそれは、もう虚勢にしか見えなかった。覚悟を迫られている、と感じた。前に進むか、引き下がるか。刑事としてなら、引き下がるという選択はあり得なかった。だが刑事として以前に、賢剛も人の子だった。自分の父親の秘密を暴いて、受け止められる自信がなかった。

「おいおい、変な誤解をするなよ」

賢剛の顔つきから何かを感じ取ったのか、はぐらかす態度を捨てて小室は身を乗り出した。こんなときは相手に語らせた方がいいと、経験上知っている。黙って小室の顔を見つめ返すと、案の定語気を強めて続けた。

「いいか。はっきり言ってやる。お前の親父さんの死と、辰司さんの死は無関係だ。本当に、なんの関係もない。だからお前は、辰司さんを殺した奴《やつ》を見つけることに専念しろ。他によけいなことは考えるな」

「誰が辰司さんを殺したか、知ってるんですか」

「知らない。心当たりもない。どういうことなのか、おれの方こそ知りたい」

この言葉は、ごまかしやはぐらかしではなさそうだった。しかし、矛盾している。賢剛は遠慮なく、その矛盾点を衝いた。

「だったらどうして、父の死が辰司さん殺しと無関係だと言い切れるんですか」

「それは――」

小室は言葉に詰まった。賢剛は納得した。

小室は辰司を殺したのが誰かは知らない。だが、なぜ父が自殺したかは知っている。辰司も知っていた。そしてその理由は、後ろ暗いことだった。

父の死の理由は知らない方がいいと、小室は言う。本当にそのとおりなのだろう。それを知る覚悟があるかと、己に問う。賢剛はまだ、頷くことができなかった。

「ありがとうございました。いろいろ、わかりました。おれはまだ、この先を聞く勇気がありません。ただ、もし次におれが父の死の理由を尋ねたら、そのときは正直に教えてください」

「約束は、しない」

あくまで小室は頑《かたく》なだった。もし賢剛が警察官でなければ、小室も話してくれたのだろうか。そう仮定すると残念だったが、小室の頑固さに感謝する気持ちもわずかにあった。

辞去を告げると、小室は「ああ」と応じただけで立ち上がらなかった。ひとりで玄関に行き、ひとりで外に出る。夜の外気は、依然として寒かった。平成になったばかりの頃の夜は暗かったと、母の説明で知った。今の夜は明るいのか。しかし賢剛の前に広がる闇は、かつてと比べて明るいとは思えなかった。暗闇の中に踏み出していくことを、賢剛は一瞬臆した。

4

《チェリーブロッサム》に行ってみると、今日は開いていた。さくらの体調も回復したらしい。勝俣も喜んでいるだろうと思いつつ、亮輔は店のドアを開けた。夕方ではあったが、店内はそれなりに混んでいたので、カウンター席に坐った。

「いらっしゃい。久しぶりね」

カウンター越しに、さくらが水を出してくれた。勝俣が岡惚《おかぼ》れするだけあり、さくらはかなり人目を惹《ひ》く美人だ。勝俣の他にも、さくら目当てで通う客は少なくないのだろう。かつて美人の未亡人に惚れた年下の男を主人公にした漫画があったらしく、勝俣は自分のことをその主人公になぞらえ、「おれは五代《ごだい》君なんだよねぇ」とよく言っている。漫画では最終的にふたりは結ばれるそうだが、むろん勝俣はそんなところまで辿り着いていない。

「体調を崩してたって聞いたけど、もう大丈夫なの？」

尋ねると、さくらは口許を微妙に動かすように微笑《ほほえ》んだ。あまり元気のある笑顔ではない。

「まあね。店を開けないと、食べていけないからさ。あ、うつる病気じゃないから、安心して」

答えるさくらの口調は、いつもの溌剌《はつらつ》さを欠いていた。まだ完全に回復はしていないようだ。心配だったが、女性の体調についてあれこれ問うのも気が引ける。ホットコーヒーを頼むと、さくらは頷いて離れていった。

ミルで豆を挽《ひ》き始めたさくらを視界の隅に収めつつ、バッグから紙片を取り出した。賢剛に渡した警告文のコピーである。短い文面だから暗記しているのだが、新聞の活字の切り貼りはやはり特徴的だ。それを見て、改めて警告文の意味を考えてみたかったのだった。

これ以上嗅ぎ回るな、と言うくらいなのだから、亮輔があちこちに質問をして歩いていることを知っている人物が送ってきたのだろう。もしかしたら、直接会っているのかもしれない。会った人の中で、亮輔の訪問を快く思わなかったのは小室だけだ。ならばやはり、小室がこれを作ったということになるのか。

単純すぎる結論に思えるが、今どき新聞の活字の切り貼りというのは小室らしいとも言えた。小室はパソコンを使えそうにないから、筆跡を隠そうとすればこういう手段になるのも理解できる。亮輔にとってはあまりピンと来ないが、昔は脅迫状といえばこうしたものだったらしい。送り主が年配の人物と想定するのは、的外れではなさそうだった。

しかし、ここまでである。この先は、いくら警告文を睨んでも何も思いつけない。活字の形、あるいは切り抜き方などで新しいことに気づけないものかと期待したものの、そんな点があれば警察がとっくに発見しているだろう。警告文から亮輔以外の指紋が検出されず、殺人事件との関係性が認められなかったことは、すでに賢剛から報告を受けていた。

せめて、この送り主が何をいやがっていたのかだけでもわかればいいのに、と思った。送り主は父を殺した犯人なのか、それとも賢剛の父親の死について調べられるのがいやなのか。後者だとしたら、送り主は賢剛の父親の死に関わっていたことになる。賢剛の父親は自殺したのだが、もしや実際は違うのだろうかと、妄想じみたことにまで考えが及んだ。

「あっ、抜け駆けしやがって」

いきなり背後から声をかけられ、思考が断ち切られた。声の主は肩に手を回してきて、亮輔の体を揺さぶる。声の特徴から相手が誰だかわかったが、「抜け駆け」という単語ひとつからでも推察できた。

「コーヒーを飲みに来ただけだよ」

振り返って、眉を寄せた。勝俣もわかっているだろうに、この店にひとりで来る男は皆ライバルに思えるらしい。声をかけてきたくせに、亮輔の返事は無視してさくらに話しかけていた。

「さくらちゃん、こんばんはー」

「いらっしゃいませ」

勝俣の軽い口調に、さくらは苦笑気味に応じた。勝俣の恋心には気づいているはずだが、それをいやがったり、あるいは逆に思いに応えたりする節はまったくない。ただそれでも、常連客に対する親しみは覚えているようだ。一見《いちげん》の客への接し方との違いに、勝俣はいつも一喜一憂している。

「今日はあんまり顔色がよくないね。大丈夫？」

さくらの顔を覗《のぞ》き込むようにして、勝俣は訊く。今日は、などという言い方をしているところからすると、体調が回復した後にすでに会っているようだ。具合がよくなって店を開けたものの、また今日は顔色が悪いということらしい。勝俣ならずとも、少し心配になる。

「ありがとう。もう大丈夫だから」

ミルを回す手を休め、勝俣に水を出す。勝俣は嬉しそうに、コーヒーを頼んだ。

「おっ、それって例の警告文か」

そのままさくらに話しかけ続けるかと思いきや、勝俣はこちらの手許に注意を向けた。気づいたからには、好きな女より友人の身に起きた変事《へんじ》の方を優先するようだ。勝俣はそういう性格の男だと、亮輔もよくわかっている。ありがたいと思いつつ、答えた。

「そうなんだよ。なんか思いつくことはあるか？」

コピーを勝俣の方に滑らせる。勝俣は紙面を難しい顔で睨んで、口を開いた。

「なんだか、異様な感じだな。本気というか、いたずらじゃない悪意を感じる」

「うん、そうかもしれないな」

綺麗《きれい》なフォントの文章なら、そういう感想は抱かなかっただろう。やはり新聞の活字の切り貼りは、これを作った者の執念を感じさせる。それは勝俣の言うとおり、悪意なのかもしれなかった。

「えっ、どうしたの？」

こちらのやり取りが聞こえたらしく、さくらが割って入ってきた。ここぞとばかりに、勝俣が説明役を買って出る。これこれこうと説明を終えると、さくらは目を丸くした。

「誰がそんなことを……」

「賢剛には見せたんだよ。でも、これを作った奴の指紋は検出されなかった。親父が殺された事件との関連性も、今のところ認められないって」

「嗅ぎ回るなって、亮輔くん、何をやってたの？」

眉根を寄せて、さくらは尋ねてくる。こうしたことを訊かれるくらいには、付き合いがある。訊かれれば答えないわけにはいかなかった。

「うん、親父に死なれて、おれは親父のことをぜんぜん知らなかったなって気づいたんだ」

以前に勝俣にもした説明を、また繰り返した。さくらはコーヒーを淹《い》れる手を動かしながら、黙って聞いている。亮輔が説明を終えると、ただぽつりと「そう」と頷いた。

「納得、できないのね」

「うん。単なる気持ちの問題で、犯人捜しがしたいわけじゃないんだけどね」

「でも、誰かの気に障っちゃったんだ」

「どうも、そうらしい」

「誰に会ったの？」

ふだんはあまり客の話に立ち入ってこないさくらが、珍しく細かいことまで訊いてきた。それだけ父の死は、この地域での大事件だということだ。亮輔が会った人の名前を挙げると、さくらは難しげな顔で頷いてから、サイフォンの方に向かう。コーヒーができあがったようだ。

「お待たせしました」

そう言い添えて、コーヒーカップを亮輔の前に置く。続けて、勝俣のコーヒーを淹れ始めた。やり取りが途切れたタイミングで、勝俣が話しかけてくる。

「その中だったらさ、どう考えても小室さんが怪しいんじゃないの」

声も潜めず、堂々と言い切った。同感だが、誰が聞いているかもわからないのに軽々しく同意はできない。

「でも、小室さんと親父はぜんぜん付き合いなかったんだぜ」

「過去に因縁があったんだよ、きっと。親父さんを殺した犯人も、小室さんなんじゃないのか」

さらに無責任なことを、勝俣は言った。後半はさすがに、小声だったが。

因縁と言われ、父と小室がともに誘拐事件に興味を持っていたことをまた思い出した。父は単に警察官として事件に興味を持っていただけだと結論したのに、小室も誘拐に関する本を読んでいたことがやはり心の底に引っかかっている。父と小室の間に、因縁などあったのだろうか。あったとしても、ふたりともずっとこの西浅草に住んでいたのである。今になってなぜ、それが浮上したのかわからない。

「はい、お待たせしました」

さくらが戻ってきて、勝俣の前にコーヒーカップを置いた。勝俣は心底嬉しそうに笑って、「ありがとう」と言う。こんなふうに手放しの笑顔を浮かべられたら、さくらも悪い気はしないのではないか。あまり釣り合っているとは思わないが、何かの弾みで勝俣の恋心が成就すればいいのだがとも考える。

「気味が悪いわよね。お父さんのことを調べるのは、やめるの?」

嫌悪を示すように顔を顰《しか》めて、さくらは亮輔の手許の紙を見た。問われて、亮輔は改めて己の気持ちを探る。

　確かに、薄気味が悪い。腰が引ける思いは、どうしても生じていた。だが、こんな警告文が届くこと自体、ひとつの前進とも考えていた。亮輔は何かに辿り着こうとしていたのだ。だから、嗅ぎ回るなと脅されたのである。ならば、自分が何に近づいていたのか知りたい。ここで引き返したら、一生後悔するという確信があった。

「いや、やめない。まだ納得いってないから」

　さくらの黒い眸《ひとみ》を真っ直ぐに見て、きっぱりと言った。口に出すと、決意が固まるようだった。そうだ、まだやめるわけにはいかない。こんな紙切れ一枚で、怖がっている場合ではなかった。

「でも、危ないんじゃないか。賢剛に任せておけばいいだろ」

　勝俣が心配そうに表情を曇らせる。亮輔は笑って応じた。

「危なくなったら、すぐやめるよ。むしろ、襲ってきて欲しいくらいだ。そうしたら、そいつを捕まえられるから」

　半ば冗談、半ば本気でそう言った。勝俣は「おいおい」と窘《たしな》め、さくらは怖い顔になる。

「よけいなことを言うけど、自分の話をするね。私、夫のことを百パーセント知ってたわけじゃないよ。知らない部分も、当然のことながらあった。でも、それを調べようとは思わなかったわ。知らなくていいことは、知らないままでいいと思ったから」

さくらが死んだ夫の話をするのは珍しかった。会ったことがないので、どんな人だったのかすら亮輔は知らない。たぶん、勝俣も知らないのではないか。

「つまり、親父のことを調べるのはよくないって意味？」

「うん。知っても、いいことはないんじゃないかな」

さくらの言うことは正論だった。しかも、小室の忠告と共通していた。亮輔のしていることは、きっといい結果を生まないのだろう。それがわかっていて続けようとするのは、愚かしいことだった。

「さくらの旦那さんは、畳の上で死にたいみたいなことは言ってた？　そんな年じゃなかったか」

だから、話を逸《そ》らした。愚かなのはわかっていて、それでも調べてみたいのだ。この気持ちを他者に説明するのは、少し面倒だった。

「うん、そういう話は、したことなかったな。本人も、まだまだぜんぜん死ぬとは思ってなかっただろうし」

さくらは淡々と言う。夫を喪った悲しみは、すでに心の中の落ち着くべきところに収まっているのだ。それを知っているから、亮輔も尋ねたのである。

「だよね。おれの親父はその点、ちょっと変わってたんだ。けっこう若い頃から、畳の上では死にたくないって言ってたんだよ」

「何、それ？　殉職したかった、とか？」

勝俣が不思議そうに聞いてくる。亮輔も首を傾げた。

「どうなんだろうな。命を惜しまず、職務に励みたいって意味なんだろうと思ってたけど」

「あ、そう。なんか、今となっては不吉な予感だったたって感じだな」

思ったことを遠慮なく口にするのが、勝俣のいいところである。なるほど確かにそうだと、いまさら亮輔も気づいた。

日常の中で聞いた父の言葉だから、これまで深く考えたことがなかった。勝俣の言うとおり、父は何か予感があったのだろうか。

不意に、連想が古い記憶に繋がった。あれは亮輔が小学生くらいだったろうか。父とふたりで、隅田公園に散歩に行ったときのことだ。隅田公園は地元の人間にとって馴染《なじ》みの場所であるが、父にとっては別の意味合いもある。賢剛の父親が死んだ場所でもあるのだ。賢剛の父親は公園の柵にロープを結びつけ、隅田川の方に身を投げ出して首を吊《つ》っていたそうだ。おそらくはそのことを思い出したからだろう、父は唐突に、子に聞かせるにはふさわしくないことを言った。

『おれも智士みたいに、死ぬときは潔く死にたいな』

まだ幼かった亮輔は、死という概念がよくわからなかった。加えて、「イサギヨク」という単語の意味を知らなかった。それでも父の口調が普通でないと察したか、言葉そのものは記憶に焼きついていた。これまでまったく思い出さなかったが、今それが甦《よみがえ》った。

智士みたいに潔く、とはおかしな物言いではないか。賢剛の父親が潔く死んだかどうかは、誰にもわからないはずだ。散々ためらった末に、ようやく首を吊ったのかもしれないのである。それなのに父はなぜ、智士みたいに死にたいと言ったのだろう。まるで父は、賢剛の父親の死に様を知っていたかのようだ。

まさか父は、賢剛の父親の死に立ち会ったのか。古い記憶がとんでもない推測に至ってしまい、亮輔は黙り込んだ。せっかくのコーヒーが、あまり口をつけていないのに冷めかけていた。

第六部　辰司と智士

1

大喪の礼と呼ばれる葬儀は、二月二十四日に執《と》り行われると発表された。辰司の予想が正しければ、その葬礼は空前の規模で警備されるはずである。絶対に失敗が許されない国事はいくつもあるが、天皇の葬礼はその最たるものではないか。国の威信にかけて、政府は万全の警備を警察庁に命ずるに違いなかった。

直ちに具体的な警備計画が練られ始めているのだろうが、一介の制服警官にまでその情報が下りてくるのは少し先だろう。おそらくは、天皇の柩《ひつぎ》を積んだ車が都内を走ることになると予想する。ならば、沿道は警察官が完全に警護するはずだ。辰司に回ってくる役割は、きっとそれであろうと推測した。

柩が走るコースを把握することが肝要だった。計画の細部は、コースが判明しないことには決められない。だが辰司には、それ以前にやらなければならないことがあった。そこを確かめなければ、先には進めないと考えていた。

智士に訊《き》いたところ、彩織とはカラオケボックスで会っていたという。なるほど、それはいい場所だ。彩織と会う際には人目を避けなければならない上に、会話の内容を聞かれるわけにはいかない。カラオケボックスは打ってつけの場所と言ってよかった。

話がしたいと電話で伝えたところ、彩織は多くを訊き返さずに「わかった」と承知した。すでに智士から、辰司が仲間に加わったと伝わっていたのだろう。しかし彩織は、なぜ彩織の家では駄目なのかとは問い返さなかった。道之介抜きで、ふたりだけで会いたいという辰司の気持ちを察しているようだった。

辰司が非番の日の夕方に、六区のカラオケボックスで落ち合った。仕事を終えてから来た彩織は、約束の時刻より少し遅れた。息を切らせて「ごめんなさい」と言うので、「かまわないよ」と応じる。辰司がこんなことで怒る性格ではないと知っているはずだが、それでもきちんと詫《わ》びるのが彩織だった。

「何も食べないよね。夕ご飯は家族と一緒に食べるもんね。じゃあ、何飲む？」

彩織はメニューを手に取り、広げてテーブルの上に置いた。酒を飲む気はないので、ウーロン茶にする。彩織は壁に備えつけてあるインターホンの受話器を取り、自分の分はグレープフルーツジュースを頼んだ。二分と待たずに、ボーイが飲み物を運んできた。

「せっかくだから、何か歌おうか。辰ちゃんとふたりでカラオケなんて、ものすごく珍しいもんねー。どうしようかな」

彩織のはしゃぎぶりは、いささか不自然だった。明らかに、本題に入るのをいやがっている。気持ちはわかるが、のんびり歌を歌う気分ではなかった。「彩織」と呼びかけ、居住まいを正した。

「あんまり遅くなるわけにはいかないだろ。ちゃんと話をしよう」

「――そうだね」

彩織は声のトーンを落とした。まるで、叱られてしょげたかのようだ。この話題がお互いにとって重苦しいものになるなら、よけいにさっさと片づけてしまいたかった。

「どうして、智士ちゃんの計画に乗った？」

並んで坐《すわ》るふたりがけのソファだったので、彩織の目を見ようとすれば体を捻《ひね》らなければならない。だが彩織は、辰司の視線から逃げるように俯《うつむ》く。

「どうしてって……、不動産会社が許せないから」

許せない、と言いながら、彩織の言葉にはあまり憤りが籠《こも》っているようではなかった。むしろ、こんな返事で大丈夫だろうかと不安に感じている気配が滲《にじ》む。計画に加わった理由を、辰司に採点されている気分なのかもしれない。そんなつもりはないのにと、思わず苦笑した。

「許せない気持ちはわかるけど――。でも失敗したらどうするんだ。逮捕されて、犯罪者になっちゃうんだぞ」

「辰ちゃんが加わってくれるなら、失敗なんかしないよ。そうでしょ？」

彩織はようやく顔を上げ、こちらを真っ直《ます》ぐに見た。その目には、言葉だけではない信頼が見える。やはり、そんなふうに考えているのか。彩織の視線を、辰司は少し重く感じた。

「逮捕されるつもりで、計画に乗ったんじゃない。捕まらないよう、最善の手を尽くす。でも、それでもどうにもならないかもしれない。日本の警察は優秀だから、出し抜くのは本当に難しいんだぞ」

「だから、辰ちゃんの力が必要だったんだよ。辰ちゃんが仲間になってくれないなら絶対無理だったけど、今はもう大丈夫でしょ」

彩織の言葉は能天気にすら響いた。この絶対の信頼は、いったいどこから生じているのだろう。辰司が記憶する限り、かなり大昔から彩織には信頼されていた気がする。彩織にしてみても、辰司を信じる理由なんて特にないのかもしれない。

「買い被《かぶ》られても困る。捕まらないよう努力はするけど、捕まった場合の覚悟もしておいてもらわないと、おれも辛《つら》いよ」

「もちろん、覚悟してるよ」

彩織は簡単に言い切った。軽い物言いではあるが、しかし決意まで軽いとは思わなかった。彩織は覚悟を固めている。そのことを今、きちんと確認した思いだった。

「捕まるときは、みんな一緒でしょ。それだったら、いいよ。でもあたしとおじいちゃん、翔くんは独身だからいいけど、辰ちゃんと智ちゃんは捕まるわけにはいかないよね」

「……うん」

覚悟が必要なのは、むしろ辰司の方だった。下手《へた》をすれば家族を苦しめるかもしれないのに、なぜこんなことを始めようとするのか。そう、彩織に問われた気がした。

彩織が幼い頃から慕ってくれていたことは、わかっていた。彩織が高校生か、あるいは大学生になる頃まで、その気持ちは続いていたかもしれない。だが辰司は、どうしても彩織を妹のようにしか思えなかった。好きか嫌いかと問われたら迷いなく好きと言えるが、それは恋愛感情ではなかった。だから彩織の気持ちに応えることなく、佳澄と結婚した。辰司が妻子持ちとなった今、彩織もさすがに幼い頃の気持ちは吹っ切っていることと思う。

それでも、彩織は辰司にとって特別な存在だった。彩織を泣かせる男がいたらぶん殴ってやりたいし、なんとしても幸せな結婚をしてもらいたい。まさに、兄のような気持ちなのだ。絶対に彩織を不幸にはできないと思っている。

彩織を逮捕させるわけにはいかない。そんな思いが、辰司の背を押したのは間違いなかった。自分が彩織を守らなければならないと、ほとんど脊髄反射で考えた。その瞬間、佳澄と亮輔の存在は頭になかった。

ひどい夫であり、父だと思う。引き返せない一歩を踏み出したというのに、覚悟も何もない。こんな自分が彩織に覚悟を問うとは、片腹痛いにもほどがある。この内心を正直に吐露すれば、いくら辰司に好意的な彩織であっても呆《あき》れるだろう。

彩織を不幸にはしない。だが同時に、辰司は佳澄と亮輔も守らなければならないのだ。それを両立させるには、計画を成功させるしか手はない。失敗は死んでも許されないのだった。

辰司の頭の中では、計画ができあがりつつある。もともとの自分の着眼点に、智士から聞いた道之介のアイディアを組み合わせることで、成功の確率が格段に上がった。想定外のことが起きなければ、まず間違いなく計画は成功するだろう。むしろ完全犯罪を行えてしまうことに、警察官として畏怖を覚えるほどだった。

「――おれたちは捕まらない。おれは彩織を絶対に罪人にはしない。だから、安心してくれ」

低い声で、決意を述べた。これを口にする義務が、自分にはあると考えた。彩織は少し目を丸くしてから、満面の笑みを浮かべる。

「嬉《うれ》しい！　辰ちゃんがそう言ってくれるのを待ってた。ああ、もうこれで大丈夫。あたしはなんの心配もしてないよ」

彩織は胸の前で手を合わせ、弾むように体を上下させた。心底嬉しそうな彩織の様子を見ていると、辰司まで微笑《ほほえ》みたくなってくる。そうだ、彩織からこの笑顔を奪ってはならない。彩織には、いつまでも笑っていて欲しい。

「今日の用件はこれ？　あたしの覚悟を確かめるためだったの？　なら、よかった。てっきり、計画から下りろって言うのかと思ったよ」

眉を八の字に寄せて、彩織は言った。不自然なはしゃぎぶりは、それを恐れてのことだったのか。今になって、彩織の気持ちを察する。もちろん、彩織を計画から外せれば一番よかったのだが。

「彩織に下りられたら、この計画はうまくいかない。彩織が必要なんだ」

「あ、それも嬉しいな。誰かからそんなふうに言ってもらえるのは、嬉しいね」

彩織は満足げな表情をすると、ふと視線を落としてテーブルの上から歌の目次本を取り上げた。「ねえ」と言って、それを辰司に見せる。

「話が終わったんなら、やっぱり一曲歌わない？　久しぶりにデュエットしようよ」

「デュエット？　まあ、やるか」

無邪気な物言いに、苦笑を誘われた。彩織は「やった」と小さくガッツポーズを取って、目次本を捲《めく》り始める。そんな様子を見ていたら、悲壮な覚悟をしたばかりだというのに、不思議と気持ちは柔らかくなった。

2

道之介の歩く速度は、六十過ぎの人とは思えないほど速かった。気を使って、歩くペースを合わせる必要はない。むしろ、置いていかれることを心配しなければならなかった。智士は何度も、歩速《ほそく》を意識的に上げた。

智士にとっては初めての道だが、道之介はすでに下調べで来ているので、足取りに迷いがなかった。自然と、道之介の案内に従う形になる。道之介の立ち居振る舞いは、堂々としていた。迷いがないどころか、自信に満ち溢《あふ》れている。それは頼もしいことだが、同時に智士に不安を覚えさせる要素でもあった。道之介の自信を、どこまで信頼していいのかまだ測りかねているのだ。だからこそ、今日は智士自身も足を運んだのだった。道之介の言葉を鵜呑《うの》みにするのではなく、自分の目で確かめる必要を感じた。

道之介は無口だった。ここに来るまでの道中、智士の方から話しかけなければ口を開かなかった。これまで、顔を合わせれば皮肉なことを言っていたから、無口な印象はなかなかった。嫌みめいたことを言われるくらいなら黙っていてくれた方がいいが、なかなか道之介の人となりを摑《つか》めないもどかしさがあった。彩織はよく、この人と同居しているものだと思う。

「あれだ」

不意に道之介が足を止め、前方に向けて顎をしゃくった。智士はそちらに目をやる。道之介が指し示した先には、マンションが建っていた。

十数階ほどの高さだろうか。周りには同じくらいの高さの建物はないので、抜きん出ている。まるで金属のように太陽光を照り返している外観は近未来的で、最新のマンションであることを誇示していた。一見しただけで、庶民には手が出ないクラスのマンションだとわかる。まだ三十代でここに暮らしているなら、道之介の言うとおり、不動産会社社員の特権があるのだと納得できた。

「立派なマンションですね。いくらくらいするのかな」

素朴な疑問を口にした。道之介は前を向いたまま、答える。

「2LDKで七千万円くらいかな」

「そんなにするんですか！」

予想を遥《はる》かに上回っていた。住宅にそこまで払う必要があるのだろうかと、反射的に疑問を覚える。確かにここは、営団地下鉄東西線門前仲町駅から徒歩五分という好立地だ。大手町界隈《おおてまちかいわい》に通うなら、こんなに利便性がいい場所はなかなかない。しかし、2LDKである。子供がひとりでも産まれたら、手狭にならないだろうか。七千万円も出すくらいなら、もっと広い家はいくらでもあるのではないかと考えてしまった。

「立地と最新設備を重視する人にとっては、七千万円払ってもいい物件なんだろ。おれたちとは感覚が違う人が買うんだよ」

そんなこともわからないのか、と言いたげな道之介の口調だった。なるほど、そうなのだろう。ならば、そういうマンションを建てた会社にしてみれば、二億円という身代金も途方もない額ではないのかもしれない。どこか非現実的に感じられていた計画が、いきなり実現可能なこととして目の前に現れた気がした。

道之介はふたたび歩き出した。智士もその後を追う。すぐにマンションのそばまで来た。エントランスは、住人以外の侵入者を雰囲気で拒絶するほど立派だった。ギリシャ神殿の柱を模した飾りが、自動ドアの左右にある。下手をすると俗に見えかねない趣向だが、この豪華マンションにはふさわしかった。

「当然、入り口はオートロックだ。管理人も深夜以外は常駐しているから、下手にエントランスに入ったりしない方がいい」

立ち止まらず、道之介は小声で言った。自分は前方だけを見ていて、顔をエントランスには向けない。智士は通り過ぎる際に、横目で様子を窺《うかが》った。オートロックは、鍵を差してドアを開けるタイプのようだった。

「おれは中に入ってないからわからないが、おそらく防犯カメラもあるんだろう。まあ、マンション内に入る必要はないんだから、カメラがあってもなくても同じだけどな」

道之介はつけ加えた。防犯カメラという言葉に、智士は驚く。最新のマンションには、そんなものまで設置されているのか。なにやら、警戒心で毛を逆立てているハリネズミみたいだと思った。

このマンションは、時代の先を行っているのだろうか。世間はここまで他者に対して警戒していないし、治安も悪いとは思わない。社会は平和で安全なのに、このマンションだけが殻に閉じ籠っているように感じられた。それほどまでに、守らなければならないものを持つ人たちが住んでいるのか。

現実には、この種のマンションが増えているのだろう。開発が遅れている西浅草に住んでいるから、智士には実感がないだけなのだと理解はできる。しかし、こうしたマンションが時代を先取りしているなら、こんな警戒が必須になるときがいずれ来るということか。近い将来がいやな社会になっている想像をしたが、自分たちがやろうとしていることもそうした方向への後押しをするのだと思うと、改めて罪悪感を覚えた。犯罪はどう言い繕おうとも犯罪なのだと再認識し、身が強張《こわば》る。おれたちが犯す罪は、時代を超えるのかもしれないと予感した。

「まあ、こんな感じだ。外観からでも、連中の暮らしぶりがわかるだろ」

マンションから離れると、ようやく道之介は智士の方に顔を向け、肩を竦《すく》めた。いつものように、皮肉めいた微笑が口許《くちもと》に浮かんでいる。言いたいことはわかる。あんなマンションを造った会社から身代金を取ることに、なんの躊躇《ちゅうちょ》も必要ないと考えているのだろう。もちろん、住人には住人の苦労があるのは理解できる。三十年くらいのローンを組み、この先ずっと借金を返す生活を送ることになっているはずだ。それでも、世の中の大半の人はこんな豪華な生活とは無縁でいる。金が金を生む波に乗っているのは、ごくごく一部の人だけなのだ。道之介とはあまり意見が合わないと感じていたが、今ばかりは同感だった。

「そうですね。想像以上に立派でした」

智士が答えると、道之介は乾いた声で笑った。智士が考えていることを、正確に見抜いているかのような反応だった。

「で、次はこっちだ」

そう言いながら、道之介は角を曲がった。地図は見ずに、記憶だけで道案内している。地理を把握するほど通ったのだろうかと考えたが、そんなことをすれば地元の人に顔を憶《おぼ》えられてしまうかもしれない。道之介がそのような危険を冒すはずはないから、もともと土地勘があったのだろう。頼もしい仲間には違いなかった。

さらに五分ほど歩いたところにあったのは、小学校だった。都内の小学校の通例に漏れず、ここも校庭が小さい。五十メートル走のトラックを作ろうとしたら、校庭に斜めに線を描かなければならないだろう。今は体育の授業でも使われてなく、校庭には誰もいなかった。

「こんな感じだ。あのマンションまで、大通りは通らない。いくらでもチャンスはありそうだな」

その意見には、智士も同意した。ここも浅草と同様に下町なので、大通りから一歩逸《そ》れると細い路地が入り組んでいる。そうした路地の中には、人の目が届きにくい死角もあるに違いない。しかし下町だから、警戒心は薄いと思われる。

　今こうして初めて下見をしているくらいだから、あれこれ検証した上で思いついた計画ではない。だが調べてみれば、好条件が揃《そろ》っていた。計画を思いとどまらせる要因は、ひとつもなかった。

　やるべきなのだ、との思いを強くした。すでに道はできている。ならば、ここを進むしかない。智士は見えない何かに背中を押されるような気持ちになった。その何かとは、運命なのかもしれない。運命ならば、逆らいようがなかった。

　道之介は歩みを止めず、小学校を左手に見ながら通り過ぎた。少し離れたところで、「それで、だ」と切り出す。

「電話でちょろっと言ってたこと、辰司のアイディアだ。あれはいけるな。さすがはポリ公、目のつけ所が違う」

「おれも驚きましたよ。やっぱり、辰司を引き入れてよかった」

　道之介は、警察官である辰司を仲間にすることに難色を示していた。だがこれで、納得しただろう。実はもう、辰司には道之介が仲間に加わっていることを話してある。その一方道之介には、名前を出したことは秘密にしていた。辰司が加わることを道之介が認めてくれたなら、そろそろ全員で一度集まるべきだった。

「警察の情報、おれたちに流してくれるんだろうな」

　道之介は足を止め、じろりとこちらを睨《にら》んだ。目には、ごまかしを許さない強い光がある。瘦《や》せぎすで貧相な体つきではあるが、この人に喧嘩《けんか》を売る馬鹿はいないだろうと思わせる迫力があった。智士は少したじろぎ、頷《うなず》く。

「そのはずです。辰司が仲間になるなら、もう一蓮托生《いちれんたくしょう》ですから」

「どうしてあいつは、仲間になる気になったんだ。あいつはポリだろうが」

未《いま》だ、道之介は辰司の真意を疑っているのだ。小さい頃から一緒に過ごしたか、よそからやってきて西浅草に住みついたかの違いが、如実に出ていると思う。智士たちにしてみれば説明など不要のことと思えるのに、道之介にはそうではないのだろう。

「おれたちのためです」

辰司は、彩織のために決意したかのようだった。だが辰司が案じるのは、彩織だけではないはずだ。智士はもちろん、翔のことも心配している。辰司はそういう男だった。

「お前たちのため？　なんだ、そりゃ」

道之介は理解できていないようだ。智士は補足した。

「おれと彩織と翔を、警察に逮捕させたくはないと考えたんでしょう。道之介さんはわからないでしょうけど、辰司らしい決断だと思いますよ」

「ふん」

わからない、と言われたことが不満なのか、道之介は鼻を鳴らした。だが、疎外感を覚えているわけではないだろうと智士は見て取る。そんな繊細な人ではないはずだった。

「つまりあいつは、自分が加わればポリに捕まることはないと考えているわけだ。大した自信だな」

皮肉を口にせずにはいられないらしい。付き合いづらい人だ、と智士は密《ひそ》かに思った。

「実際、辰司のアイディアでうまくいくでしょう。おれはまったく思いつきませんでしたよ」

「ああ、それは認めてやるよ。来月には、おれらも大金を手にしているわけだな」

道之介はにやりと笑ったが、目は鋭さを失っていなかった。剣呑《けんのん》、という形容が頭に浮かぶ。彩織には、なんとしてもしっかりと手綱を握っていて欲しかった。

「せっかくだから、富岡八幡宮《とみおかはちまんぐう》にでも参って、計画成就を祈願しておくか」

不意に口調を変え、道之介は罰当たりなことを言った。しかしその不敵さは、少し面白かった。「いいですね」と応じると、今度は道之介も目を細めた。

3

家の中に入るときには、周囲に人目がないことを確認した。いくら幼馴染《おさななじ》みの家とはいえ、相手は異性である。子供の頃ならいざ知らず、もはや互いの家を行き来する関係ではなかった。目撃され、あらぬ噂《うわさ》を立てられるわけにはいかない。道の左右に誰もいないことを確かめてから、辰司は呼び鈴を押し、素早くドアの内側に滑り込んだ。

「いらっしゃい」

彩織は至って普通の出迎え方をした。なんのための集いなのか、意識していないかのようだ。しかし、そんなはずはない。事の重大さは充分にわかった上での、普通の振る舞いなのだ。彩織が変に緊張したりしないでいてくれれば、今日の顔合わせもぎこちない雰囲気にならないのではないかと期待した。

「お邪魔する。なんか、懐かしいな」

だから辰司も、あえて凡庸なことを言った。壁から天井までを見回し、感慨に耽《ふけ》る。実際、家の中の眺めは懐かしさを誘うものだった。歳月を経てはいるが、変わりはない。リフォームなどで、大幅に手を入れている様子はなかった。

「ね。辰ちゃんがうちに来るなんて、何年ぶりだろう。五年ぶりくらい?」

彩織はわざとおどけたことを言った。彩織のこうした明るさには、何度も救われている。今も、つい笑いを誘われた。

「そんなわけあるか。今いくつのつもりなんだよ」

「ええと、十七歳?」

「図々しいな」

彩織が十七歳の頃には、すでに一緒に遊ぶような関係ではなくなっていた。だが、幼い頃に培った関係は、ずっと切れずに続いている。ふだんは感じないそのことのありがたみを、この瞬間不意に実感した。

そんな気安いやり取りも、彩織が居間の襖《ふすま》を開けたとたんに霧散した。居間の雰囲気は、対照的に固かったからだ。居間には道之介と、翔がいた。ふたりは口を利かず、視線も合わさず、それぞれが別の方向を向いて沈黙している。ふたりが同じ動きをしたのは、辰司の方に顔を向けたときだった。道之介も翔も、声をかけてこようとはしなかった。

「智士ちゃんはまだか」

見ればわかることだが、何も言わないのは気詰まりなので、彩織に訊いた。約束の時刻まで、まだ三分ある。今ここにいなくても、三分以内に来るだろうと予想した。

「まだね。でも、もう来るでしょ」

彩織も智士の性格はわかっているので、そう答える。坐ってて、と彩織に促されたところに、呼び鈴が鳴った。

「あ、ほら」

彩織は笑って、玄関に出迎えに行った。すぐに、智士とともに戻ってくる。智士は一礼すると、「一番最後だったか」と苦笑した。

「すみません、お待たせしましたね」

重い雰囲気は感じていないかのように、智士は朗らかに言った。彩織に勧められるままに、座布団に腰を下ろす。彩織は坐らず、台所に向かった。お茶を淹《い》れてくれるつもりなのだろう。

「ようやく、全員揃いましたね。ここにいる人たちが、仲間です」

智士が場を仕切った。そもそもの言い出しっぺなので、誰も異を唱えない。辰司にはつっかかってくる翔も、智士には従順なのだから、この場は任せた方がよかった。

「ええと、言うまでもないことでも一応最初に言っておきます。この計画については、ここにいる五人以外には絶対に漏らさないこと。計画を実行し終えた後も、ずっと秘密にしておくこと。それをこの場で、全員で約束しましょう」

智士は辰司を含む三人の顔を順に見て、確認した。道之介は「ふん」と鼻を鳴らしたが、特に不満は口にしない。儀式的であっても、約束しておくことに意味がないとは思わないのだろう。辰司も、智士や彩織相手なら約束の必要を感じないが、道之介と翔も交えるならきちんと誓約しておきたかった。

彩織が戻ってきて、辰司と智士の前にコーヒーカップを置いた。すでに翔と道之介には、コーヒーが出されていた。彩織は自分のマグカップを最後に座卓の上に置き、道之介の隣に坐る。智士はそちらに頷いて、続けた。

「では、まずおれから。この五人だけの秘密は、他の人には今後絶対に喋《しゃべ》りません」

智士はそう言ってから、辰司に視線を向けた。促され、同じ言葉を繰り返す。翔も従い、次は道之介の番だったが、なかなか口を開こうとしなかった。

「おじいちゃん。ほら、言わないと」

彩織が道之介の右肘を摑んで、軽く揺すった。すると渋々ながら、道之介も約束の口上を述べた。彩織は満足げに頷き、やはり同じ言葉を口にする。まるで猛獣使いだな、と辰司は見ていて思った。道之介に何かを強いることができるのは、この世で彩織だけなのだ。

「では、我々は今後一蓮托生です。力を合わせて、絶対に計画を成功させましょう」

智士が一同の顔を見回したが、威勢のいい賛同の声は上がらなかった。辰司が「ああ」と声量を大きくして応えると、「うん」と彩織も頷く。翔と道之介は、何も言わなかった。

「翔にはまだ話してなかったけど、決行日は決まったんだ。身代金受け取りが、二月二十四日。だから誘拐は、その前日の二十三日にやる」

直接話しかけられ、翔は顔を上げた。低い声で、問い返す。

「なんでその日なんですか」

「天皇の大喪の礼があるからだ。大喪の礼の警備のために、全国の警察官が駆り出されるらしい。つまり、捜査に回される人員が限られるってことなんだよ」

「辰司さんのアイディアですか」

翔は辰司の方に顔を向ける。辰司は「ああ」と認めたが、それ以上は続けなかった。話す役割は、あくまで智士に任せるつもりだった。

「身代金目的の誘拐が必ず失敗するのは、受け取るときに姿を見せなければならないからだ。警察の機動力を使われたら、絶対に逃げ切れない。でも大喪の礼の日は、その機動力が削《そ》がれる。言ってみれば、千載一遇のチャンスなんだよ。その日を逃したら、誘拐が成功する機会なんてもう巡ってこない」

「わかりました」

翔は素直に頷き、特に質問もしなかった。代わって発言したのは、道之介だった。

「ということは、辰司、お前も警備に駆り出されるんじゃないのか」

炯々《けいけい》と光る目で、見据えられていた。もしこんな目をした人が交番の前を通りかかったら、職務質問をしないわけにはいかない。以前は生命保険会社の調査員をしていたというが、その職務実態はどんなものだったのだろうかと思わずにはいられなかった。

「ええ。当日は仕事でしょうね」

「つまり、お前は危ない橋を渡らないってことかよ」

道之介は追及した。もしかしたらその点を不服に思う人もいるかもしれないと予想していたら、案の定だった。さて、どう納得させるべきかと、身構える。

「しょうがないですよ、道之介さん。辰司は言わば、参謀役ですから」

助け船を出してくれたのは、智士だった。任せてくれ、とばかりにこちらに目配《めくば》せする。道之介はまた、鼻から息を漏らした。

「ふん。参謀役ねぇ。そう言えば聞こえはいいが、要はおれたちだけに汚れ役を押しつけるってことじゃないか。仮におれたちが捕まっても、辰司の名前は出すなと言いたいのか」

「そんなことを言うつもりはありません。さっき智士ちゃんが言ったとおり、おれたちは一蓮托生です。誰かが捕まったら、おれは逃げたりしません」

断言したが、道之介には信じてもらえなかった。

「どうだかな」

「でも、おじいちゃん。辰ちゃんを信用しないと、何も始まらないよ」

彩織が口添えしてくれれば道之介も収まるかと思ったが、必ずしもそうではないのだと判明した。

「お前らは子供の頃からの付き合いだから、こいつをよく知ってるんだろう。でも、おれは違う。おれはポリとしてのこいつしか知らない。ポリを口先だけでどう信用しろって言うんだ」

「だったら、逆に訊きます。どうすれば信用してくれますか」

どうやらここは、辰司自身が何かを宣言しないことには収まりそうになかった。道之介のことだから、きっとこれは駆け引きなのだろう。ならば、納得できる案があった上で、ごねているのだ。さっさとそれを言って欲しかった。

「どうすれば？　そうだなぁ」

肚の中では言うべきことを決めているはずなのに、道之介はもったいをつけて顎をさすった。誰も何も言わず、ただ道之介の次の言葉を待っている。道之介はにやりと笑った。

「お前の取り分を減らすってのはどうだ。二億を五人で分けたら、ひとり頭四千万。でもお前は、二千万でいいんじゃないか」

「おじいちゃん！」

彩織が大きな声で窘《たしな》めた。腰も浮かせている。だが道之介は、口の端を曲げるような微笑を引っ込めなかった。

「どうなんだよ、辰司。それくらいの差はつけて、当然だと思うがな」

「駄目よ、そんなの。もしかしたら計画次第では、警察内部に仲間がいるとわかっちゃうかもしれないのよ。つまり辰ちゃんこそ、一番危ない立場かもしれないじゃない。それなのに受け取れるお金を半分にするなんて、ひどすぎる」

「そうですよ、道之介さん。まずは、辰司が考えている計画を聞きましょう。取り分の話は、その後です」

「ふん、わかったよ」

道之介は引き下がった。だが辰司としては、取り分を減らすという案は検討しなければならないと考えていた。辰司が計画に乗ったのは、金のためではない。ならば、仲間たちの結束のためには折れるべきだった。

「ちょっと待ってくれ」

そこに口を挟んだのは、翔だった。翔も辰司の役割に不満があるのかと思いきや、その矛先は意外にも道之介に向かった。

「なんでこの人がここにいるんだ。この人が言うとおり、おれら四人は長い付き合いだ。

気心が知れている。でもこの人は、何を考えているのかわからない。こんな人を入れて、大丈夫なのか」

「翔くん……」

彩織は悲しげな顔をした。対照的に、道之介はますます口の端を歪《ゆが》めた。

「言ってくれるじゃねえか。じゃあお前は、ここに加わって何ができるって言うんだ。おれと彩織と辰司の役割ははっきりしてるよなぁ。智士は発案者だ。で、お前はなんのためにいるんだよ」

道之介の言葉は辛辣《しんらつ》だった。翔はそんな相手を、まるで憎んでいるかのように睨む。彩織がまた、「おじいちゃん」と困った声で制した。

「そんな言い方しないで。翔くんこそ、きっかけを作った人なのよ。それに、身代金を受け取るときには、翔くんが一番活躍してくれるわよ。一番若いんだから」

「まあ、そうか。お前が囮《おとり》になって姿を曝《さら》して、ポリたちの注意を惹《ひ》いて逃げてくれるか」

あくまで道之介は、挑発的な言辞《げんじ》をやめなかった。やはり恐れていたとおり、道之介は厄介な人だ。仲間に引き入れたメリットより、デメリットの方が大きかったかもしれない。

「そんなことをする必要はありません。おれたちは誰も、警察の前に顔を曝す必要はないんです。おれはそういう計画を考えてます」

辰司はやんわりと、道之介の言い種《ぐさ》を否定した。そうでなければ、必ず逮捕される。身代金を受け取る際に顔を曝さないことが、計画の絶対条件だった。

「翔」智士が語りかけた。「道之介さんは必要な人だ。すでに狙う相手のことを、かなり詳しく調べてくれている。おれたちにはできないことだ」

そのことは辰司も、智士から聞いている。能力だけを考えるなら、道之介は足りなかった部分を埋めてくれる人なのだろう。その有能さが、デメリットを上回っていることを祈るばかりだった。

言い聞かせる智士に、翔は何も答えなかった。ただ、反論もしない。一応のところ、道之介を敵視するのはやめたようだ。もう翔は、道之介に目を向けようとはしなかった。

「いいか？　じゃあ、辰司に計画を話してもらう」

智士はそう言って、場を収めた。そして辰司に目配せし、促す。辰司は頷き、改めて他の四人の顔を見回した。

「では、おれが考えた計画を話す。まずはともかく、聞いてくれ」

辰司は語り始めた。

4

「ただいま」

家の中にそう呼びかけると、すぐに「お帰りなさい」という若菜の声と、パタパタと響く小さな足音が応える。足音の主は玄関までやってきて、両腕を突き出して抱っこをせがむ。その両腋《りょうわき》に手を差し入れ、抱き上げてやると、賢剛は満足げな顔をする。改めて智士は「ただいま」と言い、賢剛はたどたどしい口調で「おかえりなさい」と迎えてくれた。

賢剛を抱き上げたまま、リビングルームに入った。キッチンでは若菜が、夕食を作っている。菜箸《さいばし》を持ったままこちらに顔を向け、「お帰りなさい」と再度言った。基本的に智士が休みの日は夕食作りを引き受けるのだが、今日は彩織の家に行くために代わってもらった。しかし、辰司と会うとしか説明していない。嘘《うそ》ではないが、事実のすべてでもない。そのことが、智士の胸に罪悪感を残す。

「じゃあ、お料理仕上げちゃうね。テーブルの上、拭いてくれる？」

若菜は手を動かしながら、頼んできた。「うん」と応じ、賢剛を下ろす。まずは洗面所で手を洗ってから、食卓の準備をした。箸を揃え、食事中に飲む麦茶を出し、賢剛用のプラスティックのコップを置く。仕事がある日は夕食を家で摂《と》れず、休みの日は智士が作るから、こうした作業は新鮮だ。賢剛を子供用の椅子に坐らせると、小さい拳でテーブルの天板をトントンと叩《たた》き始めた。機嫌がいいときの、賢剛の癖だ。

若菜が料理の載った皿を運んでくる。今日のおかずはハンバーグだった。といっても、若菜が一から作ったわけではない。先々週、智士が多めに作って冷凍しておいたものだ。

今日は夕食係を交替してもらったのだから、楽をしてもらっていっこうにかまわない。その他に野菜炒《いた》めと味噌汁《みそしる》。賢剛が好きな納豆。充分なメニューだった。

「そうだ。来月は日曜に休みが取れそうだぞ」

三人で食卓に着き、「いただきます」と声を揃えて言ってから、話題を持ち出した。智士はなかなか日曜日に休めないので、若菜と休みが合わない。日曜日はいつも、若菜がひとりで賢剛の相手をしているのだ。その一方、平日は賢剛が保育園に行っているので、智士は息子と一緒に遊ぶ機会が少ない。

「そうなの？　よかった。久しぶりねぇ」

若菜はぱっと表情を明るくした。若菜は子供とふたりきりでいるのを苦にするタイプではないが、それでもできるなら家族三人揃った状態でいたいと望んでいる。その気持ちは智士も同じだった。可能な限り日曜日に休めるようにしたいのだが、働いている皆がそう思っているのだから、希望は通りにくい。今月は結局、一日も家族で出かける時間を作れなかった。

「賢ちゃん、今度遊園地行こうか」

話しかけると、ハンバーグと格闘していた賢剛は満面の笑みを浮かべた。口の周りにケチャップをつけたまま、「うん！」と元気よく頷く。

「ゆうえんち、行きたい」

「いいわね。どこの遊園地にしようか。まさか、花やしきじゃないよね」

花やしきは浅草にある、古い遊園地である。智士も子供の頃には、何度か行った。懐かしい場所ではあるが、若菜にとってあまり魅力的でないのは理解できる。

「後楽園《こうらくえん》に行こうか」

「いいね！　後楽園ゆうえんちって、子供のときに行ったきりよ。今はずいぶん変わってるんでしょうね」

若菜は目を輝かせた。家族の時間が楽しみというより、若菜自身が遊園地を楽しみにしているかのようだ。ずいぶんと退屈な思いをさせていたのかもしれないと、反省する。家族でのレジャーは、芦原家にとって贅沢《ぜいたく》なことなのだった。

三人で遊びに行く時間の希少価値を、智士は思う。めったにないからこそ、大切に感じられる。だが、大切なのは三人で出かける時間だけではなかった。今こうして、若菜と賢剛とともに食卓を囲んでいる時間も、智士にはかけがえがない。今になって気づいたことではなく、不断に意識していることだった。

それなのに智士は、家族の時間を危険に曝す真似《まね》をしようとしている。その矛盾は、意識していた。やむにやまれぬ思いだった。決して後悔はしないと、心に決めていた。にもかかわらず、馬鹿なことをしようとしているという悔いがどうしても頭をもたげる。今からでも引き返せないものかと、弱気が芽生える。自分は中途半端だと、情けなくなる。

智士だけが報いを受けるなら、それはかまわない。だが智士の罪が露見すれば、仲間たちも一蓮托生なだけでなく、若菜と賢剛にも累が及ぶ。犯罪者の家族として、後ろ指を差され続けることになるのだ。そんなリスクを冒してまで、なぜ犯罪に手を染めるのか。自問するほどに、己の愚かさを自覚した。

これは必要なことだったのだと、自分に言い聞かせる。踏みにじられて、黙っていることなどできなかった。知人の無念を、放置してはおけなかった。誰かがやらなければならないことなら、自分がやる。智士はそうして生きてきた。損な役回りを引き受けることは、いやではなかった。

おれはいつもの感覚で、とんでもないことを決心してしまったのだろうか。油断すると、そんな問いが頭を駆け回っている。熟考したつもりだった。揺るがぬ覚悟を固めたつもりだった。しかしこうして家族の顔を見ていると、心が揺らぐ。こればかりはどうしようもないことなのかもしれなかった。

若菜と賢剛を犯罪者の家族にしたくないなら、その方法はひとつだけだった。誘拐を成功させること。智士が捕まらずに逃げ切ることこそ、今の平穏を維持するたったひとつの道だった。

ならば、必ず成功させるしかない。何がなんでも、計画をやりきるしかないのだ。強者の横暴に泣き寝入りはできない。弱い者にも心があるのだと、奴《やつ》らに示さなければならない。弱くても、生きていく権利はある。この小さな幸せを味わい続ける権利と、そしてそれを守らなければならない義務。成功以外は許されなかった。

「――ねっ、智ちゃん。そう思わない？」

耳から入っていた言葉が、途中から脳の中で認識された。若菜が話しかけていたようだ。慌てて意識を戻し、「えっ？」と訊き返す。若菜は呆れたように苦笑した。

「なに、ぼーっとしてるの？　ぜんぜん聞いてなかったでしょ」

「ごめんごめん。考え事してた」

「何を考えてたのよ。後楽園で何に乗るか？」

「いや、そうじゃないけど。家族の幸せについて」

「何それー。改めて考えるようなこと？」

「改めてじゃなくて、毎日考えてるんだよ」

「変なパパねー。嬉しいけどさ」

若菜は賢剛に、「ねー」と話しかけた。賢剛も真似をして、「ねー」と首を傾《かし》げて応じる。そして顔を見合わせて、笑った。そんなふたりを見て、智士も笑った。

日常の些細《ささい》な幸せは、別の形でも味わった。出勤するために合羽橋本通りを歩いていると、背後から声をかけられた。振り向くと、カレンが小走りで追いついてきた。

「今から仕事？」

「そうだよ。そっちはまだ出勤には早いな。買い物か」

「そうそう。昨日は休みだったからさ、早起きした」

「相変わらずの自粛で、商売上がったりか」

「うん、そんな感じ」

最近の、いつもの会話だった。これもまた守りたい日常だなと内心で考えていると、カレンが思いがけないことを言った。

「ねえねえ、この前智ちゃんを六区で見たよ」

「ん？　六区で働いてるんだから、そりゃあ見かけるだろ。声かけてくれよ」

「だって、すぐにカラオケボックスに入っていっちゃったんだもん」

「……ああ」

彩織と会ったときか。人目を避けるためにカラオケボックスを選んだのだが、そこに入るときには周囲を気にしなかった。カレンに見られていたとは思わなかった。

「そのちょっと前にさおちゃんが入っていくのも見たんだけど、ふたりでカラオケボックスで待ち合わせてたの？」

「えっ」

思わず首を向け、カレンの顔をまじまじと見てしまった。警戒心が薄いところを突かれ、とっさには言い訳も出てこない。自分の失敗を悟り、顔が青ざめそうだった。

「なにー、そのビビった顔。見られちゃまずかったの？　まさかとは思うけど、さおちゃんとそんな関係？」

「違うよ。ちょっと内密の話があったんだ」

「内密の話ねぇ。さおちゃんと智ちゃんって、妙な組み合わせだね」

カレンはわざと目を眇《すが》め、疑うような顔をする。智士は取り繕えずに慌てた。

「疑われたくないからカラオケボックスにしたんだけど、裏目に出たか。言っておくけど、怪しい関係じゃないからな」

「本当？」

　カレンは下から智士の顔を覗《のぞ》き込む。智士は狼狽《ろうばい》する内心を、必死に隠さなければならなかった。

「本当だよ。信じないのかよ。絶対に何もないから」

　歩くのを止め、語気を強めて否定した。そんな智士の慌てぶりを見て、カレンは苦笑する。

「わかってるよー。そんなにむきにならなくても大丈夫だって。智ちゃんとさおちゃんなんて、絶対にあり得ないわー」

「そ、そうだよ。あり得ないよ」

「相手が辰ちゃんなら、大いにあり得るけどね。智ちゃんじゃあ、さおちゃんに相手にされないでしょ」

「いや、まあ、そうだな」

　相手にされない、と言われては不満だが、実際に何もないのだから認めるしかない。安堵《あんど》のあまり、冷や汗を拭いたくなった。

「……小泉一家のことで、話がしたかったんだよ。ただ、ふたりだけで会うと変な噂が立つかもしれないし、話の内容が内容だから、カラオケボックスで会ったんだ。だから、言い触らしたりしないでくれよ」

　冷静になり、口止めにかかった。智士が彩織と会っていたことは、別の意味でも知られたくない。

「ああ、それで。納得。大丈夫、言い触らさないよ」

　カレンは請け合い、「ほら、歩かないと遅刻するよ」と促した。翻弄されていると思いつつ、また並んで歩き出す。

「もちろん智ちゃんは信じてるし、浮気する度胸なんてないとも思うけど、もし万が一さおちゃんに手を出したら、あたしが許さないからね」

　カレンは言った。おどけた口調だが、本気だと伝わってくる。カレンは幼い頃から、彩織を姉のように慕っていた。ほとんど崇拝に近いほど、敬慕の念を抱いている。カレンがあまり似合わない服を着ていたら、それはまず間違いなく彩織のお下がりだ。たとえ似合わなくても、彩織からもらった服ならカレンは嬉々《きき》として着るのだった。

「手なんて出すわけないだろう」

　少し疲れを覚えて、首を振った。若菜以外の女に目を向けることなど、とても考えられない。本当のことを言えないのがもどかしかった。

「それならよろしい。まあ、会ってたのが辰ちゃんならあたしも本気で心配するところだけど、智ちゃんならね。誰よりも安心だわ」

カレンのその評価は、信頼されているのか見くびられているのか微妙なところだった。だが、そこは確かめずにおく。今後は気をつけなければ、とその点を留意した。そして、辰司にも念押しをしておく必要を感じた。

「辰司だって、浮気なんかしないぞ」

一応、辰司の名誉のために言っておいた。いまさら浮気をするくらいなら、辰司は彩織をパートナーとして選んでおけばよかったのである。そうしなかった辰司が、今になって彩織と不実な関係になるわけがなかった。

「辰ちゃんは堅物だからね。ただ、さおちゃんの方はどう思ってるか」

ふと、憂《うれ》わしげにカレンは声を落とした。智士はその見方に半ば同意し、半ば驚く。

「彩織は不倫でもいいから辰司と付き合いたい、なんて思ってるのか」

「どうだろう。別に本人に確かめたわけじゃないよ。さおちゃん自身も、そこまで意識して考えてないと思うし。ただ、もしそういう状況になったら、さおちゃんは拒絶しないんじゃないかな」

「そういう状況、ねぇ」

カレンの言わんとすることは理解できた。辰司と彩織がふたりきりにならないよう、気をつけるべきかと改めて考える。そういえば、辰司もまた彩織とカラオケボックスで会ったと言っていた。智士が授けたアイディアだが、よくなかったかもしれないと反省した。

「辰ちゃんは結婚しちゃったんだから、さおちゃんも諦めていい人を探せばいいのになぁ」

軽く空を見上げて、カレンは慨嘆《がいたん》した。今に至るも辰司を諦めきれずにいる彩織の将来を、心底案じているのだ。智士もそれは同じだが、何もできない。いっそ辰司が転勤で遠方に引っ越した方が、彩織にとっては幸せなのかもと思った。

彩織が計画に乗ったのは、辰司と秘密を共有できるからに違いなかった。それだけのことに、彩織は喜びを見いだしているのだ。計画は彩織を幸せにするのだろうか。言えるのは、計画の失敗は彩織に不幸をもたらすということだった。ここにも、失敗できない理由があった。

「彩織も馬鹿じゃないんだから、心配しなくても大丈夫だよ」

あえて楽観的に、そう言い切った。カレンはにこりと笑い、頷く。

「そうだね。そうだよね」

納得したように繰り返した。カレンの笑顔もまた、智士に日常の幸せを再認識させる。失いたくない、今ここにある幸せだった。

あたしは地下鉄に乗るから、とカレンは道を逸れていった。智士は真っ直ぐに歩き続けた。

5

自分でも不思議なほど、緊張していなかった。昨夜も、寝られないということはなかった。熟睡し、今朝はふだんどおり目覚めた。仕事に行く佳澄を見送り、亮輔を保育園に預け、そして今、車を運転している。多少平静でない部分があるとしたら、それは助手席に彩織が坐っているせいだ。彩織を乗せて車を運転するのは初めてである。助手席に女の子を乗せているせいで落ち着かなくなるとは、まるで二十代前半の若造のようだなと、辰司は自嘲した。

いや、異性を意識して落ち着かないのではない。彩織の緊張感が伝わってくるからだ。彩織は車に乗ってからずっと、窓の外を見ている。不自然なまでにこちらに顔を向けようとしない様は、やはり辰司を落ち着かなくさせる。何か声をかけようと思うが、こんなときに限って気の利いたことは思いつかない。カーラジオから流れる音楽も、左耳から右耳に素通りしていくかのようだった。

「聞き忘れてたことがあった」

なんとかこの沈黙を破る話題を探そうとあれこれ考えていたら、彩織の方が先に口を開いた。運転中だというのに、思わず横に顔を向けそうになる。辰司はなんとか思いとどまって、訊き返した。

「何を？」

「覚悟のこと。辰ちゃんは、あたしに覚悟があるかって訊いたよね。あたしも辰ちゃんに、同じことを訊くべきだった」

視界の隅に見える彩織は、窓の外に視線を向けたままだった。この期に及んで尋ねることではないと思ったが、今だからこそ訊いておきたいのだろう。

覚悟は、おそらくある。それと意識する必要もなく、心の底に居坐っている。一度肚《はら》を括《くく》れば、もう迷わない。だからこそ、緊張していないのだった。

昨夜も、まったくいつもどおりに家族と接していた。佳澄と亮輔と三人で夕食を摂り、その際には来月の予定を決めた。ラッコが見たいと亮輔が言うので、サンシャイン水族館に行くことにしたのだ。空約束ではない。辰司は本気で行くつもりだった。つまり、誘拐の失敗はまるで考えていないのであった。

我ながら、不思議な心の動きだと思う。もっと不安に駆られ、緊張で体を縛られるものではないのか。しかし、肚を括るといつもこうだった。平静を装っているのではない。ごく自然に、身構えることなく事に当たれるのだ。肝が太いのだろうなと、自己分析している。ある意味、鈍感とも言えた。そちらの方が、より自分の本当の姿に近い気もする。

『約束だよ』と亮輔は言った。『もちろんだ』と辰司は答えた。息子に対して、嘘をついたことはない。約束を破ったこともない。だから、これからの計画は完璧に実行する必要がある。亮輔との約束を守るためにも、警察に捕まるわけにはいかないのだった。彩織のため、翔のため、智士のため、亮輔のため。誰かのためなら、肝が据わる。そんなたちだから、警察官になったのだ。自分のことだけを考える人間であったら、警察官になるという発想もなかっただろう。警察官を志したときと同じ気持ちで、今は誘拐という大罪に着手しようとしている。やはり、不思議な心の動きとしか言えなかった。

「覚悟はあるよ。遊びでこんなことを始めるわけないだろ。おれは、是が非でもこの計画を成功させる。弱者が泣き寝入りするような社会は、間違っているんだ。そのことを、社会の上の方にいる連中に思い知らせてやりたい」

彩織のため、とは言わなかった。それはあまりに恩着せがましい。だからもっと大局に立った物言いをしたのだが、彩織は気に入らなかったようだ。ようやくこちらに顔を向けると、首を傾げた。

「辰ちゃんらしくないことを言うね。なんか、後づけの理由みたい」

「そんなことないよ」

さすがに付き合いが長いだけあって、彩織はお見通しのようだ。だが、決して後づけではない。社会に対する憤りは、厳然と辰司の裡《うち》に存在する。それがなければ、心は動かなかった。もっとも、憤りの対象が大きすぎて、動かない岩のようなものだった。その岩を動かした梃子《てこ》は、やはり知人のためという思いであった。

「言っておくけど、辰ちゃんが何を考えているかくらい、あたしはわかるんだからね。

あたしに見透かされてるって自覚は、あるでしょ」

彩織は珍しく強気だった。普段と違うのは、高ぶる思いがあるせいかもしれない。しかし、これが本心なのだろう。考えのすべてを読まれているとは辰司も思わないが、少なくとも今の質問に対する答えは彩織も察しているのだろうとは認めた。

「じゃあ、訊くなよ」

これは気の利いた切り返しのつもりだった。実際、辰司がどういう覚悟で計画に乗ったかを、彩織は正確に見抜いているはずなのだ。しかし、口にしてみれば思いの外《ほか》に冷たく響いた。彩織は少し間をおいてから、「そうだね」と言ってそれきり黙ってしまった。その後の沈黙は、重かった。

この車は、道之介が調達してきたものだった。足がつかない知人から借りた、と道之介は言う。レンタカーを使うのは危険なので、正直助かる。貸してくれた相手のことを道之介しか知らないという点が気がかりだが、彩織も乗る車なのだから危険な要素は完全に排除しているはずだと信じるしかなかった。車種は、白いセダンである。日本では最も目立たない車と言ってよかった。こんな都合のいい車を用意できる道之介は、やはり仲間に必要な人材と認めざるを得なかった。

三ツ目《みつめ》通りを下ってきて、葛西橋《かさいばし》通りで右折する。その後右左折を繰り返し、時間を調整した。ちょうどいい頃合いに、決めてあった路上に車を停《と》めた。裏道だが、幅があるので少しの時間なら停めていられる。ここで、子供たちの下校を待つのだった。

この一ヵ月余り、入念に準備を進めてきた。今は万端整ったという自信がある。明日は二月二十四日、つまり大喪の礼当日だ。前日の今日こそ、計画発動の日であった。

辰司は顔を憶えられないよう、サージカルマスクをしている。だが子供たちに声をかける役割の彩織は、警戒されないよう素顔のままだ。計画の中で、彩織はかなりの局面で素顔を曝さなければならない。だからこそよけいに、彩織を守ることを優先して組み上げた計画だった。

この道は、子供たちが登下校の際に使う通学路だった。学校よりもマンションに近いため、ここを通るのはマンションに住む子供たちしかいない。そして、マンションに住んでいる子供は三人しかおらず、そのうちひとりは小学校五年生なので下校時刻が違った。つまり、今この時刻にここを通りかかる子供は、ターゲットのふたりだけなのだった。

辰司の気持ちは平《たい》らかだった。迷いも高ぶりもない。だが、彩織が緊張していることは手に取るように察せられた。声をかけてやりたいが、どんな言葉が力を持つのかわからない。大丈夫だ、などという励ましは無責任に思える。がんばれ、は他人事《ひとごと》めいていないか。そんなふうにあれこれ考えた挙げ句、ようやくいい言葉を思いついた。

「彩織」

「ん？」

「頼んだ」

「うん」

硬さはあるが、彩織は微笑んだ。それでいい。笑顔がなければ、子供たちは警戒する。実利のためでなくても、彩織には笑っていて欲しかった。

子供たちが帰ってくる時刻は、ほぼ一定していた。子供たちは仲がいいらしく、いつも連れ立って下校する。だから、当初の予定どおりひとりだけを狙うなら、むしろ声をかけるのが難しかった。ふたりまとめて攫《さら》うという道之介の案は、計画を簡単にしたのだった。

ほどなく、子供たちが現れた。ここは裏道なので人通りが少なく、見咎《みとが》められにくい。だがまったく誰も通らない道ではないから、目撃される危険性はどうしても残った。駄目なら後日、というわけにはいかないので、この瞬間だけはどうしても運頼りだった。万が一、他に通行人がいても決行するしかない。その際にはなるべく、顔を見られないように体の向きを考えろと彩織には言ってあった。

「来たな」

「うん。じゃあ、行ってくる」

「頼む」

同じことを繰り返したが、今度はもう彩織は微笑まなかった。硬い顔のまま車を出て、子供たちに近づいていく。

どう声をかけるかも、相談して決めてあった。彩織は子供たちの父親の会社の人間を装う。会社で大変なことがあったから、お母さんたちはそちらに向かった。今からあなたたちも連れていくから、一緒に来て。そうした内容のことを、子供たちに告げることになっていた。

声をかけるのが辰司であれば、子供たちも警戒するだろう。だが彩織は幼稚園の先生をしているくらいだから、子供あしらいに長《た》けている。見た目も柔和で、たとえ初対面であっても子供が警戒しにくい相手だった。彩織がいなければ、道之介も子供を誘拐しようとは考えなかったはずである。

子供たちは小学校二年生だった。優しそうなお姉さんに話しかけられれば、すぐに信じてしまう年頃だ。まして会社の人間と名乗られたら、疑ったりはしないだろう。計画の中でもここは最も難しい場面であるが、彩織ならばうまくやれると信じていた。現に話しかけられた子供は、特に訝《いぶか》るでもなく彩織の言葉を素直に聞いているように見えた。

彩織は膝を屈《かが》め、目の高さを子供たちに近くして話をしている。立ったまま上から話しかけているようでは、信頼関係は生まれないのだろう。そこはさすがに、日常的に子供と接しているだけのことはあった。子供たちは何度か頷いた末に、こちらに向けて歩き出した。横に並んで歩く彩織は、辰司と視線を合わせる。うまくいった、とその目が語っていた。

「こちらは運転手さん。こんにちは」

車の後部ドアを開けて、彩織は辰司のことをそんなふうに説明した。辰司はマスクをしたまま振り返り、「こんにちは」と挨拶をする。子供たちも素直に、声を揃えて応じた。育ちがいい子供なのだなと思った。

「じゃあ、そこに並んで坐ってくれる？　お姉さんも、ここに坐るから」

そう言って彩織は、子供たちふたりを後部座席に乗せた。自分は一番左端に坐り、ドアを閉める。「では、お願いします」と促され、辰司はエンジンをかけた。ゆっくりとアクセルを踏み、走り出す。引き返せない道へと、今走り出したのだった。


「ちょっと時間がかかるから、ジュースでも飲む？」

彩織が子供たちに話しかけた。ルームミラーで様子を見ていると、子供たちは互いに目を見交わしてから、「うん」と頷く。知らない人から飲み物をもらうことに、一応ためらいを覚えたのだろう。だが、ジュースの誘惑には勝てなかった。それが心の動きだろうが、最初の警戒は正しかったのだ。ジュースには、少量の睡眠薬が仕込んであった。

睡眠薬は、辰司が不眠を訴えて医者から入手したものだった。錠剤の睡眠薬を砕いて、ごく少量だけ水に溶かす。それを注射器で、紙パックのジュースに注入した。睡眠薬などロにしたことがなければ、少量でも簡単に眠りに落ちるはずである。クーラーボックスに入れてぬるくならないようにしてあったオレンジジュースを、ふたりはぐいぐいと飲んだ。そしてほどなく、揃って寝てしまった。

「寝ちゃった」

彩織が子供たちの顔を覗き込んでから、苦笑気味に言った。あまりにたわいないので、罪の意識を覚えたのかもしれない。しかし、ジュースを飲んで眠ってしまうのは子供たちにとっても幸せなはずだ。子供たちには、一瞬といえども怖い思いはして欲しくないと辰司は考えていた。

早く寝てくれて、好都合だった。子供が寝てくれないと、次の段階に進めないからだ。後部座席では、彩織が子供たちのランドセルを開けて中を探っている。目指す物を見つけて取り出し、それらを紙袋に入れて口を折り曲げた。バックミラーを介して目が合うと、「いいよ」と合図をしてきた。頷いて応える。

営団地下鉄東西線木場《きば》駅のそばで、車を停めた。彩織から紙袋を受け取り、車を出る。駅への階段を降りて、改札まで続く通路の途中で立ち止まった。そこにはコインロッカーがあった。

このコインロッカーは、たいてい空きがある。今も、鍵が差さったままのロッカーがいくつもあった。その中のひとつを開け、紙袋を置く。紙袋の中身は、ふたつの筆箱だった。

ロッカーのドアを閉め、硬貨を投入してから鍵を抜く。一連の作業は、指紋がつかないように手袋をしている。冬なので、手袋をしていても目立たない。周囲を窺うようなおどおどした振る舞いはせず、悠然と引き返した。

「待たせた」

車に戻って、ハンドルを握った。「ご苦労様」と彩織がねぎらってくれる。だが、やるべきことはまだある。車を発進させ、三ツ目通りに左折した。

少し進むと、右手に広大な空き地が見えてくる。東京都所有の空き地だそうだ。その空き地の前に、電話ボックスがあった。辰司はふたたび路上駐車し、道路を渡って電話ボックスを目指した。

ボックスに入って、電話帳が載っている棚の下に手を伸ばした。そこにガムテープで、先ほどのコインロッカーの鍵を貼りつける。それから、公衆電話の受話器を取った。

電話をかける相手の番号は暗記してしまっていたが、一応メモを取り出して確認しながらダイヤルボタンを押した。間違い電話をかけるわけにはいかない。留守番電話でもかまわないと思っていたら、「はい、川嶋《かわしま》です」と女性の声が応じた。辰司は布を送話口に当て、声を発した。

「お子さんを預かっています。これはいたずら電話ではありません」

「は？」

女性は訊き返してきたが、こちらの言葉が聞き取れなかったわけではないだろう。すぐには受け入れられず、ひとまず声を発しただけだ。辰司はもう一度繰り返した。

「お子さんを預かっています。あなたの子供だけでなく、三橋《みつはし》さんの子もです」

「えっ？」

女性は罵詈雑言しか発さないが、それも無理はないと辰司は理解する。かまわず、要求を告げた。

「お子さんを返して欲しければ、金を用意するよう旦那さんたちが勤める会社に頼んでください。子供ひとりにつき一億、合計二億円です。続き番号ではない現金で、明日の朝までに準備してください。お子さんを無事に返して欲しければ、警察には通報しないように」

「ちょ、ちょっと待ってください。そんなの、嘘ですよね」

女性はなかなか現実認識ができずにいるようだ。それを見越して、先ほどの小細工をしたのである。辰司は告げた。

「三ツ目通り沿いの大きい空き地の前に、電話ボックスがあります。その電話ボックスの、電話帳の棚の裏を見てください。そこに、コインロッカーの鍵があります。ロッカーは地下鉄木場駅の改札に続く通路に置かれているものです。ロッカーを開ければ、お子さんたちの筆箱が入っています。確認してみてください」

「えっ、筆箱――」

今度は女性は絶句した。たちの悪い冗談などではないと、ようやく理解できてきたようだ。最後に辰司は、念を押す。

「要求は、三橋さんにはもちろんのこと、会社にきちんと伝えてください。三橋さんと一緒に電話ボックスに行って、確認をするといいでしょう。明日の朝までに二億円用意していただければ、お子さんたちはお返しします。死に物狂いで会社を説得してください。また明日、連絡します」

「待ってください！　また明日って、今日じゅうに子供は返してもらえないんですか」

女性は金切り声を発した。たとえひと晩でも、子供が帰ってこないのは悪夢だ。だが、その悪夢を味わってもらう。たったひと晩で無事に帰ってくるのだから、人の死に比べたら大した悪夢ではないと辰司は思った。

「お子さんたちを傷つけないことはお約束します」

最後にそれだけを言って、電話を切った。切り際に受話器から「待ってください」という大声が聞こえたが、辰司は手を止めなかった。戻ってきたテレホンカードを引き抜き、車に戻る。淡々と脅迫を遂行した自分を、悪党だと認定した。

「終わった」

車の運転席に着き、彩織に報告した。彩織は「ありがとう」と言う。今してきたことへの言葉としてはふさわしくないが、彩織らしい。いやな役目を引き受けたことに対して、ありがとうと言っているのだ。

「相手の人、パニックになってたよね」

独り言のように、彩織はそんな確認をする。辰司は「ああ」と頷いた。だが、詳しいことは言いたくなかった。後味の悪い思いは、自分だけがすればいいのだ。

「要求、呑《の》むかなぁ」

喋《しゃべ》っていなければ不安なのかもしれない。ならば、会話を続けよう。そう考えて、返事をした。

「呑むしかないだろ。筆箱を見れば、子供が誘拐されたことは疑いないからな。会社に死ぬ気でかけ合って、身代金を用意させるさ。会社も、社員の子供をふたりも見殺しにはできないはずだ。見捨てたりしたら会社の信用に関わるし、社員の信頼も失う。誘拐されたのがひとりだけなら、親に身代金を貸すという体裁を採るかもしれないけど、ふたりなら社として応じざるを得ない。その意味でも、ふたりをいっぺんに誘拐するというアイディアはなかなかいい」

「そんなことを思いつくなんて、おじいちゃんも悪い人だね」

彩織は冗談めかして言った。軽口が出てくるなら、大丈夫だ。「確かに」と辰司が笑いながら認めると、彩織も笑った。ようやく、車内の空気が重苦しくなくなった。

真っ直ぐに、西浅草の彩織の家を目指した。家に子供たちを運び込むときも、今回の計画における難しい場面のひとつである。近所の人の目があるからだ。ただ、子供たちを車に乗せるときとは違い、チャンスは一度だけではない。人がいるなら、やり直せばいいのである。むしろ、家の中で待機している道之介との連携が大事だった。

西浅草に入ると、とたんに道幅が狭くなる。速度は落としつつも、一時停止にかける時間は極力短くして、彩織の家の玄関前に車を横づけした。幸い、路上に出てきている近所の人はいない。サイドブレーキを引き、何も言わずに外に出た。

すかさず後部ドアを開け、子供ひとりを抱き上げた。玄関のそばで待っていたのか、すぐに中から道之介が出てきて、車を降りた彩織と入れ替わる。もうひとりの子を道之介が抱き上げ、ともに家の中に飛び込んだ。靴を乱雑に脱いで家に上がり、道之介に続いて部屋に入る。そこには布団がふた組敷いてあった。

子供を寝かせ、そのまま何も言わずに家を出た。車を停めっぱなしにしていては、目立つからだ。運転席に飛び込み、バックミラーで後方を確認してから発進させる。今のところ、誰かに見られたとは思わない。計画は順調に進んでいると言ってよかった。

近くのパーキングメーターに金を入れて路上に車を停め、徒歩で彩織の家に戻った。また周囲に注意してから、素早く中に入る。玄関扉は、内側から施錠した。今日はもう、智士も翔も来ないからだ。ふたりとも、今は働いている。辰司は非番で、彩織だけが有給休暇を取っていた。

子供たちを連れ込んだ部屋から、彩織が顔を覗かせた。目が合ったので、先に辰司が尋ねた。

「どうだ」

「大丈夫。よく寝てるよ」

「それならよかった」

今度は脱いだ靴をきちんと揃え、部屋の中を覗いた。布団を掛けられた子供たちは、口を開けて寝ている。確かに熟睡しているようだ。親から離れていると自覚する時間は、なるべく短い方がいい。できるだけ長く、寝ていて欲しかった。

部屋の中に道之介はいなかった。計画の細部を固めている際に、道之介は子供の面倒は見ないと宣言したのだ。顔を見られたくないし、そもそも子守りなんて性に合わないと堂々と言い切った。確かに道之介には子供の相手は無理だろうと思えたので、その役目は割り振らなかった。辰司もできるだけここにいるつもりだが、夕方には帰らなければならない。後は彩織ひとりで、子供たちの面倒を見ることになるのだった。

「道之介さんは上か」

この家には二階がある。上方に人差し指を向けて訊くと、彩織は頷いた。

「うん、そう。あたしたちは居間にいようか」

廊下を挟んで子供たちのいる部屋の反対側に、居間がある。襖を開けておけば、子供が起きてもすぐに対応できる。勧められるままに、辰司は居間に入って腰を下ろした。

「お茶淹れる。コーヒーがいい？」

彩織は坐らず、そう訊いてきた。辰司はそんなごく日常的な問いかけに意表を衝《つ》かれ、最初は「ああ、うん」と曖昧にしか応じられなかった。

「そうだな。コーヒーがいい。ありがとう」

辰司の返事を聞き、彩織は台所に消える。まだ目覚めないとは思ったが、辰司は子供たちに目を向け続けた。

「インスタントじゃなくて、ちゃんと淹れるよ。ちょっと待ってね」

戻ってきた彩織は、そう言って辰司の正面に坐った。だがこちらに顔を向けず、最前の辰司のように子供たちを見やった。だから辰司からは、彩織の横顔が見えた。

コーヒーメーカーが立てる、コポコポという音が聞こえる。しばらくその音に耳を傾ける形になったが、彩織の方から沈黙を破った。

「……あたしたち、これで犯罪者になったね」

「――ああ」

辰司はそれを、言葉にする気はなかった。自分だけならよかったが、彩織をも犯罪者にしてしまったことが忍びなかったのだ。だがこれも、彩織自身が望んだことである。彩織の決断に口を挟む権利はないと思っていた。

わかっていたはずだが、現にこうして子供を攫ってきてしまうと、罪の重さを現実のものとして感じているのかもしれない。子供と接する時間は、彩織だけが極端に長いことになっている。それだけ、罪悪感を他の四人より強く感じる危険性があるのだ。彩織の心の負担には、特に気を配ってやらなければならないと改めて留意した。

「おじいちゃんだけじゃないよ。あたしたちも悪い人間だね」

「ああ」

自虐的な言葉とは裏腹に、彩織はこちらに顔を戻すとにこりと笑った。強がりでも寂しげでもなく、ごく普通の笑みだった。肚を括ったのか、と見て取った。

「ふたりとも、あんまり寂しがり屋じゃないといいけど」

　子供たちの性格を、彩織は心配した。子供たちがここに滞在するのはひと晩だけだが、親を恋しがって泣くかもしれない。できるだけそんなことにはならないよう、子供が退屈しないものを揃えた。絵本とテレビゲーム機だ。それとおやつ。絵本の読み聞かせは彩織が得意とするところだし、テレビゲームに興味を示さない子供はいないだろう。今どきの子供は自分のテレビゲームを持っているかもしれないが、親に時間制限をされているはずである。今晩だけは好きなだけ遊ばせてやると言えば、寂しがることも忘れてくれないかと期待していた。

　もうひとつ、勝手に部屋を出ていかないよう、外側から施錠できるようにしてあった。子供を閉じ込めるのだ。家の中では自由にさせていいのではないかと彩織は言ったが、家屋内の情景を憶えられるのはまずいと道之介が反対したのである。だから部屋には外から鍵をかけ、トイレに行きたいときの合図のためにブザーを用意しておいた。その他の家具は、できるだけ他の部屋に移した。室内で記憶できるものは、カーテンの色や照明器具の形くらいだろう。小学二年生の子供なら、あまり細部は記憶できないはずと計算していた。

「彩織が面倒を見るなら、子供たちにとっても楽しいお泊まりになるさ」

　責任を預けるような形になるが、なるべく彩織の心理的負担を軽くしてやりたかった。だから子供たちには、辰司がここにいるうちに目覚めて欲しかった。なぜ親たちの会社に行かず、知らない家で寝ていたのかを子供たちに説明しなければならないからだ。事情ができてパパとママは家に帰れなくなった。だから今日は、ふたりともこの家に泊まるのだ。そうした簡単な言い訳で、子供たちには納得してもらう必要がある。それを彩織だけに任せるのは、心苦しかった。

せめて道之介が彩織をサポートしてくれればいいのだがとも思うが、あの強面《こわもて》ではかえって足を引っ張ってしまうかもしれない。家庭持ちの辰司と智士はふだんどおりの生活を続けなければならないので、他に彩織を手伝えるのは翔だけだった。翔もまた強面ではあるが、仕事を終えてこの家に来るのは深夜零時過ぎのことになる。だから子供たちは寝ているはずで、翔は単に不測の事態に備えるためだけにこの家で待機するのだった。夕方に辰司が帰った後は、彩織がひとりで子供たちの面倒を見ることになるのは避けられなかった。

「お金が手に入ったら、辰ちゃんは何をするの?」

不意に、彩織がそんなことを訊いてきた。楽しいことでも考えなければ、今のこの状況が辛くなってきたのかもしれない。辰司は彩織の心理状態を心配しつつ、答えた。

「何も考えてなかったよ。派手に使うわけにはいかないから、ちょっとした旅行とかで地味に使っていくかなぁ」

「あ、それ、あたしも同じ考え。特に大きいものが欲しいわけじゃないから、旅行に使おうと思ってた。あたしは海外に行ってみたいけど」

「海外か。ヨーロッパか?」

「ううん、近場にする。香港《ホンコン》とか」

「いきなり金遣いが荒くなるのはよくないから、まあ香港くらいが無難だな」

言葉を交わしていれば、辰司自身も気が楽だった。だが結局、辰司が帰らなければならない時刻になっても子供たちは目覚めなかった。後ろ髪を引かれる思いで、辰司は彩織の家を去った。見送ってくれた彩織は、任せておけとばかりにまた微笑んだ。

6

仕事中の休憩時間に、彩織の家に電話を入れた。電話口に出た彩織の声は、思いの外に平静だった。そのことに、智士は安堵する。彩織が取り乱していることも想定していたのだ。

「どうだ」

店の外に出て電話ボックスからかけているので、第三者に聞かれる心配はない。それでも、よけいな単語を口にしたくはなかった。短いひと言だけで彩織も察し、「大丈夫」と答える。

「何も問題はないよ。計画どおり」

「子供たちは、目を覚ましたか」

「うん、起きた。最初はびっくりしてたけど、絵本の読み聞かせをしたりして一緒に遊んだから騒がなかったよ。さっき、ご飯も食べた」

「道之介さんは、いっさいタッチせずか」

「うん、それはしょうがないよ。最初からそういうふうに決めてたんだから」

「彩織が大変じゃないならいいんだけど。ご飯も問題なく食べたか」

「うん、元気にいっぱい食べた」

「それならよかった」

どうしても、子供たちのことが気になる。親にはこの地域社会を壊した責任の一端があるかもしれないが、子供に罪はない。今回のことで、子供は犠牲者だった。そしてそれは、智士が考えたことなのだ。

「辰司はもう帰ったか」

「帰った。何もかも予定どおりだよ」

「じゃあ、電話も……？」

「うん、辰ちゃんがかけてくれた。絶対大丈夫だって言ってた」

まあ、そうであろう。子供を見捨てられる親はいないし、社員の子供を犠牲にできる企業もない。電話を受けてから親たちは、身代金を用意するよう死に物狂いで会社に頼み込んだはずだ。東芳不動産の苦悩こそ智士の望みだったのに、胸が痛む。そしてそんな弱い己に対し、なんのためにこれを始めたのかと自問した。

「わかった。すまないけど、翔がそっちに行くまでもう少しがんばってくれ」

「任せて。一番得意なことを担当してるんだから」

彩織は請け合った。その言葉を心強く思いながら、「頼む」と言い置いて通話を終える。電話ボックスを出て店に戻ると、もの言いたげな目で翔がこちらを見た。智士は頷きかけ、小声で言った。

「順調だ」

翔は無言で顎を引いた。翔とのやり取りは、それだけだった。

いつもどおり、仕事を終えてから真っ直ぐ帰宅した。「ただいま」と若菜に声をかけ、靴を脱ぎ、リビングルームでひと息つく。ふだんと同じように振る舞っているつもりだが、不自然でないという自信はなかった。若菜には見抜かれてしまうのではないかと、内心で怯えている。だが若菜は特に指摘せず、風呂に入る智士を見送った。浴槽に浸《つ》かってようやく、安堵の吐息をついた。

危惧していたとおり、布団に入ってもなかなか寝つけなかった。文字どおり輾転反側《てんてんはんそく》し、眠れないことに焦る。幸い、賢剛を挟んで向こう側に寝ている若菜は、安らかな寝息を立てていた。まどろんだかと思うとそれは気のせいで、どうしても眠れないと苦しんでいたらそれが夢だったと目が覚めて気づくなどということを、何度も繰り返した。

明けて平成元年二月二十四日。その日は朝から雨だった。勢いよく降る雨ではなく、世界から音を吸い取るような静かな雨だった。実際、日本は静まり返っていた。テレビは朝からしめやかなトーンの特別番組ばかりで、ＣＭは各社自粛して公共広告機構のものに差し替わり、賑《にぎ》やかさとは無縁だった。大手百貨店や映画館は休業となり、学校や会社も休みである。外に出てみれば、日の丸の上部を黒布で覆った弔旗を出している家が多かった。

智士の勤め先は夜から営業だが、翔に相談を持ちかけられていると偽って早めに家を出るつもりだった。「こんな日に相談なんて、翔くんも迷惑ねぇ」と半ば苦笑気味に不満を漏らした若菜には、「まあ、そう言うな」と言い返した。翔の悲しみは、若菜も理解している。どうせ今日はどこかに遊びに行けるわけでもないから仕方ない、と諦めているようだ。外に出る気がないのは誰もが同じらしく、レンタルビデオ店は大繁盛だそうだ。店の棚が空っぽになっている様を、昨日テレビで放送していた。

早めに家を出るといっても、智士が出発できるのはせいぜい九時過ぎだ。人質の子供たちを早く解放してやるためにも、親たちへの指示は早い方がいい。そこで、今日最初の電話は翔と道之介が担当することになっていた。翔は川嶋家、道之介は三橋家に電話をする。もちろん、西浅草から離れた場所に行き、公衆電話からかけるのだ。今回の計画では、西浅草に関係する要素はすべて排除しなければならない。智士たちに捜査が辿《たど》り着く可能性は、たとえ一パーセントでもあってはいけないのだった。

時刻は午前八時を回った。すでに翔と道之介は彩織の家を発《た》ち、それぞれ違う場所から脅迫対象に電話をかけたはずである。一億円をスポーツバッグに詰め、午前九時に車に乗って家を出ろ。翔も道之介も、そう指示することになっていた。両家ともマイカーを持っていることは、道之介の調べでわかっていた。

警察には知らせるな、と昨日の時点で辰司が命じていたが、それを素直に守るとは思っていなかった。連絡していなければ儲《もう》けものだが、そんな期待をしてはいけない。警察との闘いを見越して、辰司は身代金受け取り計画を練っていた。今日はただ、その計画を粛々と実行に移すだけだった。

賢剛も今日は保育園が休みなので、朝から家にいる。珍しく家族三人揃っているのが嬉しいらしく、一緒に遊ぼうとせがんできた。九時には家を出なければならないため、せめてもの罪滅ぼしにそれまではずっと賢剛に付き合うことにした。双六《すごろく》をし、トランプで神経衰弱をした。親がふたりがかりで遊んでくれることに賢剛は大喜びし、いつもよりはしゃいだ。

時間はあっという間に過ぎ、そろそろ出発すべき頃合いだった。報道されていないだけで、すでに事件は始まっている。この事件を起こそうと願った張本人である智士が、いつまでも一家団欒《だんらん》を楽しんでいることなど許されない。早く事件の渦中に飛び込んでいくべきだった。

行ってくるよ、と声をかけ、若菜と賢剛に見送られて家を出た。賢剛は小さい手を振って、「行ってらっしゃい」と言った。大事にしたい、小さい幸せだと思った。そんな幸せを今、ふたつの家庭から智士が奪っている。他人の犠牲の上に成り立つ幸せ。結局は自分も、不動産会社と同類なのだと自覚した。違うのは、力の有無だけだ。力がないから、泣き寝入りしなければならなかった。ならば、力で対抗するしかないと思った。始めたのだから、後は全力で走り抜かなければならない。最後まで走りきる覚悟はできていた。

まずは彩織の家を目指した。現在の状況を把握する必要がある。彩織の家に入るときは、例によって周囲の目を気にした。誰にも見られていないと確信してから、呼び鈴を押してすかさず中に入る。智士を請《しょう》じ入れた彩織は、小さく頷いた。すべて順調、という意味なのだろう。安堵したが、ここで気を抜くわけにはいかない。外側から施錠してある部屋に目をやり、尋ねた。

「子供たちも問題ないか」

「うん。朝ご飯を食べて、今はふたりでゲームをやってる」

「そうか」

子供ふたりをいっぺんに誘拐するなど、あまりに大胆な案だと最初は思った。だが、ふたりまとめての方がかえって連れてきやすかったし、部屋に閉じ込めていても遊び相手がいればおとなしくしている。予想以上に、ふたりまとめての誘拐はメリットがあった。道之介の発案には、感謝しなければならない。

「身代金は用意できたんだな」

居間に移動し、改めて訊いた。お茶を出そうとする彩織を制した。それどころではない。彩織は経過報告をした。

「うん。用意できたみたい。一億円ずつに分けて、それぞれお金を持って家を出たって。今はふたりとも、予定どおりに移動中」

彩織の言うふたりとは、翔と道之介のことだ。ふたりは別々に、都内を移動しながら公衆電話で指示を出している。脅迫対象である親に行く先を指定し、そこで電話がかかってくるのを待てと命じるのだ。事前にコースを決め、そのとおりの指示を出しているのだが、特に問題は生じていないようだ。綿密に計画したとはいえ、それがまったく齟《そ》齬《ご》なく進行中であることに驚きを覚える。犯罪とは、労苦が決して報われないものではなかったのか。いつかどこかでしっぺ返しを食うのではないかと、ふと不安になった。しかしそんな弱気は、彩織には見せられない。

電話が鳴った。彩織が出て、何度か頷いている。智士は壁掛け時計に目をやった。この時刻なら、電話の相手は道之介だろう。案の定、彩織はこちらに受話器を差し出してきた。受け取ると、低い声が届く。

「予定どおりだ。二度目の電話をかけた」

道之介は淡々と言った。特に興奮しているようではないし、怯えてもいない。いかにも道之介らしい。翔はどうだろうかと案じたが、あいつもこの計画をやり抜くために肚を据えている。きっと臆してはいないはずだと思った。

「わかりました。戻ってきてください。おれも出発します」

「ああ」

そう道之介は答え、電話を切った。智士は道之介と入れ替わり、以後の脅迫電話をかけることになっている。身代金受け取りを、六十過ぎの道之介にやらせるのは酷だ。そこは智士と翔の担当ということにしていた。

「じゃあ、行くよ」

腰を上げ、彩織に告げた。そうだね、と彩織は応じる。彩織もこれから、子供たちにお昼ご飯を食べさせなければならないのだ。子供たちに顔を見られないためにも、智士はここにいない方がよかった。

天皇の遺体を収めた柩は、皇居を出てまずは新宿御苑《ぎょえん》に行くらしい。そのコースには、日本じゅうから動員された警察官が配備されている。だからなるべく、コースから遠いところを今日は移動すべきなのだ。智士が最初に向かうのは、巣鴨《すがも》である。この西浅草もそうだが、巣鴨にも警察官の姿は少ないはずだった。

営団地下鉄銀座線田原町《たわらまち》駅から上野《うえの》に出て、JR山手《やまのて》線に乗り換えた。数駅乗って下車し、改札口を出てから駅前を見回す。ざっと見たところ、警察官はいない。やはり柩が移動するコースの沿道に配備されているのだろう。警視庁幹部の本音は、今日は誘拐事件どころではない、といったところではないか。まさに、今日この日でなければ成功し得ない計画だった。

予定では、三橋家の車は今頃、亀戸《かめいど》駅近くの明治通り沿いのファミリーレストランに入っているはずだった。いくつかの地点を転々とさせるのは、警察の尾行をこちらが確認しているると見せかけるためである。実際は、タイムテーブルに沿って電話をするだけだ。何ヵ所も立ち寄らせれば、それだけこちらの仲間が多いと錯覚させられる。同時に、タイムスケジュールの狂いをその都度調整できるというメリットもある。最終的には、一分の狂いもなく三橋には行動してもらわなければならないのだ。時間の正確さが、身代金受け取り計画の肝だった。

駅から少し離れたところにある電話ボックスは空いていた。中に入り、メモを取り出す。そこに書いてあるファミリーレストランの番号に電話をかけた。応じた女性に、三橋という客を呼び出してくれと頼む。

「三橋です」

一分と経たずに、男の声が電話口に出た。ずっと待ちかまえていたのだろう。智士は送話口を布で包み、声を発する。

「次は十時までに、春日《かすが》通り沿いの《デニーズ湯島《ゆしま》店》に入ってください。そこで次の指示を待つように」

短く言って、相手の返事を待たずに電話を切った。今の声の主が、子供の父親である三橋良昭《よしあき》であろう。智士は不動産会社の説明会でその姿を見ているが、声までは憶えていない。刑事が身代わりを務めていても判別できないが、おそらくそんな危険は冒していないはずと予想している。どこで犯人の目が光っているかわからないのだから、三橋当人が金を運ばざるを得ない。不動産会社の人間を苦しめる、という当初の目的は、充分に達成できているはずだった。

電話ボックスを出て、駅に戻った。ふたたび山手線に乗り、今度はすぐ次の駅である大塚《おおつか》駅で下車した。指定の時刻まで、まだ間がある。電話ボックスを探して、彩織の家にかけた。

「智士だ」

応じた彩織に、そう名乗った。彩織は「ご苦労様」と言う。すぐに智士は、質問を向けた。

「翔の方はどうだ？」

「順調だって。問題ないみたいよ」

「そうか」

翔も同じように、川嶋家の車に指示を出して都内を走らせている。だが、こちらとはまったく交わらないコースだ。そして両方とも、天皇の柩が移動するコースから離れている。一時的にせよ警備の警察官が誘拐事件の応援に人員を割《さ》くことなどないように考えたコースだった。

「道之介さんは？」

「戻ってきた。疲れたって言って、お茶飲んでるよ」

「そうか」

余裕があるらしき道之介に、つい苦笑した。なぜそんなにも悠然としていられるのか不思議に思うが、頼もしくもある。子供たちの見張りを彩織ひとりに任せておくのは心苦しかったので、道之介が戻ってくれたことには安心もした。

「また連絡するよ」

そう言って、電話を切った。次に動くまでには、まだ時間がある。どこかで時間を潰さなければならないので、駅前の喫茶店に入ることにした。休みの店が多かったが、開いているチェーン店のコーヒーショップを見つけた。そこに入り、持ってきた本を開いてコーヒーを飲んだ。本は可能ならちゃんと読むつもりだったのだが、目が活字の上を滑るだけで内容が頭に入ってこない。それでも、何もせずにいると目立つ気がして、本を読んでいる振りをし続けた。

店内から見える駅前は、比較的閑散としていた。馴染みがない駅なので、普段はどれくらいの人が行き交っているのかわからない。とはいえそれなりに開けた駅前だから、こんなに人が少ないのはやはり自粛のせいなのだろう。先ほどの巣鴨駅前も、同じようなものだった。雨は依然として、静かに降り続いている。

家を出る前に見た、テレビ番組を思い出した。番組では、天皇の柩が移動するコースの様子を中継していた。制服警官が沿道にずらりと並び、大型の警察車両も列を成していた。今日の大喪の礼には、各国から要人が参列すると言われている。なんでも、百ヵ国以上の国から国王やその名代《みょうだい》、あるいは国家元首が日本にやってくるそうだ。当然のことながら、それらＶＩＰが泊まるホテルやそこからの移動経路は、万全の警備態勢が敷かれているのだろう。万が一にもテロの標的になったら、国際問題に発展してしまう。警視庁だけでなく政府も、誘拐事件になど人員を割きたくないのが本心のはずだった。

腕時計で時刻を確認し、コーヒーショップを出た。傘を差し、大塚駅前から南に延びる南大塚通りを歩き出す。途中にあった電話ボックスに入って、受話器を取り上げた。先ほどと同じようにファミリーレストランにかけ、三橋を呼び出してもらう。

「三橋です」

あちこち振り回され、三橋の不安も頂点に達しようとしているのかもしれない。声に切羽詰まった気配が滲んでいた。智士はその心情を察しつつ、あえて淡々と命じた。

「都電荒川《あらかわ》線の学習院下《がくしゅういんした》駅に向かってください。そこで車を出て、駅のすぐそばにある電話ボックスに入って次の指示を待つように」

「電話ボックスに？」

三橋が訊き返したが、智士は答えずに通話を切った。公衆電話の番号は、道之介が調べだした。道之介曰《いわ》く、番号は非公表なので調べるのが大変らしい。手柄顔で言った道之介を思い出す。恩着せがましいが、調べるのが難しいのならば手柄を誇るのもやむを得ない。公衆電話の番号がわからなければ、この後のタイムスケジュールが不確実になるところだった。

電話ボックスを出て、また南に歩き出した。ファミリーレストランから都電荒川線の学習院下駅までの移動時間は、だいたい予想できる。今日は道が混んでいないだろうから、よけいに移動時間に狂いはないはずだ。腕時計を見ながら歩き、三橋が電話ボックスに入ったであろう頃合いに、公衆電話からそこにかけた。

「三橋です」

電話に出た相手は、すぐに名乗った。三橋ではない人物が、鳴り出した公衆電話の受話器を取り上げてしまう可能性もあった。その場合はかけ直すが、予定に狂いが生じる。三橋本人が出てくれて、わずかに安堵した。

「目の前に都電の学習院下駅が見えますね。そこから鬼子母神《きしぼじん》前方面行きに乗ってください。そして、進行方向から見て右側の外に注目するように。赤い布が見えたら、金が入ったバッグを窓から捨ててください」

「は、はい」

三橋は訊き返さずに、すぐに指示を呑み込んだ。あわよくば金を払わずに子供を取り返そう、などという色気はないようだ。自分の子だけではなく、同僚の子の命もかかっていれば、よけいなことはできないだろう。両家が牽制《けんせい》し合い、互いに素直に指示に応じるのは、計画を遅滞なく進められて望ましいことだった。この点でも、ふたつの誘拐を同時に行うことのメリットを感じた。

この指示を、三橋は警察に伝えられないだろう。犯人に見張られているかもしれないと思えば、警察との下手な接触は控えるはずだ。そのため、たとえ三橋が都電に乗ることを予想してその後を追う人員を配置したところで、沿線にまで人を待機させることはできない。そもそも、そんな人員は出払っているのだ。警察の大きな武器は人海戦術だが、今日だけはそれが封じられている。窓の外に金を捨てられてしまえば、警察がその金を追うまでにかなりのタイムラグが生じてしまうのだった。

これが、辰司が考えた身代金受け取り計画だった。警察が人員を割けないことを見越した、今日だけ可能な計画である。天皇が崩御《ほうぎょ》したこと、そして辰司という仲間がいたこと。そのふたつの幸運が、絶対に不可能なはずの身代金受け取りを可能にした。おれたちは運に恵まれている、と智士は思った。

都電荒川線は、都内に残った数少ない路面電車である。一両編成の牧歌的な路線で、早稲田《わせだ》駅から鬼子母神前駅に至るまでは大きな通り沿いに進むが、その先は住宅街を縫うように走るのでスピードを出さない。窓から金が入ったバッグを投げ捨てても、破損して紙幣が飛び散る心配はなかった。

翔の方は今頃、川嶋を東急世田谷《とうきゅうせたがや》線に乗せているはずである。そちらもまた、スピードを出さない路面電車だった。金の受け取り方は同じだ。ほぼ同時刻に受け取ることで、ただでさえ少ない捜査員をふたつに分けさせている。万が一にも、線路沿いに警察官が待ちかまえている心配はなかった。

智士は南大塚通りを西に逸れ、細い道を進んだ。やがて、都電荒川線の線路にぶつかった。住宅街の間に敷設されている線路なので、所々に踏切がある。だがそれだけではなく、おそらくは地元住人だけが使う小路《こうじ》もあった。小路は線路に分断されているが、特に踏切はない。電車が来ていないときを見計らって、線路を向こう側まで渡るための小路なのだった。そんな小路の一ヵ所に出て、智士は標識のポールに赤いハンカチを結びつけた。そして小路に隠れ、電車が来るのを待った。

一回、電車を見送った。中からは何も飛び出してこなかった。計算では、おそらく次の電車だ。事前に調べてあったとおり、この小路はほとんど使われていないらしく、通る人もいない。誰にも見咎められずに、次を待つことができた。

電車が見えてきた。目の前を小さい車両が横切っていく。そのとき、窓が開いて大きい固まりが外に投げ出された。スポーツバッグだ。電車はバッグを置き去りにして、遠ざかっていく。智士は線路に下り、バッグを拾い上げた。

バッグはずっしりと重かった。

バッグの中身は、札束だった。一見したところ、新札ではなさそうだ。指示どおり、続き番号ではない現金を用意したのだろう。確かめるのはそこそこに、持参したナップザックに札束を移した。その間も、路地を通る人はいなかった。

バッグはそこに残して、立ち去った。もう急ぐ必要はないので、今度は線路を渡って反対側の営団地下鉄東池袋《ひがしいけぶくろ》駅をのんびりと目指した。駅のそばの電話ボックスに入り、首尾を報告するために受話器を取る。計画では翔もすでに現金を手に入れているはずなので、その確認もしたかった。

テレホンカードを公衆電話に挿入し、ダイヤルした。すぐにも繋《つな》がるかと思いきや、呼び出し音を何度も聞くことになった。トイレにでも行っているのだろうか、と考えていたら、ようやく繋がった。だが、彩織の様子は変だった。

「もしもし、もしもし。誰？」

電話口に出るなり、忙《せわ》しく訊いてくる。何か予想外の事態が出来《しゅったい》したことを予感し、ひやりとしたものを覚えた。

「おれだ、智士。何かあったのか」

「ああ、智ちゃん。大変なの。子供が、子供が」

まるで縋《すが》りつくかのような口振りだった。動転しているらしく、こんな説明では何もわからない。智士はあえて、落ち着いた声を出した。

「どうしたんだ。子供に何があった」

「具合が悪いみたいで、い、息をしてないの」

「なんだと」

いやな予感はしていたが、想像を大幅に上回る異常事態だった。いったい、何が起きたのか。まずは彩織に、冷静さを取り戻してもらわなければならなかった。

「どういうことなんだ。何があった」

「はっきりしたことはわからないんだけど、アレルギーなんじゃないかと思う」

か。

「アレルギー」

アレルギーとは、蕁麻疹《じんましん》が出るとかのあれか。そんなことで、息が止まったりするのか。

「何か、手当ての方法はないのか。人工呼吸はしたか」

「したけど、駄目。手当ての方法なんて、わからない」

彩織はほとんど泣き声だった。幼稚園で子供が体調を崩せば、すぐに病院に連れていくだろう。看護婦とは違うから、対処法を知らなくてもやむを得ない。

一瞬の迷いがなかったと言えば、嘘になる。だが、すぐに決心がついた。これがおれたちの運命だったのだ、と思った。

「今すぐ病院に連れていけ。もう、駄目だ。おれたちが捕まるかどうかより、子供の命の方が大事だ」

たとえ時間をかけて考えたとしても、その結論にしか辿り着かないだろう。おれたち五人の人生は、これで終わった。五人の人生と引き替えにしてでも、子供を死なせるわけにはいかない。絶対に人質の子供たちを無傷で返すことが、計画の大前提だったのだ。子供の体調に異変が起きたのなら、病院に連れていかないという選択肢はなかった。

「連れていこうとしたのよ。でも、おじいちゃんが駄目だって」

彩織なら、智士の判断を仰ぐより先に病院に連れていこうとするだろう。それを道之介が止めたのか。いかにも道之介のしそうなことだ。思わず怒鳴り声を上げたくなった。

「駄目も糞《くそ》もない！　ともかく、今すぐ連れていくんだ！」

「金は手に入ったのか」

不意に、声の主が替わった。道之介が受話器を彩織から取り上げたようだ。智士は嚙《か》みつかんばかりに言った。

「そんなことはどうでもいい！　早く、子供を病院に連れていってください」

「馬鹿を言うな。そんなことをしたら、逮捕されるじゃないか」

道之介の口調は淡々としていた。その冷静さに、智士は愕然《がくぜん》とした。道之介の人となりはわかっていたつもりだったが、実はまるで理解していなかったのではないかといまさら気づいた。

「それどころじゃないでしょう。息をしてないんでしょ」

「ああ、そうみたいだな」

「そうみたいって――」

道之介は呼吸していない子供を、自分の目で見ていないのだろうか。だから、こんなにも冷酷なことが言えるのか。じかに子供を見てくれと言いたかったが、もしかしたら見た上で言っているのかもしれないと思い、ふたたび背筋が寒くなった。

「彩織に替わってください。彩織、彩織、早く子供を病院に連れていけ」

「ふざけたことを言うな。おれたちは一蓮托生なんだろう？　お前だけ捕まればいい、なんて話じゃないんだぞ」

「だから、そんなことを言っている場合じゃないでしょう！　人の命に関わることなんですよ」

「もう遅いんだよ。気づいたときには、顔色が青黒くなってた。で、おれたちが見てる前で息が止まったんだよ。あれは完全に死んでる。何をしたって生き返らないんだから、おれたちが自首する必要なんてないじゃないか」

「そんなの、素人《しろうと》判断でしょうが。すぐ病院に連れていけば、まだ間に合うかもしれないですよ」

「いや、無理だ。お前だって、見りゃあわかる。もう手遅れなんだよ」

「手遅れ……」

　無情な言葉が、脳に直接突き刺さるかのようだった。そんなことは、まったく想定していなかった。取り返しのつかないことをしてしまったと、ようやく実感されてくる。足許が突如崩れ、そのまま谷底に呑み込まれていく感覚を味わった。

「なあ、智士。誘拐事件なんだから、人質が生きて帰らなくたって仕方ないだろう」

　道之介の口振りは、まるで明日の天気の話でもしているみたいだった。この深刻さが理解できていないのか。いや、そうではなく、最初から肚を括っていたのかもしれない。道之介の覚悟は、智士よりも一段階深かったのだ。そのことを見抜けなかった、智士の失態だった。

「今すぐ帰りますが、でもおれが帰るのを待たずに、お願いですから子供を病院に連れていってください」

「それより、金は手に入ったのかよ」

「入りましたよ！」

怒声を張り上げ、受話器を架台《かだい》に叩きつけた。急いで戻らなければならない。いや、智士が帰るかどうかは問題ではないのだ。今すぐここから一一九番にかけ、救急車を呼べばいい。そうすれば、道之介の抵抗など押し切れる。そのことに気づいて、智士は電話ボックスの中にとどまった。

すぐにも電話しなければならないのに、受話器を握っている手を持ち上げられなかった。手遅れ、という道之介の表現が、頭蓋に突き刺さったまま抜けない。もう遅いなら、救急車を呼ぶ意味はあるのか。今ここで救急車を呼べば、智士たち五人の人生は終わる。それだけではない、若菜と賢剛の人生も一変するし、それは辰司の妻子も同じだ。自分だけで済む問題なら、迷わなかっただろう。だがこの判断に何人もの人生が左右されるかと思うと、簡単に決めることはできなかった。

おれは卑怯者《ひきょうもの》だ、と思った。自分とその周りの人間だけを守ろうとしている。罪のない子供の命が失われたかもしれないのに、保身を図ろうとしている。いくら糾弾されても足りない。それなのに、糾弾されることすら避けようとしているのだった。

妻子という守るべきものがあるにもかかわらず、犯罪に手を染めるからこういうことになるのだ。内なる声が言った。同じ犯罪でも、子供を巻き込むからいけないのだ。己の良識が訴える。そのとおりだ。全部正しい。でもおれは、うまくできると思っていた。実際、首尾よく金を手にしたではないか。子供のアレルギーなどという計算外のことさえなければ、今夜にも子供たちを親の許に返してすべて終わっていた。誰も傷つかないはずだったのだ。

いや、そうではない。己の内なる声は、言い訳を許さなかった。何もかも計算どおりにいくと思っていたのが、甘かったのだ。計算外のことも起きると、覚悟しておくべきだった。人質が死んでも仕方ないと考えていた道之介の方が、先が見えていた。不測の事態が子供の身に起きるかもしれないと少しでも予想できていたなら、智士は踏みとどまっていただろう。犯罪という手段での復讐など、試みるべきではない。そうした良識が、智士の中に存在していないわけではなかったのだ。

何もかも遅い。すべて、繰り言だった。智士たちは犯罪者になり、子供がひとり死んだ。言い訳不能の、重大犯罪だ。動機がどんなことであろうと、許されることではない。取り戻すことができない、どうしようもなく重い罪だった。

智士は受話器から手を離し、電話ボックスを出た。今また自分は、子供を見捨てるという罪を犯した。こんな極悪人が他にいるだろうか、と思った。

地下鉄有楽町《ゆうらくちょう》線からJR山手線、そしてふたたび地下鉄銀座線を使って、田原町駅に着いた。駅の改札口を通った後は、ほとんど小走りに彩織の家を目指した。本来なら大金が入ったナップザックを重く感じるところだろうが、今はそれどころではなかった。背中で金が揺れるのもかまわず、ひたすら先を急いだ。

十分弱で到着し、呼び鈴を押した。玄関ドアが開くと同時に、内側に滑り込む。ドアを開けたのは、彩織だった。彩織の目は赤くなっていた。

「子供は？」

まず真っ先に、それを尋ねた。彩織は廊下の先に視線をやり、答えた。

「ひとりは最初の部屋。もうひとりは……、居間」

智士も彩織の目の動きにつられて、そちらを見る。子供を閉じ込めた部屋は、外から鍵がかかっていた。

「こっちの子はどうしてるんだ？」

顎で鍵がかかっている部屋を指し示した。彩織は小さく首を振ったが、それは特に意味のない動作だったようだ。

「ゲームしてる」

おとなしくゲームをしてくれているのか。友達の身に起きたことが、気にならないのだろうか。不思議に思ったが、ともかく詳しいことを聞かなければ何もわからない。

「取りあえず、上がるぞ」

靴を脱いで、居間に入った。真っ先に目に入ったのは、部屋の奥に敷いてある布団だった。そこに寝ている人の顔には、白いタオルが掛けられている。先ほどの電話のやり取りを本気にしなかったわけではないが、その光景を見て初めて襲ってくる衝撃があった。自分の下半身から、感覚が抜けていくようだった。

よろよろと布団に近寄り、傍らで膝をついた。タオルに手をかけ、捲る。現れた子供の顔は、色が普通ではなかった。明らかに生きている人のそれではない、青黒い顔色。道之介の説明は、事実だったのだ。

それでも、鼻の前に手を置いて呼吸がないことを確かめずにはいられなかった。吐息はかからない。この子の心臓は、動くことを止めているのだ。どんな蘇生《そせい》措置も手遅れだと、実感として得心できた。

「なっ、わかったろ」

背後から声をかけられた。振り返り、道之介の顔を睨む。目が合っても、道之介は表情を変えなかった。しばし、視線が交錯した。

「死んでるんだよ。かわいそうだが、もう生き返らない。病院に連れていっても無駄だと、わかっただろう」

道之介の淡々とした物言いに、智士は言葉で応じることができなかった。確かにそうだと思ったが、簡単には頷けない。自分が認めれば、この子の死が確定してしまう。そんな無意味な恐怖が、心の隅に存在した。

「何が起きたのか、最初から話してくれ」

だから道之介ではなく、彩織に説明を求めた。彩織は智士の視線を避けるように、下を向く。

「お昼ご飯に、グラタンを食べさせたの」

彩織の口からまず最初に出た言葉は、そんな牧歌的なことだった。まさかそれが、子供ひとりの死に繋がるとは思えない。彩織にとっても、それは同じだったのだろう。

「ふたりとも、喜んで食べたわ。そのときはあたしも一緒に食べた。で、食べ終わったら弘庸《ひろのぶ》君が眠いって言い出したので、ふたりで一緒に寝ればって言った。寝てくれれば、あたしもしばらく楽だから」

彩織もつきっきりで子供ふたりを見守っているわけにはいかない。何かを食べさせ、眠くなったら寝かせるのはごく普通の判断だ。何も悪いことはしていないと思った。

「そうしたら――」

彩織が続けようとしたとき、ブザー音が聞こえた。智士にとっては初めて聞く音だが、意味するところはわかる。子供がいる部屋のブザーが鳴らされたのだ。

「まずい。行ってくる」

飛び跳ねるように立ち上がって、彩織は廊下を挟んで反対側の部屋に向かった。ドアに取りつけてあるダイヤル錠を回している。その姿は、すぐに見えなくなった。道之介が、居間の襖を閉めたのだ。

「後はおれが説明しよう」

道之介はそう言った。できることなら彩織の口から聞きたかったが、やむを得ない。頷くと、道之介は動揺をまるで感じさせない声で話し始めた。

「もう何度も、あんなふうにブザーを鳴らすんだよ。そりゃ、目の前で友達が具合悪くなったら、不安になるよな。いっそ、また薬で眠らせようかと思ったぜ。その方が本人も楽だろうからな」

そうなのか。ならばむしろ、よく大騒ぎしないものだと思った。彩織がその都度、宥《なだ》めているお蔭《かげ》だろう。それがどれだけ大変なことかと想像したが、道之介はもちろんのこと、智士にも務まらない役目だ。いくら辛い役目でも、替わってやることはできなかった。

「昼飯を食わせて、十分くらいした頃かな。今みたいに、ブザーが鳴ったんだよ。もう起きたかと、彩織が様子を見に行った。そしたら、彩織が悲鳴を上げた。ガキが息ができなくて、苦しんでたそうだ」

昼食として食べさせたグラタンは、彩織の手製だったらしい。もちろん、材料に傷んだものなど使っていない。子供の健康を損ねてはまずいと、その点は気を配ったという。グラタンの何が悪くて人ひとりが死ぬことになったのか、未だに理解が追いつかない。

「人工呼吸をしたよ。彩織はマウストゥマウスで、なんとか呼吸をさせようとがんばったんだ。でも何をしても駄目で、びくびく震えていたかと思うと動きを止めた。それで、終わりさ」

「それは、もうひとりの子の前で起きたことですか」

友達が息を引き取るところを見ていたなら、大変なショックだろう。子供の気持ちを心配したのだが、ありがたいことに道之介は首を振った。

「いや、まずいと思ったから、苦しんでるガキはすぐこっちに移したんだ。向こうのガキには、病院に連れていったと伝えてある。それでも落ち着かなくて、何度も彩織を呼び出してるってわけさ」

説明はそれで終わりのようだった。ひとりの人間の死の経緯なのに、呆気《あっけ》ないほどに短い。ほんのわずかな間に起き、手の施しようがなく息を引き取ったのだとわかる。いや、手の施しようがなかったのは彩織も道之介も医学の素人だからであって、もしかしたらもっと適切な対処法があったのかもしれない。もし親許にいたときに起きたことなら、子供は死なずに済んだのか。

「アレルギーって、彩織は言ってましたね。本当なんですか」

道之介に訊いても無駄とは思いつつ、疑問を言葉にせずにはいられなかった。道之介は「さあ」と言って、肩を竦める。

「おれも知らないよ。そんなことで人が死ぬとは、思いもしなかったからな」

「そうですよね……」

予想外のことは起きる。そう覚悟しておかなければならなかったのだとしても、これは桁外れに予想外だった。取り返しがつかない、という表現をこれほどまでに切実に実感したことはなかった。

　ちょうどそこに呼び鈴が鳴り、飛び上がらんばかりに驚いた。そんなこちらの反応を見て、「翔だろ」と道之介が言う。立ち上がって、玄関に向かった。すぐに翔を連れて、居間に戻ってきた。

　翔もまた、布団に寝かされている子供を見て愕然としたようだった。電話で連絡をとっているから、この事態はもう聞いているはずである。それでも立ち竦み、目を見開いていた。あまりに動こうとしないので、見かねて声をかけた。

「翔。坐れ」

「どうしてこんなことに――」

　呆然《ぼうぜん》と呟《つぶや》くので、道之介から聞いたばかりのことを繰り返した。翔は聞いているのかいないのかわからないほど、相槌《あいづち》すら打たずに子供を凝視していた。

　翔は背負っていたナップザックを下ろしていた。道之介がそれを引き寄せ、中身を改めている。「よし」と言ったところからすると、翔が運んできた現金も続き番号ではない札だったようだ。智士のナップザックも、いつの間にか道之介の傍らにある。智士が子供と向き合っているときに、同じように確かめたのだろう。道之介ひとりが現実的だった。

「どうするんですか」

　翔が問うてきた。そうだ、どうするかを考えなければならない。自失している場合ではないのだった。

「あっちの子は、返さないとな」

それが、最優先事項だった。金を手にしたからには、人質を返さなければならない。友達の様子がおかしくなり、不安に潰されそうになっているのだろうから、よけいに早く帰してやりたかった。

とはいえ、あまり早い時間には動けない。子供を解放する際に、目撃されるわけにはいかないからだ。計画では、暗くなり始めてから子供を返すことになっていた。自首するのでないなら、予定は変えられなかった。

「で、こっちの子は?」

なおも翔が訊く。息をしていないとはいえ、せめて親許には返したい。だが、どうやって返せばいいのか。生きている子供と一緒に返すことなどできない。この死に顔を、子供に見せたくはなかった。

こんなときこそ、この場に辰司にいて欲しかった。辰司なら、この最悪の状況にどう対応するか知りたかった。しかし辰司は、まだ動けずにいる。辰司抜きで、これからのことを考えなければならないのだった。

「人目につかないところに置いてきて、すぐに親に教えてやるしかないだろう」

絞り出すように、声を発した。なんと非情なことを言っているのかと思った。親の気持ちになってみれば、こんなにも衝撃的なことはない。身代金を払ったのに、子供は死体で返ってくるのだ。誘拐犯は最悪の極悪人だった。

「道之介さん、どこがいいと思いますか」

意見を求めた。道之介は少し考え、答える。

「荒川の河川敷にするか。本当なら下見をすべきところだが、そんな時間はない。おれが知ってる場所だと、荒川くらいしか思いつかない」

「それでいいと思います。でも、問題は――」

「けっ、わかってるよ」

最後まで言わさず、道之介は不愉快そうに遮った。時計に目をやり、続ける。

「お前は仕事に行って、それから家に帰らなきゃいけないんだろ。仕事なんか休めと言いたいが、ふだんどおりに行動しなきゃまずいからな。いいよ、行けよ。生きてるガキは予定どおり返して、その後翔と死体を捨ててくるから」

「捨てるんじゃないです。置いてくるんです」

我慢ならず、言い換えた。だが、道之介はそれを鼻で嗤《わら》った。

「同じだろうが」

そのとおりだ。言い換えは、ただの偽善だ。極悪人が言葉を選んで、何になる。状況に順応しているだけ、道之介の方が自分より潔い人間に思えた。

襖が開いて、彩織が戻ってきた。翔を見て、「ああ、翔くん。ご苦労様」と言う。翔は言葉を探しあぐねたのか、少し口をぱくぱくさせてから、「彩織さんこそ」と返事をした。翔らしくないことを言うな、と感じた。

今後のことを、もう一度道之介と確認した。生きている子供を解放してから、すぐにそれを親に知らせる。死体は、夜中に荒川の河川敷に運ぶ。そして同じく、親に電話で告げる。死体の運搬を、智士は手伝えない。仕事を終えた翔と、ふたりで行ってもらうしかない。道之介はぶっきらぼうに、「わかったよ」と応じた。

そろそろここを出て、職場に向かわなければならない時刻だ。道之介が、打ち合わせは終わりとばかりにテレビを点《つ》ける。ブラウン管には、大喪の礼の様子が映し出された。天皇の柩を乗せた車が、墓所へと向かっている。雨は未だやまず、沿道には大勢の人と、その前に立ちはだかる警察官たちの姿があった。あの中に、辰司もいるはずだった。

「では、おれたちは仕事に行きます」

断って、立ち上がった。翔とともに、彩織に見送られて家を出る。あたかも、戦場を自分たちだけ離脱する気分だった。行動のひとつひとつが、卑怯者のすることだなと内心で考えた。

7

天皇の霊柩《れいきゅう》を乗せた車は、予定どおり午前九時三十五分に皇居正門を出発したと聞いた。葬列は陸上自衛隊中央音楽隊などが葬送曲を奏でる中、新宿御苑の葬場総門を目指す。まずは桜田門《さくらだもん》前を通過し、国会議事堂正門前、三宅坂《みやけざか》、赤坂見附《あかさかみつけ》、青山《あおやま》一丁目、外苑前、青山三丁目を通って、葬場に着く。ルートの沿道には、朝からの雨にもかかわらず大勢の人がいた。皆、静かに天皇の柩を見送ろうとしている。おそらく、時代の区切れ目を目撃したいのだろう。外苑前で沿道警備に立っている辰司は、人々のそんな気持ちを肌で感じた。

傘を差すわけにはいかないので、雨合羽《あまがっぱ》を着ている。だが雨は、まるでその合羽に染み込むようにして、辰司の体を濡《ぬ》らしていた。冬の雨なので、体が凍える。それでも気持ちが昂揚《こうよう》しているからか、辛くはなかった。昂揚しているのは歴史の節目に立ち会っている実感があるからと、そしてもちろん、その裏で進行している計画の成否が気になっているからだった。

昨日の段階で、辰司の役目は終わっていた。今日はすべて、辰司以外の四人に任せなければならない。あらゆる事態を想定して計画を立て、綿密に下調べをした。準備にも遺漏はないはずだった。後はただ、計画を粛々と実行していけばいいだけである。辰司は八割方、計画の成功を確信していた。

残り二割は、不測の事態が絶対に起きないとは断言できないが故の不安だった。もしかしたら、身代金を運ばせる電車が停まるかもしれない。金を手に入れた後に、智士か翔が交通事故に遭うかもしれない。不測の事態は、いくらでも考えられる。だからどうしても不安は残るが、それを恐れていては何もできない。辰司は恐れよりも、困難に立ち向かう際の高ぶりを感じていた。

辰司を含む警察官は車道の方を向いているのではなく、歩道に対するように立っている。つまり、沿道で葬列を待つ人々に向き合っているのだ。人々は先ほどから、雨の中静かに立ち尽くしている。そんな静けさが、ふと揺れた。人々が大声を発したわけではないが、視線がいっせいに動く。その目の動き、首の動きが、静けさを揺らしたのだ。どうやら葬列がやってきたようだった。

葬送の曲を、背中で聴いた。曲は徐々に近づいてくる。叶《かな》うなら振り向いて葬列を見てみたかったが、それは許されなかった。暴徒に備えるため、警察官は人々の動きから目を逸らしてはならない。無線連絡によれば、つい先ほど天皇制反対を叫ぶ過激派二名が車列に突っ込んだのだそうだ。すぐに取り押さえられたので大事には至らなかったが、そういう輩《やから》がいることがこれで明らかになった。ますます、警備から気を抜けなくなった。

葬列が通り過ぎるまでには、かなり長い時間がかかったように感じた。実際はおそらく、そうでもないのだろう。車列が行ってしまったことは、曲が遠くなったためだけでなく、人々の反応からわかった。皆が息を止めていたわけではないだろうに、ある瞬間に張り詰めていた空気が緩んだ。そして少しずつ、踵《きびす》を返してその場から立ち去る人が出てくる。どうやら、警備の仕事も終わりのようだった。

人が完全にいなくなるまで、警備態勢を解くわけにはいかない。しかし、それも時間の問題だろう。この後天皇の霊柩は新宿御苑内の葬場殿に運ばれ、大喪の礼が執《と》り行われる。霊柩が葬場殿をふたたび出発するのは、予定では午後一時四十分。葬列は西に向かい、八王子《はちおうじ》に作られた武蔵陵《むさしりょう》墓地を目指す。現在この青山界隈を警備している警察官たちは、一部は大喪の礼後の警備に回されるが、大半は通常の任務に戻る。東京の治安警備を、あまり長い間疎《おろそ》かにしておくわけにはいかないからだ。つまり、辰司たちの計画も午前中が勝負だったわけである。智士たちはそろそろ、身代金を手にしているはずだった。

人の姿が消え、警備は解除された。警察官たちは輸送車に乗り、それぞれの持ち場に戻る。辰司は計画の進み具合を確認したくてならなかったが、電話をかける暇はなかった。だがおそらく、交番に戻れば誘拐の情報は入っているはずだった。

誘拐事件が発生したことは、今朝、署に出勤した際に聞いた。しかし予想どおり、そちらに回される人員はいなかった。皆、予定されていた持ち場での警備に専念するように、とのお達しだった。本庁捜査一課の誘拐専従班は投入されたのだろうが、それ以外の歩兵――制服警官はほとんど葬列の警備から離れていないに違いない。限られた人員では、身代金は追えない。少数精鋭の警察など怖くないことは、警察官である辰司が一番よく承知していた。

警察官を乗せた輸送車は署を目指したが、その途中で降りた方が勤務地の交番に近い者は、随時降ろされた。辰司も途中下車し、同僚とともに徒歩で交番に向かった。無人状態だった交番には、もちろん伝言の類など残っていない。だからまだ、誘拐事件の進捗状況はわからなかった。

可能なら、すぐにも彩織に電話をかけたかった。だがむろん、そんなことはできない。休憩時間に外に電話をかけに行くことすら、普段とは違う行動になるため避けた方がいい。計画の成否を知るには、仲間からではなく警察の情報を頼りにしなければならなかった。

しかし、末端の交番にまではなかなか情報が回ってこなかった。辰司の勤務地は身代金輸送のコースからも外れているので、応援要請も来るはずがない。そのため辰司は、落ち着かない気分をずっと抱えて過ごすことになった。昨日は休みだったので、今日は夜勤である。下手をすると明日まで何も知ることができないかもしれないが、おそらく今夜にも人質解放の一報は入るはずだと踏んでいた。

天皇の葬儀が執り行われる日に窃盗だの痴漢だのとくだらないことをする輩もいないらしく、交番は暇だった。この裏で誘拐という重大犯罪が進行中とは、知らなければとても想像できないほどだ。身代金を犯人に奪われてしまったからには、後は人質が返ってくるのを祈るくらいしかやれることはない。さぞや捜査本部は悔しい思いをしていることだろうと想像した。

夜になって、人質が戻ってきたとの連絡が入った。子供は三ツ目通り沿いの空き地で発見された。辰司が脅迫電話をかけた電話ボックスのそばの空き地である。子供を眠らせてから、彩織と道之介が車で運んだのだった。

一緒に勤務していた五十代の制服警官は、その報を聞いて「よかったなぁ」と人のよさが窺える感想を漏らした。辰司はかろうじて「そうですね」と同意したが、内心では激しく動揺していた。解放された人質は、ひとりだけだったからだ。

そんなはずはない。計画では、ふたり同時に返すことになっていた。解放された後にひとりがどこかに行ってしまったのか、あるいはなんらかの意図があって捜査本部が事実と違う情報を流したのか。両方とも考えにくいが、彩織たちがもうひとりの人質を留め置いていると想定する方がもっとあり得ない。人質はいったい、どこに消えてしまったのか。

「でも、誘拐されたのはふたりだってことでしたよね」

思わず、疑問を口にした。同僚は呑気《のんき》に、「そういえばそうだな」などと応じた。

「別々に解放されるのかな。まだ帰ってこない方の親御さんは、生きた心地《ここち》がしないだろうなぁ」

「そうですね」

また同じ相槌を打つしかなかった。坐っていられず、交番の入り口に立って外を睥睨《へいげい》した。

何か突発事が起きて、もうひとりの人質は返せずにいるのか。そう考えるしかなさそうだが、その突発事に見当がつかない。いや、例えば子供が体調を崩したとしたらどうか。もしそうだとしても、ならばなおさら早く親許に返そうとするだろう。やはりいくら考えても、何が起きているのかわからなかった。

そうなると、勤務が明日の朝まで続くのがもどかしくてならなかった。外に出て電話をかけたいが、制服姿のままではあまりに目立ってしまう。まず間違いなく市民に目撃されることを思えば、不用意なことはできない。午前中の昂揚感は、そっくりそのまま不安に置き換わった。不安は強力な酸のように、心をじくじくと溶かしていく。犯した罪のしっぺ返しを、早くも食らっているのではないかと思えてならなかった。

何が起きたかを知るのに、翌朝まで待つ必要はなかった。深夜一時過ぎに、続報が入ったからだ。解放されていなかった子供は、荒川の河川敷で発見された。すでに死亡していたとのことだった。署からのファクスでそれを知り、辰司は硬直した。同僚が仮眠を取っているのが幸いだった。動揺を隠す余裕は、まるでなかった。これは何かの間違いだろうと、署に問い合わせたいとすら思った。こんなことが起きるはずがない。子供はふたりとも、かすり傷ひとつつけずに返すのが計画だった。かすり傷どころか死亡など、まったくあり得ないことだ。智士たちのしたことではなく、別の誘拐事件が起きていたのではないかと本気で疑った。

ファクス紙を両手に持ったまま、交番内を意味もなく歩き回った。荒い呼吸で、必死に頭を働かせた。ファクス紙に書かれた情報は少なく、なぜこんなことになったかを推し量る材料はない。それらしい仮説ひとつ思い浮かばず、やがて思考はひとつのことに収斂《しゅうれん》していった。

　罪を犯すこと自体が間違いだった。そんなことは、最初からわかっていた。しかし、こんな形で思い知らされるとは想像もしなかった。罪は罪だと、智士は言った。あのときはそのとおりだと思ったが、やはり絶対に許されない罪も存在すると認識を改めた。おれたちのしたことが、それだ。おれたちはどこかで、自分たちに大義があると考えてはいなかったか。報復を当然の権利と考えてはいなかったか。間違いだ。傲慢な発想でしかなかった。そしてその間違いは、なんの落ち度もないひとりの子供の命で明示されたのだ。罪とはなんと残酷なものかと、心を抉《えぐ》られる思いで痛感した。

　辰司は両手の拳を握り締めた。歯を食いしばった。そうしなければ、大声で咆吼《ほうこう》してしまいそうだったからだ。爪は掌《てのひら》に食い込み、血を滴《したた》らせた。歯は軋《きし》み、折れてしまうかもしれなかった。それでも辰司は、満身の力で咆吼をこらえた。この程度の痛みでは、なんの罰にもならないと考えた。


　仮眠から起きてきた同僚と交替するときは、こちらの態度の異常に気づかれるのではないかと心配した。だが少し鈍感なところがある同僚は、何も勘づくことなく「ひでえもんだな」と誘拐事件の感想を口にした。辰司の動揺は、単なる義憤と思ったのかもしれない。こちらを気遣い、「ゆっくり寝ろよ」とまで言ってくれた。辰司は仮眠室に入って横になったが、眠気など微塵《みじん》も訪れなかった。仰向《あおむ》けになって暗闇を見つめ、ただ己の愚かさと向き合った。

明けて次の日、勤務時間が終わってからの引き継ぎがもどかしくてならなかった。少し雑なくらいに切り上げて、交番を離れる。ふだんの通勤路とは違う道に入り、電話ボックスを見つけた。飛び込み、彩織の家にかける。とはいえ今日は、彩織も仕事があるはずだ。電話に出る人がいるとしたら、それは道之介だった。

「はい、もしもし」

不機嫌そうな声が応じた。寝起きなのか、と思った。深夜に子供の遺体を荒川に置き去りにしたのが道之介なら、睡眠時間は充分ではないだろう。そもそも、仮に寝る時間があったとしても寝られたはずがないのだ。こちらも同様に寝不足の頭で、話しかけた。

「辰司です。いったい、何があったんですか」

「何が？　はっ。むろん想定外の事態に決まってるだろう。しかも、こんなふうに電話で話せるかよ。仕事は終わったのか？」

声だけでなく、言うことまで不機嫌だった。辰司ももどかしさに苛立《いらだ》ってはいたが、電話で説明できないと言われれば確かにそのとおりである。苛立ちを押し殺して、答えた。

「終わりましたよ」

「じゃあ、今すぐ来い。智士も来る」

「わかりました。向かいます」

最悪の想像は、道之介が子供を殺したのではないか、だった。しかし今の口振りからすると、そうではなさそうだ。わずかに安堵したが、それで罪の意識が一ミリでも減じるわけではない。ともかく今は、西浅草まで急ぐだけだった。

電車を乗り継いで彩織の家に到着してみると、すでに智士と翔がいた。翔は昨夜からこの家に泊まっているとのことだった。彩織抜きの四人で座卓を囲み、互いに睨み合うように鋭い視線を交わす。辰司は智士に向けて、「何があったんだ」と問うた。

「どうしてこんなことになった？」

「申し訳ない。おれの考えが甘かったんだ」

智士は顔を歪ませながら、順を追って説明した。子供たちは怖がることもなく、この家でひと晩を過ごしたこと。昼食には彩織手製のグラタンを食べさせたこと。その後、体調が急変して呼吸が止まったこと。あっという間のことで、病院には連れていけなかったこと……。

「遺体は夜中に、道之介さんと翔が車で荒川に運んでくれた。遺体を置いてすぐに、親には電話をした。遺体が発見されたことは、朝からニュースでやっているとおりだ」

智士はテレビの方に顎をしゃくり、説明を終えた。辰司も交番で、今朝のテレビニュースは見た。残る人質が遺体で帰ってきたことを受け、報道協定が解除されたのだ。テレビ局は荒川に駆けつけ、ブルーシートで覆われた死体発見現場を何度も映した。今も、音声を消した状態でテレビが点いている。しかしニュースはやっていないのか、のどかなのど自慢番組が放送されていた。

「死んだ原因は本当にアレルギーなのか？　彩織がそう言ったのか」

真っ先に浮かんだ疑問が、それだった。アレルギーで子供が死ぬことがあるとは、まったく知識になかった。

「彩織はアレルギーじゃないかって言ってたけど、それが死因かどうかはわからないよ。これから解剖が行われて、はっきりするんじゃないか」

智士の眉間には皺《しわ》が寄っていた。見たこともないほど険しい表情だ。だがそれは、自分もきっと同じなのだろう。自責の念は、呼吸を苦しくさせるほど胸を圧搾《あっさく》していた。

「――そうか」

子供が息を引き取る場にいた彩織と道之介に、落ち度はないと思った。もしかしたら適切な手当てをすれば助かったのかもしれないが、素人にはどうしようもない。誰が悪いかと言えば、誘拐計画を練った辰司だ。辰司は子供たちの健康にまで留意すべきだったのだ。アレルギーで子供が死ぬかもしれないことを、辰司は知らなかった。知らないことは、この場合明らかに罪だった。

「……おれは人殺しになっちまったよ、辰司さん。子供は無事に返すんじゃなかったのかよ。子供が死ぬなら、おれはこんな計画に乗らなかったよ」

低い声で怨《えん》ずるように言ったのは、翔だった。翔は子供の遺体を運んだ。さぞや辛い行為だっただろう。恨むのは当然だった。

「すまない。おれの落ち度だ」

　正面に坐る翔に頭を下げたが、下げるべき相手が違うことは重々承知していた。辰司が詫びるべきは、死んだ子供の親である。叶うなら、今すぐにでも詫びに行きたかった。代わりにこの命を獲《と》ってくれと言いたかった。もちろん、そんなことがなんの詫びにもならないことはわかっていた。

「翔！」

　鋭い声で割って入ったのは、智士だった。智士は頭を下げる辰司を片手で制し、顔は翔に向けていた。智士を見返す翔の表情は、眉尻が下がっていた。今にも泣きそうな顔だった。

「一番悪いのは、おれだ。復讐なんて考えたおれが、誰よりも悪いんだ」

　そう言って、座卓の天板に額を擦りつけるように頭を垂れる。翔は震える声で、「やめてくれよ」と呟いた。

「わかってるよ。辰司さんも悪いし智士さんも悪いし、おれも悪いって、そんなことはわかってるよ。ガキじゃねえんだから、わかってるよ。自分だけ責任を逃れようなんて、そんなこと考えてねえよ」

　言うなり翔は、額を天板に叩きつけた。智士のように頭を垂れたのではなく、音が鳴るほど叩きつけたのだ。そのまま何度も、額をがんがんとぶつける。「やめろ」と智士が止めなければ、血が出るまでそうしていただろう。ここでめそめそ泣いたって、子供は生き返らないいんだぞ」

うんざりした口調でひとりだけ違うことを言ったのは、もちろん道之介だ。いかにもいやそうに、鼻に皺を寄せている。道之介の性格はわかっていたが、この場でそんなことを言われると異様さを覚える。あまりに異質な人だ、と感じざるを得なかった。

「罪の意識に苛《さいな》まれて、自首でもするか？　冗談じゃねえぞ。自首なんて、絶対に許さないからな」

どうやら、そう釘《くぎ》を刺したかったらしい。なるほど、確かに辰司も含めた三人は自首しかねない勢いである。だが辰司は、自首は考えていなかった。自首は、責任の取り方として甘いと思っていた。

「心配なく。おれは自首しませんよ」

言うと、道之介は意外そうに「ほう」と眉を吊《つ》り上げた。

「そりゃ助かるね。他のおふたりさんはどうなんだ。辰司はずいぶんと肚が据わっているようだぜ」

道之介は智士と翔の顔を交互に見た。問われてふたりは、思わずといった様子で視線を合わせる。毅然《きぜん》と首を振ったのは、智士だった。

「おれも自首はしません」

辰司は智士の目を真っ直ぐに見つめた。その目の奥には、自分と同じ考えが潜んでいるような気がした。

「おれも」

翔が追随した。むしろ心配なのは、彩織だった。

「逆に、道之介さんにお願いしたいです。彩織はこれ以上無理なほど、自分を責めているはずです。あいつが馬鹿な真似をしないよう、気をつけていてください」

「ああ、わかってる。もっとも、あいつがお前らに相談せずに勝手な真似をするはずがないけどな」

辰司の言葉に、道之介はそう答えた。道之介はさすがに彩織をよく理解している。道之介の言うとおり、彩織が自分だけの判断で行動するとは思えなかった。

「よし、自首しないと決まったんなら、今後のことだ」

道之介はパチンと手を打った。これからのことを考えるのは重要である。だが今は、とてもそんな気力がない。道之介が率先して考えてくれるなら、ありがたいと言えた。

「一応計画は、アクシデントはあったがうまくいったと見做《みな》していいだろう。金は手に入ったし、警察に目をつけられるようなへまはしていない。どうだ、そういう認識でいいか」

身代金の回収役である智士と翔、それと計画立案者である辰司に、道之介は確認する。子供の死を〝アクシデント〟と称してしまうことには大いに違和感があったが、警察の目をかいくぐって首尾よく身代金を入手したことは事実だった。辰司を含め、誰も異は唱えない。そのことに気をよくしたように、道之介は続けた。

「だったら、最後まで予定どおりにやり抜こうぜ。金はここに二億ある。ひとり頭、四千万だ。まあ、そこそこ贅沢できるな。分け合って、お疲れ様ってことにしようじゃねえか」

道之介は自分の背後に顔を向けた。そこにはナップザックがふたつ置かれている。智士と翔が身代金運搬用に使ったものだ。辰司はそちらを見やったが、すぐに目を逸らした。そこにあるのは汚《けが》らわしいものに思えた。

「おれは、すぐには持ち帰れない。しばらく預かっていてもらえませんか」

反射的に出た言葉だった。家族の目がなくても、持ち帰る気にはなれなかった。智士と翔も、同じことを言った。智士はともかく、翔はいくらでも金を家に隠せそうなものだが、子供の犠牲の上に手にした金を受け取りたくないのだろう。

「ああ、かまわないぜ。いきなり金遣いの荒い生活なんてされたら、まずいからな。おれががっちり管理しておいてやるよ」

道之介は嬉しげに答えた。大金が手許にあるだけで、昂揚するのかもしれない。異質な人ではあるが、やはりこういう仲間は必要だったのかもしれないと思えた。罪の意識に苛まれず、平然と金を預かれる人の存在が、今はありがたかった。

辰司、少し話がしたい。彩織の家を出ると、智士にそう言われた。辰司も同じ考えだったので、「ああ、おれもだ」と答える。翔とはその場で別れた。智士は何か言いたげだったが、結局言葉を呑み込んだ。翔も似たような反応だった。

「どこに行く？」

周囲に人がいる場所で話せることではない。またカラオケボックスにするかと考えていたら、智士は「隅田公園まで行くか」と言った。

「歩くけど、狭いところはいやだ」

「そうか。じゃあ、そうしよう」

歩くとはいっても、急げば十分くらいの距離だ。その道のりを、言葉も交わさず黙々と早足で歩いた。前後したり横に並んだりする智士の存在を意識していたら、その気持ちがやがてわかってきた。確かに、今から言おうとしていることは密閉された空間で口にしたくはない。子供の頃から慣れ親しんだ隅田公園は、ふさわしい場所に思えた。ということは、智士もやはり同じ考えなのだ。互いの性格が似ていると感じたことは一度もないが、こんなときの判断が分かれるはずはないのだった。

隅田公園に着き、空いているベンチに並んで坐った。昼間だが、真冬なのであまり人は多くない。隣のベンチにも、誰も坐っていなかった。腰を下ろしてから辰司たちは、しばらく言葉を発さなかった。黙ってじっと、隅田川の水面《みなも》を眺めた。

「……おれたちは、馬鹿だったな」

先に口を開いたのは、辰司だった。だが単に順番が先になっただけで、智士も言いたいことは同じだろうと思った。愚かとしか、言いようがない。どんな非難も、今はすべて正当だった。

「渦中にいると、自分たちの馬鹿さ加減がわからないもんだな。一部始終を第三者が見ていたら、それ見たことかって言うよ、きっと」

智士はそんなふうに自嘲した。まったくそのとおりだ。比奈子が死んだ怒りに、我を忘れていた。報復がすべてになり、その結果に思いが至らなかった。社員の子供を誘拐したところで、東芳不動産が悔い改めて開発をやめたりするわけがない。そんなことはわかっていたはずなのに、行動することを優先した。当人たちにしてみればやむにやまれぬ行為だったが、第三者には的外れとしか思えないだろう。辰司も智士も、恐ろしいまでに視野が狭くなっていた。その結果がひとりの子供の死とは、あまりに重い現実だ。重すぎて、償う手段はほぼ限られていた。辰司は考えていたことを口にした。

「おれたちは罪を犯すと決めた時点で、罰を受けなきゃいけなかったんだ。刑に服するという意味だけじゃなく、本当の意味で罪を償う罰を、な」

前置きのつもりだった。続けて本題を切り出そうとしたら、智士に先を越されてしまった。

「おれが背負うよ」

ずっと隅田川を見つめていた智士が、こちらに顔を向けた。見返すと、笑ってはいないが柔和な表情だった。先ほどまでの、苦渋に満ちた顔つきではない。まるで憑《つ》き物が落ちたかのようだった。決意を固めた顔だ、と察した。

「おれが背負う。何も五人揃って死ぬことはないだろう。おれが言い出したことだから、責任を背負うのはおれであるべきだよ」

智士は軽い口調で繰り返した。辰司は鋭く首を振った。

「いや、おれの責任だ。計画を立てたのはおれだからな」

五人同罪、とは考えていなかった。誰が最も罪深いかと言えば、警察官であるにもかかわらず犯罪に走った辰司が一番罪深いのだ。ならば、取るべき責任も一番重いことになる。命で贖《あがな》わなければならないのは自分だと、子供の死を知ったときから気持ちは固まっていた。

「辰司が死んだら、徹底的に理由を探られるだろう。そんなことをされたら、まずいじゃないか。おれたち五人の中で、一番死んじゃいけないのは辰司だぜ」

そう言い返された。すぐには反論の言葉がなかった。智士の言うことは正しい。よほどもっともらしい理由を作り、きちんと遺書に残しておかなければ、警察官の自殺は監察の対象になる。今になって警察の注意を惹くのは、残る者たちのためにならない。絶対に避けなければならないことだった。

「なっ。死ぬのはおれじゃなきゃ駄目なんだよ。もちろん、ふたり揃って死ぬわけにはいかないぜ。辰司に死なれたら、若菜と賢剛を誰に託せばいいんだ。おれはこれほどまでに馬鹿なことをしでかしちゃったんだから、死ななきゃならないと思ってる。でもただひとつ心残りなのが、若菜と賢剛のことなんだ。ふたりを悲しませてしまうと思うと、本当に辛い。こんな馬鹿な夫で、父親で、申し訳ないって詫びたいよ。でも、それもできないだろ。だからせめて、辰司にふたりを見守っていて欲しいんだ。辰司以外には頼めないことだからな」

何も言い返せなかった。思い返せば、いつもこうだった。ふだんは理不尽なことを言われてもへらへらと甘受してしまうくせに、いざとなると一歩も引かない。肚を括ると、決して迷わない。決意した智士を論破するのは、不可能なのだ。こんなときでも言い負かされてしまう自分が、辰司は情けなかった。

「なんでおれは……、なんでおれは口では智士ちゃんに敵《かな》わないんだろう。こんなときくらい、智士ちゃんに勝ちたかったよ。辰司の言うとおりだ、って言わせたかったよ。なんでおれは勝てないんだよ」

己の負けを認めると、栓を開けたように涙が溢れ出した。大の大人が大泣きしていたら異様だとわかっていても、涙を止められなかった。両目を両手で覆い、髪を掻《か》きむしり、せめて嗚咽《おえつ》をこらえた。人との別れの本当の辛さを、辰司は今初めて知った。

「泣くなよ、辰司」

智士は笑った。乾いた笑い声だった。もう智士は、心から笑うことをやめたのだ。おれも二度と笑うことはないだろう、と辰司は思った。

「馬鹿の末路だ。でも、おれはもしかしたら楽な方を採ったのかもしれないな。残るお前の辛さを思うと、申し訳ないよ」

「そんなこと……、いいんだ」

いくら辛くても、それが罰なら避けない。生きて生きて、何十年でも償い続けると決めた。そうすることが、生き残る者の務めだった。

「いろいろ整理するから、準備が整ったら知らせるよ」

智士は冷静だった。辰司は歯を食いしばりながら、「うん」と答えるのが精一杯だった。

隅田川の水面は、日の光を浴びて静かに輝いていた。


夜の闇を呑んで、隅田川は黒々と眼前にあった。

智士は「若菜と賢剛を頼む」と言い残し、まったくためらいもせずに川に向かって飛び降りた。手摺《てす》りに結びつけられたロープが、ピンと伸びる。智士の体は、水面にまでは届かなかった。宙に浮き、ゆらゆらと揺れた。

辰司は空を見上げた。東京の空に、星は少ない。隅田川の漆黒の色に比べて、濁っているようだった。声は漏れなかった。涙は流れなかった。ただ、大きなものを失った。

罪の重さを、辰司は思った。

第七部　亮輔と賢剛

1

　事件捜査は意外な形で進展した。当初それは、辰司殺しと関係があるとは思われていなかった。言ってみれば、けちな痴漢でしかなかったからだ。その男は混雑している浅草の仲見世《なかみせ》通りで痴漢を働き、逆に女性に取り押さえられて現行犯逮捕された。男は逃げようとしたが、周りの客も協力して捕まえ、駆けつけた警察官に連行された。男の風貌が隅田公園の防犯カメラに映っていた人物と似ていると気づいたのは、浅草署の刑事だった。辰司殺しは浅草署にとって担当外の事件ではあるが、犯行現場は隅田公園である。地元で発生した事件とのことで、署員は関心を抱いていた。だからこそ、男の風貌の類似に気づいたのだった。

そのことはすぐに捜査本部に知らされ、捜査員が浅草署に乗り込んでいった。賢剛もその中のひとりだった。防犯カメラの映像で見る限り知人とは思えなかったが、念のため当人の顔を見て確認することになったのだ。

取調室の隣の部屋からマジックミラー越しに一瞥《いちべつ》して、知った人物ではないと断じた。すれ違った記憶すらない。間違いなく、地元の人間ではなかった。そのことに賢剛は、改めて安堵《あんど》した。辰司が個人的恨みで殺されたとは、未《いま》だに思いたくないのだった。

「違うか」

岸野に念を押された。横に立つ岸野に顔を向け、「はい」と頷《うなず》く。そうなればもう、所轄刑事の出番ではなかった。後ろに下がり、マジックミラーの前は捜査一課刑事に譲った。ミラーの向こうでは、別の捜査一課刑事が男を尋問していた。

あれが辰司を殺した男なのだろうか。男は五十前後の、小柄な体軀《たいく》だった。百六十センチそこそこだという。前歯が出ているので、鼠《ねずみ》に似ている。押し出しがいいとはとても言えず、忌憚《きたん》なく言えば貧相な外見だった。着ている服も、安物に見える。

これまで捜査本部は防犯カメラに映った男を重要人物と見做《みな》して捜査してきたが、果たしてそれでよかったのかと、賢剛は今になって疑問に思った。男は痴漢をして捕まったのだ。しかもその場所は、隅田公園とは目と鼻の先の仲見世通りである。もし男が辰司を殺していたなら、できるだけこの界隈《かいわい》には近づかないようにするのではないだろうか。まして、痴漢などというくだらない犯罪を犯して捕まるような間抜けなことをするとは考えられない。男が痴漢を働いたのは、辰司殺しと無関係だからではないかと思えてならなかった。

案の定、マイクを通して聞こえるやり取りでは、男は辰司殺しを持ち出されると驚愕《きょうがく》していた。目を見開き、とんでもない疑いをかけられたとばかりにぶるぶると首を振る。その様はいかにも気が小さそうで、殺人という大罪を犯せる肝があるようには見えなかった。マジックミラーの前に立つ一課刑事たちは賢剛に背を向けているが、それでも失望する気配がありありと感じ取れた。

一時間ほどして、取り調べている刑事は席を外した。こちらの部屋にやってきて、うんざりしたような顔で首を振る。

「ありゃ違うかもしれないな」

気が小さそうな割に、辰司殺しについては頑として認めないのである。それは白を切っているからではなく、本当に殺人に関与していないためかもしれなかった。なぜ隅田公園から逃げるように出ていったのかとの質問には、そのときもやはり痴漢を働いたからだとあっさり答えた。声を出されて、慌てて逃げたそうだ。被害者が名乗り出ていないので裏づけがないが、その説明は腑《ふ》に落ちた。

痴漢をした相手の容姿を男が細かく憶《おぼ》えていたので、それに基づいて被害者捜しをすることになった。地取り担当の者たちで情報を共有し、各自浅草署を出発する。賢剛たちも、この男の線は望み薄と見做してこれまでの捜査に戻ることにした。結局、的外れの人物を追っていたことで捜査は停滞していたも同然である。徒労感は大きかった。

「やっぱりおれは、行きずりの犯行じゃないって気がしてきたぞ」

浅草署を出ると、岸野は思いがけず自信たっぷりに言い切った。知人の犯行とは考えたくない賢剛としては、理由を訊《き》かずにはいられない。

「どうしてですか」

「そんな単純な事件じゃないだろうってことだ。このヤマには絶対、根深い裏がある。そうじゃなきゃ、元サツカンが殺されたりしないだろう。当たり前すぎて誰も口に出さなかったが、一課刑事ならみんな、第一印象でそう思ったはずだよ」

「そうですか」

事件にはそれぞれ、特徴がある。顔、と言い換えてもいい。人間の顔を見れば、その人の年齢や人となり、場合によっては生活環境まで察しがつくこともある。それと同じように、経験を積んだ刑事なら事件の第一印象で漠然と全貌を思い描けるのだろう。辰司殺しは単純な事件ではないと岸野が直感したなら、おそらくそれは正しいのだ。実は賢剛も、そうであろうと予想していた。その予想から目を背けていただけだった。

「そうなると、地取りより鑑《かん》だ。ガイシャの人間関係を、徹底的に洗い直す。そのためには、君の地縁が頼りだ。期待してるぞ」

「はい」

力強く言われ、賢剛は軽く頭を下げた。辰司の人間関係に殺しの動機が潜んでいるなこ、確かに賢剛の人脈が役に立つ。しかしそれは、諸刃《もろは》の剣《つるぎ》でもあった。賢剛だからこそ、聞き出せないことがあるかもしれない。賢剛の脳裏には今、小室の顔が浮かんでいた。小室はきっと、賢剛にだけは決して真実を語ってくれないだろう。

その足で、生前の辰司を知る人を訪ねて歩いた。だが岸野の意気込みも空《むな》しく、依然として目新しい情報には行き当たらなかった。夜の捜査会議でそのことを報告し、帰路に就く。電車の中でスマートフォンを取り出し、メッセージを受信していたことに気づいた。相手は英玲奈だった。〈仕事お疲れ様。何時でもいいから電話ちょうだい〉と書いてある。しばらく英玲奈とも言葉を交わしていない。ついに痺《しび》れを切らしたかと、少し申し訳ない気持ちになった。英玲奈にはずっと甘えっぱなしだという自覚がある。

浅草駅に着いたときには深夜零時に近かったが、何時でもいいとのことなので遠慮なくかけることにした。むしろ、電話が来るまで寝ないでいるのだろうから、早くかけてやった方が英玲奈のためである。歩きながらスマートフォンを操作すると、すぐに繫《つな》がった。

「ああ、ごめんね。忙しいのに電話させて」

賢剛が名乗ると、英玲奈はまず詫《わ》びた。相手からは見えないのを承知の上で、賢剛は首を振る。

「いや、謝るのはこっちだよ。ずっと仕事にかまけてた」

「亮ちゃんのお父さんの事件なんだから、しょうがないよ」

英玲奈はそう言ったきり、口を噤《つぐ》む。用件があって電話をしてきたのかと思ったから、賢剛はそのまま待ったが、数秒の沈黙ができてしまった。しかしその沈黙で、英玲奈の言いたいことを察した。本当は捜査状況を訊きたいのだ。だがそれは他言できないことわかっているから、黙ってしまう。そんな心の動きが読めるくらいには、互いを理解しているつもりだった。

「おれは、この事件が怖いよ」

だから、せめて今の気持ちを言葉にした。こんなことが言える相手は、英玲奈だけだった。

「怖い？」

英玲奈は訊き返してくる。賢剛は見えない相手に向かって頷いた。

「ああ、怖い。できるなら、捜査本部から外して欲しいくらいだ」

「何か、知りたくないことがわかっちゃったの？」

この質問は、捜査状況を尋ねるものだ。もちろんそんなことは英玲奈もわかっているだろうが、好奇心ではなく、賢剛を気遣う気持ちから発しているのである。ただありがたいとだけ思った。

「おれはきっと、知らなかった方がいいことに触れてしまう。それは辰司さんのことだけじゃなく、おれの父にも関係していることなんだ」

「えっ、なんで賢ちゃんのお父さんにまで……」

英玲奈が言葉を途中で吞《の》み込んだのは、さすがに踏み込みすぎた質問だと思ったから
だろう。だが賢剛自身も、うまく説明できない。ただの予感に過ぎないからだ。
「辰司さんが殺されたことに、おれの父が関係してるって意味じゃないよ。ただ、辰司
さんのことを調べていけば、どうしたって父を知ることになるんじゃないかと思うんだ。
でも小室さんは、それは知らない方がいいって言ったんだよ」
「小室さんが？　それってつまり――」
「ああ。小室さんは間違いなく、何かを知っている。でもおれは、訊けなかった。怖か
ったから」
「そう」
英玲奈は小さく相槌《あいづち》を打った。またやり取りが途切れる。それでも、家まではもう少
し距離がある。歩いている間は、英玲奈と話をしていたかった。
「賢ちゃんが怖いと思うのはわかるよ」数秒の沈黙の後、英玲奈は続けた。「小室さん
も思わせぶりだよね。そんなこと言われたら、気になっちゃうじゃないねぇ。でも、知
りたくないわけじゃないんでしょ。本当は知りたいんでしょ。それがどんなことであっ
ても」
「……ああ、そうだな」
英玲奈に問われ、自分の本心を確認した。確かにそのとおりだ。どんなことであった
としても、知りたい。知らなければならないと思った。

「賢ちゃんは子供のときからずっと、お父さんが自殺したことが心の底で異物みたいになってたんじゃないの？　それをそのまま抱えて生きていくか、それとも引き揚げて捨てるか、今が決めるチャンスなんだよ。あたしは、賢ちゃんが前に進むためにもはっきりさせた方がいいと思う。もしそのせいで賢ちゃんが傷ついちゃったら、申し訳ないけど」

英玲奈らしい、きっぱりとした物言いだった。英玲奈の価値基準は、常に明確だ。迷ったら、前向きな判断をする。それはシンプルだからこそ、力強かった。英玲奈と一緒にいれば、たとえ間違った判断をしたとしても、きっと後悔はしないだろうと思える。だから、英玲奈にそばにいて欲しいのだった。

「そうだな。英玲奈の言うとおりだ。なんか、恥ずかしいこと言っちまったな。でも、英玲奈と話せてよかった」

「お役に立てたなら光栄です」

少しおどけた調子で、英玲奈は言う。電話越しに、ふたりで笑った。

まだ電話は切りたくなかった。少しゆっくり歩いていこうと、賢剛は思った。

2

もし父が、賢剛の父親の死に立ち会っていたなら、とても普通の精神状態ではいられなかっただろう。ならば、母は絶対に気づいていたはずだ。母は特別に鋭い人とは思わないが、父の動揺に気づかないほど鈍感ではない。ましてそれが親友の死に起因するのであれば、身近な人に隠しきれるわけがなかった。

「母さん」

帰宅して、テレビを見ていた母に話しかけた。母はテレビのボリュームを絞り、「何？」と応じる。母も、テレビ番組を見るくらいの元気は取り戻したようだ。ただ点《つ》けていただけで、集中して見ていたわけではないかもしれないが。

「あのさ、賢剛の親父《おやじ》さんが死んだ日のことだけど、父さんは普通に過ごしてた？」

いきなりの質問だが、父の様子がおかしかったならきっと記憶に残っているはずなので、即答できるだろう。果たして、母はさっと表情を引き締めた。

「どうしてそんなことを訊くの？」

「うん、ちょっと……」

曖昧にごまかすと、母はすっと息を吸って、はっきりと言い切った。

「変だったわよ。すごく変だった。怖い顔して帰ってきたかと思ったら、そのままお風呂に入って、ぜんぜん出てこないの。二時間くらい籠《こも》ってたんじゃないかしら」

「二時間」

確かにそれは、普通ではない。長湯をする父は、まったく記憶になかった。

「で、出てきたときは目が赤くなってた。どうしたのって訊いても、なんでもないって言うのよ。なんでもないわけないけど、しつこく訊いちゃいけない雰囲気だったの。あたしもあなたも近づけさせないような、すごい拒絶の雰囲気だった」

「それが、賢剛の親父さんが死んだ日だったんだね。でも、そのときは母さんは知らなかったんでしょ」

「そうよ。知ったのは次の日よ。聞いてびっくりした。それと、怖くなった。お父さんのあの怖い雰囲気は、そのせいだったんだって思ったから。正直言うとね、あのときはお父さんが智士さんを殺したんじゃないかって、本気で疑った。そんな、人を殺した後みたいな雰囲気だったからね」

　母はそのときの恐怖を思い出したかのように、両腕を交差させて自分で自分の肩を抱いた。話で聞いただけでも、疑わざるを得ない状況である。母が感じた恐れは、亮輔にも容易に想像がついた。

「じゃあ、自殺ってわかったのはいつ？」

「いつだったかな。次の日のうちだと思うけど。さらにその次の日かな。ともかく、警察の現場検証で自殺に間違いないってことになったのよ。それを聞いて、その場にしゃがみ込んだわ。智士さんや若菜さんには悪いけど、ものすごく安心した」

「いや、それはそうでしょう」

　亮輔は母の気持ちに同調した。家族にそんな思いをさせたことを、父はどう認識していたのか。自分のことだけで頭がいっぱいだったのだろうか。

「おれがいまさらこんなことを訊いたのはね、父さんは賢剛の親父さんの自殺に立ち会ったんじゃないかと思ったからなんだ。どうも、おれの想像は当たりみたいだね」

「えっ、どうしてそう思ったの？」

母は不思議そうに目を見開く。亮輔は自分が思い出したことを語って聞かせた。

「——つまりさ、父さんは賢剛の親父さんの自殺の理由を知っていたんだよ。奥さんですらわからなかった、自殺の理由を」

「そうなんでしょうね。だからあたしも、若菜さんにはこのことを言えなかったのよね」

「自殺の理由、見当つく？」

あまり期待せずに尋ねた。案の定、母は首を振る。

「ううん、ぜんぜん。若菜さんもわからないのに、見当つくわけないわ」

「だろうね」

しかし、これではっきりした。賢剛の父親が自殺した理由は、人に言えない後ろ暗いことだったのだ。そしてそれは、父も知っていた。共有していたことだったのかもしれない。親友が死ななければならなかったほどの、父の秘密。いよいよ、息子が触れてはならないところまで来てしまったのだと感じた。

だからといって、ここで立ち止まるつもりはなかった。最初に決めた一週間という期限は、とっくに過ぎている。だがいまさら、すべてを捨て置いて就職活動などできない。

せめて少しでも前進している手応えが欲しかった。今の中途半端な状態は、まさに自分の人生そのものだと感じられてならないからだ。ここで恐れをなして諦めるようでは、この先何もできないだろうと思った。

自室に戻り、机に向かって思考に集中した。父たちが隠しとおした秘密に迫らなければならない。そのための手がかりは、どこにあるか。これまで得た情報を、改めて検証してみる。手始めに、まずは原点に返ってみるべきかと考えた。原点とは何か。思い返せば、父のスクラップファイルを見つけたことが様々な疑念を呼び起こす契機だった。返るべきは、あのファイルか。

不意に、大きな見落としをしていたことに気づいた。なぜこれまで放っておいたのかと、自分をなじりたくなる。父が作っていたファイルは、一冊だけではなかった。父はふたつの事件を追っていたのだった。

忘れていたわけではないが、小さい事件だからとあまり気にかけなかった。しかし、事件の大小が問題なのではない。むしろ父にとっては、知人の事件の方がずっと大きいものだったかもしれないではないか。父が育児放棄事件をどれくらい気にしていたのか、直接的な関わりはあったのか、そこを調べてみるべきだと結論した。

ふたたび居間に戻って、育児放棄をした人と親しかったのは誰かと母に尋ねた。だが母はさほど深い付き合いがあったわけではないらしく、ぜんぜん知らないと言う。ならば、別の人に訊くしかない。そこで思い出したのが、最初に話を聞きに行った佐島だった。そういえば佐島は、金のせいで子供を死なせてしまった人もいた、と言っていた。あれは育児放棄事件のことだったのではないか。佐島が直接その母親のことを知っていたとは思えないが、この土地に生まれ育った人ならではの情報があるかもしれない。話を聞きに行って、無駄にはなるまいと考えた。

電話をしてまた話を聞かせて欲しいと頼むと、佐島は快く応じてくれた。明日、訪ねていくことを約束する。電話を切った後は、賢剛の父親の死に立ち会った父の心境を想像してみようとした。だが結局、父の気持ちを推し量ることはできなかった。父に死なれて、以前よりも存在が遠くなってしまったように感じた。

翌日の夜に、佐島を訪ねた。前回と同じように歓迎され、居間に通される。向き合って、用件を切り出した。

「今日伺いたいのは、父のことでも、賢剛の親父さんのことでもないんです。この前お邪魔したとき、金のせいで人生を狂わせて子供を死なせた人がいる、とおっしゃってましたよね。あれは育児放棄をした人のことですか」

この質問は佐島にとって予想外だったようで、しばしきょとんとした顔をした。そしてその表情のまま、問い返してくる。

「ああ、そうだよ。それがどうかしたかな？」

「父が、その事件についての新聞記事をスクラップしていたんです」

「なるほど、そういうことか。前も言ったが、辰司さんはその件にかなり腹を立てていたからな」

　納得がいったらしく、佐島は何度も頷く。前回は聞き流してしまったが、父がどう怒っていたのかを詳しく訊くべきだった。

「父は、その夫婦と特別に親しかったわけではないんですよね。それなのにどうして、そんなに怒っていたのでしょう？」

「親しくないといっても、付き合いはあったからな。そういうときに怒るのが、お前のお父さんだったんだよ」

　わからなくはないが、新聞記事をスクラップして保存してあったほどだから、もっと何か特別な関わりがあるのではないかと想像した。ただ、佐島からそれを聞き出せるとも思わなかったが。

「父は、誰に対して怒っていたんですか？　育児放棄をした母親ですか。それともその原因を作った夫の方ですか」

　新聞記事を読む限り、母親は加害者ではなく犠牲者に思えた。ならば、父が腹を立てていたのは夫か。父はその人物に、何かしたのだろうか。

「一応言っておくと、おれはお前の親父さんと親しかったわけじゃない。だから、人づてに聞いた印象でしかないぞ。それでもいいか」

　佐島は前回にも言ったことを繰り返す。亮輔ははっきりと頷いた。

「はい、もちろんかまいません」

「おれが聞いた限りでは、お前の親父さんは事件そのものに憤っているようだった」

「事件そのもの」

よくわからなかった。罪を憎んで人を憎まず、といった意味か。佐島は小首を傾《かし》げながら、補足する。

「どう言えばいいかな。事件の悲惨さに腹を立ててたと言うか。いや、そんな事件が起こること自体に怒りを覚えてたのかもしれないな。となると、時代に怒っていたのか。あれは、あの時代が引き起こした事件だったからな」

「時代に怒る」

土地を売って大金を手にするとは、まさにバブルならではの話だ。生まれてこの方、不況しか知らずに育った亮輔の世代からすると、バブルの逸話は羨ましい限りである。だが中には、嫌悪を込めて当時を振り返る論調もある。父は回想ではなく、リアルタイムでバブルに憤っていたのか。だとしたら、その硬派ぶりはいかにも父らしかった。

「バブルのせいで運命を狂わせたのは、その一家だけじゃなかったんだよ。ヤクザ者にしつこく押しかけられて、ストレスで流産してしまった人もいた。ヤクザが怖くて家に引き籠って、熱中症で死んだ老人もいた。そんなことが続いていたからよけいに、辰司さんは腹を立てたんじゃないかな。金がすべてという時代が、大なり小なり人間を狂わせていたんだよ」

当時を思い出すように、佐島は訥々《とつとつ》と語った。バブルの地上げというと、ヤクザがダンプカーで突っ込んでくるといったステレオタイプなイメージしかなかったが、新聞記事にはなりにくい形で犠牲になった人がいたのだ。その上での育児放棄事件なら、父が憤ったのはよく理解できる。果たして父は、その憤りをどこにぶつけたのか。単に腹の底に呑み込んだだけだったのか。

「怒った父は、何かをしなかったですか」

この質問を口に出すのは、少し怖かった。下手《へた》をすると、いらぬ疑いを佐島に抱かせてしまうからだ。だが佐島は、不思議そうな顔をするだけだった。

「何かって、何をだ」

「例えば、ヤクザを殴るとか」

取りあえず、思いつきを口にした。そんな単純な話でないことはわかっていたが。

「殴りたかったろうけどな。ただ、辰司さんは警察官だったよ。むしろ、警察官なのに何もできないことが歯痒《はがゆ》かったんじゃないかな。何もしない警察に腹を立てている人も、中にはいたぞ」

なるほど、あり得る話である。理不尽な出来事を前にただ手を拱《こまぬ》いているだけの父をまず想像したが、それよりは何かやったのではないかと今は思える。そしてその何かは、ひとりではなく賢剛の父親とともにやったのだ。さらに想像を進めれば、それが原因で賢剛の父親は自殺したとも考えられる。想像の上に想像を重ねただけに過ぎないが、様々な情報のかけらを総合するとあながち間違っているとも思えない。そして、父たちが何をしたのか見当をつけるのは、今や難しくはなかった。だが、あまりに突拍子もない結論に自分でも首を傾げたくなる。

父は、時代に復讐《ふくしゅう》をしたつもりだったのだろうか。狂騒の時代への復讐を考えたとき、そのターゲットとして東芳不動産を選ぶのは妥当だ。情報のかけらが、ぴたりぴたりと妄想に当てはまっていく。できるなら、誰かに否定して欲しかった。

「賢剛の親父さんはどうでしたか？　地上げに腹を立ててましたか」

もしこの妄想が当たっているなら、賢剛の父親もまた父と同じ憤りを抱えていなければならないことになる。だから尋ねたのだが、佐島の返事は予想と違った。

「どうだったかなぁ。お前は知らないだろうけど、智士さんはすごく温和な人だったんだ。怒っているところなんて、おれは見たことがなかったよ。だからたぶん、ひどい話だとは思ったろうけど、腹を立てたりはしなかったんじゃないかな。おれはにこにこしている智士さんしか思い出せない」

「そうですか」

これは妄想を否定する材料と言ってもいいのだろうか。少なくとも、妄想に当てはまらない証言がひとつ出てきたことは確かだ。そのことに満足し、切り上げることにする。自分に正直になれば、これ以上話を聞くことが怖くもあった。

佐島宅の玄関を出て、そのまま歩き出そうとしたときだった。不意に背後から、「おい」と呼び止められた。足を止めて振り向くと、塀に背を預けてしゃがみ込んでいる老人がいた。白髪の老人は手にしている杖《つえ》を支えにして、ゆっくり立ち上がろうとしている。他に人はいないから、この老人が呼びかけたのだろう。だが、顔に見憶えはあるのずでこの地域の住人だとは思うが、名前までは知らない。なぜ呼び止められたのかわから

「はい、なんでしょう?」

「あんた、ここの住人と親しいのか」

ようやく立ち上がった老人は、いきなり不躾《ぶしつけ》な質問を向けてきた。なぜ面識もない相手からこんなことを尋ねられるのか、よくわからない。眉を顰《ひそ》めて、逆に問うた。

「それがどうかしましたか」

「たまたま、あんたがこの家に入っていくのを見た。大して親しくもない相手の家を訪ねるのは、くだらない話を聞くためか」

なぜか、老人はこちらの行動を把握していた。亮輔からすればどこの誰かもわからないのに、どうしてこの老人は佐島と大して親しくないと決めつけるのだろう。しかもそれが当たっているから、よけいに不気味だ。改めて、相手の顔をよく観察した。

老人は相当な年だった。八十はとっくに過ぎているのではないか。杖に両手を載せ、体重を預けている。だがあまり弱々しげな気配はなく、むしろ炯々《けいけい》と光る目が力を感じさせた。こちらに真《ま》っ直《す》ぐに向けられた視線には、怒気が籠っているかのようだった。

「あなたはどなたですか」

訊かずにはいられなかった。名前も知らない老人から、怒りを込めて睨《にら》みつけられる憶えはない。しかし、人違いとは思わなかった。むしろ、こちらのことをよく知っている人物ではないかと感じられた。

老人はゆっくりと杖を持ち上げ、その先を亮輔に向けた。そして、薄い唇を開いて明瞭に言った。

「馬鹿げた真似《まね》はするなよ」

そのひと言を吐き出すと、ゆっくりと踵《きびす》を返し、歩き出した。残された亮輔は、衝撃とともに直感した。

事件に関わるなと警告する怪文書を送ってきたのは、この老人だ。これはもう、単なる当てずっぽうではなく厳然たる事実と思えた。しかし、だとしたらいっそう謎が深まる。老人は誰なのか。なぜ、名前も知らない人物があのような警告文を送ってきたのか。

追いかけて、相手の名を聞き出すべきだとわかっていた。だが亮輔の足は竦《すく》み、その場から動けなかった。すぐそこにある答えを摑《つか》むことに、恐怖を覚えている。亮輔が知ろうとしていた父の過去は、想像より遥《はる》かに深い闇に結びついていたのだ。

やがて亮輔の心の底に、小さな感情が宿った。それは怒りだった。

3

聞き込みに疲れ、少し休憩することにした。刑事といえども、朝から晩まで休憩なしに歩き回ることはできない。三十分ほどでも脚を休めるのは、仕事のうちと言えた。ならばと、馴染《なじ》みの店に行くことを賢剛は提案した。

「ここからなら近いから、行きませんか。旨《うま》いコーヒーを飲ませてくれます」

「旨いコーヒーか。おれの舌じゃ、安いコーヒーで充分なんだがな」

岸野はあまり気が進まなさそうなことを言う。しかし、コンビニのイートインはこれまで何度も利用している。たまにはきちんと淹《い》れたコーヒーが飲みたかった。

「飲めば味の違いがわかりますから、行きましょう。店の雰囲気もいいですし」

「じゃあ、君がそこまで言うなら行くか」

賢剛の押しの強さが思いがけなかったか、岸野は苦笑いを浮かべて承知した。《チェリーブロッサム》までは、歩いて三分ほどだった。

「いらっしゃいませ」

入り口のドアをくぐると、女性の声が出迎えてくれた。体調を崩して店を閉めていたと聞いたが、もうさくらは回復したらしい。従業員の女性とふたり、カウンターの内側に立っていた。午後三時を過ぎた時刻なので、店内には客が多かった。だが幸い、カウンター席がふたつ空いている。そこに、岸野と並んで腰を下ろした。

店内にはいつもどおり、若い客が多かった。以前に岸野が腐したように、かっぱ橋界隈にはあまりいろいろな店がない。ここは貴重な喫茶店で、しかも内装がしゃれているため、若い客が多いのだった。その意味で、岸野は少し浮いている。そうなることはわかっていたが、事前に話せば岸野が行きたがらないので、内緒にしておいた。しかし案ずるまでもなく、岸野は居心地《いごこち》悪く感じている様子はなく、興味深そうに店内を見回していた。

「かっぱ橋にこんな店があったんだな」

「ええ。おしゃれでしょ。ここは元、飴《あめ》工場だったんですよ。壁や床にはあまり手を加えず、そのまま喫茶店に転用したんです」

壁や床は板張りだが、その色は黒だった。長い時間をかけて、飴の煙が染み込んだのだろう。置いてある木製のテーブルも色を合わせてあり、まるで工場時代からここにあったかのようだ。壁には棚が作られ、本が並んでいる。カウンターの内側の食器棚には、様々なカップとソーサーが飾られていた。もともとかっぱ橋にあった建物を再利用しているだけなのに、かっぱ橋とは思えないハイセンスの店である。この内装はすべて、さくらのイメージどおりなのだそうだ。

「ほう、飴工場ね」

岸野は感心したような声を発した。かつてのかっぱ橋と、現在の需要を両方取り込んだこの店は、岸野の偏った印象を変えるかもしれない。そんな期待もあって、ここに連れてきたのだった。

目の前に、水が入ったグラスが置かれた。さくらではなく、もうひとりの従業員が立っている。アルバイトの子で、あまり話をしたことがない。さくらはカウンターの反対側の端にいて、こちらに近づいてこなかった。

「何にします？　ホットコーヒーでいいですか」

メニューを開いて、岸野に見せた。だが岸野はろくに見ずに、「ああ」と返事をする。岸野の視線の先には、さくらがいた。さくらの美貌に目を奪われているようだ。珍しくない反応なので、賢剛は苦笑しつつ言った。

「ここの店主ですよ。顔馴染みですから、紹介しましょうか」

「おっ、そうなのか。じゃあ、呼んでくれ」

仕事に専念していてあまり自分を見せなかった岸野が、初めて素を曝《さら》したように思えた。それが少し嬉《うれ》しく、笑いを含みながら「さくら」と呼びかけた。さくらは顔を向け、近づいてくる。

「いらっしゃいませ。久しぶりね」

賢剛たちの前に来たさくらは、そう話しかけてきた。捜査本部に詰めてから一度も来ていなかったのだから、確かに久しぶりだ。夜はアルコールも出す店なので、時間があるときはいつものメンバーで集まり、ここで飲むこともある。一方的にさくらに思いを寄せている勝俣を、賢剛たちは特に応援するでもなく見守っているのだった。

「仕事でこの辺りに来たんでね。ちょっと休憩。こちらは同僚の岸野さん」

他の客の耳を気にし、岸野を単に「同僚」とだけ紹介した。さくらは岸野に軽く頭を下げ、「いらっしゃいませ」と繰り返す。褐色の眸《ひとみ》に見つめられ、岸野は珍しく言葉に詰まったのか、「ああ、どうもどうも」などと曖昧な挨拶をした。

「仕事はどんな感じなの？」

さくらもむろん、賢剛が辰司殺しの捜査のためにこの界隈を歩いているのは知っている。だからこれは常連客に対する話の接ぎ穂ではなく、具体的な質問なのだ。辰司と直接付き合いがなくても、地元の人が殺されたとなると、やはり気になるのだろう。とはいえ、捜査の進捗状況を話すわけにはいかない。あえて軽い口調で、曖昧に答えた。

「まあ、ぼちぼちだよ」

「そう」

賢剛の口振りで、答えられないことを訊いたと悟ったようだ。さくらは素っ気なく応じると、「ごゆっくり」と言い置いて離れていった。できあがったコーヒーは、従業員が運んできた。

「さすがにコンビニのコーヒーとはぜんぜん違うな」

味にはこだわらないと言っていた岸野も、ひと口飲んで感《かん》に堪《た》えたような声を発した。

賢剛は自分の手柄のように「でしょう」と応じる。岸野は顔を寄せてきて、賢剛の耳許《みみもと》で囁《ささや》いた。

「あんな美人が淹れてくれたかと思うと、より旨いな」

岸野でもこんなことを言うのかと、妙に感心した。たったこれだけのことで、岸野との距離が近くなったようにも感じられた。

以後、コーヒーを飲み終わるまでさくらは近づいてこなかった。ふだんに比べ、少しよそよそしいようにも思えたが、こちらが捜査に関して何も言えないと知って気を使ったのだろうと受け取った。外に出ると岸野は、「いい店だ。また来よう」などと嬉しげに言った。堅物かと思っていた岸野の、意外な一面を見た思いだった。

その後の聞き込みでのことだった。辰司をよく知る人にはすでに複数回、話を聞きに行っているので、さほど親しい付き合いがなかった人にまで聞き込みの範囲を広げていた。辰司は地域の有名人だったから、一方的に辰司を知る人も少なくない。そんな中から、新しい情報が拾えないものかと期待をしているのだった。逆に言えば、それだけ手詰まりになっているということでもあった。

辰司より三歳年下の、山本《やまもと》という人の家を訪ねていた。三歳も違えば学校での付き合いはなく、面識があった程度の関係でしかない人である。案の定、特に目新しい話が聞けるわけでもなく、またも空振りに終わるかと思われた。こちらも期待をしていないから、家に上がり込んだりはせず、玄関先で立ち話だった。

そこに、若い女性が帰ってきた。娘のようだ。二十代前半ほどの娘は、賢剛たちを見てぎょっとしたように立ち尽くした。刑事が聞き込みに来るとは思っていなかったのだろう。少しおどおどした態度で頭を下げ、靴を脱いで家の中に入っていこうとする。そこを岸野が呼び止めた。

「娘さんですか。お疲れのところ申し訳ないですが、少し話を聞かせてもらえませんか」

「はあ、なんでしょう」

娘はいかにも気が進まなさそうに、渋々と振り返る。岸野はそんな相手の態度も斟酌《しんしゃく》せず、質問した。

「濱仲辰司さんをご存じですよね。お巡《まわ》りさんとして、この地域では親しまれていたと聞きます。濱仲さんが何者かに殺害されたことも、お聞き及びかと思いますが」

「はあ、知ってます」

少し地味な風貌の娘は、顎を突き出すようにして頷く。岸野は言葉を重ねた。

「濱仲さんについて、何か変わった噂《うわさ》とか評判とか、そういったものを耳にしたことはないですか」

「噂？　いえ、ぜんぜん」

予想どおりの返事を、娘はした。岸野も何も期待はしていなかっただろう。特に失望した様子もなく、型どおりの質問を続けた。

「どんなことでもいいので、濱仲さんについて何かご存じのことはないですか」

岸野が娘を呼び止めたのは、ほんのついでに過ぎなかったはずである。質問をしたのも、言ってみればルーティーン作業だ。それがわかっていたから、娘が「そういえば」と言ったときには賢剛は驚いた。ほとんど何もメモしていなかった手帳から、思わず顔を上げた。

「お巡りさんが亡くなった日だと思うんですけど、あたし、見かけたんですよね」

「えっ、そうですか。それは何時頃ですか」

「たぶん夜十時過ぎです」

十時過ぎなら、《かげろう》を出た後のことだ。《かげろう》を出た後の足取りは、未だ摑めていない。この娘は辰司を見た最後の目撃者かもしれなかった。

「どこで見たんですか」

「国際通りです。女の人と立ち話をしていました」

重大な新情報だった。《かげろう》を出た時点で、辰司は家のある方向に歩き出していた。それなのに、反対側にある隅田川に落ちた。帰路の途中で引き返したことになり、辰司にそうさせる何かが起きたことを意味する。その何かについて、娘は語っているのではないだろうか。

「女の人。その人は知っている人でしたか？」

岸野は思わずといった体《てい》で娘に近づいていた。娘は少し身を遠ざけながら、首を傾げる。

「それがですねぇ、どこかで見たことある人のような気がするんですが、思い出せないんですよ」

「見たことある？　つまり、この地域の人なんですか」

「いや、なんとも言えないです。でも、見憶えがあるならきっとそうなんでしょうねぇ」

娘の言葉は曖昧だった。もっと真剣に考えてくれ、と賢剛は心の中で念じた。

「どうか思い出してください。これは大変重要な情報です。思い出していただけると、本当にありがたいです」

岸野は懇願口調になっていた。娘は困ったように眉を寄せた。

「そう言われましても……」

「いくつくらいの人でした？　どんな服装をしていたか、憶えていませんか」

「うーん、あまり若い人ではなかったと思いますが、それくらいしか……」

岸野は言い方を変えて何度も同じことを訊いたが、娘は思い出せそうになかった。この様子からすると、今すぐには無理そうだと賢剛は思った。岸野も同じ判断をしたらしく、背広の内ポケットから名刺を取り出した。

「では、もし思い出したらご連絡いただけませんか。あ、そうだ。彼はこの辺に住んでいるんです。彼の方が電話しやすかったら、こちらにでもかまいませんから」

岸野は賢剛を指差して言う。賢剛もすかさず、自分の名刺を差し出した。名刺には携帯電話の番号が書いてある。

「はあ」

娘は不承不承といった態度で、それぞれから名刺を受け取った。岸野は「ぜひお願いします」と念を押して、辞去した。家の外に出ると、力強く「うん」と頷く。

「ようやくだな。ようやく、手応えのあるネタが摑めたじゃないか。その女が、きっと何かを知っている」

「そうですね。ただ、その女を特定できればいいのですが」

自分でも、あまり声に力が籠っていないのがわかった。辰司が女と話していたというのも、意外に感じられる。辰司と接点があった女と考えても、特に思い当たる人はいなかった。賢剛はこの情報に困惑していた。

娘が思い出すのには時間がかかると予想していたが、案に相違して電話がかかってきたのは翌日だった。スマートフォンのディスプレイに表示された知らない番号を見ても、賢剛は特に期待をせずに電話に出た。

「刑事さんでしょうか。あのう、昨日お目にかかった山本ですが」

「ああ」

相手が誰かわかっても、喜ぶよりもむしろぽかんとした。いったいなんの用件だ、と思ったのだ。

「昨日お話しした、お巡りさんと話をしていた女性、思い出しました」

「えっ、本当ですか」

思わず、疑うようなことを言ってしまった。そんなに簡単に思い出せるものだろうか、ととっさに考えたのである。娘は事情を説明した。

「今日、会社に行くときに思い出したんです。あたしの家から駅に向かう途中に、おしゃれな喫茶店があるんですよ。そこで働いている人が、お巡りさんと話をしていた女の人でした」

「喫茶店。それはなんという店ですか」

いやな予感を覚えながら、賢剛は問い返した。娘はあっさりと答えた。

「《チェリーブロッサム》って喫茶店です。ご存じですか」

4

自宅の自分の部屋に籠り、亮輔は改めて考えを組み立てた。まず、父は賢剛の父親が自殺をする理由を知っていた。これは間違いない。それを賢剛の父親本人も父も誰にも語らなかったのは、人に言えないことだったからだ。頑《かたく》なに守りとおさなければならないことなら、後ろ暗いことだったと思われる。そうなると、誘拐事件のスクラップが意味を持ってくる。

元号が平成になったばかりのときに起きた誘拐事件は、大喪の礼の警備に全国の警察官が駆り出されているときを狙った、千載一遇のチャンスに賭けたものだった。だからこそ、普通ならばまず成功しない犯罪なのに、犯人は見事に身代金を受け取った上に警察の追及から逃げ切った。調べた限りでは、そんな計画を立てられるのは犯人グループの中に警察官がいたからではないかとも推測されていた。もちろん、なんの証拠もない憶測でしかないが、今の亮輔には無視できなかった。

事件は、ふたりの子供を誘拐するという大胆なものだった。そして親たちの勤め先である東芳不動産に身代金を要求し、一億円ずつ別々に運ばせた上で奪取している。つまり、最低でも犯人はふたりいたはずなのだ。実際はもっとだろう。

というのも、父は大喪の礼の日、警備の仕事に就いていたからだ。父は計画立案だけで、実際には動かなかったと思われる。ならば、身代金を受け取ったのは誰か。ひとりは賢剛の父親だとしても、もうひとり必要だ。

それが誰かは、すぐに想像がついた。小室だ。小室も誘拐グループの一味だったのだ。いちいち符合《ふごう》する。誘拐犯のひとりであれば、その後の警察の捜査が気になったことだろう。ふだんは読書などしない人でも、誘拐事件に関する本だけは買って読んでいたのは、当然の心の動きだ。小室は父とはさほど親しくなかったようだが、賢剛の父親とは近しかった。賢剛の父親が誘えば、仲間に入っただろう。まして、誘拐計画のきっかけとなった女性に片思いをしていたなら、むしろ積極的に仲間になりたがったのではないか。

　誘拐された子供のうち、ひとりは親許に返されたが、ひとりは生きて帰れなかった。牛乳に対してのアレルギーを持っていた子供は、アナフィラキシーショックを起こして死亡した。解剖の結果、グラタンを食べたことが判明している。犯人グループは、子供が好きそうなものとしてグラタンを食べさせたのだろう。だがそれが、人質の子供には命を奪う毒だった。食べたものがグラタンという牧歌的な料理だったことが、より痛ましさを感じさせる。犯人グループに殺意がなかったことは、もうひとりは無傷で返した点からも明らかだった。

　おそらく父たちは、人質を無事に返す前提で計画を練ったに違いない。しかしアクシデントで、ひとりの命を奪ってしまった。その重い事実に背を向け、のうのうと生き続けたとは思えない。賢剛の父親が自殺した理由は、これだったのだ。

　父が極端に寡黙になってしまったわけも、理解できる。人質の死の責任は、賢剛の父親の方がより重かったのだろう。だが父も、できれば一緒に死にたかったのではないか。しかし、死ねなかった。その理由も、亮輔にはわかる。自分と、そして賢剛の存在だ。幼い息子たちを残して、父親ふたりがいっぺんに死ぬわけにはいかなかったのだ。

　なぜ父が賢剛の親代わりを務めたのか、これで明らかになった。父は、賢剛の父親から託されたのだ。だからこそ生き続け、賢剛の成長を見守っていたのである。父は亮輔に、賢剛とは義兄弟だと言った。可能なら、引き取って育てたかったのだろう。

動機は、義憤か。この地域の住人が、地上げが遠因で四人も死んだ。正義感を信条の第一義としてきた父にとって、それはとても容認できない理不尽な出来事だったのではないか。警察による正義は、遂行されなかった。思い余って、この地域の地縁を破壊した東芳不動産に復讐をした。同じく憤りを覚えていた他の者たちも、父の計画に加担した。それが、事件の真相だったのだ。

ほぼ矛盾なく、説明できてしまった。二十八年間、誰も辿《たど》り着けなかった真相についに辿り着いた。だが、達成感はまるでない。むしろ、真相を知る前よりも気分は重苦しかった。父は、犯罪者だった。それも無辜《むこ》の子供ひとりを死なせる、大犯罪の犯人だった。こんな真相を知って、晴れやかな気持ちになどなれるわけがない。知ってしまった事実は、ただただ重く、辛《つら》かった。

亮輔の心の底には、怒りがあった。父の愚かさに対する怒りだ。なぜ、そんなことをしたのか。地上げ行為には、あくまで法で対処できなかったのか。父は警察官ではないか。それがどうして、犯罪という暴力的な手段を選んだのか。まるで正義を履き違えている。その結果として人質の子供と、それから賢剛の父親まで死なせてしまったなら、愚かとしか言いようがなかった。

父に失望するのが悲しかった。この年までずっと、父を立派な人間だと思っていたのだ。あまりに父が立派すぎて、自分が卑小な存在にしか思えなかった。三十を過ぎても無職で、社会にまるで貢献できていない息子。父はそんな息子を情けなく思っていると、長い間引け目に感じていた。それなのに、裏切られた。子供を死なせる犯罪者より、無職の身の方がずっとましだ。父を立派と思っていたこの三十年余りは、いったいなんだったのか。父に対するコンプレックスに苦しんだ日々は、なんの意味があったのか。父を否定することは、自分の葛藤をも否定することだった。悲しく、そしてどうしようもなく憤《いきどお》ろしかった。

気づいてしまった事実を、賢剛に話すかどうか迷った。賢剛も、自分の父親の死の理由は知りたいはずである。しかし、こんな事実を知ることが賢剛のためになるだろうか。亮輔自身が今感じているように、知らない方がよかったと後悔するのではないか。賢剛のためを思えば、ためらわずにはいられなかった。

それに、賢剛は否定するかもしれない。刑事である賢剛は、推測だけでは納得しないだろう。亮輔の推理は、あくまで可能性の話でしかない。蓋然性《がいぜんせい》は高いと思うが、状況証拠すらほとんどないのだ。ただの推測だけで容疑者を逮捕できないように、賢剛は自分の父親が犯罪者だとする推理を認めないかもしれなかった。

もちろん、母にも話せなかった。賢剛以上に、母にはとてもこんなことを話せない。母こそ、むきになって否定するはずだ。父を犯罪者呼ばわりする亮輔に、腹を立てるのではないか。母は何も知らない方がいいと結論した。

つまり、知ってしまった事実を亮輔は誰にも話せないのだ。自分ひとりで抱えるにはあまりにも重すぎる真実なのに、誰も分かち合ってくれない。今になって、父の過去を調べるなど馬鹿げたことだと言った小室の言葉が胸に沁《し》みてくる。本当にそのとおりだった。小室は真実を知っていたからこそ、警告したのである。その意味を、もっと深く考えるべきだったのか。だが、真実に行き当たらないことには小室の警告の意味もわからなかった。それに、小室は亮輔のためではなく、自分の保身のために止めただけだろう。耳を貸す気にならなかったのも、やむを得ないことだった。

ひとりで部屋に籠っているのが耐えがたくなってきた。こんな気持ちになるのは、初めてだ。相手は誰でもいいから、この重すぎる真実とはまったく関係のない話をして過ごしたい。亮輔は衝動的に、スマートフォンでメッセージを送った。

まとめて三人に送信したところ、すぐに返事をしてきたのは優美だった。〈今、お姉ちゃんとチェリーブロッサムにいるよ〉と絵文字つきで書いてある。合流してもいいという意味だろう。ありがたいと思い、すぐに家を飛び出した。

《チェリーブロッサム》までは歩いて十分強だが、気が急《せ》いていたので八分ほどで着いた。今の時間は、酒も出している。おそらく優美たちは、飲んでいるのだろう。居酒屋のように酔って騒げる雰囲気ではないが、静かに話をするにはいい場所だった。

店に入って左側のふたりがけの席に、英玲奈と優美はいた。隣の席が空いているので、机をつければ亮輔も話に加われる。カウンター内のさくらに「こんばんは」と挨拶をしてから、英玲奈たちに近づいた。優美は陽気に「いらっしゃーい」と出迎えてくれた。

「なんか、こういうの久しぶりだね。亮ちゃんが無職になってからは、初めてじゃない？」

　まるで気を使う様子もなく、ずけずけと優美は言った。だが、それが心地よい。変に気遣いをされれば、会いづらくなる。この姉妹がこういう性格だとわかっているから、亮輔も付き合いを続けているのだった。

「金がないからね」

　こちらも堂々と、実情を口にした。いまさら気取っても仕方ない。「大変だよねー」と、英玲奈があまり同情的でもない口振りで言った。亮輔は「そうそう」と頷きながら、注文を取りに来たアルバイトの女性に芋焼酎のロックを頼んだ。それと、三人で抓《つま》むためにチーズの盛り合わせをつけ加える。姉妹たちの間には、すでに野菜スティックとピザが置かれていた。

「それにしてもさぁ、亮ちゃんが無職になるなんて、意外だよね。こんな真面目《まじめ》なのに」

　優美は、横に坐《すわ》った亮輔の顔をわざとらしくじっと見る。亮輔は苦笑するしかなかった。

「会社が倒産したんだから、真面目かどうかは関係ないだろ」

「あたしてっきり、亮ちゃんは警察官になると思ってたんだよね。賢ちゃんより警察官向きの性格だと思うんだけど」

　就職する時期に、よく言われたことだった。亮輔は子供の頃、大きくなったらお巡りさんになると公言していたからだ。しかし実際に職選びをする段になると、自分は父のようにはなれないと考えて断念した。今、そんなことを思い出すのは、大いなる皮肉だが。

「あたしも亮ちゃんは警察官になるんだと思ってたけど、賢ちゃんもあれで刑事が合ってるのよ」

手にしているスティックキュウリの先を妹に向けながら、英玲奈が賢剛を庇《かば》った。恋人の側に立つ英玲奈が微笑《ほほえ》ましく、亮輔も笑って賛同する。

「いや、そのとおりだよ。賢剛に比べたら、おれは警察官には向いてない。度胸も根性もないからね」

「そうかなぁ。そんなことないと思うけど。ただ、ほら、勝《かっ》ちゃんがこの前言ってたようなことがあるなら、警察官になればよかったなんて言いにくいけどね。あたしも、賢ちゃんがいつ怪我《けが》するか、実はけっこう心配」

英玲奈は眉根を寄せた。勝ちゃんのこの前の話とは、勝俣と賢剛も交えて五人でここで会っていたときに出た話題だった。父の胸には、かなり無惨な切り傷が残っていた。出刃包丁を振り回す暴漢を取り押さえようとしたときに、負った怪我だった。いかに父が立派な警察官であるかを物語るエピソードとして勝俣が持ち出した話題なのだが、思えばあのときはよかった。父はまだ生きていて、亮輔は単純に父を尊敬していた。あのときに戻れるものなら戻りたいと、本気で望んだ。

「賢剛は、親父のことを尊敬してるからな。親父を見習って、自己犠牲に走りかねない」

「でしょう。亮ちゃんのお父さんを尊敬するのはいいけどさぁ、包丁で切りつけられるようなことまで真似しないで欲しいよね。あたし、ずっとこんな心配をして生きていくのかしら」

英玲奈は不安そうな表情をするが、優美は逆にニヤニヤした。

「始まった。のろけ」

「だって、そうでしょ。あんたは心配じゃないとでも言うの？」

「そりゃ、心配だけどね」

澄まして優美は答えた。ふたりのやり取りを聞いていると、気持ちが晴れる。ここに来てよかったと、亮輔は密《ひそ》かに思った。

「ところで、何があったの？　何かあったから、急に誰かを呼び出したいって思ったんでしょ」

ふと思い出したかのように英玲奈はこちらに顔を向けたが、最初から訊くタイミングを見計らっていたのだろう。ただ、尋ねられても正直に話すわけにはいかない。代わりの口実は、一応用意してあった。

「ああ、それがさ。おれに変な警告文を送ってきた人、誰だかわかったかもしれないんだ」

「えっ、そうなの」

ふたりはほぼ声を揃《そろ》えて、驚きを露《あら》わにした。捜査権限のない亮輔が、自力で探り当てられるとは思っていなかったのだろう。もちろん、単なる亮輔の勘でしかないのだが。

「さっき、親父の話を聞きにまた佐島さんのお宅に行ったんだ。で、外に出たら白髪の爺《じい》さんが待ちかまえてて、大して親しくもない相手の家に行くのはくだらない話を聞くためか、馬鹿げた真似はするな、って言ったんだよね。きっとあの人が送ってきたんだよ」

「えっ、誰それ」

優美が目を丸くする。亮輔は首を振った。

「知らない人なんだ。なんで知らない人がそんなことを言うのか、わからないんだよね。年は八十は超えてそうで、杖ついてて、頭は真っ白で、目つきが悪い人。わかる？」

尋ねると、ふたりは目を見交わした。英玲奈が小首を傾げながら、答える。

「それ、江藤《えとう》さんじゃないかな」

「江藤さん。どんな人？」

やはり付き合いのない名前だった。同じ地域に住んでいても、世代が違いすぎると接点がない場合がある。英玲奈たちはたまたま知っていたということだろう。

「あたしもあんまり詳しくないけど、ここの生まれじゃないはずだよ。奥さんには先立たれて、ひとり暮らしの人」

「そうそう。お孫さんと住んでたけど、そのお孫さんにも死なれちゃったんじゃなかったっけ」

「ああ、そんな話は聞いたことある。孫にまで先に死なれるなんて、かわいそうな身の上よね」

姉妹は互いの知識を突き合わせた。だが、警告の意図が判明するわけではない。江藤という老人は、なぜあんなことを言ったのか。亮輔とは顔を合わせたこともなかったのだから、父と接点があったのか。

そこまで考え、卒然と気づいた。江藤老人も、誘拐グループのひとりだったのだ。亮輔が父の過去を調べていることは、小室から伝わったに違いない。だから小室を訪ねた直後に、警告文が届いたのだろう。これで辻褄《つじつま》が合った。

しかし、グループのメンバーは全員男だ。犯人の中には若い女がいたと、生還した子供が証言していた。少なくとももうひとり、女がいたはずである。それは誰なのか。

「あのさあ、その江藤さんの孫って、女？」

さらなる思いつきで、ふたりに尋ねた。優美が記憶を辿るように眉根を寄せて、認めた。

「ええと、そうだった気がする。なんで？」

「いや、ちょっとね。年はいくつくらいだったんだろう」

「知らないけど、子供じゃなかったはずだよ。社会人だったんじゃないかな」

間違いない。江藤の孫娘が、五人目だ。これで全員かどうかは、まだわからない。だが各人の素性が判明し、いよいよ誘拐事件の輪郭がくっきりしてきたように感じられた。父の罪は今や、完全に現実のものとなった。

5

殺される直前の辰司が、さくらと話していた——。詳しく確認してみたところ、どうやらアルバイトの女性ではなく、さくらだったらしい。さくらが辰司と付き合いがあったとは、知らなかった。むろん、面識はあったろうから単なる挨拶程度の立ち話の可能性はある。ただ、そんな証言を得たからには当人に話を聞きに行かなければならないのが賢剛の仕事だった。

「あの美人が」

証言内容を岸野に伝えると、会ったばかりの相手ということもあり、目を見開いて驚いた。そしてそのまま考え込むと、納得がいっていない顔つきで首を捻《ひね》った。

「事件の陰に女ありってのは、言い古されてるけど真実だ。ましてそれが美人なら、事件の臭いはプンプンする。でも、それが濱仲さんについてだとしたら、違和感があるな。あの濱仲さんが、女といざこざを起こすとは思えない。といっても、おれが濱仲さんを知ってたのは大昔のことだから、変わっちまったのか……」

岸野もまた、殺される理由は辰司の側にはなかったと信じていたのだろう。しかし女が絡むとなれば、俗っぽい動機が浮上するかもしれない。賢剛も大いに違和感を覚えたが、それを解消するためにもさくら当人に確かめなければならなかった。

連れ立って、《チェリーブロッサム》に向かった。いつもは出しゃばらない賢剛ではあるが、今回だけは自分に質問をさせて欲しいと頼んだ。口を挟むぞ、という条件をつけて、岸野は了承してくれた。付き合いがある自分にはさくらも正直に答えてくれるかもしれないと期待したのだが、同時に、先日どこかよそよそしかったことも思い出した。あの態度には、やはり意味があったのだろうか。

客がいない開店前を狙った。準備中の札が出ているドアを開け、「すみません」と中に呼びかける。すぐに、カウンター内にいるさくらと目が合った。その瞬間、さくらが顔を強張《こわば》らせたように賢剛には見えた。

「まだ開店前よ」

さくらはぶっきらぼうに言った。それでもかまわず、中に入る。バイトの女の子は、少し面食らったように手を止めていた。

「わかってるけど、ちょっと話を聞かせて欲しくて」

そう応じてから、許可も得ずにカウンター席に坐った。岸野はここまでのところ無言で、隣に腰を下ろす。さくらは仕方ないとばかりに、眉を軽く上げた。

「何かしら」

「さくらは、辰司さんと付き合いがあったの？」

　持って回った言い方はせず、直截《ちょくせつ》に尋ねた。もしかしたら岸野は苦い顔をしているかもしれないが、あえて隣には目をやらない。さくらの顔の筋の動きまで、一瞬も見逃したくなかった。

「もちろん、お互いに顔は知ってるから、道ですれ違えば挨拶くらいはしたわよ。でも、誰だってそうでしょ。濱仲さんは顔が広かったんだから」

　さくらは特に表情を変えなかった。もともとあまり感情を表に出さないタイプだから、嘘《うそ》をついているのかどうかはわからない。いつもに比べて口調がつっけんどんだが、それはこんな質問をすればやむを得ないだろう。相手が賢剛だからこそ、腹を立てているのかもしれない。

「そうじゃなく、個人的付き合いがあったんじゃないの？」

　質問を重ねると、さくらは不愉快そうに顔を歪《ゆが》めた。

「それ、どういう意味？　個人的付き合いなんて、ないわよ」

「実は辰司さんが死ぬ直前に、辰司さんとさくらが立ち話をしていたと証言する人がいるんだ」

「えっ」

　さくらは険しく眉を寄せた。内心の驚きを糊塗《こと》しているのか、それとも不本意に感じたからか、どちらなのだろうか。もともとの知人なら気持ちが読めるかと思っていたが、そう簡単にはいかなかった。

「見間違いでしょ」さくらはあっさりと否定した。「だって、濱仲さんと付き合いなんてなかったもの。私が濱仲さんと話してるところ、見たことある？　付き合いがあるかどうかは、賢剛くんなら私に訊かなくてもわかるでしょう」

そう言われてしまうと、反論が難しかった。確かに、その点には引っかかっていたのだ。地元の人間に知られず、密かに付き合うことなどできるだろうか。まして一方が辰司なら、不倫という生臭い関係になるわけがない。不倫でないなら、関係を隠すのはおかしい。さくらの否定には、理があると思えた。

「まあ、そうだね」

さくらを容疑者として見たくないという気持ちがあったせいで、つい認めてしまった。するとすかさず、無言でいた岸野が口を開いた。これは駄目だと見限られたのかもしれない。

「では、濱仲さんが亡くなった日の午後十時頃、あなたはどこにいましたか」

アリバイ確認だ。それは真っ先にするべきことだった。さくらは考える時間もおかず、即答する。

「ここでの仕事を終え、家に帰りました」

「閉店時間は何時ですか」

「九時です」

「では、店を閉めた後に濱仲さんと会うことも可能ですね。濱仲さんに会わずに家に帰ったことを証明してくれる人はいますか」

「いません。ひとり暮らしなので」

さくらはまったく悪びれていない。しかし、独身ならアリバイを証明してくれる人がいないのも当然ではあった。むしろ、その時刻にアリバイがある方が不自然だ。何も工作をしていないのは、疚《やま》しいところがないからだろうか。

「わかりました。開店前の忙しい時間に、お手間を取らせました」

岸野は引き下がることにしたようだ。ストゥールから下り、軽く頭を下げる。賢剛は立ち去る前に何かひと言言おうとしたが、適切な言葉が見つからなかった。アイコンタクトで謝意を示したかったのに、さくらは目を合わせてくれない。やむを得ず、そのまま店を出た。

「もう一度、証言してくれた人に確認した方がいいな」

店の外で、岸野は開口一番そう言った。下手な尋問をした賢剛を、叱るつもりはないようだ。それでも賢剛は少し消沈して、「そうですね」と応じる。ただ、己の不手際を恥じると同時に、さくらに妙な嫌疑がかからなくてよかったと安堵している自分もいた。

すぐに、その場から電話をした。相手は会社勤めなので、当然繋がらない。留守番電話に、昼休みにでも少し会いたいとメッセージを残し、電話を切った。山本宅に行って在宅していた母親から娘の勤め先を聞き、日本橋に向かう。

会社の近くで時間を潰していると、十一時半を回ってすぐに電話がかかってきた。お弁当を買った後なら、少し会えると山本は言う。指定された公園で待っていると、レジ袋を下げた山本がやってきた。頭を下げて近づいてくる。

「いきなり押しかけて、すみません」

まずは詫びると、山本は「いえ」と応じたが、なんの用かと訝《いぶか》る顔つきをしていた。ベンチに坐ってもらい、賢剛は岸野の斜め後ろに立つ。岸野ひとりに質問を任せるためだった。

「すみません、改めての質問です。山本さんは《チェリーブロッサム》のママさんとは面識がありますか」

ママさん、という表現が適切かどうか賢剛にはなんとも言えなかったが、山本には通じた。山本は小さく首を振る。

「いいえ、ありません。客として何回か行ったことがあるだけです」

「じゃあ、顔に見憶えがある、というくらいの関係ですね」

「はい」

山本は心なしか、体を硬くしているようだった。自分の証言の信憑性《しんぴょうせい》を疑われていると、このやり取りで察したのだろう。岸野はそんなことにはぜんぜん気づいていないかのように、質問を続けた。

「あなたが見たのは、間違いなく《チェリーブロッサム》のママさんでしたか。先ほど本人に確認に行ったところ、会っていないと言うのですよね」

「えっ、そうなんですか」

山本は眉を寄せた。そんなはずはない、ととっさに考えたようだ。岸野は相手の反応を窺《うかが》いながら、さらに確かめる。

「どうなんですか。確実に《チェリーブロッサム》のママさんでしたか」

「たぶん、そうだと思うんですけど……」

山本の口調が揺らいだ。自信はあったのだが念を押されると断言しにくい、といったところだろうか。岸野は慎重に言葉を継いだ。

「夜十時過ぎなら、当然暗かったですよね。人の顔は見づらくなかったですか」

「いえ、街灯で明るかったから、見づらいってことはなかったんですが」

「《チェリーブロッサム》のママさん、美人ですよね。あれくらいの美人なら、見間違わないと思いますか」

「はあ。そのつもりだったんですけど、単に綺麗《きれい》な人だったというだけで勘違いしちゃったのかもしれません」

ついに、自分が間違えた可能性を山本は認めた。ここまでしつこく確かめれば、どうしても証言は曖昧になってしまう。岸野もそれはわかっていて質問しているようだった。

「ありがとうございます。お昼休みを邪魔してすみませんでした。もうこれでけっこうですよ」

岸野は話を打ち切った。山本は心を残しつつといった様子で立ち上がり、頭を下げた。

「あまりお役に立てずにすみません」

「そんなことはないです」

そのやり取りを最後に、山本は公園を出ていった。後ろ姿を見送りながら、岸野が低い声で言った。

「裏づけだな。君は濱仲さんの息子に会って、美人ママさんとの関係を確かめてこい」

そう命じられ、賢剛は軽く驚いた。岸野はまだ、さくらに対する疑念を捨てたわけではないのだ。

6

賢剛から電話がかかってきた。今から会えないか、と言う。無職の身なのでいくらでも時間の都合はつくから、では《チェリーブロッサム》で落ち合おうかと提案したところ、違う場所がいいと断られた。《チェリーブロッサム》は駅から遠いので、この辺りにいるのでないなら仕方ない。以前に行った、国際通り沿いのコーヒーショップで待ち合わせた。

「いきなりすまない」

後からやってきた賢剛は、少し忙《せわ》しげに言った。捜査の進捗状況は教えてくれないからよくわからないが、やはり連日歩き回って聞き込みをしているのだろう。そんな中、亮輔に確認すべきことが出てきたのか。用件を想像してみたが、思い当たることはなかった。

「亮輔、おじさんの交友関係をどれくらい把握してる？」

賢剛はいまさらめいた質問を向けてきた。そんなことは、事件が起きた最初に語っている。亮輔は父の交友関係をほとんど知らなかった。だからこそ、知りたいと願ったのだ。それは賢剛にも言ったはずなのに、なぜまた改めて尋ねるのか。

「いや、ぜんぜん把握してないよ」

「おじさんには女友達がいたか」

「えっ」

なんだ、その問いは。まるで父の死の陰に女がいるかのようではないか。そのような証言が得られたのだろうか。

「まったく知らない。なんのことだ」

「実は、死ぬ直前のおじさんが女と話していたらしい。その女はさくらじゃないかと、証言した人は言うんだ」

「さくらと。なんで？」

逆に訊き返してしまった。父がさくらと付き合いがあったなんて、聞いたことがない。何かの間違いではないのか。

「さくら本人にも確かめた。話なんてしてないって、さくらは言ってるよ。付き合いがあったかどうかはわかるはずだろう、とも言われた」

「そうだよな。親父の口からさくらの名前が出たことなんてないし、おれたちが見てる限りでも、さくらが親父のことを知っているとは思えなかったよな」

「やっぱりそうか。じゃあ、さくら以外ではどうだ。親しくなくても、なんらかの関わりがあった女はいないか」

「いや、いないよ」

堅物《かたぶつ》の父だから、女性と面識以上の関わりなどなかった。しかしそれは、単に亮輔が知らなかっただけかもしれない。何しろ亮輔はこの年まで、父が犯罪者とは知らずにいたのだ。父の別の顔がまた浮上したところで、いまさら驚く気にはなれなかった。

「じゃあ、いったい誰なんだ……」

賢剛は独り言のように呟《つぶや》き、下を向いた。亮輔は少し投げやりな気分になった。

「親父が女と何か関わりがあっても、息子には秘密にしていたんだろうさ」

「は？　そんな可能性があると思ってるのか」

まるで賢剛の方が実の息子であるかのように、眉を顰めた。亮輔は冷めた口調で答える。

「可能性はゼロじゃないだろ。現に、親父は女と話してたんじゃないのか。親父には秘密があったんだよ」

「そうだろうけど、疚しい関係じゃなかったはずだ。愛人がいた気配はなかったんだろ」

賢剛の口調が刺々《とげとげ》しくなった。賢剛は父を尊敬している。未だにその気持ちが続いている友人を、亮輔は羨ましく思った。

「愛人じゃないとは思うけど、愛人の方がましかもな」

「なんだ、それ。どういう意味だ」

当然、賢剛は訊き返してくる。自分の推理を、いっそすべて話してしまいたい衝動に駆られた。

「もし、父親が人に言えないことをしていたとして、それを知ってしまったらお前ならどうする?」

問いを投げかけると、賢剛は黙った。こちらの質問の意図を読もうとするかのように、じっと見つめてくる。亮輔は返事を待った。

「人に言えないことにも、程度があるよな。例えば愛人がいたことに気づいたのだとしたら——」

「犯罪だったら?」

賢剛の言葉を途中で遮って、畳みかけた。賢剛は口を噤み、そしてなぜか悲しげな顔をした。

「——おれは警察官だから、犯罪を見過ごすことはできない。でも、それが自分の父親だったら、仕事との板挟みで悩むだろうな。父親がすでに死んでいるからだろうけど、おれには実の父親を警察に突き出す勇気はない」

「どっちなんだ。罪を告発するのか、見逃すのか」

「それは、答えなきゃいけないことか。お前の親父さんが死んだことと、関係があるのか」

また、賢剛の口振りが険しくなった。殺人事件と関わりのない難しい質問で煩わせるな、と思ったのかもしれない。

「いや、事件のことは何もわからないよ。そっちの捜査は、賢剛に任せてる」

「何がわかったんだ。今の質問は一般論じゃないんだろ」

「どうでもいいことさ。つまらないことを訊いた。忘れてくれ」

こんな言葉で賢剛が納得するとは思わなかったが、聞き込みの途中だからだろうか、問い詰めては来なかった。賢剛は腕時計で時刻を確認し、改めて亮輔の目を見る。

「お前が言いたいことを想像すると、怖い。でも、今は聞いている暇がない。ともかく、おじさんと関わりがあった女のことは知らないんだな。その点では、何も隠し事をしてないな」

「してない」

言い切ると、そのひと言でこの場は引き下がることにしたようだ。「わかった」と言って、賢剛は席を立とうとする。そこに、さらなるよけいな情報をつけ加えた。この情報で賢剛も同じく真実に辿り着くなら、それもいいと考えたのだ。

「そういえば、おれに警告文を送ってきた相手、たぶんわかったぞ」

「えっ、誰だ」

腰を浮かしかけた姿勢でとどまり、賢剛は目を見開く。亮輔はなんの感情も込めずに、名を口にした。

「江藤っていう爺さんだ。知ってるか」

「いや、知らないぞ。誰だ」

「実は、おれも知らない。英玲奈たちが教えてくれたんだ」

賢剛は坐り直し、また正面から亮輔の顔を見据えた。刑事の目になっている、と思った。

「そんな知らない人が、どうして亮輔に警告文を送ってきたんだ？」

「さあ。本人に訊いても、きっと何も教えてくれないよ」

「亮輔にはいろいろ訊かなきゃならないようだな。でも、こっちの事件に関係ないなら、今はその暇がない。今度改めて、話を聞くぞ」

「わかった」

頷くと、賢剛はまだ何か言いたそうにしつつも、立ち上がって店を出ていった。残った亮輔は飲みきっていないコーヒーを口に運びながら、今の話を反芻《はんすう》する。

死ぬ直前に父が女と会っていたなら、それが事件と無関係とは思えない。またひとつ、父が隠していた秘密を知ってしまった。いったいおれは、どれだけ父に幻滅すればいいのか。怒りと悲しみがない交ぜになった気持ちが込み上げてきて、亮輔は自分の感情の大きさを持て余した。

7

コーヒーショップを出て岸野に電話をすると、すぐ近くにいるとのことだった。落ち合う場所を、わかりやすく浅草ＲＯＸ《ロックス》の前にする。賢剛はそちらに足を向けた。

亮輔が言っていた妙なことが、頭に引っかかっていた。亮輔は辰司のことを知るためと言いながら、賢剛の父がなぜ自殺したかを調べていた。あの口振りでは、何かを摑んだとしか思えない。それは、父の死の理由なのだろうか。

すべてではないが、亮輔の調査の進捗状況はおおよそ把握していた。賢剛が知らないうちに、調査が著しく進展したとは考えにくい。ならば、これまで摑んだデータを組み合わせて、なんらかの結論に達したのだ。果たしてその結論には、説得力があるのか。

まさかとは思うが、お互いの父たちがあの誘拐事件に関わっていたと考えているのではないだろうか。しかし、それはあり得ないはずである。辰司は警察官だったから大喪の礼の警備に就いていたはずだし、父は仕事に行っていたと母ははっきり言った。父たちが誘拐事件を起こすのは、不可能なのだ。

とはいえ、その点を深く考えていなかったのも事実だった。父は居酒屋に勤めていたという。ランチタイムも営業していたから、出勤時間が昼前だったのを朧《おぼろ》げに憶えている。その記憶と照らし合わせて、母の説明で納得してしまっていたが、それは早合点ではなかったか。誘拐事件が起きた日は、普通の日ではなかったのだ。

昭和天皇が病床に就いている間は、世間が自粛モードだったと聞いている。まして大喪の礼当日であれば、ランチ営業はなしであってもおかしくないのではないか。夜には仕事があったとしても、日中は空いていた可能性がある。それなのに仕事と言って家を出ていったなら、むしろ父は家族に言えない何かをしていたのではないかとも考えられた。

辰司は確実に無理だ。地方からも警察官が警備のために動員されていたのだから、警視庁所属の辰司が仕事を抜けられるわけがない。つまり、誘拐事件に関わっていたのは父だけかもしれないのだ。だから亮輔は、摑んだ事実を賢剛に言わなかったのではないか。

あの誘拐事件では、人質になった子供が死んでいる。犯人グループに殺されたのではなく、アレルギー反応によるアナフィラキシーショックが死因らしいが、誘拐されなければ死ななかったことに変わりはない。もうひとりの人質が無事に返されたことを思えば、犯人グループには子供を傷つけるつもりはなかったと推測できる。にもかかわらずひとりを死なせてしまったのは、犯人グループにとって痛恨事だったのではないだろうか。その責任を取って、主犯格の人間が自らの命を絶ったと考えても、あながち牽強付会《かい》とは言えない。

これが、父の死の真相か。歩きながらの思考であったが、行き当たった事実の衝撃に足許が覚束《おぼつか》なくなりそうだった。立ち止まり、ガードレールに手をついて瞑目《めいもく》する。錯覚ではなく、本当に眩暈《めまい》に襲われたかのようだった。

なぜ父はそんなことをしたのか。その後の賢剛が裕福とは言いかねる環境で成長したことを思えば、身代金目当てではなかったはずである。犯人グループは首尾よく身代金を手に入れたと言われているが、ではその金はどこに行ったのか。父の仲間が、母には分け与えずに使ってしまったのだろうか。

仲間とは、誰だ。ひとりは見当がつく。むろん、小室だ。小室は父を慕っていたと聞く。父の計画に乗っても不思議ではない。

しかし、考えてわかるのはここまでだった。父と小室だけでやり遂げられることではないはずだ。少なくとももうひとり、人質の面倒を見ていた女がいたことは判明している。だが、賢剛が知る限りではそんな女に心当たりはない。亮輔はもしかしたら、調べてその人物を特定したのかもしれない。

辰司が関わっていなかったなら、殺人事件とは別件ということになる。亮輔も、辰司が立ち話をしていた女に心当たりはないと言った。あくまでこれは、賢剛ひとりが背負うべきことなのだ。だから亮輔は、自分の父親が人に言えないことをしていたらどうするかと問うたのだろう。あれは、賢剛に覚悟を促す言葉だったのだ。

父がどんな人物だったのか、折に触れて母から聞いている。他者との争い事を避け、いつも自分が譲ってしまうタイプだったそうだ。それでも決して弱い人ではなく、むしろ芯は強かったと母は言う。だから自殺も、何かから逃げるためではなかったはずだと、母は断言していた。

争い事を嫌う人が、犯罪など起こすだろうか。つい、希望を交えた見方をしてしまう。誘拐事件は、賢剛が思い描く父にはそぐわなかった。しかしその一方、芯が強かったという父なら、肚《はら》を括《くく》ればできたのかもしれないとも思える。賢剛の思考は揺れ始めた。

父が自ら命を絶ったとき、賢剛はまだ四歳だった。だから記憶に残る父の姿は曖昧で、その性格に至ってはまったく把握していない。それ故に、だろうか、賢剛の想像の中で父は立派な人物として存在していた。

むろん、この年になれば完璧な人間などいないことはわかる。父にも悩みや後悔があり、だからこそ自分の意志でこの世を去ったのだろうと理解できる。それでも賢剛は、父を立派な人物と思い続けたかった。欠点まで含めて、父を偶像化しておきたかったのだ。

仮に、父が誘拐事件の犯人だったとする。その場合、動機は金のわけがない。何かやむにやまれぬ、どうしても犯罪に手を染めざるを得ない事情があったはずだ。そしてその事情は、聞けば共感できることだったに違いない。裁判で言う、情状酌量の余地だ。

賢剛は警察官であるからこそ、そう考える。

父の犯した罪は、白日の下に曝されるべきだろうか。警察官であれば、迷いなく暴き出すべきである。しかし、父はもう死んでいるのだ。自らを罰したと言っていい。そうまでした人の罪を、いまさら問うべきか。死者に鞭《むち》打《う》つのが、息子のすべきことだろうか。

もちろん、そうするべきなのだ。わかっている。賢剛は警察官になってから一度も、罪を見逃したことはない。たとえその裏にどんな同情すべき事情があったとしても、それを訴えるのは法廷の場だ。警察官個人が、情状酌量の余地があるかどうかを判定していいわけがない。警察官はただ、罪を犯した人を追い、捕まえるのが仕事だった。

そんなことはわかっている。わかっていてもなお、心が抵抗を示す。父の事情を理解してあげたいという気持ちを、どうしても抑えられない。父の記憶がほとんどないからこそよけいに、父の思いを共有したいのだった。

おれは警察官失格かもしれない。この仕事に就いてから初めて、賢剛は考えた。身内だからといって犯罪を見逃すのは、警察官として最もしてはならないことである。警察官は常に、公平であらねばならない。身《み》贔《びい》屓《き》をする者は、汚職警官となんら変わりはないのだ。賢剛は今、自分が警察官として危ういところに立っていることを強く自覚した。

頭をひと振りして、また歩き出した。これ以上は考えたくない。ともかく、目の前の仕事に集中すべきだ。辰司を殺した者を突き止めること。ただそれだけが、賢剛が己の力のすべてを注ぎ込むべき仕事だった。

ＲＯＸの前で、すでに岸野は待っていた。ＲＯＸは六区にある総合ショッピングビルである。アパレルショップや飲食店など、有名チェーンのテナントが多数入っている。これができたことで、六区の雰囲気もかなり変わったそうだ。もっとも、子供の頃からＲＯＸのある風景に慣れ親しんでいる賢剛にしてみれば、これがなかった頃の方がむしろ想像しにくい。

岸野は賢剛の姿を見るなり、「どうだった」と訊いてきた。岸野のそんな性急さは、賢剛を現実に引き戻してくれる。それをありがたいと感じつつ、首を振って答えた。

「亮輔は、辰司さんとさくらの間に付き合いがあったとは知らないそうです。さくらに限らず、辰司さんが女となんらかの関係があった気配は、ぜんぜんなかったとのことでした」

「そうか。少なくとも、家族には完全に秘密にしていたということか」

岸野はそんな受け止め方をする。あくまで、辰司殺しに女が関わっていたと考えているらしい。若いときに辰司の世話になったという事情は、後景《こうけい》に押しやっているようだ。捜査のプロだな、と皮肉でなく感じた。

「よし、だったら次は、防犯カメラだ」

「防犯カメラ？」

すでに防犯カメラの映像は検証され、辰司の姿は映っていないことが判明していた。

辰司は防犯カメラがあるような大きい通りではなく、路地を通って隅田公園に行ったのだろうと結論されている。地元の人間なら不自然なことではないので、カメラに映っていないのは残念だが、特に疑問視されることもなく片がついていた。なぜまた、防犯カメラをチェックし直す必要があるのか。

「濱仲さんは映ってなくても、美人ママさんの姿は捉えているかもしれないだろ」

「ああ――」

思いつかなかった。これが所轄刑事と本庁捜一刑事の差か。それとも、賢剛の適性の問題なのか。おれは警察官に向いていない、という考えがまた頭をよぎる。

以前にも行った、浅草六区商店街の事務所に向かった。厳密に言えば、防犯カメラの映像を見せてもらうには警察署長名の捜査関係事項照会書が必要なのだが、今回で二度目なのでうるさいことは言われなかった。防犯カメラはいくつも設置されているが、チェックすべき時間帯は限定されているので、それほどの手間ではない。事務所の椅子を借り、モニターの前に陣取って映像を再生してもらった。

「あっ」

国際通りから商店街に入ってすぐの防犯カメラの映像だった。いきなり目指す人物を見つけてしまい、思わず声が出た。間違いなく、さくらだ。さくらが午後十時過ぎに、隅田公園方面に向かって歩いている。モノクロの粗い映像ではあるが、知人だからこそ見間違いようがなかった。

「これ、美人ママさんか」

賢剛の反応を見て、岸野が確認する。賢剛は声もなく頷くしかなかった。

「美人ママさんの自宅はこっち方向、なんてことはないよな」

「自宅の場所は知らないですが、こっちに行っても繁華街で、その先は隅田公園ですからね。深夜営業のディスカウントストアにでも行ったのかな……」

賢剛としてはまだ、さくらの犯意を認めたくなかった。そもそも、辰司を殺すつもりで隅田公園に向かっているなら、防犯カメラが設置されている道は避けるのではないだろうか。今どき、防犯カメラが通行人を撮影していることは素人《しろうと》でも知っている。堂々としていることが、さくらの潔白を物語っているのではないかと思えた。

「いずれにしろ、この時刻にこの場所にいたことは動かしようのない事実だ。それなのに濱仲さんに会っていないとは、白々しいじゃないか。もう一度、話を聞きに行くぞ」

「はい」

事務所の人にこの映像の保存を念押ししておいてから、その場を後にする。《チェリーブロッサム》はもう、営業を始めているはずだった。

急ぎ足で歩いたので、《チェリーブロッサム》に着いたときには岸野は息を切らせていた。それでも、今度の質問は自分がやると宣言する。賢剛はもう、言われるままにするしかなかった。

店内には客が数組いた。喫茶店が少ないこの界隈では、《チェリーブロッサム》はいつも席が埋まっているのだ。いらっしゃい、と言いかけ、カウンター内のさくらは眉を顰めた。こんな顔で迎えられるのは、初めてのことだった。

「繁盛してますな」

近づいて、カウンターに身を乗り出しながら岸野は囁きかけた。さくらは冷ややかな表情で応じる。

「はい、お蔭様《かげさま》で」

「後の仕事は従業員に任せて、少し抜けてもらうことはできますかな」

「ご覧のとおり忙しいので、それはちょっと」

当然のように、さくらは渋る。だが岸野は、そんな返事をまったく意に介しなかった。

「氏名不詳の女が濱仲さんと会っていた頃、あなたの姿が商店街の防犯カメラに捉えられていたんですよ。どういうことなんでしょうね」

岸野の追及に、さくらは答えようとしなかった。無言を貫くさくらに、岸野は非情に言った。

「詳しい話を聞かせてもらいたいので、署までご同行願えますか、桜夏恋さん」

8

結局自分が何をしたいのか、よくわからなくなってきた。父が隠していた過去を知れば、父を理解できるものと思っていた。だが実際は、以前よりももっと父という人間がわからなくなった。父はいったい、どんな人だったのか。正義を信じて生きていたのではないのか。犯罪に手を染め、その結果親友が自ら命を絶っても、良心に恥じることはなかったのか。父が不慮の死を遂げたのは、運命の手から逃れられなかったからではないかと今は思える。父は完全犯罪を成し遂げたのかもしれないが、運命の裁きは確実に父に追いついた。亮輔はもう、父を殺した人物を憎めそうにないと考えていた。

真実らしきものに辿り着いた今、何がしたいのか。自問すれば、後ろ向きな答えが出てくる。父が誘拐事件の犯人だったという推測を、否定して欲しいのだ。否定できる人がいるとすれば、それは小室だろう。だが小室に自分の推理をぶつけたところで、返事はわかりきっている。推理が当たっていようが外れていようが、小室は否定するだけだ。ならば、会いに行くだけ無駄だった。

唯一、気になることがあるとすれば、身代金の行方《ゆくえ》か。亮輔の家も賢剛の家庭も、贅沢《ぜいたく》とは縁のない生活をしてきた。父は手にした金を使わなかったし、賢剛の父親はそもそも分け前を受け取っていないのかもしれない。だとしたら、身代金の大半は小室とあの白髪の老人で分け合ったのだろうか。しかし小室もまた、大金を手にした人とは思えない暮らしぶりだった。あれは単に、あぶく銭を使い切ってしまった結果なのか。

謎は残るが、これ以上解明したいとは思わなかった。父の死には、謎の女が関係しているようだ。ならば、誘拐事件とは無関係なのか。誘拐事件に関わった女性は、すでに死んでいるという。父の死は、また別の秘密に由来するのかもしれない。

　この鬱々とした気持ちをどこかで断ち切り、また就職活動を再開しなければならないと考えた。自室のベッドに寝転がりながら、明日は職業安定所に行こうかとぼんやり計画しているときだった。

　不意に、枕許に置いていたスマートフォンが鳴り出した。手に取って、相手が英玲奈であることを確認する。やり取りはいつもメッセージなので、電話がかかってくるのは珍しい。何かあったのかと思いながら、耳に当てた。

「もしもし。どうした？」

　尋ねると、英玲奈は少し上擦ったような声を出した。

「ああ、亮ちゃん。今、大丈夫？」

「いいよ。何？」

「あのね、さっき道で愛実《えみ》ちゃんに会ったのよ。知ってるよね、《チェリーブロッサム》のバイトの子」

「わかるよ。それで？」

「まだ営業中のはずだから、どうしたのかなと思ったのよ。今日はバイト休みなのかって考えて声をかけたら、違ったの。さくらちゃんが警察に任意同行を求められたから、お店は臨時で閉めたんだって」

「なんだって！」

思わず大声を出し、上体を起こした。賢剛は、さくらが死の直前の父と話していたと言った。何かの間違いだろうと軽く考えていたが、警察の見解は違ったらしい。任意同行を求めるとは、ただごとではない。何か、父とさくらを結びつけるものが見つかったのだろうか。父がさくらとなんらかの関係があったとは、意外でならなかった。

「ええと、それは愛実ちゃんから聞いただけなんだな。賢剛からは何も聞いてないんだな」

確認すると、英玲奈は渋い声で「うん」と認める。

「聞いてないよ。捜査のことは、何も教えてくれないもん」

「まあ、そうだろうな。じゃあ、賢剛に訊いてみてくれと言っても無駄か」

「無駄無駄。絶対教えてくれないよ。むしろ、関係者の亮ちゃんが訊いた方がいいんじゃない？　それで、どういうことか教えてよ」

「わかった。一応メッセージを送っておくけど、すぐに返事は来ないだろうな」

「うん、きっとね。で、どうなのよ。亮ちゃんのお父さんとさくらちゃんって、何か縁があったの？」

当然の質問をしてくる。だが、尋ねられても何も知らないのは英玲奈と同じだった。

「親父の口から、さくらの名前を聞いたことは一回もないよ。付き合いがあるなんて、ぜんぜん思わなかった」

「任意同行って言っても、変なことは何もないよね。話を聞き終えたらすぐに、さくらちゃんは戻ってくるよね」

英玲奈は不安でたまらないかのような物言いをした。英玲奈にとって事件は、あくまで友人の家族のことに過ぎないはずだが、知人が容疑者になるかもしれないとなれば他《ひ》人事《とごと》ではないのだろう。まして警察の中に自分の恋人がいるのだから、むしろ当事者のような気持ちなのかもしれない。情報が欲しいと望むのは、決して野次馬根性ではないと理解した。

「わからない。おれはもう、親父のことは何もわからないんだよ」

つい、本心が口から漏れた。その口調にただならぬものが滲《にじ》んでいたのか、英玲奈は黙り込んだ。ともかく、何が起きているのか把握しなければならない。

「賢剛にメッセージを送る。何かわかったら、知らせるよ」

「うん」

それでやり取りを終え、そのまま賢剛宛のメッセージを書いた。以後、ずっと気持ちが落ち着かない状態に身を置くことになった。すぐには読んでもらえないと承知しつつ、数分おきにスマートフォンを手に取り、確認してしまう。だが送ったメッセージは、いつまでも開封されないままだった。さくらに任意同行を求めておいて、賢剛が蚊《か》帳《や》の外に置かれるとは思えない。きっと今は、賢剛も取調室にいるのだろうと想像した。

夜中に、ようやく返事が来た。時刻は深夜零時を回っていた。飛びつくようにスマートフォンを取り上げてメッセージを読んだが、内容に乏しかった。さくらに任意同行を求めたのは事実だが、何も喋《しゃべ》ってくれないのだという。どうやら決定的な証拠が出てきたわけではないらしいが、それでも今夜は家に帰さず、警察署近くのビジネスホテルに泊めさせるとのことだった。

もしかしたら警察の勇み足だったのか。そんなふうにも思った。そうであって欲しいと、強く願った。

さらなる驚きの一報は、翌日の午前中に届いた。今度は賢剛が電話をしてきたのだ。またしても思いがけないことが起きたに違いないと予感しつつ、電話に出る。賢剛は硬い声で告げた。

「物証が出た。正式にさくらを逮捕した」

亮輔は言葉を失った。これまで見えていた世界が、目の前でがらりと変貌したかのように感じられた。

9

さくらを尋問する役割は、当然岸野が受け持つことになった。賢剛は記録係として、取調室に入った。さくらがどんな顔をしているのか見たかったが、目を合わせるのが怖くもあった。調書を取るために手許に集中していられるのを、ありがたいことと感じた。

「では桜《さくら》さん、改めてお伺いします。あなたはなぜ、濱仲さんが殺された日の夜に隅田公園の方向に向かって歩いていたんですか」

岸野が尋問を開始する。答えるさくらの声には、少し険があった。

「ですからさっきも言ったように、《ドン・キホーテ》に行ってたんですよ」

「見え透いた嘘はすぐばれますよ。《ドン・キホーテ》にも、防犯カメラが設置されています。今、それを私の同僚がチェックしていますが、果たしてあなたの姿は本当に映っているでしょうか」

岸野が手の内を明かすと、さくらは黙り込んだ。答えられないのか。もどかしい気持ちで、賢剛は鉛筆を強く握る。この期に及んでもまだ、さくらがあらぬ疑いをかけられていると思えてならないのだった。

「どうですか。思い違いをしていませんか。行ったのは《ドン・キホーテ》ではなく、隅田公園だったんじゃないんですか」

重ねて岸野が尋ねたが、さくらは沈黙を貫いた。だが、答えないこと自体がおかしい。疚しいところがないなら、真実を堂々と口にすればいいのだ。どうしてそれができないのかと、さくら本人に問いたかった。

「黙秘ですか。では、質問を変えましょう。あなたは六区商店街に入る直前、国際通りで濱仲さんと会い、立ち話をしていましたね。それは認めますか」

「認めません」

さくらは、今度は否定した。それでも岸野はまるで口調を変えず、続ける。

「濱仲さんとはどういったお付き合いがあったんですか。単なる知り合い、ではなかったわけですよね」

「単なる知り合いです」

「濱仲さんと知り合ったきっかけは？」

「子供の頃のことなので、もう憶えていません」

さくらはそろそろ五十に手が届く年格好なので、実は賢剛たちより辰司の方が年が近い。それでも見た目が若いし、本人も年長者扱いされるのをいやがっているので、敬語を使わずに接していた。

呼ぶときに名字を呼び捨てにしているのも、当人の希望だ。さくらはもともと、自分の名前が嫌いだったらしい。五十近い年で、夏の恋と書いて夏恋ではさすがに恥ずかしいのはわかる。加えて、結婚したことで姓が桜になった。桜夏恋では春だか夏だかわからないと自虐的に言っていて、だからめったにフルネームも口にしなかった。さくらの下の名前が夏恋であったことを、賢剛も久しぶりに思い出したほどだった。

結婚して一時離れていたとはいえ、西浅草で生まれ育ったのだから、当然辰司とも子供の頃からの知り合いだろう。ただ、十以上は年が離れているはずである。幼馴染みと言うほど親交があったとは思えず、だから賢剛もさくらと辰司の間になんらかの関わりがあるとは考えなかったのだった。こうして取調室まで連れ込んでも、どんな因縁があったのか想像もできない。

「道で会えば立ち話をするくらいの付き合いですか」

岸野は焦《じ》れた様子がなかった。もともと、この尋問だけでさくらが何もかも認めるとは考えていない。やはり物証を突きつけてこそ、自白を引き出せるのだ。今は軽いジャブを放っている、といったところだった。

「挨拶ならします。立ち話をするほど、親しくはありません」

あくまでさくらは言い張る。加えて、こちらに話を振ってきた。

「そこの刑事さんも認めていたではないですか。私と濱仲さんが話しているところなんて、一度も見たことがないって」

そのとおりなのだ。賢剛が知る限り、さくらと辰司の間に交流はない。しかしそれはあくまで、さくらが夫と死別して西浅草に戻ってきて以降のことだ。それ以前、さくらと辰司が子供の頃まで遡《さかのぼ》れば、どんな付き合いがあったかわからない。もし本当にさくらが辰司を手に掛けたのなら、動機はかなり昔に生じていたと考えるしかなかった。

「お互いに関係を隠そうとしていたなら、話をしているところを見られていなくても不思議はない。そういうものではないですか」

岸野は、さくらが辰司と不倫をしていたと匂わせているのだろうか。それだけはないと、賢剛は心の中で強く否定した。さくらも、いかにも不本意そうな声で反論する。

「関係があったという証拠もないのに、証拠がないのは隠していたからだなんて、ずいぶん乱暴な理屈ですね。警察はそんな決めつけをするところなんですか」

この反撃には理があった。むろん、岸野も強引な論法を使っているという自覚はあるはずである。先ほどからのやり取りは、実はさくらを警察署内にとどめておくことが主目的なのだ。さくらはそれに気づいていないようだが。

そんな調子で、互いに決定打がないままに尋問を続けていたら、ドアがノックされた。賢剛が立ち上がり、ドアを開ける。外に立っていた者から耳打ちされ、それをそのまま岸野に伝えた。岸野はわかっていたことのように、軽く「うん」と頷く。

「《ドン・キホーテ》の防犯カメラの映像をチェックし終えましたよ。あなたは映っていなかったそうです」

特に気負わず、淡々と岸野は告げる。このときばかりは賢剛も顔を上げ、さくらの反応を見た。さくらは少し悔しげに、表情を歪めた。

「《ドン・キホーテ》に行っていたというのは、嘘ですね。では、どこに行こうとしていたのですか」

改めて問う岸野に、さくらはふたたび沈黙で応じた。賢剛は自分の心の中の堤防が切れたのを感じる。さくらは辰司殺しとは無関係と、ずっと信じていたのだ。だがもう、刑事である自分をこれ以上ごまかすことはできない。さくらが事件と関係がないとは思えなかった。

「まあ、いいでしょう。少し休憩にしましょうか」

岸野は軽い口調で言って、腰を上げた。賢剛も、部屋を出ていく岸野に続く。外に出る間際に振り返ると、さくらは肩を落としてうなだれていた。そんなふうに意気阻喪《いきそそう》していると、年齢不詳の雰囲気が薄れ、やはりかなり年上なのだなと実感した。岡惚《おかぼ》れしている勝俣は、一度も見たことがない姿に違いない。

「係長。これで捜査令状《オフダ》が取れます。家宅捜索《ガサイレ》して、何か出てくるのを期待しましょう」

　捜査本部が設置されている講堂に入るなり、岸野は雛壇《ひなだん》にいる捜査一課係長に話しかけた。係長は「おう」と応じ、部下たちにそれぞれの動きを指示する。裁判所に行って捜査令状を発行してもらい、さくらの自宅を家宅捜索するのだ。発見が期待されるのは凶器だが、すでにそれが処分されていても、衣服に血がついていれば充分である。空き巣狙いでもここまではやらない、と言いたくなるほど徹底的に捜索されるはずだった。

　岸野は缶コーヒーを一本飲んでから、また取調室に戻った。以後も、尋問は同じことの繰り返しだった。意味のない質問を繰り出す警察に、さくらはさぞや苛立《いらだ》ちを覚えていることだろう。いやむしろ、その意味のなさにこそ恐れを抱いたかもしれない。それほどに、尋問はあからさまな時間稼ぎだった。

　めぼしい物はすべて持ち帰り、鑑識の検査結果を待つから、夜までには終わらなかった。だが今現在は任意同行の段階なので、留置場に入れるわけにもいかない。そこで、自宅に帰さないためにビジネスホテルに部屋を取った。見張りをつけ、自由に出入りできないようにする。

「どうして家に帰れないんですか。これは任意同行じゃないんですか」

さくらは強く抗議したが、岸野は冷淡に言い返すだけだった。

「あなたが嘘をつくから、こうなるんです。あなたを家に帰せば、証拠隠滅の恐れがある。留置場にぶち込まれないだけ、ありがたいと思ってください」

「そんな、ひどい……」

おそらくさくらは、賢剛に助けを求めるような目を向けているはずだ。それがわかるだけに、視線を合わせたくはなかった。賢剛は頑なに机に向き合い、さくらを見なかった。

夜の比較的早い段階で尋問を打ち切り、さくらをビジネスホテルに送り届けた。女性警官一名と制服男性警官が一名、さくらをホテルまで連れていく任務を請け負う。賢剛も同行を申し出れば認められただろうが、手を挙げなかった。今となってはもう、さくらと個人的な会話をしたくなかった。

翌日は少し早く署に出勤し、さくらがホテルから連れてこられるのを待った。さくらは八時には署にやってきたが、そのまま取調室に押し込み、放置する。岸野はもう、昨日のような無意味な尋問をする気はないようだった。今日の武器は、家宅捜索の結果である。何か見つかっていることを岸野は期待しているのだろうが、賢剛の気持ちは複雑だった。刑事としては見つかって欲しいと望みつつ、さくらの知人としては疑いが晴れて欲しいと願っている。自分の立ち位置がふらふらしていることを、賢剛は自覚していた。

そして、家宅捜索で押収した物品の鑑定結果が出た。黒いコートの袖から、血痕が検出された。血痕のＤＮＡは辰司のものと一致した。決定打と言っていい、動かぬ証拠だった。

「おはようございます、桜さん。実は昨日、家宅捜索をさせてもらいました。その結果、袖に血痕がついた黒いコートが見つかりました。血痕のＤＮＡは、濱仲さんのものと一致しましたよ。濱仲さんと付き合いがなかったんなら、どうして血がついたりするんでしょうね」

意気揚々と取調室に入った岸野は、あくまで丁寧な口調を崩さなかった。だが今はそれが、嫌みに響く。さくらは嫌悪を示すように目を細めたが、反応はそれだけだった。

岸野は余裕ありげに身を乗り出し、再度尋ねた。

「なぜ濱仲さんの血がついているのか、説明できますか」

「できるわけがないでしょう」

さくらは口を開いた。どういう意味かと、賢剛はさくらの表情を注視する。心なしか、さくらの肩が落ちたようだ。これはつまり、抵抗をやめて観念したということだろうか。

「血がついた理由を説明できないなら、濱仲さんを殺害した際についた血だと認めるわけですね」

岸野が念を押す。しかしそれに対して、さくらは思いがけない反論をした。

「濱仲さんを殴ったのは確かです。でも、殺してはいません」

「往生際が悪いですね。結果的に濱仲さんは亡くなっているんだから、あなたが殺したのでしょうが」

「私はバッグを振り回して、濱仲さんの頭を殴っただけです。濱仲さんは溺死したんでしょう？　私が殴ったことが、直接の理由ではないはずです」

「あなたに殴られて、濱仲さんは隅田川に落ちたんですよ。その結果、溺死したんです。あなたの言っていることは、単なる責任逃れに過ぎない」

岸野の口調に、少し憤りが混じった。辰司本人を知る岸野の、個人的感情が滲んだようだ。残念ながら賢剛も、さくらの主張は言い逃れと感じる。岸野の憤りが、よく理解できた。

「違います。濱仲さんは自分から隅田川に落ちたんです。濱中さんがどこから川に落ちたか、もう特定してるんでしょう？　だったら、あそこの構造はわかっているんじゃないんですか。公園と川の間の柵は二重になっていて、たとえ倒れて最初の柵を乗り越えてしまっても、柵と柵の間に落ちるだけで川には落ちませんよ」

確かにそうだった。だから捜査本部では、犯人が辰司の体を抱え、川に落としたと考えていた。そのため、犯人はおそらく男性であろうと推測されていた。女性のさくらがどうやって辰司を川に突き落としたかは、本人に語ってもらわなければならない不明点だったのだ。

「状況がわかりませんね。濱仲さんはあなたに頭を殴られた後、自ら柵を二回も乗り越えて、川に飛び込んだと言うのですか」

岸野が確認をした。口調が変わったわけではないが、内心で困惑していることが賢剛には感じ取れた。さくらが犯行を認めたことで解決するかと思いきや、どうやらそう簡単な話ではなさそうだった。さくらは語調を強めて、説明をする。

「ふたつの柵はどこでも等間隔というわけではありません。間が狭くなっているところもあるんです。私たちはたまたま、その付近で話をしていました。私が頭を殴ると、濱仲さんはよろけて柵にぶつかり、倒れました。そこは柵の間が狭かったから、手前側の柵に腰が乗っかるように倒れれば、川側の柵に届いたんです。でも、柵にしがみつけば川には落ちないはずでした。濱仲さんは川側の柵を摑んで、自分から川に落ちたんです」

岸野は黙り込んだ。さくらの主張の妥当性を検討しているのだろう。賢剛は、隅田公園で血痕が見つかった際に考えたことを思い返した。さくらの言うように、単に倒れただけなら柵を越えて川に落ちることはあり得ない。仮にさくらが後ろから押したとしても、柵の間のスペースに逃げることは充分可能だろう。むしろ、女がひとりで大の男を川に突き落とすのは不可能と言うべきだった。

「あなたはバッグで殴っただけですか。濱仲さんが昏倒《こんとう》状態だったなら、なんとか抱え上げて川に突き落とすことができたんじゃないんですか」

岸野はどうにか理屈が通る仮説を組み立てたようだ。さくらは悪びれた様子もなく、淡々と答える。

「あの日、バッグには折り畳み傘が入っていました。それで補強されて、振り回せばそれなりの武器になったのかもしれません。バッグの金具が当たって、こめかみが切れたようでしたし。ただ、そうは言っても女物のバッグです。あれで殴られたって、誰も気絶なんてしませんよ」

「いや、当たり所が悪ければ、人は気絶する。最初から川に落とすつもりではなかったのかもしれないが、濱仲さんが気絶したことで突き落としてやる気になったんじゃないんですか。つまり、あなたには明確な殺意があったんだ」

傷害致死と殺人では、罪状が大きく異なる。岸野はあくまで、殺人にしたいのだ。先輩警察官の弔い合戦として、傷害致死で罪を軽くさせてたまるかと考えているに違いなかった。

「濱仲さんは罪の意識を覚えたんでしょう。それで、自分から川に落ちたんですよ」

さくらは妙なことを言い出した。岸野はすかさず訊き返す。

「どういうことですか」

「濱仲さんは人間のクズです。それを私が指摘したから、己を恥じて川に飛び込んだんです」

さくらは顔を歪め、嫌悪感を露わにした。その口振りの厳しさに、賢剛は衝撃を受けた。

10

直接会って状況を説明したい、と賢剛は電話で言った。ならば自宅に来てもらい、母とともに説明を聞こうと考えたが、まずは別の場所がいいと賢剛は望んだ。母に聞かせられない話なのだろうかと訝りつつ、国際通り沿いのコーヒーショップで会うことにした。客が多い店だが、テーブルの間はそれなりに離れている。声の大きさに気をつければ、会話の内容を周囲に聞かれることはないだろう。すぐに会いたいとのことなので、亮輔は身支度を整えて家を出た。

先に着き、席を確保して待っていると、十分ほど遅れて賢剛がやってきた。レジ付近でこちらに手を上げて挨拶をしてから、コーヒーを買って近づいてくる。亮輔の正面に坐ると、まずは左右を窺った。微妙な話をしていい席かどうか、確認したようだ。幸い、今はさほど混んでいない。それでも賢剛は、顔を近づけてきた。

「さくらは自白した」

逮捕したと聞いてはいても、まだ何かの間違いではないかという気持ちが捨て切れずにいた。だが自白したとなると、もはや間違いではない。本当にさくらが父を殺したのか……。理由がまるで思い当たらないだけに、驚きつつも当惑した。

「なんでなのか、わけは話したのか」

きっとやむにやまれぬ理由があったに違いない、と反射的に考えた。さくらは決して暴力的な人間ではない。そんなさくらが父を川に突き落としたなら、それ相応の事情があるに決まっていた。

「話した」

認めた賢剛の表情は、沈鬱だった。まるで、さくらの自白が賢剛を苦しめているかのようだ。そんなにも受け入れがたい理由で、さくらは父を殴ったのか。それとも、さくらに共感しているのか。どちらとも、表情からはわからなかった。

「教えてくれ。おれには聞く権利がある」

賢剛にとっては受け入れがたいことかもしれないが、自分はどんな話でも動揺せずに聞けると亮輔は思った。父が犯罪史に残る誘拐事件の犯人だったという衝撃に比べれば、たいていの秘密は小さく感じられる。むしろ、つまらない理由で殺されていた方が納得できるとすら考えた。

「うん」

賢剛は頷いた。しかし、すぐには続けようとしない。さくらの動機を話すためにここに来たはずなのに、亮輔にそれを伝える覚悟が未だ固まっていないのかもしれない。一、二度、口を開いてから、ようやく言葉を発した。

「これはさくらが言っていることで、まだ裏づけが取れていない。というか、おそらく裏づけは取れない。当事者が死んでいるからだ」

「わかった。さくらの言ってることそのままでいいよ」

促したが、なおも賢剛は前置きをする。

「おばさんよりはまだ、亮輔の方が冷静に聞けると思ったから、呼び出したんだ。本当はおれがおばさんに説明しなきゃいけないんだけど、情けないことにとてもできない。亮輔から伝えて欲しい」

「いいよ。それで？」

軽く応じると、もう前置きすることもなくなったらしく、賢剛は目を伏せる。そして改めてこちらを見て、語り始めた。

「さくらには昔、すごく慕っている人がいたらしいんだ。実の姉のように思っていて、その人のことが無条件で好きだったと言ってた。そんな人が、若くして死んだ。死因は病死と言うのかな、事故死なのかな、出産の際に出血がひどくて、それで命を落としたそうなんだよ。お産ってのは、男のおれたちが思うよりもずっと、命懸けのことみたいだな。出産で死ぬ人は、けっこういるらしいぞ」

そうなのか。それは気の毒に思うが、その話と父がどう繋がってくるのかわからない。黙って先を待っていると、賢剛は苦しげに顔を歪めて続けた。

「その女性は、結婚していたわけじゃないんだ。誰かの子を身籠《みごも》ったんだが、相手の名を頑として口にしなかった。妊娠がわかると西浅草を出ていき、ひとりで産もうとしていたそうだ。でも、お産で命を落とし、子供も死産だった。結局、相手が誰かは不明なままに終わったんだ」

賢剛はまた、視線を逸《そ》らした。今度は亮輔と目を合わせないまま、少し早口に次の言葉を吐き出した。

「ただ、さくらは相手の男の特徴を聞いていた。胸に傷があったらしい。でもそれだけでは相手を特定できず、三十年近くの時間が過ぎた。相手の名がわかったのは、つい最近のことだった」

聞きながら、亮輔は愕然《がくぜん》とした。まさか、そんなことがあるのか。父は誘拐犯だったかもしれないが、そこまで卑怯《ひきょう》な人間だとは思わなかった。信じられない、という言葉しか頭に浮かばなかった。

「思い出したか。胸に傷がある人のことをさくらに教えたのは、おれたちなんだよ。おれたちが《チェリーブロッサム》で、おじさんの胸には名誉の負傷の痕があるって話をしただろ。それで、相手の男が誰か、さくらはようやく知ったんだ。さくらにとって、相手がおじさんだったのは納得できることだったらしい。というのも、死んだ女性は子供の頃からずっとおじさんのことが好きだったそうなんだ」

耳から賢剛の言葉は入ってくる。それは脳内で、意味のある文章になっている。それなのに亮輔は、賢剛が何を言っているのかわからなかった。すべてわかるのに、わからないと心が拒絶していた。

「あの夜、仕事帰りにおじさんと偶然会ったさくらは、死んだ女性の名前を出して問い質《ただ》した。そこは国際通りだったから、場所を移そうとおじさんが提案して、別々に隅田公園に行ったそうだ。人目を避けるために高架下を選んだのは、おじさんだったらしい。さくらが改めて訊くと、おじさんは認めた。自分が死んだ女性の相手だったと認めたんだ。さくらはカッとなり、持っていたバッグを振り回しておじさんの頭を殴った。そうしたらおじさんは倒れ、柵を乗り越えそうになった。ただ、柵は二重になっているから、手前側の柵を越えてしまっても川には落ちない。さくらが言うには、おじさんは自分から川側の柵を越えて、隅田川に飛び込んだそうだ。罪の意識を感じたからに違いない、とさくらは言い切ってる」

嘘だ、と叫べればどんなに楽かと亮輔は思った。しかし、さくらがそんな嘘をつくとは思えない。それほどの理由がなければさくらは他人を殴らないだろうし、殴られた父も二重の柵を越えて隅田川には落ちない。さくらの説明に矛盾はなく、つまり自白はすべて真実だということだ。父は今や、人質の子供を死なせる凶悪な誘拐犯であるだけでなく、浮気で女を妊娠させ、その女が死んだら何もなかったかのようにのうのうと生きていた卑怯者なのだ。これほど受け入れがたい話があるだろうか。真実は、亮輔の予想を遥《はる》かに上回って残酷だった。この残酷さに、自分はもう耐えられそうにないと思った。

「裏づけが取れないと言ったのは、その女性もおじさんも死んでいるからだ。男女の間で起きたことは、いまさら調べようがない。さくらは作り話をして、本当の動機を隠しているのかもしれない」

賢剛はそんなことを言う。それはあり得ないとわかっているはずなのに、現実から目を逸らすかのようなことを口にするのは、賢剛自身も傷ついているからに他ならなかった。さくらの告白を伝えるのが賢剛でよかった、と思った。他の刑事が来て、事務的に淡々と告げられたら、亮輔は錯乱していたかもしれない。嘘をつくなと、刑事を罵倒していたかもしれない。

「これは本当にただの偶然なんだが」賢剛は疲れた声でつけ加える。「その死んだ女性は、この前話に出た人の孫なんだよ。江藤という老人が警告文を送ってきたんだと、亮輔は言ってただろ。その江藤って人の孫で、彩織という名前だったらしい」

「えっ」

思わず目を見開いた。ならばその女性は、誘拐グループの一味と亮輔が想定した人ではないか。人質の子供の面倒を見ていた女。そんな人ならば、本当に偶然と言えるのだろうか。偶然ではなく、何かの必然があったのではないか。

「一応江藤さんには話を聞いてみるが、彩織さんは相手の男の名を誰にも言わなかったらしいから、江藤さんも何も知らないだろう。その点はあまり期待しないでくれ」

「——わかった。他におれに話しておくことはあるか」

「いや、これで全部だ。まだわからないが、隅田公園の二重の柵の問題があるから、殺人ではなく傷害致死になるかもしれない。川側の柵には、確かにおじさんの指紋が残っていたしな。さくらに殺意はなかったと認定された方が望ましいとおれは思うけど、亮輔は違うかな」

「そうだな。その方がいいよ」

「うん」

やり取りは途切れ、沈黙がふたりの間に落ちた。賢剛は忙しげにコーヒーを飲み、署に戻ると言った。亮輔はもう少しここに残ると告げた。立ち上がる気力がなかったのだ。

賢剛は二度も振り返って、コーヒーショップを出ていった。呆然《ぼうぜん》としている亮輔が、よほど心配だったのだろう。もちろんあまりに強い衝撃に打ちのめされているが、頭の中が真っ白になっているわけではなかった。むしろ、賢剛に話していないこととさくらの告白を、必死に組み合わせているところだった。

小室に会っても、真実を話してくれるとは思わなかった。だが、このさくらの告白を携えていけば、小室も態度を変えるのではないか。さらには、江藤も呼び出して直接問い質せるかもしれない。知ってしまった事実はあまりに重かったが、それに負けているわけにはいかなかった。まだ、亮輔にできることは残っていた。

小室はこの時刻なら、在宅している可能性が高い。寝ているかもしれないが、寝込みを襲う気持ちで訪ねることにした。やるべきことが定まると、ようやく腰を上げることができた。

真っ直ぐに小室の家を目指した。呼び鈴を押し、それだけでなく玄関の引き戸を叩《たた》いた。寝ているなら叩き起こすつもりだし、居留守など絶対に許さないという意気込みだった。

少しして、内側に人の気配がした。細めに開いた引き戸の隙間から、目が覗《のぞ》く。こちらを見て、歓迎しかねると言いたげに目が細められた。亮輔は隙間に手を入れ、強引に開けた。

「さくらが逮捕されました。さくらのことはご存じですか」

挨拶も抜きに、いきなり言葉をぶつけた。表情が乏しい小室もさすがに面食らったらしく、目を見開いて一歩後ずさる。

「さくらって、カレンか」

「そうです。さくらはおれの親父を殴ったと自白したそうですよ」

「どういうことだ……」

予想外だったようで、小室の目が左右に泳いだ。亮輔は三和土《たたき》に入り、後ろ手に引き戸を閉めた。玄関を開けっぱなしでできる話ではない。

「中に入れていただけないですか。立ち話で済むことではないので」

「あ、ああ」

まだ驚きから立ち直っていない態度で、小室は小刻みに頷いた。顎をしゃくって、「入れ」と促す。通された居間で、少し待たされた。やはり小室は寝ていたらしく、よれよれのスウェットを着て髪も乱れていた。戻ってきたときには、多少はこざっぱりした様子になっていた。着替えて顔を洗い、髪も大雑把ながら整えたようだ。

「聞かせろ。なんでカレンが辰司さんを」

小室はさくらをカレンと呼ぶ。昔からの知り合いは、下の名前で呼んでいたようだ。カレンという呼称は、なにやら別の人のように感じられる。亮輔は知らない付き合いが、彼らの間にはあったのだろうと推察した。

「彩織、という人をご存じですか」

話をするに当たって、まず確認をした。するとどうしたことか、小室は仰《の》け反《ぞ》らんばかりに驚き、口を何度も開閉した。想像以上の動揺ぶりだ。この動揺は誘拐事件に由来するものか、あるいは何か別の理由があるのか。

「知っている。でも、なんでお前がその名前を出すんだ」

かろうじて声を絞り出すように、小室は訊き返してきた。この先の説明をするのは、亮輔も辛い。だが、小室が否定してくれないかとの淡い期待を交えて、なんとか続けた。

「さくらは彩織さんを慕っていたそうですね。彩織さんは、父親が不明の子を出産する際に亡くなった。その父親がおれの親父だと判明したから、殴ったそうです」

「なんだと！」

小室は腰を浮かせた。腿《もも》が座卓に当たり、揺れる。だがお茶も出してもらっていないので、ひっくり返る物はなかった。亮輔を見下ろす形になった小室は、形相が一変していた。眉が吊《つ》り上がり、眦《まなじり》が裂けそうなほど目を見開き、唇を震わせている。何か反応を示すだろうとは思っていたが、ここまでとは意外だった。いったいどの部分に、小室は感情を乱しているのか。

「カレンは何を言ってるんだ……。カレンはどうして、彩織さんの相手が辰司さんだと思ったんだ」

　乱れた心の中から、なんとか言葉になる疑問を組み立てたようだ。亮輔は実際に痛みが生じたかのように感じ、胸に手を当てた。

「生前の彩織さんが、相手は胸に傷のある男だと言ったらしいんです。おれの親父は、勤務中の負傷で胸に傷痕がありました。それを知って、親父を許せなくなったらしいです」

「馬鹿な！」

　小室は目の前にある何かを払いのけるように、手を大きく振った。亮輔の目の前を、小室の指先がよぎる。ほとんど当たりそうな距離だった。だが小室は自分がそんな危ないことをしたとも気づいていないのか、息を荒げて肩を上下させていた。やがて目を亮輔に戻すと、唐突なことを言った。

「お前、まだ時間はあるか」

「えっ、ありますけど、どうしてですか」

「今から訪ねたい人がいる。その人の前で、お前に全部話して聞かせてやる」

「全部。誘拐事件のこともですか」

いきなり切り込んだつもりだったが、もう充分に動揺していたせいか、小室はいまさら驚かなかった。目を細め、ぽつりと呟く。

「そうだ」

小室は認めた。やはり、自分の想像は根も葉もない妄想ではなかったのだ。証拠がなかっただけで、真実に辿り着いていたのだ。わかっていたことなのに、鈍い衝撃がやってくる。父の罪の重さが今、亮輔の両肩にのしかかってくるかのようだった。

「おれの親父、賢剛の父親、それから彩織さんが、誘拐の仲間ですね」

確認すると、小室は「ほう」という形に口を開いた。

「よくわかったな。どうしてわかった」

「総合的に考えてです。ああ、そうか。今から訪ねる人というのは、江藤って爺さんですか」

「――お前、相当頭いいんだな」

「たまたまわかっただけです。警察と違って証拠はいらないから、想像だけで決めつけられるんですよ。その想像のきっかけは、それでしたが」

食器棚に入っている本に向けて、顎をしゃくった。振り向いて確認した小室は、不快そうに舌打ちをする。

「こんな本、捨てておけばよかった」

その言葉には、亮輔は応えなかった。行きましょうと促し、立ち上がった。

家を出た後は、小室はひと言も話さずに黙々と歩いた。道端で話せることではないので、亮輔もただ後についていく。江藤の家には、十分もかからずに着いた。家の外観は、この辺りに軒を連ねている家屋と大差ない。築年数が古く、さほど大きくなく、隣家とくっつき合うようにして建っている。小室は家の前に立つと、独り言を呟いた。

「この家に来るのも、二十八年ぶりだ」

その言葉にはなんらかの感慨が籠っているのかもしれないが、亮輔には推し量ることはできなかった。ただ、二十八年という歳月を経ても朽ちないものもあると考えた。それは罪の重さであり、人々の思いだ。その両方が父を殺したのだと理解した。

小室は呼び鈴を押した。留守かと思うほど反応がない時間が続き、そしてようやく引き戸が開いた。江藤老人はまず小室を見て何か言おうとし、背後に控える亮輔に気づいた。その目には、驚きの色が浮かんだ。

「なんだ、お前。なんでこの小僧を連れてきた」

江藤は怒りの眼差《まなざ》しで、亮輔に対して顎をしゃくった。小室は冷然と告げる。

「辰司さんを殺した人がわかった。カレンだ。カレンは、彩織さんの敵《かたき》を取ったつもりらしい」

「はっ、どういうことだよ。彩織の子供の父親は辰司だったのか」

「カレンはそう考えたみたいだよ」

「やっぱりそうだったのか。辰司め」

江藤は吐き捨てるように言った。聞いている亮輔は「やっぱり」という表現が気になった。死んだ彩織は、父のことが好きだったらしい。それを知っていて江藤は、ずっと父を怪しんでいたのか。

「中に入れてくれよ。話したいことがある」

遥かに年上の相手に対し、小室はぞんざいな口を利く。小室らしいとも言えるが、ふたりの関係性を物語っているようでもあった。ふたりはこのやり取りが示すとおり、ぎすぎすした仲なのだろう。それは誘拐事件を起こす前からなのか、それとも事件後に付き合いが壊れたのか。すべては、小室がこれから語ることでわかるはずだった。

「仕方ねえな」

江藤は亮輔を一瞥してから、こちらに背を向けて家の中に戻っていった。中に入る小室の後に続く。玄関から真っ直ぐに廊下が続き、左手に比較的広い居間があった。江藤はその部屋に入り、大儀そうに畳に腰を下ろした。小室は座卓を回り込んで、江藤の正面に坐る。亮輔は一瞬迷ったが、ふたりから斜めの位置に着いた。双方の表情が見たかったからだ。

「まず最初に言っておくが、亮輔はおれたちが誘拐事件の犯人だと知っている。こいつはかなり頭がいいようだ。考えただけで、おれたちがやったことだとわかったそうだぜ」

小室が前置きをすると、江藤はこちらを睨みつけてきた。関わるなと警告したのにどういうことだ、と言いたげだった。江藤が姿を現したことで、江藤と彩織が事件に関わっていたと推測したのだと言ってやりたかったが、黙っておいた。今はただ、ふたりの話を聞きたかった。

「親父譲りかよ。くそ面白くもねえ」

江藤は下品な物言いをした。年を取って枯れるどころか、逆に傍若無人になったのではないか。付き合いを持ちたいとは思えない相手だった。

頭のよさは父親譲りと言われれば、つい数日前までならものすごく嬉しかった。しかしもう、素直に喜ぶことができない。父はこうして思い出されるほど、頭がよかったのだろうか。本当に頭がよければ、警察官の身でありながら犯罪に手を染めることなどなかったのではないかと考えてしまう。

「亮輔が言うには、カレンは生前の彩織さんの言葉を真に受けて、辰司さんを殺したそうだ」

小室は江藤の言葉を無視して、説明を続けた。真に受けて、というくだりに亮輔は引っかかる。そんな言い方をするのは、それが事実ではない場合だ。事実ではないと、小室は知っているのだろうか。

「なんだよ、それ。彩織が何を言ったんだ」

当然、江藤は疑問を口にする。小室は苦しげに顔を歪めて、答えた。

「子供の父親は、胸に傷があると言ったらしい。辰司さんの胸には、切り傷の痕があったんだ」

「だから彩織は、子供の父親の名前を絶対言わなかったのか。言わないから、辰司じゃないかと思ってたよ。あの野郎、真面目な顔しやがって、やってくれるじゃないか」

「違うんだ、道之介さん。子供の父親は、辰司さんじゃない」

唾を吐き捨てそうな口振りの江藤に対し、小室はきっぱりと否定した。亮輔は思わず、小室の顔を凝視する。小室はこちらに目を向け、もう一度言い切った。

「彩織さんの子供の父親は、辰司さんじゃない。辰司さんは、そんな卑怯な人じゃない」

「じゃあ、誰が父親かお前は知ってるのかよ」

江藤がすかさず問い返す。小室は一拍おいてから、ゆっくりと頷いた。

「知ってるよ。父親はおれだからな」

「なに！」

江藤は目を見開いた。亮輔もそれは同じだった。小室の胸にも傷があるのか、ととっさに考えた。

「亮輔、今からお前に、あのときのことを話さなければならない。あのときとは、誘拐事件のときのことだ。お前は、すべてを知る権利がある」

小室は真っ直ぐに亮輔の顔を見据えた。覚悟を決めた目だ、と思った。意識せぬままに、すっと息を吸う。だが言葉は発さず、ただ黙って頷いた。小室も頷き返し、語り始めた。

「あれは時代の変わり目で、何もかもが急速に変化をしている頃だった。この地域も、昔ながらの地縁が壊れかけていた。おれは、そんな時代に腹が立っていた。大事なものを踏みにじられているように感じたからだ。その象徴が、ここに建った高層マンションだ。あれを建てるために、不動産会社は地上げをし、住人を何人も追い出した。土地買い取りに応じなかった人は、ヤクザから露骨ないやがらせを受けた。豚の首を玄関先に置かれたり、昼も夜もかまわずにヤクザに呼び鈴を押されたりした。それなのに、警察は何もしてくれなかった。警察はおれたちの味方じゃなかったんだよ」

最初は淡々とした口調だった小室だが、次第に言葉に熱が籠り始めた。警察は何もしてくれなかった、というくだりになると、当時の怒りを思い出したかのように、声が低くくぐもった。警察とは、父のことも含まれるはずだ。父は、何もできない自分を恥じたのか。だから、誘拐という犯罪で行動を起こしたつもりになったのか。

「地上げのせいで、何人も死んだ。それはお前も、調べてわかってるんだろう？　ともかく、おれたちは不動産屋に腹を立ててた。だから、復讐してやろうと考えたんだ」

その決断には、言いたいことが山ほどあった。いや、ただひと言「愚かだ」となじってやりたかった。しかし今は、話の腰を折るわけにはいかない。小室が父の思いを代弁しているかのように感じ、睨みつけた。

「計画はほぼうまくいったはずだった。だが、子供が死んだのは誤算だった。子供を死なせるつもりなんて、まるでなかったんだ。そのせいで智士さんは、責任を取って首を吊った。智士さんはおれたち全員の罪を背負って、死んでくれたんだ。おれは智士さんの決意を知って、涙が止まらなかった」

　小室の言葉に籠る感情は、怒りから悲しみに変じたのかもしれない。目が潤んだわけではないが、なぜか直接気持ちが伝わってくるかのようだった。賢剛にも聞かせてやりたかったたと、ふと思った。

「ただ、残されたおれたちも辛かった。特に、子供にグラタンを食わせた彩織さんは、自分が殺したのだと考えていた。げっそりと痩《や》せて、目がいつも虚《うつ》ろで、とても見てられなかった。たぶんおれよりもずっと、自分のことを責めてたんだと思う」

　子供が好きそうなものとして、グラタンを食べさせるのは理解できる。むしろ、優しさすら感じられる。だが、親ならば絶対に食べさせない料理だろう。誘拐さえされなければ、決して口にすることはなかったはずだ。それを思えば、父たちが子供を殺したことに変わりはなかった。当時はアレルギーによるアナフィラキシーショックがあまり知られていなかったのかもしれないが、そんなことは言い訳にならない。彩織という女性が罪の意識に苛《さいな》まれていたとしても、同情はできなかった。

「おれも智士さんに死なれて落ち込んでたが、彩織さんのことが心配だった。といっても、おれには何もできなかった。辰司さんに相談しようにも、辰司さんは人が変わっちまった。笑わなくなって、ずっと苦しげな顔をしてて、他人を寄せつけない雰囲気になった。相談できるような相手じゃなかった」

亮輔が知る父は、そこまで張り詰めた気配を維持していたわけではない。微笑むこともあれば、亮輔に対して優しい言葉をかけてくれることもあった。だが思えばそれは、心底からの寛《くつろ》ぎを覚えてのことではなかったのかもしれない。父は常に、己を責めて生きていたのか。三十年近い歳月を経ても、罪は父の背中に張りついて離れなかったのだろう。

「だから、彩織さんの辛さを分かち合えるのはおれしかいなかったんだ。この道之介さんは、ひとりだけ平然としてたしな。おれたちは互いを慰め合った。そうしなければ、あまりにも辛かったからだ」

「それで彩織を孕《はら》ませたのかよ。それなのになんで、知らん顔しやがったんだ」

江藤が口を挟んだ。その眼差しは、かつての仲間ではなく憎い敵《かたき》を見るかのようだった。話を聞く限りでは情が薄そうな人に思えるが、やはり孫には特別な思いがあったのだろうか。

「おれたちは好き合っていたわけじゃないんだ。ただ、辛くて仕方なかっただけなんだ。だから彩織さんは、妊娠してもおれには言わなかったんだよ。おれは彩織さんが死ぬまで、妊娠してたとは知らなかった。どうしてこの町を出ていったのか、死なれて初めてわかったんだ」

「彩織が死んだ後でも、おれに言えばよかったじゃねえか。黙ってたのは、おれに殴られるとでも思ったからか」

「殴ってくれてかまわなかったよ！　でも、彩織さんが言わなかったなら、おれが言うわけにはいかないだろ。彩織さんはおれの子を孕んだことを恥じてたんだよ。だから、誰にも言わなかったんだよ」

小室は拳を作って、座卓を叩いた。肩が震えている。二十八年に亘《わた》る思いが、体の中で膨れ上がっているのだろう。そんな様を、亮輔は憐《あわ》れだと感じた。小室も彩織も、ともに憐れだ。

「お前も胸に傷があるのか」

江藤はあくまで冷静だった。ひとりだけ平然としていた、という小室の言葉が理解できる。この人がいたことによって、犯罪計画は粛々と遂行されたのだろう。そんなふうに思わせるところが、この老人にはあった。

「ないよ」

小室は首を振った。その言葉には驚かされた。ならばなぜ、彩織はさくらに対してそんなことを言ったのか。父に濡《ぬ》れ衣《ぎぬ》を着せたつもりだったのか。

「彩織が嘘をついたってのか」

江藤も納得がいかないようだ。小室は少し考えるように黙ってから、静かに言った。

「どうなんだろうな。冗談だったのかもしれないけど、やっぱり辰司さんのことが好きだったからじゃないか。子供の父親がおれじゃなくて、辰司さんならよかったと思ってたんだよ、きっと。だから、そんなことを言ったんだよ」

小室は自分の髪を摑んだ。そしてそのまま引っ張るようにして、顔を伏せた。

「なんつうか、辛《つれ》えな。この二十八年間ずっと辛かったけど、今が一番辛えよ」

小室はこの年になるまで、ずっと独身を貫いている。孤独でいることが己に対する罰であり、贖罪《しょくざい》だったのかもしれない。ならば、晩年になってこんなことを知るのは、確かに残酷だ。泣いていることをなんとか隠そうとしている小室から、亮輔は目を逸らした。

「――彩織も、とんだことを言い残したな。まさか巡り巡って、辰司が死ぬことになるなんて思いもしなかったんだろう」

しばらくの沈黙の後、ぽつりと江藤が呟いた。まったくそのとおりだ。彩織がついた悲しい嘘が、二十八年経《た》って父を殺すことになった。しかしそれは不幸というより、因果応報に思えた。父は二十八年前に受けるべきだった罰を、ようやく受けたのだ。さくらの話を信じるなら、父は自ら隅田川に飛び込んだという。まさにそれは、罰を受けるためだったに違いない。さくらに殴られ、隅田川に落ちそうになったとき、今こそ自分に罰が下されたと考えたのだ。父はもしかしたら、死に所を探していたのかもしれない。亮輔と賢剛が成人した後は、ずっと死ぬことを考えていたのか。またひとつ、父の知らない面を発見した。

不幸なのは、むしろさくらだ。死刑執行役を背負わされたさくらが、気の毒でならなかった。父を殴ったのが単なる勘違いであったと知ったなら、さくらはどんなに苦悩するだろう。その気持ちを思えば、胸が苦しくなった。さくらの罪悪感を和らげてやる手段がないことを、空しく感じた。

「おれが死ねばよかったんだ」

嗚咽《おえつ》を噛《か》み殺して、小室が言った。小室の立場なら、当然そう考えるだろう。小室は父に、死に所を奪われたようなものだった。小室はまだ、罪を背負って生きていかなければならないのだ。

「道之介さん、おれを殴らないのか。彩織さんが死ぬ原因を作った男を、ずっと捜してたんだろう。あんたのにっくき敵は、おれだよ。殴ってくれよ。いっそ殺して、楽にしてくれよ」

小室は髪から手を離し、江藤に頼んだ。それは哀願と言ってもよかった。小室は今この瞬間、父のことを羨ましいとすら思っているかもしれない。父にとって死が救いであったなら、もうおれは悲しまなくていいのかと亮輔は考えた。

「甘えたこと言ってんじゃねえよ」

それに対して江藤は、冷然とした言葉を浴びせた。視線に物理的な力があるなら刺し殺してやりたいとばかりに小室を睨んでいるが、手を動かそうとはしない。もはやこの老人に、人を殺す力はないのだろう。ただ目だけが、強い力を放っていた。

「彩織を孕ませた男を憎んでるなんて、いつ言った？　勝手におれの気持ちを忖度《そんたく》するんじゃねえ」

しかし続けて江藤は、意外なことを言った。江藤をよく知らない亮輔ですら、驚いて思わず皺《しわ》んだ顔を見る。江藤は鋭い目つきのまま言葉を発したが、その声は刺々しくはなかった。

「おれはただ、彩織が何も打ち明けてくれなかったことが悲しかったんだ。彩織が選んだ相手なら、たとえ辰司であろうと受け入れるつもりだったよ。それなのに彩織は何も言わずにこの家を出ていき、死んじまった。おれの悲しみがお前にわかるか。誘拐事件なんか起こしたから、おれは彩織の信用を失っちまったんだ。お前が言うように、おれは非情なところをたくさん彩織に見せちまったからな。いくら後悔しても足りなかったよ。おれは金なんかより、彩織の信用の方が大事だったのによ。金に踊らされて結局何もかも失ったのは、バブルに浮かれてた奴らと同じじゃないか。なあ、翔。おれもお前も、しょせんはあの時代を生きた男たちだったんだよ」

江藤は訥々と語った。ここにも悲しみがある、と亮輔は知った。罪の起点がどこだったのかわからない。しかし、その罪に対して罪で応じようとしたとき、関わった者たちは等しく悲しみに取り憑《つ》かれたのだ。父の悲しみ、小室の悲しみ、江藤の悲しみ。どれもそれぞれに、愚かで憐れだった。

「殺してくれなんて、甘《あめ》えよ。おれたちはこのまま、野垂れ死ぬまで生きるのが罰なんだよ。それが、死んだ子供に対する責任ってもんだろうが。辰司の野郎はうまいこと死にやがって、あいつはそういう奴だよな。きっと奴は、智士が死んだ同じ場所で死にたかったんだろうよ」

そうか。言われてようやく気づいた。江藤の言うとおりだ。殴られた場所が隅田川でなければ、父は自ら死のうとはしなかったかもしれない。賢剛の父親が死んだまさにその場所だったからこそ、父は運命を感じたのだ。運命に追いつかれたと悟ったのだ。

「どうだ、小僧。全部知って満足か。よけいなことに首を突っ込むなと、警告しただろう。知って後悔してるんじゃないのか」

江藤は不意に、こちらに話を向けてきた。だが、とてもひと口では答えられない。だから最後にひとつ、残った疑問を質した。

「身代金はどうしたんですか」

見たところ、江藤もまた裕福な暮らしをしているようではない。すでに散財して使い切ったのか。あるいは逆に、紙幣番号を控えられていることを恐れて使えなかったのか。

「金は全部、おれが預かってるよ。こいつらはいらないって言うからよ」

江藤は小室に向けて、顎をしゃくった。小室は亮輔を見て頷く。江藤は皮肉そうに続けた。

「分け前が欲しいか。おれは自分の分を生活費に使ったが、お前らの分は丸ごと残ってるぞ。欲しいなら持ってけ」

言われても、はいそうですかと応じることはできなかった。とはいえ、江藤自身が言うように、このまま野垂れ死んだらどうなるのか。出所不明の大金は、騒ぎの種になるだろう。そんなことなら、自分が預かった方がいいかもしれなかった。いまさら東芳不動産に返すわけにもいかないから、慈善団体にでも寄付するか。

「賢剛にも話します。いいですね」

警察官である賢剛が、この話を聞いてどう出るか予想できなかった。身代金目的で子供を誘拐し、死なせた場合、時効はないかもしれない。ならば江藤も小室も、これから逮捕される可能性があるのだ。野垂れ死ぬ覚悟ができているなら、ふたりとも賢剛に逮捕されるのは本望と思うだろうか。

「ああ」

江藤はあっさりと頷いた。小室も目で同意を示す。ふたりが肚を決めているなら、後はおれと賢剛の問題か。亮輔は軽く視線を上げ、父を思った。父の愚かさの後始末をするのは、子の務めだった。

11

トイレに行ったついでにスマートフォンをチェックすると、連絡が欲しいと亮輔からメッセージが届いていた。今このときであれば、事件と無関係とは思えない。トイレを出てから、廊下の端に行って賢剛は電話をかけた。待っていたのか、亮輔はすぐに応じた。

「忙しいところ、すまない。でも、大事な話だ」

少し緊張すら感じさせる声音で、亮輔は言った。やはり何かわかったのか。人が近づいてこないか周囲に目を配りつつ、応じる。

「いい。なんだ？」

「小室さんと会ってきた。小室さんは全部話してくれたよ」

「全部」

小室が話す全部とは、何についてか。まさか、誘拐事件のことではないだろうな。もう少し具体的に語ってくれと、内心で苛立った。

「賢剛にも知ってもらいたい。でも、電話で話すわけにもいかない。だから、大事な点だけ耳に入れておく」

こちらの気持ちが伝わったわけでもあるまいが、亮輔は無駄を省いた物言いをした。

「わかった」とだけ答えて、続きを待つ。亮輔はすっと小さく息を吸ってから、一気に告げた。

「亡くなった彩織さんという女性の相手は、おれの親父じゃなかった。小室さんだった」

「えっ」

予想もしなかったことを聞かされ、すぐには言葉が出てこなかった。二拍も遅れて、訊き返す。

「それは本当なのか」

「嘘とは思えない。小室さんが親父を庇う理由もないしな」

「じゃあ、さくらの勘違いだったってことか。小室さんにも、胸に傷があるのか」

「いや、ない。小室さんが言うには、彩織さんは親父が好きだったらしい。だから、そんな嘘をついたんだろうと」

「なんてことだ……」

彩織という女性が辰司を慕っていたとは、さくらも言っていたことだ。叶《かな》わぬ恋が言わせたちょっとした嘘が、二十八年も経って辰司を殺したのか。辰司も憐れだが、賢剛はさくらに同情をした。このことを知れば、どんなに衝撃を受けるだろう。だが、これを伝えるのは自分でなければならないと思い定めた。岸野の口から言わせるわけにはいかない。

「さくらは、おじさんが自分から隅田川に落ちたと言っている。そのことについても、小室さんは何か説明をつけてくれたのか」

「ああ」

亮輔は短く応じる。だが、その内容については語ってくれない。

「どうしてなんだ」

「それについて話せば、長くなる。改めて、きちんと聞いて欲しい。ただ、ひとつだけ言うなら、隅田川だったからだ。賢剛のお父さんが死んだ隅田川だったから、親父はここが死に場所だと考えたんだよ」

「――どういう意味だ」

亮輔が何を言っているのか、わからなかった。賢剛が長年探し求めていた答えを、亮輔は知っている。そして亮輔は、それを語ることをためらっているのだ。真実はきっと、残酷に違いない。

「おれもお前も、馬鹿な父親を持ったということだ」

不意に、亮輔の口調が厳しくなった。亡き父を語る言葉ではなかった。賢剛の父が誘拐事件の犯人であったなら、馬鹿となじられても仕方ない。だが亮輔が自分の父親をも馬鹿だと言うなら、まさか辰司も仲間だったのか。それは信じられなかった。

「亮輔の言葉を疑うわけじゃないが、伝聞だけでは調書に書けない。小室さんに直接、話を聞きに行く。いいか」

この件について追及するのはいったんやめ、現実的な問題に話を戻した。亮輔はふたたび「ああ」と応じてから、つけ加えた。

「江藤さんにも話を聞きに行くといい。おれは聞いた」

「……そうなのか」

亮輔は警察より一歩も二歩も先んじているようだ。おれももっと真剣に、父について知ろうとするべきだったのか。己の怠惰を思い知らされた心地だった。

「情報、感謝する。今度、詳しく話を聞かせてくれ」

「うん」

それを最後に、電話を終えた。すぐに刑事部屋に行き、岸野に今聞いたことを伝える。岸野はさほど驚いた様子もなく、「ふうん」と鼻から息が抜けるような返事をした。さくらが辰司を殴ったという事実が動かない限り、動機に関してはあまり興味がないようだ。

「そういうことなら、君が話を聞いてきてくれ。記録係は、他の者にやってもらう」

「わかりました」

頷き、すぐに署を飛び出した。西浅草に向かい、小室の家の呼び鈴を押す。小室はすぐに迎え入れてくれた。

「最初に言っておくが、詳しいことは亮輔が自分でお前に話したいそうだ。おれも、その方がいいと思う。お前はただ、彩織さんの子供の父親がおれだってことを確認しに来たんだろ?」

いきなり小室は尋ねてくる。小室が亮輔に語ったという話を今すぐ聞かせて欲しかったが、辰司殺しと直接関係がないなら余談になってしまう。それに、亮輔が自分の口で伝えたいと考えるなら、確かにその方がいいのかもしれなかった。

「間違いない。おれが彩織さんの子供の父親だ。辰司さんはそんなことをする人じゃない。お前が知っている辰司さんは、決して嘘の辰司さんじゃなかったよ」

小室は賢剛の目を真っ直ぐに見て、言い切った。そのことに、自分でも意外なほど安堵する。辰司に裏の顔があるわけではなかった。それを知れただけでも、小室に話を聞きに来た甲斐《かい》があった。

その他、細かい点も確認した。胸の傷の件は、やはり彩織という女性の嘘だったようだ。辰司が自ら隅田川に落ちたかもしれない背景については、小室は口が重かった。

「それは亮輔から聞いてくれ。その後なら、いくらでも話す」

「そうですか」

殺人か傷害致死かの分かれ目だから、曖昧に済ませるわけにはいかないのだが、辰司の事情は捜査会議で語れることではないかもしれなかった。二重の柵の問題があるから、辰司の事情が不明でも傷害致死に落ち着く可能性がある。

改めて話を聞くかもしれないと言い置いて、辞去した。続けて、江藤という人物に会いに行った。在宅していた江藤は刑事の訪問に驚きもせず、淡々と応じた。孫娘が小室と交際していたとは知らなかったが、小室本人がそう言うなら嘘とは思わない、とのことだった。江藤は小室よりさらに無口で、訊かれたことにしか答えてくれなかった。亮輔に送った警告文についても確かめたかったが、もはやそれは辰司殺しと関係があるとは思えない。捜査に関わることだけを聞いて、切り上げた。

久松署に戻り、裏が取れたことを岸野に告げた。そして、このことを自分の口からさくらに伝えさせて欲しいと頼んだ。岸野はじっと賢剛の目を見てから、頷いた。

「いいだろう。君が捜査本部にいたのは、それを伝える役割が運命だったからかもしれないな」

岸野はそんなことを言った。賢剛は運命など否定したかったが、今は抗《あらが》わなかった。運命ではなく責務だ、と心の中で自分に言った。

取調室には、岸野とともに入った。岸野が記録係の椅子に坐り、賢剛はさくらと向き合う。さくらは意外そうに、こちらを見つめた。

「さくら、残酷なことを教えなければならない。さくらは間違えていたんだ」

どう切り出せば最も衝撃を与えずに済むか、旧知の者として気を使った。だが、どんな言い方をしようと衝撃を和らげることはできないのだと、声に出してみて悟る。さくらは眉をわずかに動かしただけで、返事をしなかった。

「彩織さんの子供の父親は、辰司さんじゃない。小室さんだったんだ」

「嘘」

言下《げんか》にさくらは言い返した。目に怒気が宿る。右の眸が黒、左の眸が褐色のオッドアイ。さくらを特徴づける、神秘的な眸の色だ。さくらは厳しい調子で反論する。

「そんなの嘘よ。彩織さんと小室さんなんて、ぜんぜん付き合いがなかったわ。まるで釣り合わないし。どこからそんなでたらめを持ち出してきたの？」

「小室さん本人が言っている。どうしてふたりが付き合うことになったかは、おれたちが知る必要のないことだろう。小室さんがでたらめを言う理由もない」

「だってさおちゃんは、相手は胸に傷のある人だって言ったのよ。それは辰司さんのことでしょう？　まさか、小室さんの胸にも傷があるの？」

「そうじゃないんだ、さくら。それは彩織さんの嘘だったんだよ。彩織さんは辰司さんが好きだったから、お腹《なか》の子の父親が辰司さんだったらいいのにと思って、そんな嘘をついたらしい。小室さんはそう言ってた」

「そんな……」

さくらは呆然とした。目から光が失《う》せる。彩織が嘘をついていた可能性を認めたようだ。賢剛はかける言葉がなかったが、生気が失せていくさくらの顔から視線を逸らさなかった。さくらが受けている衝撃を見届けることが、刑事である自分の務めだと思った。

「じゃあ私は、間違って辰司さんを死なせたってこと？　辰司さんを問い詰めたら、自分がさおちゃんの相手だって認めたのよ。辰司さんも私に嘘をついたわけ？　どうして？」

まるで賢剛が辰司であるかのように、さくらは畳みかけてくる。もっともな疑問だ。彩織と辰司、ふたりに嘘をつかれたさくらが憐れだった。

「辰司さんの気持ちはわからない。彩織さんの子供の父親ではなくても、彩織さんが死んだことに責任を感じていたのかもしれない」

「なんの責任？　辰司さんは関係なかったんなら、どうしてそう言ってくれなかったの？　辰司さんは自分から隅田川に落ちたのよ。それは、さおちゃんを死なせた責任を感じたからなの？」

　さくらは混乱していることを隠さなかった。目が左右に泳ぎ、答えを求めて賢剛に食い下がる。答えが知りたい思いは、賢剛も同じだった。

「亮輔が言うには、辰司さんはおれの父親が死んだ場所で死にたかったらしい。辰司さんはきっと、おれの父親の死にも彩織さんの死にも、責任を感じていたんだよ。辰司さんはそういう人じゃないか。本当はさくらもよく知ってるんだろう？」

　この問いかけがきっかけだった。さくらは両手で顔を覆い、声を上げて泣き始めた。やはりさくらも、辰司の人となりを理解していたのだ。自分が間違えたことを、ついに悟ったのだ。

　慰めず、泣き止《や》むのをただ待った。たっぷり数分は嗚咽し、さくらはティッシュを求めた。岸野が立ち上がり、取調室の外からティッシュボックスを持ってくる。それを受け取って目許を拭き、洟《はな》をかんで、さくらはようやく顔を上げた。

「私の両親は若くして勢いで結婚したから、実はあまり気が合わないと後でわかったみたいで、しょっちゅう喧嘩《けんか》してたわ。私は両親が罵り合うところを見たくなくて、喧嘩が始まるといつも外に出てた。季節がいいときはいいけど、冬は寒くて辛かった。それでも、うちの中にいるよりはましだから、震えながら外に立ってた」

　何を思ったか、さくらは唐突にそんなことを語り始めた。だがそれが無関係の話とは思わなかったので、賢剛は黙って耳を傾けた。

「あるとき、通りかかった人が声をかけてくれたの。どうしたの？　って訊いてくれた。パパとママが喧嘩してるって泣いたら、手を握って一緒にいてくれた。それだけじゃなく、板チョコもくれた。甘くてすごくおいしくて、悲しい気持ちが紛れた。忘れられないくらい嬉しかった」

　さくらは能面のように無表情だった。口調も淡々としていた。しかしなぜか、その言葉の裏に潜む感情を賢剛は感じ取れた。これはおれだから感じ取れることなのだ、と思った。

「それがさおちゃんよ。私はさおちゃんが大好きになった。無条件に、相手を全肯定できるくらい好きになったことある？　きっとそんな相手には、なかなか巡り合えないんじゃないかと思う。私はさおちゃんのためだったら、なんでもできるつもりだった。だから、さおちゃんが死んで自分の一部がなくなったように感じた」

　さくらが辰司を殴ったと自白したとき、賢剛は違和感を覚えた。そんな粗暴さとは、さくらは無縁だと思っていたからだ。だが今、さくらを衝《つ》き動かした衝動が垣間見《かいまみ》えた。情が、人に間違いを犯させるのだ。それを糾弾できない自分は、やはり警察官に向いていないのではないかと、何度目かの疑問を抱いた。

「さおちゃんが辰司さんをずっと好きだったことは知ってた。だからさおちゃんが妊娠したとき、相手は辰司さんだと思い込んだ。辰司さん以外、あり得ないと考えたのよ。なのに辰司さんは、何も言わなかった。許せないと思った。それ以来、辰司さんとは付き合わなかった。ずっと疑いの目を向けてて、でも確証がなくて、三十年近くもそんな状態でいたらあるとき、辰司さんの胸には傷痕があるってあなたたちの会話を耳にしたのよ。やっぱりそうだったか、って、頭に血が上っちゃった。たまたま国際通りで会ったから問い詰めたら、隅田公園で話したいって辰司さんは言ったの。改めて隅田公園で落ち合ったら、自分がさおちゃんの相手だったって認めたわ。私は思わず、バッグを振り回した。もちろん、それで殴ってやるつもりだったけど、まさか隅田川に落ちるとは思わなかった。あそこがあなたのお父さんが亡くなった場所だなんて、そのときは思い出さなかったから。あそこで辰司さんが死にたがってたなんて、想像もしなかったから」

　最後は、ふたたび声を震わせていた。そしてまた目に涙を浮かべ、さくらは懺悔《ざんげ》の言葉を口にした。

「亮輔くんと佳澄さんに謝らなくちゃね。辰司さんを死なせちゃったって、謝らないと。私、ひどいことをしちゃった――」

　さくらは唇を噛み締め、嗚咽をこらえていた。もう賢剛は、その顔を直視できなかった。顔を上げたまま涙を流すさくらから、さりげなく目を逸らす。刑事であるからには悲劇的な出来事はいくつも見てきたが、自分にも関わることは格別に辛かった。

　だが、真の辛さはこの後に控えているのだ。それに直面する勇気を、賢剛は奮い起こさなければならなかった。

12

会うのは何時でもかまわないと伝えると、夜十一時過ぎになると言われた。ならばと、会う場所は隅田公園にした。この事件を締め括るには、隅田公園以外の場所はあり得なかった。母にはコンビニに行くとだけ言って、亮輔は家を出た。

隅田公園に着くと、まだ賢剛の姿はなかった。この時刻は人もほとんどおらず、夜の闇に沈む隅田川が目の前に広がっていた。父が、そして賢剛の父親が最後に見た光景もこれだったのだろう。人の死も、悲しみも呑み込んで少しも変わることのない川に、微《かす》かな恐れを抱いた。

「待たせた」

背後から声をかけられた。振り返ると、賢剛が立っていた。暗いので、表情が読み取りにくい。だがそれでも、疲れている気配が感じ取れた。

「さくらはどうだった?」

さくらが父を殴ったと知っても、憎む気持ちは湧いてこなかった。知り合いとして、受けたショックの大きさを思いやる気持ちだけがある。賢剛は両手をスーツのポケットに入れたまま、少しうなだれて「うん」と応じた。

「亮輔に謝らなくちゃ、と言ってた。亮輔とおばさんに、な」

「殴る相手を間違えてたことについては？」

「泣いてたよ。大泣きしてた」

「そうだろうな」

そこでいったん、やり取りが途切れた。どこから語ろうかと、端緒《たんしょ》を探る。だが賢剛が近づいてきて亮輔の隣に立ち、公園の柵を摑んで隅田川に顔を向けながら、先に口を開いた。

「聞かせてもらおうか。おじさんが自分から川に落ちたのは、誘拐事件が理由だったのか」

見当がついていたようだ。賢剛も同じ結論に達していたのかもしれない。亮輔も川に向き直り、頷いた。

「そうだ。人質の子供を死なせた責任を取って、お前の親父さんは自殺した。おれの親父も、できるならそのとき一緒に死にたかったんだ。でも親父は警察官だから、自殺なんかしたら背景を探られる。おれとお前を、犯罪者の子供にしたくなかったんだろうな。だから、生き延びた。ただ、親父はずっと死に場所を探していたんだよ。さくらに殴られた瞬間、今が死ぬべきときだと悟ったんだ」

「ちょっと待て。おじさんも誘拐事件の犯人だったのか。おれの父親だけじゃないのか」

賢剛はこちらに顔を向けて、目を剝《む》く。そう考えていたとは、意外だった。

「なんだ、わかってなかったのか。おれらの父親は、親友同士だったんだぜ。ふたりでやったことに決まってるじゃないか」

「でも、事件当日は大喪の礼で警察官が総動員されてた。おじさんは身代金受け取りなんてできなかったはずだ」

「もちろん、身代金受け取りの当日はな。でも、親父は計画立案者だった。子供を実際に攫《さら》ったのも、親父だったそうだぜ」

「そうだったのか……」

賢剛は呆然としている。自分の親だけが事件を起こしたと考え、苦しんでいたのかもしれない。苦しいのはおれも同じだ、と心の中で語りかけた。言葉にしなくても、伝わるはずだった。

「最初から話そうか」

改めて、自分が何をきっかけにして誘拐事件の全容を摑んだのかを語った。犯人五人の名前、犯行の動機、事件の経緯、そして人質の子供を死なせたことで五人の気持ちがばらばらになったことまでを、順を追って言葉にする。賢剛は柵を握り締めたまま、じっと耳を傾けていた。柵を握る手は、強く力を入れているのか小刻みに震えていた。

「——亮輔、お前、すごいな。二十八年間も解決できなかった事件の真相を、ひとりで探り当てたのか」

賢剛が最初に口にしたのは、そんなことだった。亮輔の父が関わっていないと考えていただけで、事件の概要はおおよそ推測していたようだ。亮輔は、照れ笑いか皮肉の笑みか自分でもわからない表情を浮かべる。

「運がよかったんだよ。当てずっぽうが当たってたようなもんだ。おれが警察官じゃないから、小室さんも本当のことを話してくれたんだろうし」

「だとしても、な」

警察官としては、素人に先を越されたことに忸怩《じくじ》たるものを覚えているのかもしれない。賢剛に恥をかかせたくはなかったが、小室と江藤から聞いた心情についても話さなければならなかった。彩織が妊娠した経緯まで説明が及ぶと、賢剛は小さく「くっ」と呻《うめ》きを漏らした。

「……みんな、かわいそうだな。もちろん死んだ人質の子供が一番かわいそうだけど、おじさんも小室さんも、彩織という人も江藤さんも、さくらもみんなかわいそうだ。どうしてこんなことになっちまったのか」

「そりゃあ、おれらの父親が馬鹿だったからだよ。馬鹿なことをしたから、子供のおれたちまで辛い目に遭ってるんだ」

当然のことを口にしたつもりだった。父親たちのしでかしたことは、愚かと言うしかない。罪に手を染めると決断した時点で、罰は逃れられないとどうして気づかなかったのか。特に警察官である父は、誰よりも思いとどまらなければならなかったはずだ。他の四人よりも、ずっと罪が重いと亮輔は考えていた。

「亮輔、厳しいな。おれは、父たちを馬鹿呼ばわりできない」

だが驚いたことに、賢剛はそんなことを言った。思わず、賢剛の顔をまじまじと見る。お前は刑事だろう、と視線で問いかけたつもりだった。

「何を言ってるんだ。たとえ動機が義憤だったとしても、子供の誘拐なんて許されるわけないだろ。ましてその子供を死なせるなんて、ひどい犯罪としか言えないじゃないか」

「もちろんそうだ。本来は、犯人たちに同情の余地なんてない。そんなことはわかってるよ。でも、それがおれたちの父親なんだぜ。おれたちの父親が、やむにやまれず起こした犯罪なんだ。おれは、馬鹿と切って捨てることはできない」

意外でならなかった。賢剛は、こんな重荷を背負わせてくれた父親たちに怒りを覚えていないらしい。それは早くに父親を亡くし、記憶がほとんどないからだろうか。理想の父親を、事実で否定されたくないのか。だとしたら、現実逃避でしかない。

「日本の犯罪史に残る大事件なんだぞ。その真相がわかったのに、お前は犯人を庇うのか。刑事のくせに」

思わず、責める口調になってしまった。この苦悩を共有してくれる人は、賢剛だけのはずだった。それなのに賢剛は、真相を直視しようとしない。こんな奴だとは思わなかった。

「確かにおれは刑事失格かもしれない。でも、刑事以前におれは人の子だ。おれとお前の父親なら、相応の理由があって行動を起こしたに決まってる。その理由も知らないで、罪は罪と糾弾するのは冷たくないか」

賢剛は事実から目を背けている。事実が辛すぎるからと、情に逃げ込もうとしている。賢剛はもっと強い人間だと思っていた。強い正義感があるから、警察官になったのだと考えていた。

「理由はわかってるだろう。地縁を破壊した不動産会社に復讐したかったんだ。その気持ちは、おれだってわかるよ。でも、復讐の手段が誘拐ってのは、どうしても認められない。なんで他の手段を採らなかったんだと、親父が生きてたら問い質したいよ」

「きっと、他の方法はなかったんだよ。これしかなかったんだよ。もちろん、許されない罪だ。だからおれの父は自ら命を絶ったんだし、おじさんも自分を責めてその後の人生を送ってたんだろ。彩織さんは死んで、小室さんと江藤さんは後悔を抱えて生きていくしかなかった。そんな罰を受けている人たちを、お前はなおも責めるのか」

父の二十八年間に、想像が及ばないわけではない。むしろ身近で見ていたからこそ、賢剛よりわかるつもりでいる。ただ、いくら悔いても追いつかないことがあるのではないか。小さい子供の命と、二十八年間の悔いが釣り合うのか。

「お前、それを死んだ子供の親の前で言えるのか。犯人にも同情すべきところがありますって、刑事のお前が被害者の前で言えるのか」

言葉を選ぶ余裕がなくなってきた。糾弾すべき相手を間違えていることはわかっていた。それでも、たったひとりの理解者に裏切られたという失望が大きすぎた。お前しか、おれのこの辛さを理解してくれる人はいないのだ。それなのにお前は、情に溺れたことを言うのか。

「おれは、刑事に向いていない」賢剛は声を絞り出すように言った。「お前が警察官になればよかったんだ。自分が甘いことを言ってるって自覚はあるよ。お前みたいに厳しい考えを持てる人間の方が、必要とされる人材なんだろう。でもおれは、理解したい。ただ罪を責めるだけじゃなく、罪を犯した人たちの気持ちを理解したい。それは間違ってるのかな。おれは甘いだけなのか」

なんとか言葉を掻《か》き集めているかのような、訥々とした賢剛の口調だった。賢剛もまた、自分の思いを亮輔に理解してもらいたいと望みつつ、それが叶わずに苦しんでいるのだとわかった。こんなにすぐそばにいて、まったく同じ苦しみを味わっているのに、見ているものが違う。亮輔は天を仰いだ。これが運命なのだとしても、全力で抗いたかった。

「賢剛、おれたちは理解し合えない」

口にすると、絶望感が実際の手触りを伴って胸の底に生じた。父たちの愚かさが道をつけた必然に、おれたちは落ち込もうとしている。だが、そんな運命に負けてたまるか。理不尽な運命など、絶対に受け入れるものかと歯を食いしばった。

「おれはどうしても、罪は罪としか思えない。自分の厳しさに、自分でいやになる。お前の方が、ずっと人間らしいんだよ。お前は、いい奴だ」

賢剛はそれに対し、柵を掴む手をもどかしげに何度も揺すった。力を込めてもびくともしない柵が、動かない亮輔の心のように思えているのかもしれない。

「いや、正しいのはお前なんだ。おれが間違ってるんだよ。おれは、おれは——」

「おれは、浅草を出ていく」

今、唐突に思いついたことではなかった。父の罪を知ったときから、頭の片隅にあった選択肢だった。ここに居続ければ、過去がずっと後を追ってくる。離れたところから、父たちの罪を見つめ直してみたいという気持ちがあった。

「親父の罪を不問に付したまま、何もなかったように生きていくことはできない。おれは、お前の前から去る。おれたちはもう、ぶつかり合わなくて済むんだ」

「何を言うんだよ。何を……」

賢剛はもう、言葉を発するのも苦しげだった。亮輔は、その左肩をがっしりと摑んだ。

「十年だ。十年経ったら、また会おう。おれたちは生まれたときからの親友だろ。こんなことで、仲を裂かれてたまるか。運命がおれたちを切り離そうとしているんだとしても、おれは逆らってやる。十年も経てば、人は変わる。おれはもっと丸くなってるかもしれないし、お前は厳しい警察官になってるかもしれない。それを楽しみにしようぜ」

「亮輔……、お前は本当に頭がいいな」

賢剛は亮輔に対してではなく、隅田川に向かって呟いた。横顔しか見えないから、どんな表情をしているかはわからなかった。

「十年後だ」

そう最後に言って、歩き出した。別れの言葉はいらなかった。これが別れではない。父が残してくれた親友を、そう簡単に失ったりはしない。罪を犯した父を愚かだとは思っても、賢剛という親友を与えてくれたことには心から感謝していた。

父と賢剛の父親、どちらが誘拐を思いついたのだろう。一方が相手を誘ったのは間違いないとして、その誘いに応じた気持ちが今はわかる気がした。父たちも、親友だったのだ。

怒りで強張っていた表情に、いつの間にか微笑が浮かんでいた。いずれ、父を理解できる日が来るのだろうか。そんな日が来ることを、亮輔は静かに祈った。

解説

西上心太
（書評家）

〈おれは、自分の罪から逃げる気はないんだ〉

本書は二〇一七年十二月から二〇一九年二月まで「Ｗｅｂジェイ・ノベル」に連載され、二〇一九年九月に刊行された作品の文庫化である。

書店発売日より前に、書評を扱う新聞社や雑誌編集部などのマスコミ、あるいは書店員や書評家に向けて、新刊書の見本が配られることがある。「プルーフ」と呼ばれる仮《かり》綴《と》じのものもあるし、店頭で販売される商品と同じものがあるが、作品のあらすじやキャッチコピーを記した「投げ込み」とか「フライヤー」と呼ばれる、宣伝のためのチラシが同梱《どうこん》されていることが多い。チラシを作成するのはほとんどが担当編集者である。作者と共に生みの苦しみを味わい併走した仲間でもあるから、力のこもったものや工夫を凝らしたものが目立つ。

本書『罪と祈り』親本に入っていたチラシには、作者である貫井徳郎の手書きの一文が大きくコラージュされていた。

「これを書けたから、もう小説家を辞めてもいいです」と。

全力を出し切った自信作。この言葉から筆者はそんなメッセージを受け取った。一読後、その思いは正しかったことが証明された。

警視庁久松警察署管内に架かる新大橋の橋桁に遺体が流れ着いた。見分に足を運んだ同署の刑事・芦原賢剛は、六十歳代に見える男性の遺体を見て驚いた。旧知の人物だったからだ。

遺体は濱仲辰司という元警察官だった。しかも単なる顔見知りではなく、賢剛の家族と深い関わりがある人物だった。辰司は賢剛の父・智士の親友であり、幼いころに父を亡くした賢剛にとって、父親代わりの存在でもあった。辰司の息子の亮輔とは同い年で、兄弟同然に育った仲であり、互いに三十歳を過ぎたいまでも一番の親友である。

最初は誤って川に転落した事故死かと思われたが、側頭部に殴られたような跡があったため殺人事件と断定され、久松署に捜査本部が設置された。賢剛は警視庁捜査一課の刑事と組み、辰司の交友関係を調べる「鑑取り」捜査に従事することになった。

濱仲家も芦原家もずっと下町の浅草に住んでいる。辰司は交番勤務一筋の警察官人生を送り、それを知る地域の多くの者から慕われていた。犯行現場は辰司の自宅からほど近い、隅田川沿いの公園の一角と判明したが、行きずりの犯行の可能性は低く、恨みを買うような人間関係も見当たらず、捜査は難航する。

一方、辰司の息子・亮輔は父の死をきっかけに、自分が父のことをよく知らなかったことに気づく。これまでにも父・辰司が見かけ通りの人間ではないと感じたことが何度もあった。失業中の亮輔は、一週間をめどに父のことを調べようと決意する。父の辰司は生来朗らかな性格だったという。その朗らかさを失ったのは、親友の智士の死――自殺だった――がきっかけだったらしい。遺書も残さず、妻と幼い四歳の息子の賢剛を残し、なぜ智士は死ななければならなかったのか。亮輔は父を知るために智士の自殺の事情を探っていく。

奇数章は現代が舞台となり、息子世代の芦原賢剛と濱仲亮輔の視点で、偶数章は親世代の芦原智士と濱仲辰司の視点で、現代からおよそ三十年近く前の一九八〇年代後半から始まった「バブル時代」を舞台にした、現在と過去の二つの物語が語られていく。

元号でいうと昭和の最末期から平成の初頭まで、五年足らずの時期が「バブル時代」である。ごく単純にいうと、金余りの時代を迎え、その金が投機に向かい、株価や不動産価格が高騰した時代のことだ。もとよりそれは実体経済からかけ離れたものであったが、企業も本業の業績を上げることよりも、不動産の転売――いわゆる土地転がしに狂奔し、銀行もまたその購入資金のため天井知らずの融資を行った。そのため日本全国でマネーゲームが展開されたのである。世間は好景気でわき上がり、新卒を含む就職市場は空前の売り手市場となったものだ。

だが日銀が金融引締めに舵《かじ》を切ったことなどが原因となり、バブルは弾《はじ》け株価も不動産価格も下落し、銀行を含む多くの企業が不良債権を抱えることになった。バブル崩壊後は一転して不況となり、後に「失われた十年」と呼ばれるようになる。

このバブル時代の出来事が、この物語のすべての遠因となっている。バブル景気真《ま》っ只中《ただなか》の一九八八年。辰司は自分の町内で不穏な出来事が起きていることを知る。辰司が住む西浅草は、盛り場である浅草公園六区からほど近い、古くからの住人が暮らしている町である。この土地でヤクザによる地上げ行為が横行し始めたのだ。しつこい訪問や嫌がらせがエスカレートしていく。だが警察の動きは鈍い。土地開発という「国策」のため、警察は不法行為に目をつぶっているのではないか。辰司は住民と組織の板挟みとなって悩み苦しむ。やがて櫛《くし》の歯が抜けるように、土地を売り生まれ育った地元から去って行く者が目立ってきた。不法な地上げ行為の影響で命を失った者も出た。そして土地を売り、豪邸を建てたと揶揄《やゆ》された一家にもある悲劇が起きる。芦原智士は大手不動産会社の行為に憤りを隠せない。智士は彼らに一矢を報いる計画を辰司に打ち明ける。

本書を読んで、バブル景気と昭和の終わり――天皇の死去――が重なっていることに改めて気づかされた。一九八八年（昭和六十三年）九月に天皇の容体悪化が発表されてからの、行き過ぎた自粛騒ぎ、わずか七日で終わった昭和六十四年。一月七日の東京は雪が降りそうな曇り空の寒い日だった。その日の記憶はいまも鮮明である。

その日の午後には後に首相となった小渕恵三官房長官が新元号平成を発表。やがて大《たい》喪《そう》の礼が二月二十四日に行われることが発表される。

本書の秀逸な趣向は昭和を象徴した天皇を送る日に、ある計画のフォーカスを当てたことにある。智士の先導によって仲間を集め、辰司の考えによって成功する可能性の高い計画が、この日を目指して発動するのだ。

二つの謎によって本書のストーリーは牽引《けんいん》されていく。一つはもちろん辰司を殺した犯人は誰か、そしてその動機は何かというものだ。そしてもう一つが過去に亮輔と賢剛の父親たちが何をしたのか、そしてその顚末《てんまつ》はどうなったのかという謎だ。亮輔は警察官として慕われ、柔軟性がある正義感に貫かれた父親に畏敬の念を抱くと同時に、少なからぬ劣等感も抱えている。父・辰司と自殺した智士の足跡をたどることは、辰司が智士の死後に周囲に対して作り上げた壁を壊す作業でもあり、辰司の死後とはいえ、生前に果たせなかった真の親子関係を再構築し、亮輔自身が前に進んでいくことにもつながっていく。

芦原智士は気が優しく、他人に馬鹿にされてもさらりと受け流すが、実は芯が強く肝心な場面で決して逃げず、現実を直視する人間である。そんな智士が罪を犯そうとしていることを辰司は察する。正義が存在するなら、正義の側から悪を断罪するという揺るがない思いを辰司は持っている。だが現実はそうではないことを、地元の地上げ騒動で痛いほど経験し、昭和末期の今は不正義が罷《まか》り通る世の中であり、正しさは力の強弱によって決まる世の中であることを知ってしまったのだ。その思いから、智士たちが失敗して罪人にならないように、ついに辰司は彼らに協力することを決意する。

一方の智士も決して自己弁護をしない。

「行動理由がなんであれ、罪を犯すからには許されないことなんだよ。どんな理屈をつけたって、それは許されないんだ。許される罪なんて、あっちゃいけないだろ。罰されない罪があるから、納得できないんじゃないか。おれは、自分の罪から逃げる気はないんだ」

辰司の考えとこの智士の言葉に、本書のテーマが凝縮されている。

義憤から実行された犯罪計画。それによって引き起こされたアクシデントとでもいうべき不幸な悲劇。命を絶った者、すべてを抱え込んで生きてきた者。彼らが犯した罪と、その罪をはからずも掘り起こしてしまった子供たち。

親たちが犯した罪と贖罪《しょくざい》の祈り。親たちの過去に対する子供たちの祈るような思い。二つの時代をまたいだ事件を通して、普遍的な親子関係を描いた傑作が本書なのだ。

早いもので二〇二三年は貫井徳郎のデビュー三十周年であるという。衝撃的なデビュー作『慟哭』以来、数々の作品を目一杯の力で送り出してきたのが貫井徳郎という作家である。常に完全燃焼。

「これを書けたから、もう小説家を辞めてもいいです」と宣言するような作品が、これから何作も上梓《じょうし》されるに違いない。

実業之日本社文庫　最新刊

我孫子武丸
監禁探偵
多彩な作風を誇る著者が挑む、キャラミスと本格推理のハイブリッド！「前代未聞の安楽椅子探偵」をめぐる謎を描いた異色ミステリ！（解説・大山誠一郎）
あ271

井川香四郎
歌麿の娘　浮世絵おたふく三姉妹
人気絵師・二代目喜多川歌麿の娘で、水茶屋「おたふく」の看板三姉妹は、江戸の悪を華麗に裁く美しき仕置人だった!!　痛快時代小説、新シリーズ開幕！

い109

岡崎琢磨
下北沢インディーズ　ライブハウスの名探偵
コラムを書くためライブハウスのマスターの紹介で駆け出しのバンドマンたちを取材した新人編集者は思いがけない事件に遭遇し…。音楽×青春ミステリー！

お121

小野寺史宜
タクジョ！
運転が好き、ひとも好き。仕事に恋に（!?）全力投球の新人タクシードライバー夏子の奮闘と成長を温かく爽快に描く、青春お仕事小説の傑作！（解説・内田剛）
お72

沢里裕二
極道刑事　地獄のロシアンルーレット
津軽海峡の真ん中で不審な動きをする黒い影。日本に特殊核爆破資材を持ち込もうとするロシア工作員と、それを阻止する関東舞闘会。人気沸騰の超警察小説！

さ317

西村京太郎
十津川警部　怒りと悲しみのしなの鉄道
軽井沢、上田、小諸、別所温泉……警視総監が狙われた列車爆破事件の再捜査を要求された十津川警部は、わずか一週間で真実に迫れるのか!?（解説・山前　譲）
に127

実業之日本社文庫　好評既刊

伊兼源太郎
ブラックリスト　警視庁監察ファイル
容疑者は全員警察官——逃亡中の詐欺犯たちが次々と変死。警察内部からの情報漏洩はあったのか。ブラックリストが示す組織の闇とは!?（解説・香山二三郎）
い13 2

池井戸 潤
空飛ぶタイヤ
正義は我にありだ——名門巨大企業に立ち向かう弱小会社社長の熱き闘い。『下町ロケット』の原点といえる感動巨編！（解説・村上貴史）
い11 1

池井戸 潤
不祥事
痛快すぎる女子銀行員・花咲舞が様々なトラブルを解決に導き、腐った銀行を叩き直す！ テレビドラマ「花咲舞が黙ってない」原作。（解説・加藤正俊）
い11 2

池井戸 潤
仇敵
不祥事を追及して職を追われた元エリート銀行員・恋窪商太郎。彼の前に退職のきっかけとなった仇敵が現れた時、人生のリベンジが始まる！（解説・霜月 蒼）
い11 3

大山誠一郎
アリバイ崩し承ります
美谷時計店には「アリバイ崩し承ります」という貼り紙がある。店主の美谷時乃は、7つの事件や謎を解決できるのか!?（解説・乾くるみ）
お8 1

実業之日本社文庫　好評既刊

草凪 優
アンダーグラウンド・ガールズ
東京・吉原の高級ソープランドが廃業した。人気の嬢たちはデリヘルを始め、軌道に乗るも、悪党共の手により…。女たちは復讐を誓う。超官能サスペンス！
く6 8

草凪 優
冬華と千夏
近未来日本で、世界最新鋭セックスA-アンドロイドがデビュー。人々は快楽に溺れる。仕掛け人は冬華。著者渾身のセクシャルサスペンス！（解説・末國善己）
く6 9

草凪 優
私を抱くと死ぬらしい
売れなくなったモデルの清奈。ある日、彼女を抱いた男が死んだ——。その後も、負の連鎖が止まらない。恐怖とエロスが交錯する、超官能サスペンス！
く6 10

今野 敏
マル暴甘糟《あまかす》
警察小説史上、最弱の刑事登場!? 夜中に起きた傷害事件は暴力団の抗争か半グレの怨恨か。弱腰刑事の活躍に笑って泣ける新シリーズ誕生！（解説・関根 亨）
こ2 11

今野 敏
マル暴総監
史上〝最弱〟の刑事・甘糟が大ピンチ!? 殺人事件の捜査線上に浮かんだ男はまさかの……痛快〈マル暴〉シリーズ待望の第二弾！（解説・関口苑生）
こ2 13

実業之日本社文庫　好評既刊

東野圭吾　白銀ジャック
ゲレンデの下に爆弾が埋まっている——圧倒的な疾走感で読者を翻弄する、痛快サスペンス！　発売直後に100万部突破の、いきなり文庫化作品。
ひ11

東野圭吾　疾風ロンド
生物兵器を雪山に埋めた犯人からの手がかりは、スキー場らしき場所で撮られたテディベアの写真のみ。ラスト1頁まで気が抜けない娯楽快作、文庫書き下ろし！
ひ12

東野圭吾　雪煙チェイス
殺人の容疑をかけられた青年が、アリバイを証明できる唯一の人物——謎の美人スノーボーダーを追う。どんでん返し連続の痛快ノンストップ・ミステリー！
ひ13

東野圭吾　恋のゴンドラ
広太は合コンで知り合った桃美とスノボ旅行へ。ところがゴンドラに同乗してきたのは、同棲中の婚約者だった！　真冬のゲレンデを舞台に起きる愛憎劇！
ひ14

藤田宜永　彼女の恐喝
奨学金を利用し、クラブで働く圭子と、殺人現場から逃げ出した男。ふたりは次第に接近する。驚愕の心理サスペンス。著者、最後の作品。（解説・西上心太）
ふ71

実業之日本社文庫 ぬ14

罪《つみ》と祈《いの》り

2022年10月15日　初版第1刷発行

著　者　貫井徳郎《ぬくいとくろう》

発行者　岩野裕一
発行所　株式会社実業之日本社
〒107-0062　東京都港区南青山5-4-30
emergence aoyama complex 3F
電話 [編集]03(6809)0473 [販売]03(6809)0495
ホームページ　https://www.j-n.co.jp/
DTP　ラッシュ
印刷所　大日本印刷株式会社
製本所　大日本印刷株式会社

フォーマットデザイン　鈴木正道(Suzuki Design)

ISBN978-4-408-55743-4（第二文芸）